돌풍전후

일러두기

1. 이 책에는 장편소설 한 편과 중편소설 두 편이 한목에 실려 있다. 『돌풍전후』(812 매, 미발표 최근작) · 「나그네 세상」(439매, 『21세기문학』 2010년 여름호/가을호에 분재 발표) · 「재중동포 석물장사」(193매, 『문학의문학』 2009년 봄호에 발표) 등이 그것이다. 위의 작품들은 각각 2010년 9월 11일 · 2010년 3월 1일 · 2009년 1월 17일 에 그 초고가 완성되었다.

2. 본문 중의 각주는 독자의 이해의 편리를 위해서 여러 국어사전을 참조하여 임의 로 작성한 것이다.

3. 이 책의 내용 중 1980년 전후의 '정치적 · 사회적 기상도'에 대해서는 지금 시중 에서 쉽게 구할 수 있는 여러 '현대사' 관련 개설서 및 다양한 기록물로부터 많은 도 움을 받았다. 여러 저자와 필자들에게 심심한 사의를 표한다. 다만 번거롭기도 하려 니와 객쩍은 과시로 보일 수도 있으므로 그 책이름과 저자명을 일일이 밝히지 않는다. 양해를 바란다.

4. 본문 속에 나오는 여러 지명들은, 국내 것이든 국외 것이든, 지금도 널리 쓰이고 있는 실명이다. 따라서 그 현지명에 따르는 몇몇 사실과 정황은 허구가 아니며, 작품 속의 당시 실정과 상당한 정도로 유사하다.

돌풍전후

김원우 장편소설

차례

돌풍전후   7

중편 **나그네 세상**   233

중편 **재중동포 석물장사**   357

작품해설 · 김경수   415
가짜들의 사회, 그리고 해프닝의 진실

작가의 말   433

돌풍전후

*

　요즘 들어 다들 전자우편을 아무렇게나 활용하는 통에 그것을 받은 사람이 아주 성가셔 하는 경우가 비일비재함은 웬만큼 알려져 있는 바와 같다. 특히나 컴퓨터를 하루에도 몇 번씩이나 켜봐서 무슨 하명이나 공지사항이 떠올라 있는지 알아봐야만 하는 직장인들이 속수무책으로 그 등쌀에 들볶여야 하는데, 개중에는 뒤넘스런* 소청, 같잖은 하소연도 더러 있어서 이내 시큰둥해지다가 비루해지는 이쪽의 마음자리를 돌려세우려면 다문 얼마 동안이라도 귀한 시간을 애매하니 죽여내야 한다. 그뿐만이 아니라 청첩장이나 부고 따위도 전자우편으로 대신하는 판이라, 그 배면에는 오면 좋고 아니면 말고 같은 막보기식의 행티까지 깔려 있는 것 같아서 언짢은 기분이 쉬 가셔지

＊**뒤넘스럽다**　어리석은 것이 주제넘고 시건방지다.

지 않을 때도 왕왕 없지 않다. 그러나마나 세상의 풍속이 이처럼 즉흥적으로 돌아가니 이제는 누구라도 매사에 강심장으로 버티는 일방 유들유들하니 배겨낼 궁리를 차려야 그나마 그럭저럭 살아지는 형국이 되고 만 것 같다는 느낌도 여실하다. 이래저래 점점 착잡해지는 심사를 다독거려야 하는 나날이 무슨 멍에처럼 모질어빠져서 원망스러울 뿐인 것이다.

그러나 모든 이기나 제도가 그렇듯이 전자우편도 잘만 사용(私用)하면 사용자는 물론이거니와 그 수취인도 뜬금없는 선물처럼 요긴하게 다가오는 것도 사실이다. 이를테면 도대체 이 글발을 무엇 때문에, 하필 이 시점에서, 게다가 내게까지 디밀까 같은 그 곡절을 나름의 추리로 더듬게 하는, 달리 말해서 언제라도 떨떨하니* 지낼 수밖에 없는 일상 중에서 잠시라도 훔훔한 긴장을 맛보게 하는 일종의 시혜에 값할 수도 있는 것이다.

지방의 한 사립대학에 매인 몸인 한모 교수도 최근에 꽤나 진지한 글줄이 연거푸 두 종류나, 그것도 한때의 신문연재소설처럼 '하회를 기다리시라'는 투로 그의 연구실 속 컴퓨터 모니터 상에 속속 띄워 올려지는 바람에 이런저런 생각 꼬투리를 혜적이느라고 더러 날밤을 세운 적도 있는데, 그 전후 사정을 간추리면 대충 아래와 같다. 우선 순서대로 지난 겨울방학의 들머리에 불쑥 날아온 글줄부터 소개해야 요령을 잡아챘다

---

*떨떨하다 마음에 흡족하지 못하다.

는 빈말이라도 들을 듯싶다.

서울 한복판의 어느 사립대학에 재직 중인 K모 교수를 접장 한모가 어떤 경로로, 또 언제 적부터 알게 되었는지도 이제는 흐리마리하다. 아마도 어떤 학회에 붙들려 나갔다가 질의자와 응답자로서 상면하고, '그동안 지면으로만 익히 봐온 선성을 받잡고' 운운하는 넉살을 앞세우며 한참이나 연하인 K교수가 먼저 인사를 청했지 않았나 싶지만, 막상 확실치는 않다. 그럴 수밖에 없음은 그때가 언제인지 까무룩하고, 한모란 양반이 나이와는 별개로 엉뚱한 상상력을 제멋대로 휘둘러대며 혼자서 좋아라 하는 문청 기질을 여태 내비리지 않고 있어서이다. 그러거나 말거나 K교수의 저서 한두 권이 한모의 연구실에 틀림없이 찡박혀 있을 것이건만 좀체로 눈에 띄지 않아 난감했다. 설마 잡지 따위와 함께 수시로 화장실 입구의 복도 한켠에다 내다버리는 책더미에 섞여버리지는 않았을 텐데, 무엇이든 때 맞춰 귀하게 쓰려면 제자리에 없거나 이쪽의 그동안 냉대를 호되게 나무라는 것이다. 그러고 보니 K교수의 얼굴조차 아슴푸레했다.

아무튼 숫기 좋은 K교수는 거의 수삼 년째 연락이 없다가 이쪽을 아직도 잊어버리지는 않고 있다는 듯이, 그야말로 살갑게도 '한선생님, 잘 계시지요? 올해 저는 안식년을 받아 8개월 남짓 동안 중국 땅 최남단 주하이(珠海)에 머무르다가 연말도 닥치고 해서 지난달에 허둥지둥 귀국했습니다'라는 서두를 앞세운 문안편지부터 띄웠다. 뒤이어 좋은 경험을 했다는 자화자찬을, 이를테면 중국인의 통속적인 습속과 인성 일체에 대한 나름의 고찰을 신명 내서 늘어놓더니, 중산(中山)대학에서 마련해준 외국인 교수용 숙소 곧 20평쯤 되는 '외교주숙(外敎住宿)'에 묵으면서, K교수 스스로도 '정말 이상하게' 한선생을 문득문득 떠올렸다고 했다. 별스러운 일이었다. '그가 나를 왜? 이 친구에게 묘한 변태 기질이 있나?' 같은 잡스러운 망령기 앞에서 한모는 고소를 억지로 베물었다. 하기야 얼굴부터 손끝까지 엄숙 제일주의자의 탈을 치렁치렁 걸치고 있는 토마스 만조차 부인과는 평생토록 딴 방을 쓰며, 그러면서도 자식까지 줄줄이 낳아가며 동성애에 집착했다니 사람 속은 알다가도 모를 일이다. 어쨌든 불쾌할 것까지야 없겠으나 기가 막힐 노릇이었다.

일주일쯤이나 지나서야 K교수의 그 '기림벽(癖)'의 연원은 저절로 풀렸다. 차곡차곡 보내주는 대로 읽게 된 K교수의 글 중에서도 드러나 있듯이, 근대 중국의 개화기 때 풍운아로서 서울 바닥을 뜨르르하게 '찔벅거리며 뻐대기도 한' 탕샤오이(唐紹儀)가 소취(所聚)해서 데리고 간 정씨라는 조선 여자의 행적과 그 탕아무개의 비사를 찬찬히 공부해보면 재미있을 것이라고, 한교수 자신이 어느 좌석에서 흘리는 말을 귀담아들어 두었다는 것이었다. 금시초문이었다. 이런저런 잡서와 잡문을 닥치는 대로 읽는 게 본업이라 당(唐)아무라는 이름 세 자쯤이야 그때도 몰랐을 리 만무하지만, 한교수 자신의 전공이 '근대'야 약방의 감초 같아서 그렇다 치더라도 '역사'랄지 이웃나라의

'개화 이면사' 따위와는 한참이나 먼데, 그처럼 찔락거렸을까 싶었다. 모르긴 하다, K교수가 워낙 다방면에 관심이 많고 그 너름새 좋은 호학 습벽에 불을 지피느라고 이쪽에서도 공연히 이것저것 좀 아는 체하며 나부댔는지도. 흔히 술김에는 아마 추어들이 남의 전공에 면박을 주고, 아무 화제에나 냅뜨며 무책임하게 큰소리를 내질러대기도 하니까. 그렇긴 해도 그 원형이 '집적거리다'와 '싸대다'에 가까운 인용부호 속의 그 투박한 말투가 실은 한선생의 개인어라고 우기는 열정까지 K교수는 과시했다. 하기야 곧장 일목요연하게 스스로 토로한 셈이 되고 말았지만 K교수는 혼자서 백과사전이라도 만들 수 있는 출중한 총기의 정력가였다. 어쩔 수 없다, 자기 저서를 여러 권 가진 교수네, 학자네 하는 위인들이 무슨 증거랍시고 인용부호를 앞세운 구지레한 인용문을 제 글보다 더 자주, 또 더 길게 남발하는 고질에는 모른 체해야 서로 편하며, 무슨 소리냐고 반박을 디밀었다가는 망신살을 입기 십상이다, 이쯤에서 내가 지자, 그게 요령이다 하고 한모는 청처짐하니 물러났다.

K교수가 자신의 글줄을 싫증내지 않고 읽게 만들려는 일종의 전략으로서, 한모의 전공 용어를 잠시 빌려 써먹느라고 무슨 '복선'으로서 안했던 말을 지어냈을 리야 있겠나 하는 심정적 추인에 갑시어 있으려니, 그러니까 그 안부 서신이 전자우편으로 날아온 지 이튿날 오후에는 벌써 '주하이 일기' 제1신이 득달같이, 그것도 '2009-12-10 오전08:01:28'이라는 '날짜'를 달고 날아와 있었다.

당소의의 발설자는 자연스럽게 달뜨는 어떤 망외의 기대감을 잠시나마 지그시 눅였다. 어느새 망칠(望七)을 두 해나 넘긴 터이라 한모의 시력으로는 이제 모니터 위의 긴 글줄을 읽어내기가 고역이어서 이내 그 제1신을 프린트물로 뽑았더니 A4 용지를 빼곡히 메운 세 장 분량이었다. 즉각 달려들다시피 읽어보니 일기답게 글쓴이의 하루의 동정을 촘촘히 직고 있긴 했으나, 당연하게도 날짜별로 원고 길이는 제가끔 달랐다.

이틀이 지나자 제2신이 날아왔는데 이번에는 원고 분량이 두 장뿐인데도 일기는 하루 치였다. 아마도 현지에서 적당히 컴퓨터로 작성해둔 것을 정리해서, 그러니까 그럭저럭 읽히는 문장으로 수정·가필해서 띄우느라고 그처럼 들쭉날쭉인 모양이었다. 아무려나 그쪽에서 자청하여 읽어보라는 원고이긴 해도 통독하고 나서 아무런 말도 없는 꼴이 염치와는 담 쌓고 지내는 불목하니 출신같이 여겨져서 한모는 우정 K교수의 집으로 전화를 걸어, 재밌습디다, 부지런히 돌아다녔데요, 힘 좋은 사람한테는 당할 재간이 없어요, 계속 보내주실 거지요, 이번 방학 동안 공짜로 중국 여행하는 셈치고 열심히 읽어볼 게요 같은 덕담을 건넸다. K교수는 그런 면피성 인사치레에도 반색을 하며 남루하지요, 일 년 동안 내내 빈둥거리며 책 한 권도 못 읽고 글 같은 글 한 줄도 못 썼다는 후회가 막심해서 그쪽 체류기라도 차제에 한번 정리해볼라구요 라고, 엄살·겸손·자만을 잘도 버무려 내놓으면서도 상당한 득의로 좋아라 하는 낌새가 역력했다.

이미 반쯤이나 드러나 있는 바와 같이 '주하이 일기'는 탕샤오이의 유적과 행적, 따라서 조선에서 데리고 간 첩실들(정씨 말고도 더 있었던 모양이다. 중국 여자나 조선 여자나 거기서 거기일 텐데 당아무는 조선말 선생으로 그들을 모셔갔는지 모른다. 실제로 당모는 어학에 비범한 재질이 있는 통역관이었다)의 그 후 생애의 족적을 몸으로 답사하는 일방, 한문을 웬만큼 해독할뿐더러 중국말로 의사소통도 꽤나 원활한 K교수가(안식년 중임에도 그는 그곳 대학생들에게 한글을 가르치면서 돈까지 벌고 있었다) '물증'으로서의 여러 서지(書誌)들을 찾으러 다니는 일종의 탐방기였다. 밥만 먹고는, 또 글만 읽고는 이 세상을 못 살아가듯이 그런 걸음 품앗이 말고도 재미있는 졸가리는 두 개쯤 더 있었고, 한모로서는 그쪽이 훨씬 더 흥미로웠지만 차마 가타부타할 수 없어서 안타까웠다. 곧 그중 하나는 K교수 특유의 호고벽에 기인한 수집가적 기행인데, 그 물목으로 고서화는 기본이고 문방사우에 따르는 일체의 진기품(珍奇品), 골동품으로서의 탁상용 시계·토기·청동향로·약절구 등등으로 그 가짓수도 거의 무한대였다. 역시나 이 방면에서도 K교수는 짱짱한 전문가에다 활수한 정열가로서의 솜씨를 현지에서 떨치고 있었는데, 어느 날의 일기에는 청화백자 하나를 집어들고 방품(倣品)이라고 지적하여 골동품상 주인을 놀라게 했다고 자랑하고 있을 뿐만 아니라 마음에 들었다 하면 굳이 그 물품의 진위에 집착하지 않는 자신의 기벽을 씁쓸하게 토로하는 그 회오의 글발에는 제법 페이소스까지 묻어 있기도 했다. 그런데 더 재미있는 것은 골동품상 주인과 차를 마시면서 값 흥정을 벌이는 쌍방의 심리적 암투를 '일합(一合)'이라는 무협지 용어를 쓰는 데서도 알 수 있듯이, 그 숱한 '진검승부'의 대결에서 그의 승률이 8할 이상이라고 자찬하고 있는 점이었다. 한모가 보기에는, 장사꾼들이 설마 손해 보고 팔겠으며, 따라서 고완(古玩)에 넋을 놓고 지내는 중증의 수집가야 매번 졌다고 승복해야 옳을 텐데도 꼭 무슨 꼬투리를 잡아내서 자신의 신승(辛勝)을 고집해대는 그 좀 치근치근한 아집이 신기할 지경이었다. 그게 바로 호고벽의 진면목일 테지만 한모로서는 도무지 이해할 수 없는 어떤 높다란 경지로 비치기는 했다. 이를테면 골동품상 주인에게 돈까지 빌려서 그동안 눈독 들인 물품을 수중에 넣고 마는 그 집념과 수완에는, 아니 그 미친 작태에는 문외한의 머리가 저절로 내둘리는 것이었다.

또 다른 한 졸가리는 K교수의 사생활 공개로서, 자녀 사랑·아내 기리기·제자 거두기 같은 풋풋한 생색내기 및 인정 베풀기인데 이런 대목들도 입담이 좋아서인지 여간만 재미있는 게 아니었다. 원래 그런 자랑거리를 잘 늘어놓는 위인들이 제 잘난 멋에 취해 있기 마련이고, 잠시라도 찬찬히 뜯어보면 그 상대적 출중함은 전적으로 자아도취거나 이 말 했다가 저 말 하는 식의 분열성 사고의 생리적 방출일 뿐인데, K교수의 그것에는 어딘지 조촐한 정서가 무르녹아 있었다. 아마도 골동품을 사들일 때마다 마누라에게 번번이 지탄을 받고, 그 임시에는 온갖 너절한 변명으로 겨우 모면했을 터이나 돌아서면 그래도 내 갈 길은 내가 알아서 가고야 만다는, 그런 지조로 초지일관한 선비의 착잡한 마음자리가 솔직하니 지배(紙背)에 깔려 있기 때문인 듯했다. 그렇거나 말거나 자신의 사생활까지 털어놓는 것은 좀 따져봐야 할 것 같았고, 그 저의도, 만약 그런 게 있다면, 수상쩍었다.

하루걸러 한 번씩, 그때마다 A4 용지로 두 장에서 다섯 장까지, 그 하루분에다 제8신, 제22신 등의 연번호를 매겨 띄워 올린 '주하이 일기'는 새해를 걸터넘고 개강 직전까지 이어졌다. 물론 방학 중에는 2주 치나 한 달 치를 한목에 프린트물로 뽑아 읽기도 했지만, 그때쯤에는 한모도 이처럼 '치열한 발표양식' 그 자체에 대해서 이런저런 상념을 떠올렸다가는 지우곤 했다.

이를테면 불특정 다수의 독자를 겨냥한 게 아니라 특정의 독자 한 사람에게만 읽히려는 글쓰기의 목적은 무엇일까? 그것도 '중앙'인 서울에서 '지방'인 시골로 글을 발표하는 이 전도(轉倒)라니. 이런 글쓰기와 글 퍼뜨리기는 장차 일반화 추세에 이를 수 있을까? 물증이 말하듯이 편지와는 전혀 다른 양식인데. 휴대전화로 문자 메시지를 주고받듯이, 아니 입말로 조곤조곤 청자에게 무슨 사연을 일방적으로 들려주는 '하소연식 글쓰기' 형식? 말이 될까? 글의 길이야 어찌 됐든, 또 그 형식이야 어떻든 컴퓨터 화면 위에서만 떠도는 이런 '제도'가 과연 어떤 소용에 쓰일까? 보다시피 우리가 일상적으로 의식하지 않으면서도, 그러니까 그런 게 없어도 살아가는 데 지장이 없는

'제도'가 너무 많은데 '주하이 일기'류는 과연 필요악일까, 필요선일까?

언젠가부터 '주하이 일기'는 시작이 그랬던 것처럼 '말없이' 뚝 끊어졌다. 사생활 부분만 들어내버리고 책으로 묶어내도 좋을 것 같다는 덕담을 전화로나, 전자우편으로나 건네고 싶은 생각이 목까지 차올랐으나, 또 그래야 도리인 줄을 알고 있었지만 한모는 공연히 주제넘게 나서는 것 같아서 잠자코 있기로 작정했다. 만사에 시들먹해지는 나이가 그렇게 하도록 강요했다면 빈말은 아닐 테고, 무슨 폐기물 같은 책이 지천으로 쏟아지는 이런 시절에 저작물로 펴내라는 강제성 덕담은 악담으로 비칠 수도 있었다. 반복인지 모르나 '주하이 일기'의 상당한 부분은, 특히나 K교수의 수집광적 면모의 태동, 그 후 겪은 여러 낭패담과 특정의 골동품을 취득한 다음의 득의감 같은 후일담 등등은 들어둘 만한 것이었고, 과문한 탓일지 모르나 이 바닥에서는 그 방면의 유일한 지침서가 될 소지마저 없지 않아 보였다.

클립에 끼워진 채 책상 위의 책꽂이 한켠에 방치된 '주하이 일기' 뭉치를 볼 때마다 한모는 뭔가 찜찜해지는 기분을 반추하고, 그 원고에 따라붙는 여러 잡생각을 떠올리면서 한편으로는 공연한 일에 치이고 있는 자신의 머릿살을 자발없이 내둘렀다. 만사가 그렇듯 마냥 착실히 내빼는 시간이 그런 부질없는 상념 따위를 끈기 좋게 희석, 마침내는 형체도 없이 마모시켜 갈 것이었다. 한모도 이제는 그런 세상 문리를 조롱하듯이 지켜볼 줄 아는 연배였으므로 어떤 '미련'의 표시로 그 원고 뭉치를 잠시 눈길이 미치는 곳에 놓아두고 있을 뿐이었다. 조만간 무슨 계기가 닥치면 그 원고는 캐비닛 속에 쑤셔 박힐 테고, 언젠가는 쓰레기로 내버려질 것이었다. 한모 자신의 그런 관행은 수집가들의 그 집요한 페티시즘적 몰아 취향과는 너무나 판이하지만, 모든 글 나아가서 어떤 책이라도 버려질 운명의 회로에 휘감기고 만다는 점에서 앞으로의 '글쓰기'는 만인 공유의 일시적 도락거리일지도 모른다. '정보'라는 이름 아래 마구 날려 보내는 트위터도 그런 맥락으로 읽히고, 그 남발의 현장은 땀방울 같은 생리적 현상으로 이해해도 무방한 셈이며, 그것은 현실과 현장을 어떤 식으로든 다소 왜곡하는 재미를 쉴 새 없이 교사하는, 만인 공유의 심심풀이 더 이상도 더 이하도 아닌 것이다.

또 다른 원고가 한교수의 '창틀'을 불쑥 두드려댄 때는 지난 4월 하순이었다. 역시 출근하자마자 컴퓨터를 열어보니 어젯밤에 보낸 것이었고, 의례적인 안부인사말을 앞세운 그 원고의 주인은 놀랍게도 한때 동료로 지냈던, 지금은 주말에만 평택에서 승용차로 20분은 좋이 더 가야 하는 시골에 칩거하고 있다는 노익장 임모 선생이었다.

한교수의 눈길을 대뜸 잡아채간 그 안부편지에서마저 임선생의 어떤 분위기를 읽었다면 과장이겠으나, 그이의 평소 언행과 나름의 개성이 저절로 떠오르는 것을 막을 수는 없었다. 사설을 줄이고 그 원문을 곧바로 공개하는 것이 여러 모로 경제적일 듯하다.

—한선생 안녕하시오? 한때 바로 옆방에서, 물론 낮 동안에만 기거했던 임가요. 벌써 6년이나 세월이 흘러가버렸소. 실로 덧없어서 아득해지기만 하오. 그쪽 '귀신'들은 다들 잘 있소? 실상 궁금하지도 않지만, 막상 내가 지금 이렇게 겪고 있어보니 그 따분하고 싱거워빠진 화상들의 말로가 낱낱이 떠올라져서 해보는 소리요.

각설하고, 어느 날 문득 소생도 자서전 '비스무리'한 것을 써보고 싶다는 충동에 휘말렸소. 이태쯤 전에 그랬소. 한동안 막막해서 그쪽의 책들을 두루 섭렵해봤소. 기한이 차서 그쪽 소굴을 벗어나며 처쟁여뒀던 장서의 7할을 버렸소만, 이런 경우를 예상하고 있었던지 동서고금의 여러 위인들의 전기·자서전 같은 것들은 용케도 제법 많이 껴묻어 왔길래 찬찬히 재독해보니, 어째 명주 바닥 같은 질감은 하나같이 안 만져지고 어떤 치부랄지 흠절 따위를 얼금얼금한 위장막으로 덮어놓고 있다는 느낌이 여실했소. 비유를 아무렇게나 끌어다대자면 좋게 보이려고 성형을 했더니 창피스러워 남 앞에 나서지도 못하는 병신 꼬락서니가 되고 만 격이었소. 그런데 막상 그 난데없는 불구자들은 꼴값을 하느라고 껍죽대고 있으니 가관일뿐더러 이 세상마저 삐딱하게, 그러니까 제멋대로 왜곡시키고 있으니 큰일도 이런 큰일이 어디 있겠소. 하기야 거짓말을 일삼고 이 엉망의 세상을 상대로 한판 결판지게 사기를 치려고 덤빈 알건달들이었으니 제가끔 소기의 목적을 이룬 셈이긴 하오. 그래도 사기는 사기고 온당치 못한 사단은 미구에 들통이 나지 않겠소. 아직도 그 정도의 윤리적 평형감각은 소생에게도 남아 있는 것 같소만.

요컨대 그 불구자들을 형용한 일체의 내용들은 긴가민가한 것투성이에다 엉성하기 짝이 없었소. 왜 그렇게 되고 말았는지를 따져보니, 논문 식으로 그 경위를 저저이 논증하자면 쓸데없는 말이 길어지니 생략하기로 하고, 기억/자료의 부실로 인한 과장/축소가 제멋대로인데다가 그 '재생술'조차 형편없어서 그런 것 같았소, 그렇지 않겠소?

내 경우마저 혹 떼려다가 혹을 붙이는 꼴이 될 것 같아서 쓸까 말까로 한참이나 망설이다가 내 글의 수준에 대한 평가야 내 스스로 알아볼 정도는 된다고 나름의 만용에 매달리면서, 좋은 영화가 더러 그렇듯이 임시로나마 거짓말이 아닌 것처럼 보이게 만드는 '기술력'을 차제에 실험하겠다는 심정으로 달려들었소. 그래도 호랑이 그리려다가 고양이나 환칠하는 게 아닐까 하는 기우에 시달리다가도 그동안 읽은 책이 암만인데 설마 주마간산 꼴의 희뿌연 낙서를, 그것도 했던 말 또 하고 또 해대는 정신병자의 희떠운 소리야 안할 테지 하며 내 딴에는 의욕을 내보기도 했소. 철들자 노망한다더니 내가 요즘 그 짝이요.

한선생이 늘 쓰던 상투어대로 '아무 하는 일 없이 바쁘게 사는' 줄 잘 알지만 귀한 짬을 내서 이 내 '신세타령'을 한번 읽어봐주실라오? 다는 말고 한 꼭지만이라도(실은 그럴 수밖에 없기도 하오만). 소생이 그동안 누구에게도 털어놓지 못한 사연이 더러 있긴 한데, 이 '물건'이 과연 믿기는가 하는 것만 분별해주면 더 이상 바랄 게 없소. 내용이야 그렇다 치고 '형식'은 나름대로 살펴본 결과, 어떤 '주제'를 상정하고 거기에다 내가 겪은 경험담을 짜깁기하는 식으로 작성해볼까 하오. 아마도 보충 설명 같은 것을 덧대야 할 테지만, 그것을 굳이 '각주'로까지 난외에다 달아낼 필요가 있을까 하고 고민 중이오. 읽는 사람이 답답하면 제 나름으로 우물을 파서 갈증을 해소하든지 할 테지 하는 생각도 해보고 있소. '초장르'적인 형식을 겨냥하지 못할 것도 없지 싶건만, 내 나이에 객기를 부렸다가 망신살이라도 입을까 해서 늘 만만히 읽어오던 양식을 택했소. 역시나 재량껏 '조작'을 할 수 없는데다가 '기억'이 아슴아슴해서 쓸거리가 건더기 없는 국물처럼 좀 심심해서 탈이오. 물론 과욕인 줄도 아오만.

언제 얼굴이라도 한번 봅시다.

아무런 주견도 없이 여기저기 얼굴이나 팔리면서 살아가는 대다수의 만년 '월급쟁이'인 동료 교수들을 '귀신'이라고 지칭하는 대목에서 한교수는 '아무 밥상에나 오르는 간장종지 같은 놈들'이라고 매도하던 그이의 말버릇을 떠올리며 웃음을 베물었다. 그러나마나 임선생은 여전히 강강한 기운이 온몸에 뻗치고 있는 듯해서 반가웠다. 이러구러 그 양반도 이제 망팔(望八)

이므로 자서전 같은 반창작물의 집필에 정색하고 달려들어볼 계제였다.

한 직장에서 10년 남짓을 함께 보낸 만큼 그에 따르는 여러 장면들이 떠올랐지만 한교수는 답신부터 띄우려고 자판기를 끌어와서 바꿔놓았다.

—임선생님, 이렇게 뜬금없이 글로 뵙게 돼서 반갑기 이를 데 없습니다. 지하철로 내려가는 서울역 에스컬레이터에서 우연히 마주치고 나서 이내 손을 흔들며 헤어진 지도 벌써 두어 해 전 같습니다. 저야 여전히 격주에 한 번씩 경향(京鄕)을 오르락내리락하며 죽은 듯이 잘 지내고 있습니다.

제번하고, 필생의 역작이 되도록 길게, 재미있게 쓰십시오. 읽는 족족 감상이야 없겠습니까만, 가타부타하는 비평은 삼갈랍니다. 그쪽 글을 안 쓴 지도 너무 오래돼서 어떻게 쓰는지도 /쓰고 있는지도 모르거니와 공허한 말이나 뻔한 소리를 하기도/듣기도 싫어서 그렇습니다.

아무 글이라도 읽는 게 제 본업이자 천하의 무능한인 이 후학의 천직이니 언제라도 원고를 보내주십시오. 요즘에는 이런 사신(私信) 투의 발표 양식에 대해 관심이 많습니다. 장차 이런 글쓰기/글 퍼뜨리기가 어느 정도의 영향력을 미칠지, 또 어떤 형태로 '제도화'될지를 미리 그려보는 게 왠지 이중구조화되어 있는 이 세상의 운영에 대한 도전 같고, 진실 까발리기 같아서입니다. 이만 총총. 불비례.

다른 사람들은 분명히 그렇지 않을 테지만, 한교수로서는 임모 선생의 외모나 입성 따위보다는 역시 그 특유의 말버릇부터 떠올리면서 그이의 인품이랄지 윤곽 같은 것의 전모를 잡아가는 쪽이다. 이제야 따지기조차 뭣해도, 임선생의 재직 중 세부 전공이 통사론이라서 그런 것도 아닌 듯하다.

그때가 언제쯤이었는지 한교수도 이제는 막연하다. 그래도 일 년 중 두어 차례 이상씩은 꼭 있게 마련인 전체교수회가 끝나고 기백 명의 참석자들이 뿔뿔이 흩어지고 있던 참이었음은 분명히 떠오른다. 회의장에서 벗어나자마자 뒤꼭지에 뭇 시선을 매달고 가기가 꺼림해서 한교수는 좀 둘러가기는 해도 보행자가 드문 백합목 가로수 길로 접어들어 잰걸음을 떼놓고 있었다.

이윽고 저만치 앞서가는 임선생의 '삼동 갖은'* 뒷모습이 보였다. 아마도 뒷자리에 앉아 있다가 서둘러 나와, 잡다한 생각들을 간추리면서 연구실로 가고 있는 중이었을 것이다. 한교수는 슬그머니 그이 곁으로 다가가 보조를 맞추었다. 임선생의 첫 반응은, 그 후 늘 그렇듯이, 아래턱을 밑으로 떨어뜨리면서 "어" 하는 단음절의 소리였다. 뒤이어 누구든지 먼저 교수회의 분위기에 대한 감상담을 주워섬겨야 할 대목이고, 아무래도 삐딱할 수밖에 없는 그 촌평을 후임자가 앞서 내놓기는 껄끄러웠다.

---

* **삼동(三胴) 갖다** '신체의 균형이 잡히다'란 뜻의 경상도 사투리.

그는 한참이나 늦깎이로 대학 접장이 된데다 그것도 중부권에 소재한 어느 미미한 대학에서 네 해쯤 봉직하다가 지금 재직 중인 학교로 부임해온 지가 얼마 안 되는 신참이기 때문이었다.

잠시 후 후임자의 잗다란 기대에 부응이라도 하듯이 선행의 동행자가 또록또록하니 입속에서 외워둔 듯한 말을 내놓았는데, 연극 중의 무슨 방백처럼 상대방을 의식하는 낌새가 조금도 안 비쳤다.

"천우신조야, 그 일종의 바보들이 팔자 좋게도 직장복을 타고 났으니. 아첨도 여러 질이라더니 그게 무슨 질의응답이라고. 도무지 민망해서 새겨들을 재간이 있어야지."

대충 그런 내용이었고, 관객으로서 반쯤은 납득이 가는 신음성 독백이었다. 방금 주로 학교 본관 건물의 사무실을 차지하고 일하는 이른바 보직교수와 청중석의 일반교수가, 양쪽이 다 이동식 마이크를 거머쥐고서, 학교행정 전반의 일방적·관료주의적 집행 과정에 대해 부드러운 성토와 너더분한 변명을 주고받았으며, 그런 입씨름 자체를 불러일으킨 총장의 복잡한 낌새를 예의 주시하면서 더러는 옹잘거리기도* 했는데, 대개의 사립대학이 그만한 전횡과 알력 속에서 선생들의 교권을 마구 짓밟고 있음은 관행이자 이제는 제도화 국면으로까지 치닫고 있음은 공지의 사실이라, 한교수도 청중석에 앉아 있는 내내 대동소이한 느낌을, 이를테면 '이게 무슨 진지한 골계극인가, 다

---

* **옹잘거리다** 마음속의 불평·불만·원망·탄식 따위를 입속말로 옹알거리다.

들 제정신인가, 머리가 두 개란 소리지, 아니면 말 따로 머리 따로란 시위거나' 같은 속마음을 조물락거리고 있던 터였기 때문이었다.

그런데 좀 아리송한 어휘는 서두의 그 '천우신조'였다. 그것이 누구에 대한 지칭어인지, 지 멋에 산다는 팔푼이를 보고 '너 잘났다'라며 면박을 주는 형용어인지 쉬이 분간할 수 없어서 머리가 갸우뚱거려지는 것이었다. 물론 잠시나마 그 말의 뉘앙스를 곱새겨보니 그처럼 긴가민가했다는 것이지만, 그 당장에는 좀 별난 발상이며 해학이 좋은 양반쯤으로 치부해버린 게 고작이었다. 그거야 어쨌든 그때 또 다른 지탄을 더 이상 주거니 받거니 하지 않았던 것은 분명하다.

그 후 임선생은 가끔씩 그 탄식성 반어를 때맞춰 구사했다. 이를테면 한 학기에 한 번쯤 소집하는 한국어문학과의 전임교원 회의석상에서 그이는 일체의 발언을 자제하면서도 중뿔나게 아무 일에라도 간섭하기를 즐기는 듯한, 명색 자타가 '알아주는' 한 국문학자가 잠시 잠잠해지면 "천우신조다"라고 나직이, 그러나 분명히 들리는 음색을 좌중에 깔곤 했다. 그 여운도 묘했고, 그 배면에 깊숙이 들어앉은 의미를 짐작해보면 좀 섬뜩해지기도 했다. 능멸감이 반 이상 깔린 그 익살 감각이라니. 대개의 사람들은 그런 대목에서 속으로만 '이 오지랖 넓은 것아, 좀 나서지나 말면 이등은 하잖아, 그런 머리도 없는가, 잘 나왔다, 출신이 아깝다' 정도의 투덜거림으로 삭여버리고 말 테니 말이다.

마침 올해부터 한 과목당 일주일에 50분씩 세 번 하던 수업이 75분짜리로 두 번만 하도록 바뀐 첫 교시 강의가 있어서 한 교수는 서둘러 교재와 출석부를 챙겨들고 나서, 컴퓨터를 끄려니 전자우편이 왔다는 신호가 명멸했다. 얼른 열어보고 싶었으나 어쩔 수 없이 그는 복도로 걸음을 떼놓았다.

아니나 다를까, 임선생의 전신이었다. 글의 길이는 짧았으나 그 요지는 선명했다.

—한공, 승낙해줘서 고마우이(웬 옛말 가락?). 이중적인 세계라고? 언제는 뭐 안 그랬나. 늘 장부가 두 개였을걸. 진짜 장부와 촌놈들처럼 지 신명 나는 대로 부풀리기 위한 위장 장부로. 우리가 지껄이는 일상적인 말의 대다수는, 아니 거의 전부는 거짓이고 형용이야. 눈치놀음으로 그렇게 얼렁뚱땅 둘러막고 있잖아. 극단적으로 말하면 품사별로 명사·조사·지시부사/시간부사나 곧이곧대로 믿을 만할까 나머지는 죄다 부실하기 이를 데 없어. 그러니 문장/문맥은 더 말할 것도 없지. 길게 말할 것도 없이 그 소위 번지레한 현상과 본질, 실존과 허무, 기표와 기의가 한 덩어리로 묶여져 있으니 그걸 분별해버리면 그뿐이야. 실은 소생의 우스꽝스러운 글도 그 두 쪽 중에서 당연하게도 껍데기는 말고 속알맹이를, 그러니 진솔하게 이 세상의 한 부분, 한 대목을 발겨내보려는 것이오.

며칠 더 기다려주시오. 아니요, 이런 일은 약속을 일방적으로라도 잡고, 거기다 비끄러매야 실행이 되니 사흘만 말미를 주시오. 망언다사.

말이나 글자를 머리에 꼭꼭 새기면서 생각하는 사람답게 한 교수는 '기다리는 보람'을 또록또록 자각하며 누렸다. 어떤 자서전도 사실과 진실의 총체일 리야 만무하지만, 그 순도가 높을수록 또 내용의 포장력이 끌밋할수록 온당한 작품에 한껏 다가간 것일 수 있었다. 평소의 언행으로 미뤄봐서라도 임모의 그것에 거짓이 상대적으로 적으리라는 기대치는 시간이 흐를수록 부풀어올랐으므로 현대소설 전공자로서 한교수는 좀 설레는 가슴을 눅였다. 이 나이에도 내 심사가 이처럼 들뜰 수 있다는 것이 그이와의 이때껏 인간적 관계를 반영한다고 그는 우겼다. 그쪽도 그렇게 생각할 테지만, 이 땅에서는 동년배의 친구 사이에만 그 말을 사용하므로 그이와의 '우정' 따위를 거론할 처지는 아니었다. 물론 명색 대학 접장끼리나 제 딴에는 글쟁이라고 자부하는 문사들 사이에 '진정한 우정' 같은 곡진한 마음의 움직임이 있다고 생각해본 적이 없기도 했다. 그런 자각도 한교수에게는 새삼스럽게 싱싱한 것으로 와 닿았다.

원고는 예상대로 정시에 도착했다. 그것이 벌써 아마추어나 딜레탕트들의 치졸한 자기과보호랄지 어리광부림 같은 자기기만의 작태를 선선히 벗어던지고 있어서 미뻤다. 한교수는 그처럼 그이를 감싸고도는 자신의 심보에 안도했다. 이제는 못마땅한 것에 치이며 살기는 거북하고, 그 때문에 무작정 솟구치는 역증을 일부러 잠재우기는 힘겨웠다.

임모의 원고 제목 '돌풍전후'가 모니터 상단에 두둥실 떠올랐다. 가볍고 쉬운 것, 흔해빠진 것, 직접적인 것, 즉물적인 것만 바치는, 요컨대 독창성과 이색성이 전무한 요즘 제목과는 너무 동떨어져서 다소 고리삭았다는 느낌이 압도적으로 꾸물거렸다. 그러나 그런 시대착오적인 발상도 글쓴이의 강한 자의식일 수 있었다. 어쨌든 제 주제의 유치함을 모르고 마냥 겨워 지내는 연배가 아님을 안다는 육성이었다. 한때의 문학평론가 한모는 그런 자신의 정서를 거북하게나마 챙겼다.

　첨부파일로 보내온 '돌풍전후'의 서두는 아라비아 숫자 '1'로 장(章)을 갈라놓았고, 그 분량은 A4 용지로 스무 장이었다. 말미에는 편집 체제 같은 것을 흉내 낸 듯 '(계속)'이라는 걸기대(乞期待) 투의 부호도 내걸어두고 있었다. 도대체 몇 장으로 나뉘어 있는지, 또 각 장의 길이는 어느 정도인지 따위를 감추고 있는 '자연스런 모양새'가 전자문명의 좀 방정맞은 틀거지와 어우러져서 짐짓 고달을 빼는 것 같았다. 아무려나 그쪽도 '주하이 일기'와 마찬가지로 이쪽의 부담을 감안하여 차곡차곡 일정한 분량을 짬짬이 보내줄 모양이었고, 그것도 나름대로의 '발표 형식'에 준하지 싶었다. 한교수로서야 이미 겪었던 글 퍼뜨리기 양식이라 낯설지 않았고, 별다른 느낌도 없었다. 강의도 없는 날이라 그는 '이메일' 원고를 만판으로 읽으면 그뿐이었고, 그에 따르는 여러 느낌과 희번덕거리는 감상 따위를, 그 중에서도 특출한 것만 새겼다가 갈무리해두는 일상 중의 본업에 매달릴 채비를 차렸다.

그러나 첫 페이지를 채 다 읽기도 전에 한선생은 보충설명 같은 것을 각주 형식으로 달아가며 읽어야 되지 않을까 라는 소감이 퍼뜩 떠올랐고, 뒤이어 '그걸 내가 해야 한다고? 어디다? 말로? 글로 말이지?' 같은 생각을 뒤적거렸다. 귀찮은 일이었지만 힘들 것 같지는 않았고, 충실한 이해가 이어지려면 그러기도 해야 되지 싶다며 무르춤했다.

1

내가 이런 유의 글 써보기를 작정한 직접적인 동기 두 가지부터 밝혀야겠다. 그에 앞서 간접적인 동기야 이미 수십 년 전부터 문득문득 챙겨왔다고 해야 옳을 것이다. 언젠가 한갓진 은퇴 생활을 영위할 형편이 되면 그때는 남의 눈치는 말할 것도 없고, 부모는 앞서 가셨을 테니 형제나 아내나 자식, 일가친척이나 그동안 인연을 맺었던 뭇 동료와 친구들마저 의식하지 않고 내 깜냥껏 살아온 생애를 솔직하게 기록해보겠다고 말이다. 물론 그 글의 소용마저 미리 그려보지는 않았을 것이다. 설혹 그런 시건머리가 있었다고 해도 장차의 내 인생이 귀감은커녕 남루를 면치 못한다면 회고록이야 개발에 편자나 마찬가질 테고, 언감생심 글로 뭘 기록하겠다고 설칠까. 그러니 웬만큼 수를 누리는 팔자가 미구에 닥치면 그 적잖이 심심할 여생을 메워갈 도락거리 중에 하나로 회고록 집필을 염두에 뒀다는 소리일 테다. 물론 철이 덜 들어서 겉멋이나 부린 소치로 봐야 할 것이다.

요즘에는 여러 형편이 두루 좋아지고 개개인들의 능력도 예전보다는 월등해서 목에 힘깨나 주는 유명인들이 제법 그럴싸한 포장으로 자신의 생애를 되돌아보는 글을 여러 형태로, 내가 읽은 바로는, 후학을 불러 대담을 나누고 그것을 녹취한 후 받아 적어 책으로 묶는다거나, 그동안 본인이 모아둔 자료를 집어주고 대필시킨 후 소위 그 대작자(代作者)와 당사자가 상호 협력하여 가필·수정한 것을 회고록이라고 더러 남기고 있다. 그러나 반세기쯤 전에 이 땅의 누구라도 스스로 제 자서전을 써볼 궁리를 미리감치 일궜다면 그런 갸륵한 용심은 아무래도 서양 쪽의 숱한 선례가 워낙 출중해서 그 자극에 빚지고 있다고 해야 할 것이다. (한글권의 기록문학, 더 직접적으로는 글이나 활자로 남겨진 산문의 여러 장르들마다 그 성취도가 워낙 수준 미달임은 새삼스럽게 강조할 것도 없지만, 그중에서도 개인의 전기류가 질적으로나 양적으로 열악한 이 땅의 실정은 차제에 주목할 만하고, 그 연원을 따져보는 작업이야말로 인문학의 아주 요긴하고 갸륵한 연구과제로서 급선무이기도 할 것이다.) 물론 나도 예외가 아닌데, 여기서 그 자극 매체까지 열거했다가는 공연히 독서량이나 자랑하는 것으로 비칠 터이라 삼가겠다.

오래전부터 나의 유일한 취미는 영화 보기이다. 그 근원을 짚어가자면 한참이나 세월을 거슬러 올라가야 하지만 그럴 것까지는 없을 듯하고, 한창 나이 때 대학입시전문학원에서 강사

노릇을 하며 틈만 나면 서울의 종로 바닥 곳곳에 눌어붙어 있
던 개봉관이나 재개봉관을 보리쌀 소쿠리 쥐 들락이듯 했던 나
만의 별스런 이력만큼은 특기해두어도 좋지 않을까 싶다. 그때
는 외화와 방화를 굳이 가리지 않았는데 내가 앞으로 털어놓
을 어떤 은유로서의 '돌풍'에 휘말려 있던 그 언저리서부터 국
산영화는 좀체로 보지 않게 되었다. 어느 것이나 워낙 시시하
고 유치할 뿐만 아니라 장면마다 억지스럽거나 단조로워서 하
품을 연방 베물어야 함을 그때서야 비로소 알았기 때문이 아니
라 '시간 낭비가 너무 막심하다'는 자각이 저절로 트이고, 그런
돌연한 지각이 예의 그 '돌풍'과 맞물려서 어느 날 나를 호되
게 나무랐기 때문이었다. 이런 나의 방화 매도벽을 아직 시정
할 생각이 추호도 없다는 토로는 지금도 화제작이라고 떠들어
대는 국산영화를 만부득이 보고 있다는 실토이지만, 매번 좋다,
걸작이다, 감동적이다는 그 호들갑스러운 세평과 내 감상이 겉
돌아서 '이게 무슨 짜고 치는 고스톱이야, 도무지 어불성설인
데, 장면 만들기에 기본도 안 돼 있고, 쓸데없이 우락부락하고
고함이나 질러대는 선머슴 같은 연기에 동어반복도 여전히 자
심하고, 흘리는 눈물조차 공연히 덜렁거린다 싶은 여배우들마
저 그 소위(所爲)로서의 내면의 연기를 끌어낼 줄 모르는 얼치
기고, 한마디로 엉터리 수거함이네 뭐'라며 한동안 씩씩거리는
데서도 추인되고 있다.

　그런데 나의 이 해묵은 도락거리를 위해 그동안 비디오테이
프나 DVD를 숱하게 빌려보고, 또 사 모아가며 좋다는 외화는

반드시 감상해왔는데, 이제는 그 열정이 몰라볼 지경으로 싸늘하게 식어버렸다. 여러 가지 이유를 댈 수 있다. 영화는 역시 TV 화면으로보다는 영화관 속의 대형 스크린으로 봐야 한다는 지론을 갖고 있지만, 나이 탓으로 그 소위 멀티플렉스를 혼자서 찾기가 어색하다. 다행하게도 노처를 비롯한 딸린 식구와 함께 주중(週中) 닷새를 보내는 서울의 내 우거에서 느직느직 산책하듯이 걸어도 15분이면 닿을 수 있는 곳에 대규모의 쇼핑센터 겸 복합영화상영관이 생겼건만 내자나 자식들 중 누구를 번번이 대동할 엄두가 감히 나지 않아서이기도 하다. 뿐만이 아니라 엎친 데 덮친 격으로 두어 해 전부터 무단히 족저근막염(足底筋膜炎)이라는, 엄살꾸러기라고 책잡히기에 딱 좋은 지병이 왼쪽 발바닥에 덮쳤다. 탄력고무를 두툼히 덧댄 푹신푹신한 신발을 신고 절룩거리는 걸음으로 영화관을 찾는 꼬락서니도 개그감이거니와 내 성질상 남의 놀림감이 되는 것은 질색이라서 난감해졌다. 물론 다른 바깥나들이야 얼마든지 할 수 있지만 혼자서 호젓하게 영화 보는 것보다야 방구석에서 발바닥이나 주무르고 있는 게 낫지 싶다는 타산도 앞서게 마련인 것이다. 그렇긴 해도 통증이 심해졌다가 제멋대로 우선해지기를 반복하는 이 발바닥 내상(內傷) 말고는 뚝 불거지게 삐꺽거리는 데는 없는 몸이니 뭔가 즐길거리를 찾아야 했다. 그러나 방구석에서 세수수건을 둘둘 감은 발바닥이나 주먹으로 두드려대야 할 팔자가 누릴 만한 여가 선용이란 게 워낙 뻔했다. 봤던 영화를 또 보기는 너무 따분했고, 단단히 작정하고 일단

다시 보기 시작하면 처음에는 그처럼 탄복했던 장면들이나 연기, 미장센, 대사, 촬영술 같은 게 온통 허점투성이여서 만정이 다 떨어졌다. 내가 까다로운 관객이 아니라 영화라는 장르 자체를 도구화하고 있는 감독들마다의 얇은 세계관이 한심했다. 책읽기와 음악 듣기는 워낙 만만한 일상의 일부라서 도락거리랄 수도 없지만, 정년퇴직한 후부터는 어지간하다는 책들도 오류라기보다 독단이 심하다 싶으면 미련 없이 내팽개치게 되었다. 인문과학이나 사회과학의 책들과는 달리 문학에서는, 시야 글자도 몇 자 안 되니 논외로 치고, 소설에서는 오히려 작가 나름의 독단이 어느 정도로 찰랑거려야 읽히는 맛이 살아 오름은 사실이다. 그래서 이런저런 객관적 정보와 그런 정황을 너무 의식하면 눈치꾸러기가 되고 마는 것이다. 실은 그런 인간들이 예상 밖으로 아주 많지만 문인이 눈치꾸러기라니. 그런 유는 결국 기득권이나 누리며 운명론에 안주하는 추수주의자의 다른 이름이고, 그런 작자들이 써대는 소설이란 게 그 밥에 그 나물 같게 마련임은 보는 바와 같다. 나로서는 이제 그런 '이바구'라면 이내 물려서 덧정이 또 떨어져나간다. 물론 읽히는 특유의 맛은 작가의 그런 근본적인 시각의 차원 말고 다른 것에 좌우되는 경우가 더 흔한데, 그 점은 앞으로 이 글이 진행되는 도중에 슬쩍 끼워 넣을 기회가 있을지도 모르므로 여기서는 접어놓는 게 옳을 듯하다.

요컨대 그토록 탐했던 영화 보기가 심드렁해지자, 원래 나이 들수록 평소에 안하던 짓을 하면 탈난다는 말대로 발바닥과 종아리에 골병 든 것 같은 둔통을 온종일 달고 살아가야 할 신세가 되고 만 것이다. 그런 육신의 갑작스러운 변화와 더불어 차츰차츰 다른 국량이 싹을 틔워갔다. 말하자면 정년퇴직 전까지의 내 본업이자 생업이 남의 글을 흠 잡듯이 뜯어보는 것이었으므로 그 생리적 안목을 내 글에 접목시켜보자는 생각을 반추하게 되었고, 그 궁리가 돈오(頓悟)처럼 어느 날 갑자기 밀어닥친 게 아니었다는 말이다. 그래도 용단을 내리기까지는 상당한 신고가 따랐다. 이제는 각주 같은 객관적 증거로서의 자질구레한 숫자 따위에 구애 받지 말자, 이 책 저 책을 그토록 자주 뒤적거리며 써먹을 글들을 갈무리해왔는데 이제는 그 짓일랑 접어두자, 붓 따라가며 쓴다는 말은 엉터리 소리인데다가 생각을, 또 쓸 말을 간추리며 머릿속에만 쟁여둬서는 소용이 없으므로 공책에다 적어두자, 그것을 문장으로 정리해서 단락을 지으면 될 터이므로 책을 참고하지는 말자 등등의 여러 수단을 공글리는 나날도 술술 흘려보냈다.

두번째 동기야말로 아주 구체적이고 직접적이다. 어느 날 나는 해거름녘에 서울 변두리에 있는 제2의(아니면 제3의?) 로데오거리를 어슬렁거리고 있었다. 내 우거와 거의 붙어 있다시피한 그 거리는 유명 메이커들마다의 각종 신사복·레저복·캐주얼복·가방·신발 따위를 파는 상점의 도열로 빈틈이 없는 대로인데, 이제는 인가 쪽으로까지 가게들이 파고들어 와서 벌집처럼 성시를 이루고 있는 판이다. 주말이면 벌 떼들이 제가끔 편한 복장으로 떼를 지어 붕붕거리므로 인도의 통행도 여의찮고, 차도는 미어터지기도 한다.

아마도 그날 아침에 노처가 외손자 돌보미 노릇을 하러 마포 쪽의 딸네 집으로 가면서 저녁은 사서 자시라는 하명을 떨구었지 싶고, 밥이야 어찌 됐든 쇼윈도마다 구경거리가 많아서 나는 진진한 한눈팔기로 시간 가는 줄도 모르며 노닐고 있었을 것이다. 이제는 저렇게 얼룩덜룩하고 화사해서 '튀는' 옷을 영영 못 입게 됐으니 내 신세도 볼장 다 본 거지 같은 자괴감(自壞感)을 떠올렸을 테고, 늙어서 쇼핑하면 돈 내버리고 사람만 등신 된다는 고언(苦言) 때문에 무엇이든 사고 싶은 구매 욕구를 억지로 죽이고 있었다. 실제로 울컥 내켜서 옷을 샀다가는 반드시 한 번도 안 입고 남을 주든가, 아파트 단지 내의 의류수거함에 내다버리게 되는 경험을 숱하게 치러봤으므로 그 그림의 떡을 흐릿한 시선으로 감상만 하면서 얼쩡거리는 것도 오감했다. 그런 바장임 중에 문득 그게 뭐라고 부르지 라는 의문이 떠올랐고, 나는 걸음을 멈추고 말았다. 후에 생각해보니 그 상점가에서 유독 그 어떤 어휘를 불러내려고 안간힘을 썼다는 사실에는 상당한 연유가 있는 것처럼 여겨졌다.

그것은 정자처럼 햇볕을 가리는 지붕만 있고 벽이 없다. 아마도 그 어원은 사막부터 떠올리게 하는 이슬람 언어권에 있을 것이다. 또한 그것은 세계 구석구석의 여느 길거리나 역의 플랫폼에는 반드시 설치되어 있고, 신문·잡지 같은 읽을거리를 비롯해서 각종의 간식거리를 파는 간이매점이다. 눈에 훤히 그려지건만 그 말이 도무지 떠오르지 않았다. 이 땅에서는 그것이 벽까지 견고하게 두른 구조물에다 상품과 돈을 맞바꾸는 창틀만 빼꼼이 뚫어놓고 있지만, 일본은 이런 대목에서도 거의 '교과서대로' 각종 여행용 도시락이나 먹을거리와 읽을거리로 울을 쳐놓고서는 그 좁은 공간 안에서도 매점 주인이 무슨 일이든 쉴 새 없이 하고 있다. 벽이 없으니 훤히 보이고, 그런 노동 자체가 무슨 시위로 비치기도 한다. 달리 말하면 외국의 문물을 받아들이는 데서도 우리와 이웃 섬나라는 좀 다른데, 한 쪽은 제멋대로 편리하게 원용해서 전혀 다른 변종으로 만들어버리고, 저쪽은 가능한 한 원형 그대로 고수하려고 버틴다. 그래서 그 외국어 명칭을 우리는 버렸지만, 일본은 저들 특유의 외국어 발음 장애증후군에도 불구하고 그 호칭을 아직도 고집스럽게 상용하고 있다. 아무려나 그 외국어 명사가 머릿속에서 뱅글뱅글 돌고 있건만 선뜻 불거져 나오지 않았다. 저녁을 찾아 먹을 염도 어느새 까맣게 달아나버렸지만, 먹은 게 체한 듯 갑갑궁금했다.

모르면 사전에 물어봐야 했으나, 찾으려는 표제어를 알 수 없는 이상 내가 명색 서재에 비치해두고 있는, 늘 책상 위에 펼쳐두는 네 종류의 사전 말고도 줄잡아 50종은 넘지 싶은 각종의 '어휘사전'은 전적으로 무용지물이었다. 개중에는 화영사전(和英辭典)도 있었지만, 역시 쓸모없기는 마찬가지였다. 아니, 내 손때가 묻을 대로 묻어 있는 그 따위 사전류만 하릴없이 뒤적거리고 있을 일이 아니라 전화로 한때 우의를 돈독하게 나누기도 했던 친지에게 물어보면 단숨에 그 옹송망송한 답답증이 확 풀려버릴 것이었다. 당장에라도 집으로든 휴대전화로든 찾을 수 있는 친지 중에는 한때 도쿄 총영사를 지낸 양반이 있는가 하면, 가나자와(金澤)에서 방문교수인가로 일 년간이나 체제한 위인도 있었다. 그러나 무슨 고집인지 그들에게 안부인사를 곁들여 슬쩍 물어볼 수 있는 그 짓을 나는 하기 싫었다. 나의 이 경미한 건망증과 끝까지 싸워서 두뇌의 체증을 삭혀버려야 속이 시원할 것 같았다. 버텼다. 문득 어느 날 어느 때 그 어휘가 내 뇌리의 굳어가는 속살을 비집고 툭 튀어나올 것이었다. 그런 경우를 나는 이미 수시로 경험하고 있는 터이기도 했다.

그즈음에 치렀던 건망증과의 씨름에는 이런 조잡한 사례도 있다. 한때 이 땅의 외화 팬들에게는 꽤나 널리 알려졌었고, 서사를 풀어가는 명징한 기법에 다소의 낭만적인 멋부림을 그럴듯하게 우겨넣곤 했던 미국의 배우이자 영화감독 시드니 폴락의 이름이 떠오르지 않아 애를 먹은 적이 있었다. 그가 즐겨 쓰는 배우로는 머리통이 잘생긴 미남 로버트 레드포드가 있으며, 또 다른 동시대의 영화감독으로서, 본바닥에서는 어떤지 몰라도 이 땅에서는 그 지명도가 상대적으로 좀 떨어지는, 그러나 미국 사회의 저변에 깔린 다급한 화두를 냉소와 해학으로 훌륭하게 빚어내는 시드니 루멧이라는 이름은 훤히 기억하고 있는데도 그랬다. 수중에 갖고 있던 여러 종류의 영화 관련 책들을 다 뒤적였지만, 두 거장 감독의 이름은 코끝도 비치지 않았다. 책이란 것이 대체로 그처럼 무능했다. 얼어 죽을 놈의 책과 시르죽어 마땅할 그 속의 얼치기 서술이라니! 툴툴거리고만 있을 게 아니라 인터넷을 통해 알아보면 될 테지만, 나는 나이 핑계를 대는 게 아니라 천성이 그런 일로 호들갑을 떠는 경망에는 철두철미 제동을 거는 버릇에 길들여져 있다. 그럭저럭 낑낑거리기조차 시답잖아져서 그 조잡해빠진 화두를 슬그머니 놓아줘버리자고 마음을 돌려세울 때쯤에 그 생면부지의 미국 영화작가의 함자가 오롯이 떠올랐다. 그 당장에는 내 기억의 재생력이 고마워서 울음이라도 비치고 싶은 심정이었다. 아무튼 그때는 대략 보름쯤 만에 그 재생력이 작동했건만 이번에는 꿈쩍도 하지 않았다. 답답했다. 그러나 나는 집요하게 기다렸다. 종무소식이었다. 만성화에 접어든 체증은 그럭저럭 견딜 만했다. 그렇긴 해도 그것이 완전히 풀리기 전에는 어떤 일에도 달려들 수 없을 것 같았다.

그 어휘는 키오스크(kiosk)로 물론 보통명사였다. 그동안의 신고 기간이 몇 달인지 나는 굳이 따져보지 않았다. 우선 그 말이 자다가 한밤중에 깨어나서, 아마도 두번째로 잠에서 놓여나 마렵지도 않은 오줌을 누러 화장실에 들렀다가 다시 늙은 몸을 잠자리에 눕혔을 때 갑자기 떠올랐고, 안 잊어버리려고 머리맡에 놓아둔 작은 공책에다 우리말과 영자로 적어놓고 나자 속이 후련해서 살 것 같았다. 물론 그때도 잠귀신은 까맣게 달아나서 양쪽 어깻죽지가 배길 정도로 뒤척거리기를 반복했다. 뒤이어 모든 고생이 그런 것처럼 어떤 속박에서 풀려나 진정한 자유를 누리면 그동안의 멍에쯤은 안중에 없어진다는 사실을 실감하고, 이 해방감을 한동안 철저히 누리다가, 그런 의미에서라도 하루 빨리 내가 기획하고 있는 일에 매달려보자고 다짐했을 뿐이다. 말하자면 내 총기에 대한 일말의 신뢰감 때문에 누리는 득의에 겨워서 그동안의 내 건망실어증의 경중을 일부러 무시했다고 해야 옳을 것이다. 그러나 내 천착증은 그동안의 묵은 체증에 어떤 보상이라도 받아야겠다는 듯이 여러 사전을 뒤적거리게 했다. 곧 그 말은 터키어로 정자(亭子)를 뜻하며, 일본에서는 왜 그런지 키오스크와 키요스크를 공용하는데 철도공제회에서 운영하는 역 구내의 매점에만 한정해서 사용하고, 유럽 쪽에서는 신문 같은 가벼운 읽을거리와 꽃 따위를 파는 노점에 상용하는 모양이었다. 요컨대 그것은 만국 공용어였다.

이야기가 좀 에두른 감이 없지 않다고 나설 사람이 있겠지만, 실은 그런 속단이야말로 출반주로서 경거망동이다. 왜냐하면 모든 일에는 나름의 동기가 착실히 암류하며, 내 총기가 이제는 쇠잔일로로 치닫고 있어서 그것의 기능을 얼마쯤이라도 회복시키기 위한 방편으로 내가 좀 별난 형식의 글쓰기에 매달리게 되었다는 고백을 털어놓으려는 것이 아니기 때문이다.

키오스크라는 말이 안 떠올라서 저녁도 굶은 그날의 내 배회 장소가 세칭 로데오거리였음은 이미 서술한 바와 같다. 그 거리를 동에서 서로 또 서에서 동으로, 심지어는 양쪽 대로변에 곁가지처럼 뻗어 있는 골목들 속까지 발길 닿는 대로 걸어 다닌 셈인데, 왼쪽 발을 절뚝거리는 그 서성거림 중에도 나는 연방 속으로 '이게 뭔가, 이걸 도대체 뭐라고 해야 옳지, 마땅한 말을 못 찾는 내가 바보란 소리지 뭐, 이 사실을 수긍해버리면 마냥 편하게 살 수 있다는 소린데, 어쨌든 답답하네, 좀더 두고 봐? 뭘? 기억력의 복원 말이야, 그걸 재생해본들 무슨 소용이야' 같은 중얼거림을 토해내고 있었다. 요컨대 건망실어증과의 싸움에 지칠 줄 모르고 빠져 있으면서도 나는 뭇 잡생각을 떠올렸다가 지울 수 있는 정도의 체력, 좀더 정확히는 정신력과 신체가 웬만큼 원활히 작동하고 있었다는 말이다. 달리 말한다면 나 자신과의 그 싸움이 재미있어서 언제까지나 그 즐거움을 누리고 싶음을 스스로 또록또록 인정하고 있었다. 그런 쉬임없는 심신의 요란한 운동 중에서 나는 불쑥 '로데오거리'라는 합성어를 주목하고 있는 내 의식을 깨달았다.

누구라도 알다시피 로데오(rodeo)는 청바지에 챙이 넓은 모자를 쓴 카우보이가 사나운 야생마나 소의 등짝에 올라타서 온몸을 출렁이다가 결국 땅바닥으로 꼬라박히는, 가축을 길들이려다가 오히려 사람이 나가떨어지는 일종의 곡예 같은 공개 경연대회를 뜻한다. 사전의 또 다른 뜻풀이에 따르면 낙인을 찍기 위해 목우(牧牛)들을 한데 끌어모으는 연례행사나 그 장소라고 되어 있다. 필시 후자가 전자의 여흥용 경기를 만들어냈을 것이다. 어느 쪽이든 로데오는 미국 농촌의 인기 있는 풍속에서 유래한 미국어임은 틀림없다. 그런데 그런 어원과는 달리 이 땅의 로데오거리는 주로 젊은 선남선녀들이 혼자서 또는 떼지어 장구경도 하고 물건을 사러 돌아다니기도 하는 도시의 한

구역이다. 보기에 따라서는 자본주의의 은성한 활황 국면을 대변하고 있는 진풍경이기도 하다.

궁금해서 이번에도 그 상용도나 신빙성이 높아서 흔히 기대는 우리말의 어떤 '백과사전'을 뒤적였더니, '로데오거리'의 연원을 곱다라니 밝혀두고 있었다. 그 지역명을 따온 역사적 유래를 일단 접어두기로 한다면, 미국 캘리포니아주의 대도시 로스앤젤레스의 서쪽에 할리우드와 나란히 붙은 위성도시로 베벌리힐스가 있는데, 바로 거기에 삐까번쩍하는 호텔 · 식당 · 백화점 들이 소 떼처럼 '몰켜들어' 섰고, 특히나 그중에서도 '로데오거리'는 소위 '명품'만을 취급하는 상가로 유명하며, 인근에 배우들의 호화 주택, 또 다른 선망의 적인 캘리포니아 대학교 로스앤젤레스 캠퍼스(UCLA)와 해안의 휴양지 산타모니카까지 껴묻어 있어서 이래저래 사회적 · 인공적 '천혜'의 관광지로 개발되어 있다는 것이었다. 그렇다면 그 호화찬란할 소비의 최첨단 동네를 이 땅에서 아주 엉성하게, 그것도 지리적 · 물리적 여건을 감안하지 않은 채 너무 조악하게 베긴 셈이 되고 말았으니 이러나저러나 '로데오'라는 의미의 원초적 · 파생적 전와(轉訛)가 매우 심한 단적인 예가 아니고 무엇인가.

그 이후 나의 상념은 짙어졌고, 물줄기처럼 한 방향으로 가닥이 잡혀졌다. 주로 밤에 이런저런 생각들을 공굴리기 마련인데, 여기에도 나름의 연원이 있다. 앞으로 밝혀지겠지만, 마흔 살 전부터 나는 처자식을 가진 몸이었음에도 불구하고 만부득이 독방 거처하는 망외의 분복을 누리게 되었는데, 그것이 화근이었던지 진작에 지독한 불면증을 거느리는 팔자였다. 가령 잠자리에 들고 나서도 한 시간 이상씩은 좋이 잠들기 자체와 악전고투를 벌여야 했고, 선잠이 들고 나서도 두어 시간마다 깨는가 하면 한밤중에 잠이 덧들면 온밤을 하얗게 지새우기도 일쑤였다. 그런 잠 부족증이 이틀쯤 계속되다가 하루쯤은 다섯 시간 안팎의 숙면에 빠질 때도 있었으나, 쉰 줄에 접어들고는 하루 수면 시간이 네 시간 이쪽저쪽인 나날이 흔해졌다. 당연하게도 낮 동안에는 하체가 유별스레 묵지근해지면서 봄날의 아지랑이처럼 온몸이 가물거리지만, 그런 증세도 만성화에 이르자 그럭저럭 견딜 만해져버렸다. 말하자면 몸이 제 주제를 알아서 얄궂은 조홧속을 발휘하는 셈이다.

'로데오거리'와 '키오스크'도 마땅히 한밤중에 치르는 무명(無明)과의 내 대화에 주제로 떠올랐다. 하나는 그 명명이 가당찮다. 거의 엉터리라고 해도 과언이 아니다. 그러나 이런 명명법은 우리 주위의, 아니 이 세상 구석구석에 흔하다. 다만 모르고 있거나 알아도 별것이 아닌 일로 여겨, 그러니 시끄러운 게 못마땅해서 거론하지 않고 있을 뿐이다. 다른 하나는 아주 적당한 말이긴 해도 내 경우에는 그것을 적시에 끌어다 쓸 수 없었다. 눈에 빤히 보이는데도 그것을 뭣이라고 지적하는 말을 잊어버린 것이다. 누구라도 나처럼 그런 아둔한 한 시절을 겪는다. 유감스럽게도 그게 바로 인생의 정체다. 그러나 다행히도 한참 세월이 흐르고 나서야 한 시절의 그 망집 · 몰아 · 우매가 무엇이었는가를, 여전히 적확한 말을 찾으려고 버둥거리면서도 깨닫기는 한다.

한쪽에서는 부정확한 명명에 놀아나는 몰풍경이 중뿔나게 떠들고 일어나는데도 '이것을 뭐라고 해야 하나, 왜 말을 못 찾아, 말을 새로 지어내서라도 이 눈앞의 사태를 그려야 하잖아, 그것도 못해? 못해도 살아가는 데는 지장이 없는데' 같은 속절없는 속생각으로 영일이 없던 내 한때의 처지와 그런 처신을 지금의 노안으로 조망해보면 다음과 같다.

그때가 1980년 봄이었음은 분명한데, 3월 언제쯤이었는지 도무지 아리송하다. 위에서 불충분하게나마 설명한 대로 옳은 명명법을 찾아가는 행로를 기록할 참이므로 월별이나 날짜 같은 하찮은 세목은 징검다리 걷듯 건너뛰어야겠다. 아무튼 그 시절의 어느 주말이었을 테고, 그날도 나는 어떤 규칙적인 관행에 자신을 비끄러매는 데 이골이 난 사람답게 오후 다섯시 반쯤 중앙도서관의 정기간행물실 앞의 신문열람대를 막 벗어나고 있었다. 한 시간쯤 더러 낱장이 너덜난 중앙지와 지방지를 대충 다 훑어보고 난 뒤였다. 그 시각이면 그 날짜 신문을 찾아 읽으려는 학생들이 거의 없기 때문에 오전 중처럼 번번이 누가 독차지하고 있는 특정지를 기다리느라고 시간을 낭비하지 않아도 된다.

말이나 생각의 속성이 원래 그렇듯이 차례를 좇아 써가야 하는 '서술'에 다소 두서가 바뀌어버렸지만, 그 당시 나는 서울에서 고속버스로 네 시간쯤 걸리는 한 지방대학에서 전임교원으로 강의 품을 팔기 시작한 지 꼭 일 년째를 맞는 새잡이*였으며, 그 전해 연말까지 월 8만5천 원짜리 '고급' 독방 하숙 생활을 걷어치우고 현관문과 방문을 스스로 따고 들락이는 다세대주택 속의, 화장실과 간이 입식 부엌까지 딸린 널찍한 방 하나를 전세로 얻어 주중의 독신자 생활을 막 구가하고 있던 판이었다. 지금도 그 집의 여러 풍경이 눈에 선히 떠오른다. 늘 뻘쭘히 열려 있던 나무 대문의 삐꺽이는 소리, 울퉁불퉁한 암적색 벽돌의 외벽에 바싹 붙여 가파르게 쌓아놓은 시멘트 계단, 무슨 테두리처럼 좁장하게 튀어나와 있던 철책 난간 달린 이층의 바깥 통로, 화장실 문을 열어놓고 변기 위에 올라앉아 있으면 남향 창틀을 온통 채우며 손에 잡힐 듯 다가와 있던 붉은 네온사인 십자가의 늘어빠진 점멸 등등. 그 숙소에서 하루의 반을 뭉그적거리고 나머지 반을 학교에서 어물쩍거리는 식의 단조로운 생활을 영위하고 있었는데, 점심은 주로 대학구내의 여러 식당에서 때우고 아침과 저녁은 매식을 해야 했으므로 꼬박꼬박 닥치는 그 끼때를 넘기기가 귀찮긴 해도 떡이나 미숫가루도 자고 나서는 먹을 만했고, 그 지방 특유의 음식인 돼지국밥도 손쉽게 찾아서 배를 불릴 수 있는 구뜰한 먹을거리였다.

아마 그때도 겨울방학 동안 내내 서울의 우리 집에서 죽치고 지내다가 2월 중순쯤 내려와서 내 나름으로 정해놓은 시간인 오전 일곱시 이전에 학교의 연구실 책상 앞에 착석하는 버릇을

---

* **새잡이** 어떤 일을 처음으로 시작하는 사람.

지키고 있었을 것이다. 숙소에서 학교까지는 버스로 20분쯤, 교정을 관통해서 걷는 데 10분 이상 족히 걸리는 출근길 내내 '대학 접장 노릇도 정말 별게 아니야, 거저먹는다면 어폐가 많을 테지만 학생들이나 동료들이나 워낙 얼렁뚱땅이에 엉터리 천지라서 상대할 잡이도 아니니 내 실속이나 단단히 차려야겠네' 같은 시쁘장한* 다짐을 곱씹고 있었을 게 틀림없다. 실력이나 학력이 동떠서* 그처럼 기고만장했던 것이 아니라 그전까지 초중고등학교 교사 노릇을 골고루 다 거친데다 부임하기 직전까지는 마지막 학위논문을 쓴다는 핑계를 앞세우고 '선생질'을 아예 그만둬버리고 나서 대입학원 강사에 어느 여자대학의 시간강사까지 2년쯤 했으니 그야말로 내 교직 경력 자체가 파란만장해서였다. 물론 학력도 그만큼 요란했다. 초등학교 교사 양성소였던 구제(舊制) 사범학교를 거쳐 꼬박 3년 동안 동해안 남쪽의 해변가에 꼬막처럼 달라붙어 있던 '국민학교'에서 봉직하며 그야말로 주경야독한 덕분으로 서울의 어느 대학에 턱걸이로 입학만 해두고 기피자 신세를 훌훌 벗어버리려고 허겁지겁 군복무를 마친 다음, 4년 동안 한 집에서 세 아이의 입주 가정교사로 졸업장을 만들고, 그즈음에는 사람을 가르치는 일에 진력이 나서 D통신사에 입사하여 11개월 남짓 개기며 대학원에 적을 걸어두었고, 석사논문을 쓰려니 목구멍이 싸하도록 떠들어대는 수업시간이 지겨워서라기보다 모주꾼인 교감탱이의

---

* **시쁘장하다** 마음에 차지 않아 조금 시들하다.
* **동뜨다** 다른 것들보다 훨씬 뛰어나다.

눈치등쌀이 은근히 고약해서 야간부까지 있던 한 사립중고등학교의 국어·영어 담당의 '두루치기' 올빼미 임시교사직을 자청하여 6개월 동안이나 버텨내기도 한 바 있었다. 이런 형편이었으니 여느 대학 접장들보다 줄잡아 10년 안쪽의 늦깎이로 마흔 줄에 접어들어서야 겨우 강단에 선 셈이라 동료들과의 수인사에조차 주뼛주뼛거려지는 게 사실이었다. 그러나 한편으로는 이 몸의 사회 경력이 얼마나 모진데 니까짓 놈들의 그 알량한 실력·자존심·안목 따위에 내가 설마 쪽을 못 쓸까 같은 궁량도 제법 단단히 여물어 있었다고 봐야 공평할 것이다. 실제로 같은 학과의 한 동료는 지 할배가 호적에 두 해나 늦게 올렸다면서도 실제 나이가 나보다 불과 한 살 많은 양반인데도 벌써 대학 강단에 선 경력이 10년을 넘겼다고 헛기침을 하는가 하면 교수 직위를 넘겨다보고 있었다. **(대학의 학번으로 따진다면 그의 연배가 소위 '신제박사' 제도의 첫 수혜자인 셈이고, 나는 그보다 서너 해 뒤처진 꼴이 된다.)** 그렇거나 말거나 내가 그 동년배를 가소롭게 여긴 것은, 그즈음에는 벌써 당신 손에서 생업을 놓고 있던 내 부친이 여러 사람과 어울려 한잔 걸쳤다 하면, 우리 둘째아들은 학비 한 푼 안 보태줬는데도 지 공부 지가 알아서 끝까지 다 마쳤다고 자식 자랑을 늘어놓는 데서도 알 수 있듯이 사범학교 시절부터 고학으로 학력을 만들었다는 내 나름의 자부심도 나무토막처럼 뻣뻣했기 때문이었다.

중앙도서관에서 문과대학으로 되돌아오는 길은 서너 갈래 이상이나 나 있었다. 비가 오면 건물 사이를 이어놓은 지붕 덮인 복도 두 개와 세 개의 건축물 속 통로를 지나면 닿을 수 있고, 플라타너스나 히말라야시더가 심어진 가로수 길을 택하면 걸음품이 좀 들긴 해도 수종(樹種)이 바뀌면서 꺾어질 때마다 운치가 있다. 묘목장과 붙어 있는 뒷길은 한적해서 음침한데다 야산 자락과 이어진 공터에는 들쭉날쭉 키재기를 하고 있는 풀들이 자욱한데, 더러 그 속을 헤매는 한 쌍의 젊은이가 이쪽의 의뭉스런 눈길에 화들짝 놀라는 노루새끼처럼 자취를 감추기도 한다.

나는 그날 작정하고 이차선도로가 정문 쪽으로 길게 뻗어 있는 가로수 길을 걸어 내 연구실로 돌아가고 있었다. 틀림없이 교내의 어떤 표정, 학생들의 동정 따위를 유심히 눈에 담으려고 그랬을 텐데, 의외로 내 상념은 좀 들떠 있었을 것이다. '이때까지의 내 삶이 땅만 보고 걸어왔다면 이제야 나무도 보고 산세도 살피며 사는 격이고, 또 그렇게 살아볼 여건이 대충 갖춰졌으니 그것을 즐기며 지내자.' 그런데 그런 다짐은 좀 싱거웠고, 실제로도 심심해서 좀이 쑤시는 판이었다. 주위를 살펴보았다. 여느 날처럼 정문 앞의 버스정류장 쪽으로 하교 걸음을 떼놓고 있는 학생들과 통근버스를 타려고 종종걸음을 쳐대는 교직원들이 드문드문 보일 뿐이었다. 내게는 그 평온이 이상하다 못해 적잖이 수상쩍었다. 당장에는 숨을 껄떡거려가며 앙앙대던 갓난애에게 젖을 물리자마자 잠잠해져버린 그 고요처럼 생뚱맞은 것이었다.

방금까지 촉각을 곤두세우고 들여다봤던 신문에 따르면 '서울의 봄'이 바야흐로 무르익어가고 있었다. 그러니 뭔가가 꿈틀거려야 했고, 그게 눈에 또록또록 목격되어야 했다. 물론 나는 '서울'의 봄도 믿지 않았고, 지방의 그것은 아예 기대하지도 않았다. 그때나 지금이나 신문이 얼마나 엉터리투성이인지를 나는 웬만큼 알고 있다고 자부하는 쪽인데, '서울의 봄'은 어떤 염원이나 희망일 뿐이지 믿을 만하거나 그럴 수밖에 없는, 요컨대 가까운 장래에 사필귀정으로 드러날 어떤 징후가 아니었다. 또한 그 간절한 바람의 주체는 유신체제 하에서 이런저런 자유의 한시적·부분적 박탈과 생존권의 침해로 멍이 들대로 든 신문기자 일반이거나 그들의 싸늘한 등짝을 비빌 만한 둔덕으로서의 일부 깨어 있는 식자 전반일 것이었다. 그러나 한 발자국만 바싹 다가가 들여다봐도 '서울의 봄'을 바라는 그런 계층의 숫자는 거의 미미한데다 그것 자체의 수사적 표현이 노골적으로 가리키고 있듯이 애매모호할뿐더러 감상적이어서 그런 낭만기에다 아예 날뛰지 못하도록 동아줄이라도 칭칭 감아버리고 싶을 지경이었다.

도대체 이 허황한 말을 최초로 구사한 인간이 누구란 말인가? 틀림없이 삼류시인적 발상을 휘두르는, 월급에 매여서 밥벌이나 겨우 하는 말 많은 위인일 테지. 지금 성찬을 앞에 두고서 어떤 세력이라도 먼저 어느 쪽엔가 '손대지 마'라고 말할 자격이나 능력이 없는 게 분명한데, 그들은 하나같이 우매하기 짝이 없는 민중의 모래알 같은 힘을 제 것으로 착각하며 허황한 사상누각을 짓고 있지 않은가. '서울의 봄'이라는 그 구조물의 축조에 들일 재원과 인력이 있기나 한가. 그 간절한 열기를 부추기기만 하면 덩실한 집이 들어설 것이라고 믿는 쪽은 당연히 언론매체이고, 그런 가상의 여론을 주도하는 신문기자들의 대세 판단력은 사실 탐색자의 그것이라기보다 허구 조작자로서의 무책임한 망상에 가까운 것 아닌가. 그렇다면 이런 달콤한 망발을 마구 퍼뜨림으로써 영리를 추구하는 언론매체들이야말로 내놓고 사기를 치는 집단이 아니고 무엇인가. 아무튼 '서울의 봄'은 말 같지도 않다. 있을 수 없다. 진정으로 묻는데 '서울'이란 한정어는 무엇을 의미하는가. 대한민국이란 말인가? 자연의 봄은 왔는지 몰라도 또 다른 봄은, 그 '봄'이 뭔지 몰라도, '정치적 자유와 해방' 따위는 오지 않았고 올 리도 없다. 그것이 제 발로 굴러오도록 내버려둔다면 작년 섣달 12일에 목숨을 걸고 일종의 반란을 주도한 세력이 죽을 쒀서 개를 주는 꼴인데, 쓸개 빠진 인간들이 아니고서야 그게 말이나 되는 수작인가. 시방 정국의 애매한 형체는, 정국이랄 것도 없이 유명무실해빠졌지만, 그 주도권이 박통의 소위 그 친위부대에게 있음은 이 맹한 긴장의 진공상태, 성찬 앞에서 침만 흘리며 어디선가 들려올 '밥들을 드시지오'라는 그 한마디 말을 기다리는 몰골에서도 일목요연하게 드러나 있지 않은가. 또 '신군부'는 무슨 말인가. 그것을 정확히 짚는다면 정권 탈취의 야욕을 노골적으로 드러내고 있는 대머리 장성 전모와 그 일당 아닌가. 망할 것들, 글을 그 따위 엉터리로 써대는 것들이 저질스런 엘리트의식은 살아가지고 누구에게나 '한번 봐준다'는 식으로 저희들의 그 꼴같잖은 지면을 노가다판의 웃돈 없은 노임처럼 흔들어대며 아첨을 떨고 지랄이야.

그런저런 감회와 추단을 흩뿌리면서 신문마다의 지면을 샅샅이 훑었고, 중앙도서관 로비를 뒤로 물리면서는 어떤 기대감으로 들떠 오르는 감정을 애써 눅이며 걷는 판인데, 교정의 분위기가 그 모양으로, 어떤 미동도 감지할 수 없는 것이었다. 일시에 맥이 빠지는 기분이었다.

터덜터덜 걸어서 낮 동안의 내 우거 속으로 들어서니 왠지 막막했다. 퇴근 채비를 차려야겠는데, 꼼짝하기도 싫었다. 이때껏 남들이 한 가지 일을 할 때 두 가지, 세 가지 일을 누구의 도움 따위는 손톱만큼도 받지 않고 동시에 치러내며 허둥지둥 살아온 터이라 '허무하다' 같은 나약한 감상과는 담을 쌓고 지냈으며, 언제라도 어떤 낭패감을 사전에 예방하면서 살아왔지 싶은 이 땅에서의 내 삶 자체가 온통 시시해졌고, 일시에 덧없어졌다는 느낌이 지배적이었다. 그러니 털버덕 주저앉아서 멍하니 넋을 놓아버린 꼴이었다. 그런 내 심경이야 어쨌든 이내 머리를 흔들고 나서 다시 그 뻔뻔스런 신문 지면들을 떠올려보니 민중의 정치적 무관심도 문제지만, 정치가나 식자계급 전반의 유치한 정치의식은 징치의 대상을 넘어 린치나 인민재판감이었다.

미리 밝혀둘 것부터 짚고 넘어가는 게 순서지 싶다. 그즈음 내가 그토록 정국의 추이에 비상한 관심을 쏟아 붓고 있었던 것은 한때 내 풍신에 걸맞잖아 코가 꿰인 외도를 하다시피 일하다 그만둔 직장, 곧 '서울'의 뉴스를 지방의 여러 신문사에다 파는 한 통신사에 근무하며 단련된 게 아니라 거의 생리적인 정서 반응 정도라고 해야 옳을 것이다. 달리 말하면 내 스스로 역사의 현장을, 어느 언론매체나 금과옥조로 내세우는 '불편부당한 시각'으로 지켜보면서 명색 지식인으로서의 처신이 어떠해야 하는지만큼은 의식하며 살아내자는 지극히 평범한 신념의 소유자였다는 소리다. 따라서 여느 시민이 아무데서나 털어놓는 그런 수준의 반응을 혼자서 잡아채다보니 다소 과장기가 묻었다고 봐도 무리가 없을 것이다. 물론 그런 반응과 그것의 실천적인 국면 곧 어떤 행동 양식은 전혀 다르고 또 천차만별일 수밖에 없으므로 거론하려면 별도의 전문적인 장(場)이 마련되어야 한다. 그렇긴 해도 이처럼 요긴한 때 '지방'에서 호구를 해결하기 위해 버둥거려야 하는 내 처지가 어쩔 수 없이 서글프기조차 한 소외감을 조장하는 통에, '주는 대로 처먹어라' 식의 정치적 시혜에 대한 반발마저 시르죽은 것은 아니었다.

어수선한 심사인 채로나마 기계적인 손놀림으로 가방을 챙기고 있는데, 잰 듯이 짧은 간격을 지닌 똘똘한 노크 소리가 세 번 울렸다. 다혈질 성미도 아니건만 늘 갑갑하게 느껴져서 나는 연구실 문을 활짝 열어놓고 지내는 터이긴 해도 아무나 함부로 걸터넘지도 말고, 노크도 삼가달라는 표시로 걸상 한 짝의 등받이를 복도 쪽으로 향한 채 막아놓고 있다. 따라서 그 노크는 당돌하면서도 의도적으로 장난을 걸어오는 소리였다. 책상 위에다 높다란 책꽂이를 세워두고 복도 쪽과는 담을 쌓아두고 있으므로 나는 엉거주춤하니 책상 모서리를 돌아서 노크 소리를 맞으러 나갔다.

"저예요, 아직 안 나가셨길래. 오늘 서울 올라가세요?"

영문과에서 현대영미희곡을 가르치고 있는, 왕년의 세습군주제 때 왕후를 두 사람이나 배출했다는 성씨(姓氏)의 심아무개 선생이었다. 그쪽에서는 얼쩡거린 바도 없으므로 내 눈으로 문패를 확인해본 바는 없지만, 그녀의 연구실은 같은 삼층에서도 더 구석진 곳에 들어앉아 있는 듯 가끔씩 복도에서 멀어지는 뒷모습이 보이곤 했다.

"갈까 말까 그러고 있습니다. 어쩐 일로……"

"좀 들어오란 말도 없으시고"라면서 그녀는 금(禁)줄 격인 걸상을 밀치고 연구실 속으로 불쑥 들어섰다. "자청해서 들어왔으니 차 달란 소리는 안할 게요. 그래도 앉으란 말이라도 좀 하시잖고."

"서서 말하는 게 서로 편할걸요. 피차 하루 종일 걸상과 엉덩이 씨름만 했을 테니."

"그렇기는 하네요. 그럼 서서 간단히 말할 게요, 한가한 소리는 이따가 나누기로 하고요. 누가 청해보라고 해서 메신저로 왔는데요."

"본인의 의사라고 해도 저는 전혀 상관없습니다. 권유자도 여성동지라면요."

"뭐예요, 어디서 많이 해본 솜씨를 과시하는 거예요?"

"심심해서 지금 말장난을 걸고 있을 뿐입니다. 오해하지 마세요."

"무슨 오해까지나. 초면이나 마찬가진데."

"남녀 사이는 어차피 초면으로 만났다가 초면으로 끝날걸요. 그건 그렇고 이 무능한 사람에게 무슨 청까지나 들이미실라고."

"실은 별거도 아니에요. 오늘 밤에 시간 좀 내면 어때요. 저희들끼리 가끔씩 모이는 단란 집회가 있거든요. 혹시 늘어보셨어요?"

30대 중반은 됐을 것 같은데 너무 활달해서 나이를 짐작할 수 없게 만드는 여성이었다. 길에서나 복도에서도 남자 선생들과 스스럼없이 대화를 주고받는가 하면 큰 소리로 웃음을 터뜨리기도 하여 상대방이 누구든 수하자로 다루는 타고난 능력이 있는 듯했다. 언젠가는 문과대 들머리의 대리석 계단 위에서 멀쩡한 양코배기가 상체를 꾸부정하니 꺾어 그 우뚝한 콧줄기를 그녀의 알따란 가슴팍 계곡 속에다 겨눠놓고 무슨 농담을 속삭이자 그녀는 즉각 "아이 씨, 아이 씨, 댓츠 소"라면서 깔깔 웃음을 길게 터뜨리기도 했다.

"금시초문인데요. 그 저희들이 누굽니까?"

"이 삼류대학에 재직 중인 싱글 여선생들이요. 주축이 그래요. 발기는 제가 했지만요."

"싱글이라? 당분간 짝 없이 혼자 사시는 젊은 여자들이란 말이군요?"

"당분간, 짝 없이란 말이 그럴듯하네요. 그래도 젊다는 말은 좀 그렇네요. 연령 같은 건 안 따지지만 나이 드신 분들은 아예 범접도 않고, 이 땅의 풍토가 그렇잖아요. 친구는 직장 밖 외부에나 있고요, 우리 쪽도 그런 사람과는 멀리해요. 구미가 안 당기세요?"

"면면을 봐야 구미든 흥미든 당기고 말고 할 테지요."

나이도 있으므로 톡톡 튀는 말버릇이라면 호들갑일 테지만, 외국 생활을 오래 한 사람답게 도랑도랑한 구석이 온몸에서 찰랑거리고, 그 점은 그녀의 굵고 짙은 생래의 눈썹이나 다부져 보이는 입매와도 그런대로 어울렸다.

물론 그때 그녀의 말을 그대로 재생할 수는 없으므로 대충 위와 같은, 또 아래와 같은 대화를 나눴다고 보면 대차가 없을 테고, 실은 그녀의 체취만을 떠올려도 나조차 어떤 실감으로서의 최면에 빠져든다고 해도 망령기라고 비웃을 수는 없지 싶다.

"어쨌거나 그 재미난 결사에 왜 하필 불민한 저를…… 잘 아실 테지만 저는 서울에 배우자를 두고 있는 몸인데 말이지요."

그녀의 즉답은 언제라도 숭굴숭굴해서 아무라도 삽시간에 무간한 사이로 만드는 재주가 있었다.

"바로 그 배우자가 친정 간다며 오늘 밤 잠시 있어야 할 그 자리를 비우거나, 다른 배우자 곧 서방님이 출장을 가신 분들도 스페셜 게스트로 모시고 있어요. 그야말로 한시적인 짝 잃은 기러기지요. 오늘 상경 안하신다면 자격이야 충분하잖아요."

"글쎄요, 호의가 고맙긴 한데……"

"참 딱딱하시네, 달리 약속도 없는 것 같건만 무슨 핑계거리를 찾으시나. 공연히 비싸게 굴면 찍히지요."

"그런 엄포쯤이야 우습게 알지만…… 그런데 말이지요, 모여서 뭘 하시나요? 남자 선생님들도 더러 출몰합니까? 나 혼자라면 아주 곤란할 것 같아서요."

"있지요. 오늘은 몇 분이나 오실지 몰라도 여자들 사이에서 따돌리지는 않을 거예요. 절대로 심심치는 않을 겁니다. 뭘 하다니요, 그냥 이런저런 화제를 주고받고 수다도 떨고 그래요. 트럼프도 하고요. 누가 브릿지를 가르쳐주겠다는데 다들 관심이 없는 모양이고, 마작은 배우겠다는 사람이 몇 되데요."

"그러니까 뭐랄까, 일종의 단순 친목을 위한 모임이라고 보면 되겠군요?"

내가 그처럼 딱딱하게 물었던 데는 나름의 경계심이 발동해서였다. 다름이 아니라 그 당시 그 지방 사립대학은 어느 직장이나 대체로 그렇듯이 두 파로 나뉘어 있었는데, 체제사수파와 변화지향파가 그것으로 그즈음은 내 또래의 젊은 총장이 제 어른의 자리를 그 전해 8월부터 물려받은 야심만만한 해외 유학생 출신이라(여담인데, 신언서판을 골고루 갖춘 그 총장이라는 양반이 미국 중부와 유럽의 한복판에서 다년간 공부를 했다는 풍문이 들리고, 그이의 전공도 영어와 프랑스어로 씌어진 초기 근대소설이라기에 불쑥 '싱거워빠진 호기심이 충동여서' 그 최종 학위논문을 구해보려고 여러 인편에 수소문해봤으나 허사에 그치고 말았다. 그 전말을 무심히 토로했더니 한 동료는 가소롭다는 건지 한심스럽다는 건지 종잡을 수 없는 웃음만 베물고는 '어학하는 친구가 중뿔나게 남의 나라 문학까지 알아서 뭣 할라고, 객기 같은데, 꼭 찾아서 읽어야 맛을 알아? 점잖게 모른 체하고 있어야지' 해서 나는 고개를 주억거릴 수밖에 없었다) 한 축을 좌지우지했고, 그 반대쪽은 이렇다 할 구심점은 없었으나 '학교 운영자를 직선제로 선출하고 아무라도 돌아가면서 그 직위를 맡도록 정관을 바꾸자'라는 선명한 구호 아래 뭉쳐져 있는 비주류였다. 두 쪽의 숫자는 어금지금하지 않았나 싶은데, 누구도 그 열세를 인정하지 않는 데서도 드러나듯이 서로 팽팽히 맞서 있는 형편이었다.

그렇거나 말거나 직장 경력이 상대적으로 다채롭고 또 그만큼 많은 나로서는 그런 편 가르기에 따르는 기세 싸움의 정서랄지 그 분위기에도 웬만큼 달통해 있던 터이라 어느 쪽과도 거리를 두자는 생각을 확고히 움켜쥐고 있었고, 양쪽의 시비를 철저히 관망해보겠다는 처신을 평소에도 솔직하게 털어놓고 지내는 쪽이었다. 이를테면 점심을 함께 먹자는 제의를 그전해 학기 초에 몇 차례 받았으나, 그때마다 "식빵으로 아침을 늦게 먹었더니요"라든지, "아이구, 서로 불편할 것 같네요. 다음에 하지요"라든지, "오늘 처분하지 않으면 버려야 할 파운드 케익이 있어서 좀 곤란한데요" 같은 거짓말을 둘러대며 짐짓 겸손하게 따돌려버렸다. 그 이후로 소문이 났는지 어느 쪽에서도 접근하려는 기색이 안 비쳐서 내심 잘됐다고 환호성이라도 지르고 싶은 나날을 보내는 중이었다.

"그런데 거기 가면 먹을 게 있습니까?"

"참, 딱하기도 하셔라. 설마 싱글 여자들이 득시글거리는데 먹을거리가 없을라구요. 각자가 솜씨를 자랑할라고 재료를 갖고 오기도 하고요, 브라운 백*이라고 맛있는 걸 사오는 이도 있고, 먹고 싶은 거 있으면 중국음식을 시켜도 돼요. 참, 경상도 남자들 국수 좋아하던데 시장할 때쯤에 삶으라고 하지요 뭐."

"회비도 내야지요?"

"그런 거 걱정 안하셔도 돼요. 회비는 저절로 내지게 되더라고요. 가실 거지요?"

"어디로, 어떻게 갑니까?"

"20분쯤 후에 정문 쪽으로 걸어가고 계시면 제가 뒤따라가서 제 차로 픽업할 게요, 아셨죠?"

갑작스럽게 닥친 일이긴 했어도 저녁 한 끼는 색다르게 해결할 수 있게 되었다고, 그 걱정을 털어버린 것만으로도 홀가분하다고 여겼을 것이다. 사람은 내남없이 근본적으로 이기적인 동물이며, 정권을 누가 탈취해간다고 아우성쳐대도 식사 한 끼에 비하면 그런 성토는 객설에 불과할 뿐이다. 곧장 나는 뒷좌석이나 지키면서 배가 웬만큼 불러오면 틈을 봐서 슬그머니 내빼버리든지 해야겠다고 미리감치 내 행방까지 점치고 있었음에 틀림없다. 서울행 고속버스는 거의 자정에 가까운 시간까지 있었고, 주말을 내 집에서 푹하게 보내다가 화요일 오전까지 연구실에 당도해서 금요일 오후의 강의를 끝내는 일정에 묶여 있는 처지야말로 월급쟁이 천국의 표본이라 할 만했다.

---

* 브라운 백(brown bag) 어떤 모임이나 직장에 각자가 도시락 · 주류 따위를 누런 봉투에 담아 가져가는 것.

그때 그녀의 차는 첫 국산 승용차라고 시중의 반응이 꽤나 좋았던, 꽁무니 쪽 외형이 빗금으로 마무리되어 있어서 엉덩이를 불쑥 내밀고 방바닥을 물걸레질 중인 여자를 떠올리게 하는 바로 그 포니였다. 차 이름이 그래서 자꾸 그런 연상이 떠오르지 않았나 싶은데, 뒤이어 출시한 포니 투는 말의 볼기짝에 더 탄력 좋은 살점을 붙여놓은 형상이라 우스웠다.

아무튼 심모 선생과 그 차와 그 차 이름이 묘하게도 그럴싸한 화음을 내지르며 어딘가로 굴러가고 있었다. 아마도 그런저런 생각만으로도 정신이 사나워서 그랬을 텐데, 일반주택과 상가들이 양쪽으로 한창 들어서고 있던 외곽지를 벗어나 어떻게 도심 한복판의 그 '유서 깊은' 집에 이르렀는지 가물가물하다. 심선생과는 이런저런 말을 쉴 새 없이 주거니 받거니 했을 테고, 그녀의 그 거침없는 붙임성 밑에 어룽거리는 물질적인 풍요와 정신적인 여유의 연유는 앞으로 풀어봐야 할 과제인 듯하다는 느낌을 추슬렀을 것이다.

나중에 그녀의 실토를 통해 알았지만, 그 집은 한때 명의로 소문이 자자했던 소아과 전문의 심모씨의 여벌집이었다. 가족은 물론이고 주위 사람들로부터도 '우리 원장님'으로 통하던 그 심모씨는 그녀의 백부로서 큰돈을 벌게 해준 조력가로서의 한 간호사 출신에게 그 집을 사주었다고 하며, 연전에 백부의 그 서모가 자식도 없이 치매를 앓다가 졸사하는 바람에 그 집의 소유권이 공중에 붕 떠 있는 형편이었으므로 그녀는 당분간 주인 행세를 만판으로 누리고 있는 처지였다. 그럴 수밖에 없는 것이 그 백부의 소생들, 곧 그녀와는 사촌간인 형제들도 반쯤은 미국에 있는데다 서울에서 사는 사촌언니 하나와 그 핏줄의 남동생 하나도 이미 남의 재물이 된 그런 부동산 따위는 안중에도 없어서 그녀가 어떻게 관리하든, 심지어는 어떤 식으로든지 명의 이전 같은 절차가 후딱 끝내지기를 기다리고 있었기 때문이었다.

이차선 국도에서 바로 기역자로 꺾어지는 구불텅한 소방도로를 전봇대 사이만큼 나아가면 튼튼한 받침돌을 종아리께까지 쌓아올린 그 위에 회색벽돌을 기다랗게 두른 담장이 나온다. 이 담장은 거친 시멘트 반죽을 마구 흩뿌려서 그 균질감 좋은 우툴두툴한 표면에 낙서를 못하게 만들어진 것이다. 한참 후에 무슨 볼일로 그 부근을 지나다가 문득 그 집 담장이 보고 싶어서 한참이나 그 앞에서 면벽 상태로 있었더니 현대 추상화의 통사구조에 핵심적인 원리를 발굴해낸 잭슨 폴락의 그 흘리기와 튀기기, 흔히 액션 페인팅의 기본이라는 드리핑 기법이 저절로 안전에 괴어들던 정경도 나만의 정취이기는 할 터이다.

북향문을 낼 수는 없으므로 동문 앞에다 좁장한 어귀를 만들어놓은 것도 첩치가는 원래 집치레란 말을 떠올리기에 충분한 것이었다. 차 주인이 능숙한 솜씨로 그 어귀에다 차를 쑤셔박았고, 갓돌*처럼 납작한 비받이 지붕을 얹은 두 짝 나무대문 옆에 별도로 달아낸 외짝 철책문을 열고 들어섰다. 푸릇푸릇한

---

*갓돌 성벽이나 돌담 위에 비를 받아 내리도록 지붕 같이 덮은 돌.

초록기가 점점이 눈에 띄는 누런 잔디밭이 짙어오는 저녁놀에 물들어 숨을 죽이고 있었다. 대문께에서부터 엇비스듬히 깔린 징검돌이 거뭇거뭇했고, 검누런 타일로 둘러싼 이층집이 좀 되똑해 보이는 것은 아무래도 담장 둘레에 잘 가꿔놓은 정원목, 예컨대 배롱나무·목련·대추나무 등속과 남의 집들을 가리는 은행나무 울이 제법 거들먹하니 에워싸고 있어서 그런가 싶었다. 뚜릿뚜릿* 집 구경을 하면서 나는 몇 번이나 탄성을 내질렀고, 이 참한 집의 진짜 임자가 심선생이라면 믿기지 않다 못해 부쩍 의심스럽다고 같잖은 너스레도 주워섬겼을 것이다.

실내도 끝밋했다. 테니스장을 얼추 두 개 이상은 집어넣을 만한 잔디밭을 한눈에 바라볼 수 있는 거실, 거실 둘레에 들어앉은 여러 개의 방들과 입식 부엌, 이층으로 올라가는 실내 계단, 무슨 대기석처럼 벽면마다에다 붙여놓은, 장식이 없어 더 고풍스러운 벤치형 의자(**곧장 알게 되었지만 병원용으로 쓰던 것을 버리기가 아깝다고 비치해둔 것이었다**), 뜨락만큼이나 널찍이 펼쳐놓은 카펫과 그 위의 교자상.

이미 어디선가 마주친 적이 있는 듯한 여선생 서넛이 '이모님'이라고 불리는 중년여성의 하명과 손길에 따라 음식 장만을 거드느라고 소란스러웠다. 좋은 집을 때맞춰 가끔씩 살리기 위해 친목단체를 꾸렸다고 봐야 옳지 않을까 싶었다. 햇빛이 성큼성큼 빠져나가자 이내 실내가 대낮처럼 환히 밝아졌고, 집주인은

---

*뚜릿뚜릿 눈을 굴리며 여기저기 살피는 모양.

어느새 발등까지 치렁치렁한 얼룩무늬 원피스 위에 연두색 카디건을 입어 멋을 내고 있었으며, 참석자들도 속속 들이닥쳤다. 나는 신참자답게 벤치에 앉아 있다가 꼿꼿이 일어서서 인사를 나누고 나서는 이내 두런두런 속닥이는 그들의 말을 유심히 듣느라고 긴장을 풀지 않았다.

이윽고 교자상 두 짝 둘레에 참석자들이 촘촘히 끼어 앉았다. 남선생이 예닐곱 명은 되었던 성 싶고, 여선생이 그 두 배 이상이었지 않나 싶은데 막상 남녀 공히 기혼자가 반 이상은 되어 보였다. 왠지 그런 비율이 만만해서 나는 안도했다. 곧장 집주인이 '시작하시지요'라는 선언을 떨어뜨리자 다들 큼직큼직한 쟁반에다 담아내놓은 일종의 별식요리들을 앞앞에 놓인 앞접시에다 주섬주섬 담아 허겁지겁 입속으로 거머넣기 시작했고, 입가심으로 맥주와 국산 포도주 '마주앙'인가도 남녀 구별 없이 서로 따라주며 비위를 맞췄다. 한창 허출하던 판이라 뱃구레나 채우고 보자는 심정으로 아무 거라도 집어먹으면서도 나는 뭔가를 기다리고 있었다. 이를테면 이 친목단체의 진정한 목적이 무엇인지, 다들 알게 모르게 쉬쉬하면서 베일 속에 꽁꽁 감춰두고 있는 결사(結社)의 내막 따위를 알고 싶어서 조마조마한 기대의 끈을 놓지 않고 있었던 것이다.

그런데 맹탕이었다. 시간이 흐를수록 '이게 도대체 뭔가, 사기잖아, 엉망인데' 같은 내 감상을 속으로 툴툴거리다가도, '이때껏 너무 가파르게 지 앞길만 닦아오느라고 사람끼리의 인정내기에 내가 너무 냉담했단 말인가, 각박한 세상살이에 치어버린 나 같은 고집쟁이에게 없는 여유를 사는 것같이 사는 이 촌 것들이 보랍시고 시위하는 건가'라는 자기반성만 뒤적거리게 할 뿐이었다. 물론 그런 총중에도 홍소는 여기저기서 연방 터져 나왔고, 방담도 끼리끼리 또 대체로 종작없이 자욱했으나 귀담아들을 내용은 하나도 없었다.

개중에는 동양철학을 전공한다는 늙수그레한 홀아비 선생이 단연 비윗살 좋게 좌중의 화제를 나름대로 주도하고 있기도 했다. 물론 그와 나는 학교에서 마주치면 서로 머리나 꾸뻑이는 처지인데, 평소에 과묵을 위장하고 있는 것 같던 그 양반의 다소 칙칙한 얼굴이 우스개를 조곤조곤 주워섬길 때는 의외로 밝아서 '어떻게 감쪽같이 저럴 수가'라는 탄성이 저절로 괴어올랐다. 그런데 그 재미없는 농담에도 여선생들은 짐짓 호응을 보이느라고 웃음을 터뜨리곤 했으나, 남선생들은 대체로 무덤덤한 표정으로 일관했고, 나로서도 저런 때 묻지 않은 진솔성은 거의 멍청이 수준이 아닌가 싶은데다 미혼 여선생들의 관심을 끌어 모으려는 저런 아부성 다변이야말로 만년 홀아비 신세를 못 면할 망조로 비칠 뿐이었다. 그러고 보니 좌중의 여러 선생들은 하나같이 무슨 '야심' 같은 것과는 인연이 먼 고만고만한 인상들이었고, 그 점은 얼굴에도 또 말씨에도 완연해서 '우리는 후세를 가르치는 천직(賤職)을 곱다시 받드는 데 한점 부끄럼이 없다'는 자세를 온몸으로 과시하고 있었다. 하기야 그런 과시가 시늉으로 비치는 것도 사실이고, 그것이 재량껏 체현된 자태야말로 직업적 성격 그 자체였다. 그런 사정을 휜히 알면서도, 또 지극히 평범한 생활인이자 직장인들이 명색 대학교수라는 허울을 쓰고 모여든 사적 자리에서 내가 이상한 기대심리를, 달리 말해서 무슨 '대망증후군'에 들려 초조해하고 있었으니 내 정신상태야말로 요주의 분석감이었다.

다들 그럭저럭 배가 불러오는지 젓가락질이 뜸해졌다. 이제쯤에는 사담보다 공담이 나올 찰나지 않나 여기고 있는데, 방금 들었어도 그 소속 학과가 자인계였는지 사회계였는지 헷갈리게 하는 넥타이짜리 남선생 하나가 그윽한 눈길을 한사코 내쪽으로 보내서 눈이 부시게 만들며 '시절이야 하 수상하든 말든 우리끼리는 이런 자리라도 자주 가졌으면 좋겠습니다'라는 요지의 소탈한 의견을 내놓았다. 얼핏 듣기로는 묘한 함의가 깔려 있는 듯했지만 나를 직시하는 그 순진한 눈매에는 이쪽의 의향을 곱다랗게 묻는 낌새가 역력했다. 그러나 천만다행하게도 내게 말할 기회도 주어지지 않았다. 여기저기서 격주로 하자고, 다달이 하자고, 방학 중이라도 좋잖냐고 해대며 집주인의 눈치를 살피는 것이었다. 심선생은, 이 집에서 계속 모이겠다면 늘 이렇게 텅텅 비어 있으니 얼마든지 좋다고, 모이는 연락이야 서로 가깝게 지내는 사람들이 알아서 모셔 오면 될 것이며, 그야말로 미국식 파티처럼 부담 없이 우루루 모여서 떠들다가 흩어지고 말지 유난스럽게 회장, 총무 따위를 정하고, 회비 거두고 그런 짓일랑 제발 하지 말자고 했다. 다들 찬동하는 낌새가 완연했다.

옆 좌석의 친절한 설명에 따르면 그 이름도 없는, 그냥 막연히 '싱글 미팅'이라고 칭하는 그 모임도 지난해 전학기 때 심선생의 즉흥적인 발의로 여선생들 예닐곱 명이 한 번 뭉쳤고, 뒤이어 후학기 때는 추석이다 뭐다로 차일피일하다 종강 무렵과 연말에 연거푸 두 번이나 '대소' 집회를 가졌다면서 그때마다 미혼 여부를 따지지 않고 '인품이 고상한' 남선생 몇몇을 양념 삼아 끼워 들였다고 했다.

설왕설래가 오가는 중에도 방금의 그 집회 채근자가, 또 말을 많이 한다면서, 잔칫집에 가서 온갖 좋은 음식을 실컷 다 먹어놓고서는 김치가 제일 맛있다며 눈치 없는 소리를 무심코 내지르는 사람이 있듯이 자기도 오늘 먹은 음식 중에는 잡채가 기중 맛있다고, 집에서 기르는 순한 짐승의 트림 같은 답례의 말을 흘렸다.

다들 배울 만큼 배웠고 개중에는 서양요리를 벨기에에서 5년 동안이나 공부하고 온 여선생도 있던 터이라 즉각 만만찮은 대응이 속속 잇따랐다.

"누구야, 잡채 만든 사람이?—어머, 그러셨어요? 저는 뒤적거리기만 했는데, 어쨌든 고마워요—사귈라나봐—어째 촌스럽다—원래 쿰쿰한 반찬 냄새를 서로 풍겨야 제격이지, 그렇게 돌아가는 거야—다음에는 나도 잡채 재료나 사와야겠다—우리야 떡이나 먹어야지—싱글 미팅에 첫 커플이 나오겠네—전 총장이 유독 교내 커플 선생을 좋아했다지—뭐야 그게, 사교(邪敎) 집단도 아니고, 난 부부가 한 직장에서 같이 근무하는 거 보기 안 좋더라—무슨 한 직장? 단대별로 뚝뚝 떨어져서 점심도 따로 먹는데—알아서들 하세요, 스파크가 일어날 때는 앞일 걱정 말고 일단 몸부터 먼저 불태우고 봐야 한답디 다—한 과에서 부부가 몇 십 년씩 함께 재직하는 커플도 학교 마다 흔하대—아이구, 지겹지도 않나 몰라, 하루 종일 코를 맞 대고 있을라면—그것도 인연이라는데 어째."

공부 때문이 아니라 다른 이유로 혼기를 놓쳐버린 것 같은 여선생들이 어느새 만만해졌다고 내 쪽에서 넌지 제법 대담한 시선으로 쳐다봤더니, 대체로 한 군데 이상의 고운 구석도 있 긴 했으나 나머지가 워낙 빠지든가 모자라든가 못생기든가 수 준 이하라서 당분간 혼인의 결격사유로는 두드러져 보이는 면 면들의 눈길이 차분한 가운데서도 분주살스러웠다. 그래도 굳 이 따져본다면 집주인이 여러 점에서, 예컨대 펑퍼짐하지도 않 고, 윤기 없는 피부가 다소 거칠지만 얼굴도 갸름하고, 옷걸이 에 맞는 옷을 걸칠 줄도 알고, 무엇보다도 눈길에 내숭스러운 기가 안 비쳐서 언제라도 상대방과 대등한 시선을 주고받을 수 있게 하는 그 눈매조차 한참이나 윗길로 봐줄 만한 것이었다.

어느새 화제가 메말라졌다. 그 호기를 기다렸다는 듯이 한 남선생이 슬그머니 일어서더니, 우리 동호인들은 전처럼 다른 자리를 보지요 라면서 방석을 들더니 제 등 뒤의 방 속으로 사 라졌고, 그때부터 그 희한한 파티는 어수선한 가운데서도 두 팀, 아니 세 팀으로 나누어졌다. 곧 방구석에서 화투짝과 트럼프를 패대기치는 두 팀과, 그 자리에 그대로 눌어붙어서 은행나무에 매달린 노란 외등 하나가 비추는 잔디밭을 무연히 쳐다보며 뜸직뜸직 술잔 기울이기로 마냥인 한 패가 그것이었다.

예로부터 흰옷 입고 모였다 하면 음주와 가무로 날을 새운다는 무리답게 이 땅의 백성은 배운 사람이나 못 배운 것이나 뭉쳤다 하면 술 마시고 나서 노래하든가, 재미도 없는 말시비를 타시락거리며 노름에 빠진다. 그날 그 자리도 물론 예외가 아니었고, 속물들이 벌이는 세속계의 풍정으로서는 구색을 골고루 갖춘 꼴이었다.

그때쯤에서야 나의 엉뚱하고 덩둘하기* 짝이 없는 어떤 기대감이 맥없이 허물어지면서 내가 거북해하면 다른 사람들도 불편해할 터이므로 어떤 식으로든 이 자리에 동화되어야겠다고, 그러기를 은근히 바라고 있을 초청자 심선생의 체면을 봐서라도 뻣뻣한 내 성정을 누그러뜨리자고 스스로 채근했을 것이다. 그러나 만만치 않았다. 남자 한 사람을 포함하여 배우려는 여자들이 울을 치고 있는 트럼프 놀이는 아예 그 카드조차 만져본 적이 없는데다가 남자 셋에 여자 둘이 번갈아가며 들어붙어 있는 고스톱인가는 돈 따먹기를 하는 노름인 것 같았는데 나는 그 놀이도 할 줄 몰랐다. 자연스럽게 술판에라도 껴묻어야겠는데, 그쪽도 적잖이 난감하기는 매한가지였다. 왜냐하면 나와 가장 가까운 혈육 두 양반이 평생 술타령으로 주위 사람을 지긋지긋하게 치근거려대서 나로서는 일찌거니 아주 몸서리를 내고 있었기 때문이었다. 그 비화를 다 털어놓자면 이야기가

---

* **덩둘하다** 매우 둔하고 어리석다.

길어지고, 아마도 다음 장에서 그 일부를 털어놓을 자리가 마련될 것 같지만, 어쨌든 나는 시건머리가 웬만큼 트였을 때부터 후제 술만큼은 멀리하며 사는 인간이 되자고 별러왔다. 성인이 되고 나서도 그 맹세를 지키느라고 악착같이 버둥거려온 삶이 내 공적/사적 생활을 철저히 계박했다고 해도 빈말은 아니다. 친구들에게는 술에 약하고 또 술 마시기를 싫어하는 체질로 낙인찍히는 위장극도 불사하고, 직장 생활 중에도 가급적이면 술자리를 피하든가 여자들처럼 한 잔쯤을 야금야금 받아 마시는 일종의 생활양식 같은 것을 나는 한사코 실천하고 있는 쪽이었다. 술꾼들에게는 천하에 재미없는 인간이라고 손가락질을 받을 만한 처세이지만, 맹물에 조약돌을 삶아 먹더라도 제멋에 산다는 말대로 유익한 점이 많은 것도 사실이다. 술값이야 안 써봤으므로 얼만지도 모르거니와 그런 낭비에 애달아하지 않아 기껍고, 평생토록 술상을 차리라는 말을 안하니 마누라에게 오금을 못 펼 일도 없을뿐더러, 무엇보다 술에 빠져 지내는 시간을 다른 도락거리로 메울 수가 있으므로 여러 방면에서 꽤 진진한 생활감정을 누린다는 제멋도 수수한 것이다.

그런 판인데 낭패였다. 심선생을 위시한 몇몇 비노름파들이 연방 술을 권하는데다가 화투짝을 두드려패대던 노름꾼들도 번갈아가며 술판에 들락거리며 무슨 낙으로 허송세월하냐고, 책만 읽고 사냐고 놀려대서 멀쩡한 사람을 아주 반등신으로 만들어버리는 것이었다.

참으로 딱했다. 핏줄이 말하는 대로 술을 못 먹는 체질은 아니었다. 그렇다고 안 먹기로 했다는 말을 너덜너덜 주워섬기려니 심선생의 눈치도 보였다. 그녀의 속셈이야 어쨌든 나보다 한 해 먼저 임용되어 그 활달한 성격과 미국의 명문대학에서 학업을 마친, 그 당시로는 그 쩡쩡한 학력만으로도 모든 선생이 지레 기가 죽을 만한 여자의 호의를 멀겋게 무시할 수는 없는 일이었다. 설마 그녀가 자신의 쥐락펴락하는 여러 능력을 제때 마음껏 떨쳐보려는 무슨 꿍꿍이속을 가졌을 리야 만무하지만, 데면데면하기 짝이 없는 이쪽의 성정을 어루더듬는 듯한 그녀의 마음씀씀이는 미상불 다사로웠다.

억지다 싶으면서도 나는 맥주를 한두 잔 벌컥였다. 그런대로 맛이 괜찮았다. 이내 술기운이라는 어떤 기별이 내 머리와 복장 속에서 미묘한 화학작용을 일으키는 것이 빤히 들여다보였다. 이를 테면 '개강 스트레스'를 비롯한 여러 가지 짜증·잔걱정·신경질·울화·불만 따위가 한꺼번에 묽게 풀려가는 것이었다. 내친김이라 손바닥 온기로 덥혀가며 마시라는 집주인의 교시를 따르며 난생처음으로 포도주도 주는 대로 마셨다. 술이 술을 먹었다. 말도 많아졌다. 말귀만은 재깍재깍 알아듣는 면추의 여선생들이 뿜어대는 화장품 냄새도 제법 고혹적인데다 이런 호사를 언제 다시 누려볼까 싶어 가슴께에서 뭉클한 것이 치받치기도 했다. 아득바득 살아온 내 반평생이 허무해졌다. 그런 내 심사를 아는지 모르는지 이쪽의 우스갯말에 주위의 여러 식자들이 호들갑으로 응수하는 일방 웃음이 끊이지 않으니 덩달아 고양감도 막무가내로 밀어닥쳤다. 기분이 아주 좋아졌다. 이 집에는 풍악도 없냐고 내가 짐짓 호기롭게 주정을 부리자, 집주인은 기다렸다는 듯이, 거실을 중심으로 기다란 안방과(거기서 **노름판이 벌어지고 있었다**) 마주보는 똑같은 크기의 문간방으로 술자리를 옮겨주면서 사이먼 앤 가펑클의 LP판을 틀어주었다. 화장실을 들락일 때마다 화투판과 카드놀이판을 넘겨다보니 그쪽도 나처럼 진지했고, 돈 때문에 다들 제정신이 아니었다. 그것은 그것 나름내로 말과 글로 학생들을 가르치고, 책과 이름으로 세상을 풀이하는 대학 선생들이 한가롭게 여기에 빠져 있음으로써 평소의 그 몸에 밴 어떤 위선의 허름한 땟국을 말끔히 걷어내버린 적나라한 모습이었다.

일부러 뿌려놓았는지 병원에서나 맡을 수 있는 소독내가 등천하는 실내 화장실 변기에 앉았더니 졸음이 마구 쏟아졌다. 술에 취해서, 더는 못 마시겠어서 잠시 쉴 생각으로 변기 뚜껑을 덮고 그 위에 올라앉는다고, 이것이 주사는 아니라고 스스로 우긴 기억은 어렴풋이 남아 있었다. 그다음은 온통 새카맸다. 아니, 사막처럼 지형이 오르락내리락하는 그런 굴곡 속에 발목이 푹푹 빠지면서도 그 단조롭기만한 뜨거운 모랫바닥을 무작정 헤매고 있다는 느낌뿐이었다.

어느 순간 눈이 저절로 떠졌다. 낯설었다. 내 숙소가 아니었다. 신사복 윗도리는 보이지 않았고, 남방셔츠와 바지를 입은 채로 맨 방바닥에 나뒹굴어졌던 모양이었다. LP판을 가지런히, 또 층층이 꽂아놓은 두어 뼘 폭의 4단 책탁자가 천장에 닿아 있었고, 그 옆에 큼지막한 구형 스테레오 전축이 쇠붙이 장식을 잔뜩 덧댄 삼층장 위에 올라앉아 있었다. 두툼한 백통의 금붕어 자물쇠까지 채워놓은 뒤주 두 짝을 나란히 세워놓은 이 문간방은 장롱만 한쪽 벽을 메우고 있는 안방에 비해 무슨 전시장 같은가 하면 고물상 창고 속에 들어앉아 있는 기분이었다. 나는 물을 흠빡 뒤집어쓴 개처럼 머리통을 한동안 절레절레 흔들었다. 얼떨떨한 기운을 떨쳐버리기 위해서라도 기동을 해야 했다. 갑자기 조갈증이 심해져서 목구멍이 갈라지는 것 같았고, 오줌도 마려웠다.

나는 방문을 열고 거실로 나갔다. 간밤에 그처럼 떠들썩하던 집 안이 괴괴했고, 거실 전면의 통유리창 발치께까지 바싹 다가온 눈부신 양광이 실내와 바깥의 고요를 몽땅 뭉쳐서 담벼락까지 농담법(濃淡法)으로 펼쳐놓고 있었다.

몸통을 담요 한 장으로 말아서 미라처럼 소파 위에 꼿꼿이 누워 있던 집주인이 '어, 일어나셨네'라면서 화들짝 몸을 일으켰다.

"다들 갔군요?"

"네, 새벽녘에야 다들 자러 가야겠다면서 우루루 몰려 나갔어요."

통행금지라는 인신구속법이 '밤의 나들이 자유'를 4시간씩이나 묶어놓고 있던 시절이었다. 나는 우선 급한 볼일부터 보려고 화장실을 손가락으로 가리켰고, 곧장 '쓰세요'라는 집주인의 승낙이 떨어졌다.

볼일을 보고, 고양이 세수를 하고 나오자 집주인이 대뜸 '밥

잡수셔야지요?'라고 물었다. 그런데 그녀의 복장이 좀 특이했다. 속곳도 아니고, 그렇다고 허리와 발목만 잘록한 일본 농촌 여자들의 그 소위 작업복이라는 몸뻬와 닮았으나 허벅지께가 더 부풋해서 그 속의 신체가 정상적으로 움직일 때마다 옷감이 물결처럼 흔들리고, 그 위에는 엉덩이까지 덮이는 보늬 같은 카디건이 출렁거렸다.

"주시면 고맙지요. 염치가 없지만."

내 시선에서 뜻밖이라는 표정을 읽었는지 그녀는 자기 옷차림을 내려다보며 말했다.

"왜, 이상해요? 어울리지 않아도 할 수 없어요. 너무 편해서 늘 입고 지내는 제 실내복이자 잠옷이에요."

대화가 엉뚱한 곳으로 흘러갈까봐 나는 말길을 돌렸다.

"평소에 안 먹던 술을 난생처음 된통으로 마셨더니 속이 텅 비었달까, 냉방처럼 서늘하네요."

"앉으세요, 국만 데우면 돼요."

그녀가 싱크대의 한쪽 모서리에서 달아낸 4인용 크기의 식탁에 딸린 의자를 손짓으로 가리켰다.

"간밤에 제가 실수를 많이 안했던가요?"

"하나도 기억을 못하시나봐? 웃겼어요. 자기가 먼저 노래를 하겠다면서 '케세라 세라'를 부르는데, 좌중은 안 보고 벽을 끌어안고서 몸을 비벼대다가 꼬기도 해서 다들 배를 잡고 난리였어요. 2절을 부를 때는 화투짝 쥔 사람들도 죄다 몰려와서 절창이라고 소리 지르고, 사학과 만두코 선생은 사람이나 시절이나 노래 가사하고 똑같다면서 앙콜, 앙콜이라고, 간드러진 도리스 데이 음성을 리드미컬한 몸짓으로 번역하고 있다고 제법 그럴듯한 해설도 달고 그랬어요."

쑥스럽기 짝이 없어서 낯을 못 들 지경이었다. 나는 원래 숫기도 없고, 여러 사람 앞에 나서면 말도 어눌해져버려 했던 말을 반복해대다가 스스로 얼굴부터 달아오르며, 노래 가사도 도중에서 잊어버리는 경우가 다반사다. 그래서 개발한 내 식의 가창법이 남의 시선을 의식하지 않아 그나마 '완창(完唱)'에는 간신히 이를 수 있는 '면벽 그림자' 투의 노래 부르기다. 그것도 좀처럼 저지르지 않는 나름의 장기이며, '케세라 세라'는 그 선율이나 가사가 워낙 쉽고 안정감도 있어서 고음 내기에 신경 쓰지 않고 부를 수 있는 나의 유일한 18번 외국가요인 셈이다. 이게 도대체 무슨 망신살이 뻗친 해프닝이란 말인가! 술이 불러온 해악이었다.

김이 무럭무럭 솟아나는 국이 냄비째 날라져 왔다. 그 김조차 달아오른 내 창피를 그나마 가려주는 것 같았다. 미역국이었다. 검은콩이 박힌 쌀밥 공기도 놓여졌다. 냉장고에서 골라낸 반찬 그릇 대여섯 개가 제자리를 차고 앉았다.

"누구 생일입니까? 미역국이네요."

"만들기가 워낙 쉬워서 자주 해먹어요. 미국에 있을 때도 미역국이 먹고 싶다고 엄마를 짓조르고, 미역국만치 맛있는 음식이 달리 없다는 게 제 노래예요. 이 집 주인 숙모도, 큰아버지 서몬데 우리는 그냥 숙모, 숙모 그랬어요, 나보고 미역국을 너무 바친다고 넌 전생에 산모였나 보다고 그랬어요."

다진 마늘 조각들이 뽀얗게 떠다니는 미역국은 간도 맞춤해서 미상불 내 입에도 맞았다.

"먹을 만해요?"

"맛있네요. 사흘 동안 세끼 내내 먹어도 안 물리겠네요."

아예 밥공기를 미역국 속에 들이부었고, 후루룩 들이켜다시피 퍼먹었다. 며칠 동안 빵 따위로 아침을, 점심·서녁은 사 먹는 음식으로 주린 배를 그때그때 땜질하고 있던 판이었다. 국그릇을 내려놓자마자 나는 입식 부엌의 한쪽에 처쟁여 있는, 간밤의 먹자판 잔해들이 교자상 한 짝 위에 잔뜩 포개져 있는 광경을 유심히 바라보았다. 저 설거지거리를 언제 다 해치울까라는 내 눈빛을 알아챘는지 그녀는 점심때 지나면 어제의 그 파출부 아줌마가 와서 치워줄 것이라고 했다.

지금도 분명히 떠올릴 수 있는 장면인데, 내가 그처럼 달게 빈속을 채우고 있는 중에도 그녀는 그 좀 이상한 외형의 아랫도리 차림을 과시라도 하듯 식탁 모서리에 붙어 서서 이런저런 말을 주워섬기고 있었고, 조금이라도 움직일 때마다 비단처럼 **(잠시 후에 알았지만 그것은 풍기에서만 독점 생산되는 인조견이었다)** 매끄럽고 번들거리는 그 옷의 일렁거림이 유독 내 눈에 빨려들듯 부각되고 있었다. 그런 시선의 교차는 이내 예정된 조홧속으로 빨려들고 있음을 서로가 감지하고 있다는 시사였을 것이다. 그렇지 않고서야 숟가락을 놓자마자 바로 그녀와 내가 부둥켜안고 어스러진 그 망측한 행태를 어떻게 달리 설명할 수 있을까.

아마도 그 직전쯤에 나는 난생처음 겪는 작취미성의 상태로 한 배필의 실랑이를 떠올렸을지도 모른다. 기분 좋게 술을 마신 날이면 하늘이 돈짝만해 보이는지 지아비는 시커먼 제 물건을 끄집어내서 아무데서나 오줌을 갈겼고, 더러는 장난삼아 일부러 그러는지 오줌줄기를 까짓것 공중으로 쏘아 올리는가 하면 갈지자걸음 중에도 꾸불텅거리는 오줌길을 그려갔다. 도랑·개천·남새밭·울바자·탱자나무길같이 인적이 드문 곳이면 꼭 그처럼 오줌줄기를 내갈기는 버릇은 평소에 과묵한 그 양반 특유의 해학이었다. 그러나 역시 오줌 떨어지는 소리만 들릴까 말이 없기는 마찬가지인 그 갈기기 짓거리가 가족에게는 몹쓸 행패였다. 언젠가는 지어미가 물 묻은 손을 털고 달려가 대뜸 지아비의 바지춤을 붙들고 흔들어대면서 "시방 삼이웃에 우사당할라고 이카나, 자랑할 기 따로 있지 시르죽은 좆 자랑할 기 뭐 있노, 내가 창피해서 못 살겠다마, 와카노, 술만 마시믄 정신이 오락가락하나, 빨리 안 집어넣나마"라고 욕을 말박줄박 퍼부었다.

하기야 그것을 흔히 팔자라고 거창하게 둘러대기도 하고, 인연이라고 소박하게 옹동그리기도 하지만 남녀 사이의 그 최초의 육체적 교환(交歡)은 사실상 나름의 수순을 차곡차곡 밟아왔기 마련이다. 훗날 되돌아보니 나를 그 모임으로 불러들인 그녀는 어땠는지 몰라도 내 경우는 분명히 그랬다. 그 전날 오후부터 무언가 조짐이 이상했던 것 같고, 그 일종의 숙명론에

다 내 일신을 던져버렸다고 봐야 옳다는 심정적 판단만 오롯했으니까.

저 멀리 아득한 곳으로부터 단조롭지만 아주 감미로운 하모니가 강약을 달리하면서 발 빠르게 들려온다. 그 일련의 선율이 어떻게 정점에 이를지는 웬만한 감상자들이면 다 알고 있다. 그러나 거의 감질나다고 해도 좋을 그 멜로디의 꿈결 같은 진전 앞에서는 무작정 귀를 맡길 수밖에 없다. 그 충일감은 매번 어떤 고양감까지 확실히 심어줌으로써 그 직후의 씁쓸한 감상을 더 애달프게 끌어가고 만다. 베토벤의 교향곡 중에서 제1번만큼이나 짧아서 들을 때마다 아쉽고 허전해지는 제8번의 2악장은 '알레그레토 스케르찬도'답게 경쾌하고 익살스러운 것이 사실이지만, 어떤 운명의 조용하나 진지한 육박을 그 반복되는 가락으로 어김없이 실어 나른다. 점점 세게 다가오는 그 파동이야말로 일개인의 갈팡질팡하는 넋이나 운명 같은 것을 조롱조로 일러주는 매개물인 것이다.(계속)

*

'돌풍전후'의 제1장을 읽는 중에도 그랬지만, 읽고 난 직후에도 '80년 초봄'이라는 그 엄혹했던 시대적 배경이 한교수에게는, 특히나 모든 서사물의 구조에는 일반성 이를테면 사람의 기본적 심성이나 만만한 일상과 관행에 버금가는 제도 따위가 7할 이상을 점유하고, 나머지 3할쯤이 특수성 곧 기인다운 몇몇 인격체나 탈일상성과 반체제적인 행위 일체로 그려져야 7할 쪽의 '교훈'과 그 행간의 3할 쪽 '재미'가 어우러질 것이라는 나름의 지론을 떠올려보아도 그 연대의 '역사성' 자체가 예외적이라는 점에서 새삼스러웠다. 달리 말하자면 그의 연배에는 지난날을 돌아볼 때마다 그 굽이굽이에는 후회막급의 회상만이 서릴 뿐인데 임선생은 어찌된 판인지 그 시절을 아지랑이가 아물거리는 농경사회의 호절기쯤으로 그리고 있는 것 같아서 뜬금없다는 기분이었던 것이다. 그러면서도 불과 30년 저쪽이라는 시간의 경과가 일반 독자에게는 상당한 착시현상을 불러일으킬 것임에 틀림없지 싶고, 그 원인을 따져본다면 이미 숱한 책들이 대충 정리, 분석해온 여러 방면에서의 의미 있는 변화무상을 줄줄이 꿰지 못할 것도 없어 보였다. 이를테면 소련을 비롯한 구동구권 사회주의 체제의 갑작스러운 자멸, 미국발 대의민주정치·시장자본주의·백화제방식 문화산업 등의 전지구적 득세, 그러면서도 국가별·민족별·계층별 소득차의 극대화로 말미암은 반문명적 현상과 행태의 만연 따위가 30년 저쪽의 시간대를 어느 낯선 한데의 구덩이 속에다 감쪽같이 묻어버리고 있는 것이다. 아마도 컴퓨터의 깜빡이처럼 쉴 새 없이 명멸해야만 제 존재가치와 의미를 드러내는 만능의 전자문명도 이와 같은 '역사'의 급변과 몰각을 앞장서서 닦달하는 여의주일지도 모른다. 이제 싫거나 말거나 세상은 누구에게라도 매일매일이 어제와는 완연히 달라져버리는 요지경 속이 되고만 셈이다.

20세기도 이제 막바지에 이르렀다고 호들갑을 떠들어댈 무렵부터 한 학교에서 밥을 먹기 시작했으므로 한교수는 그이가 정년퇴임하기 직전의 5년 남짓을 낮 동안에만 '이웃사람'으로 지내게 된 인연이었다. 연구실을 우연찮게 나란히, 그래봐야 기역자 건물의 제일 구석진 곳에서 한 방 건너에 두고 지냈다고 해서 그이를 누구보다 소상히 알게 되었다고 한다면 어폐가 없지 않다. 그럴 수밖에 없음은 자기 주위에다 눈에 안 보이는 커튼 같은 것을 쳐두고 무슨 일이라도 제 편한 대로 처리해버리는 그 독불장군 맞잡이의 기질이 초대면에서부터 워낙 두드러졌기 때문이었다.

어쩌다 운 좋게 임용이 되어 전체교수회의 석상에서 중인환시리에 사령장을 받은 지 3주나 지난 어느 날 점심때였다. 늦더위가 여전히 극성을 떨어대는 판이라 임선생의 연구실 문은 활짝 열려 있었고, 대오리 발을 복도 바닥에 닿을 정도로 쳐놓은 채였다. 노크하기도 뭐해서 한교수는, 선생님, 계십니까? 접니다, 옆방의 한가요 라고 주워섬겼다. 그런 말투는 쉰 고개를 넘긴 한교수의 나이와 위인다움의 일부를 드러내지만, 상대방의 연령이나 인품 따위도 배려해서 미리 준비해둔 것이기도 했다. 실은 그동안 낯선 환경에 적응하느라고, 또 강의 자체보다는 이 학교 학생들의 청강 자세와 그 반응 같은 것을 예의 주시하느라고 한창 보깨던* 터이라 한교수는, 인사가 너무 늦은

---

* **보깨다** 일이 뜻대로 되지 않아 번거롭거나 불편하다.

감도 없지 않은데요, 라면서 점심이라도 함께하자고 청할 참이었다. 학과 교수들과의 면접과 시범강의 때도 어느 정도까지는 감을 잡았고, 연구실 배정을 받고 나서 조교와의 몇 차례 업무 상의를 통해서 한국어문학과 소속의 전임교원 다섯 사람이 서로 버성길 대로 버성겨서 밥은커녕 말도 주거니 받거니 안한다는 현황을 알았으므로, 또 어느 학교 어떤 학과라도 구성원들끼리의 그런 알력은 개성의 부딪힘이라기보다 성깔의 치졸한 박치기에 불과하므로 서로가 눈알만 요령도둑놈처럼 굴리면 그냥저냥 버틸 만하다는 체념에 관록이 붙은 한교수가 그나마 제일 연장자인 임선생에게 최소한의 분별이나 차리자고 그처럼 소청을 들이민 것이었다.

그런데 연구실 안쪽에서 어, 어 하는 대답이 들리면서 황망한 기척이 다가오더니 방주인이 대발 한쪽을 뻘쭘히 걷고는 먼저, 점심하자고요 라고 물어서 한교수를 적잖이 황황하게 만들었다.

"예, 그렇습니다, 다른 약속이 없으시면……"

문밖의 앙청자는 굳이 학교 내 교수식당이 마땅찮다면 제 차로 어디든 모실 수도 있다는 생각까지 여투고 있었다.

"아, 하지 말지 뭐. 밥 한 끼 먹느라고 서로 불편할 거까지야 뭐 있나, 나야 참는다지만……"

한교수는 순간적으로 얼굴이 벌겋게 달아오르는 것을 느끼며 좀 얼떨떨해져버렸다.

"제 쪽이야 하등에 불편할 게 뭐 있겠나 싶습니다만……"

응수자조차 어째 말이 배배 틀렸다는 생각과 함께 슬그머니 비위가 상했으나 참았다. 게다가 대발과 문짝 사이의 인색한 틈을 마주하는 꼴인데, 방주인은 그런 거절 중에도 입가에 웃음기를 베물고 있어서 그게 조롱인지 빈정거림인지 종잡을 수조차 없었다.

"우리가 자잘한 칭병을 소일 삼는 사람은 아닌데 동업자들과 밥을 먹고 나면 어째 소회도 잘 안 되는 깃 같고 속이나 기분이나 죄다 아주 안 좋아져서 그래요. 뜻은 고맙지만 양해를 해줘야지."

그야말로 말문이 막히는 국면이었다.

"그럼, 다음에 하지요."

막상 말해놓고 보니 그것도 앞으로 더불어 밥은 안 먹겠다는 사람에게는 어불성설이었다. 상대방의 그런 수작 때문이 아니라 이쪽의 선심이 무참하게 내동댕이쳐지고 대꾸마저 어리뻥뻥하니 겉돌았다는 생각이 들자 한교수는 앵한 심정에 휩싸였다. 순식간에 점심 생각도 까맣게 달아나버려서 박사과정 중의 남학생 연구조교를 전화로 불러 알아봤더니, 선식(仙食)인가 하신 지 오래됐을걸요 라고 해서 좀 어처구니가 없어졌다.

그 후 며칠 동안이나 대발을 사이에 두고 나눈 그 대화를 곱씹어보니 임모가 이쪽의 호의를 무시한 것 같지는 않고, 자신의 그 중뿔난 유별성을 적당히 즐기는 게 아닐까, 나잇값을 거꾸로 찾아먹느라고 무슨 개뼈다귀 같은 선민의식을 깃발처럼 흔들어대는 것은 아닐 테고, 그렇다고 같잖게 우쭐거리느라고 그런다면 멀쩡한 체신 값도 못하는 얼치기일 것이라고 한교수는 치부하고 말았다. 과연 그런 추측은 얼추 맞아 들어갔고, 차츰 속이 덜 부대껴서 그나마 다행이었다.

그 첫 학기 내내 한교수는 '옆집 양반'을 동료라기보다도 요주의 인물쯤으로 간주하면서 예의 주목하는 자신의 버릇없는 골몰을 은근히 즐겼던 터이므로, 자주 목격되는 장면으로는 이런 경우도 있었다.

가령 어쩌다가 복도에서 마주치기라도 하면 이쪽에서 꾸뻑 머리를 끄떡이기도 전에 히죽 웃음기를 보이다가 이내 바람처럼 지나치고 나서 대발 속으로 콕 파묻혀버리는, 그 좀 작위적인 행동거지에는 상당한 해학이 묻어 있는 것 같기도 했다. 물론 당사자도 그 짓거리에 '나도 어쩔 수 없어서 이러고 있다'는 자신만의 어떤 포즈를 반드시 묻히고, 당연하게도 가식이나 내숭이 아님은 자네 눈에도 보이지 라는 분위기도 내비쳤다. 그러니까 매일같이 대발의 길이를 줄였다가 늘였다가 마음 내키는 대로 조정하는 것도, 학부생이나 대학원생과 대발을 사이에 두고 한쪽은 복도에서, 방주인은 연구실 안에 서서 한참씩 주거니 받거니 하는 것도 자신의 성역을 무슨 보물단지처럼 감추는 일방 악착같이 지키려고 그러는 게 아니라 예의 그 '서로 불편하지 말자'는 생활방식에다 약간의 익살을 슬쩍 덧대고 있는 셈이었다. 하기야 보기에 따라서는 수요자 중심의 교육 어쩌고 해대는 통에 선생이 오히려 학생에게 아첨을 떨어대고, 수강생의 '강의평가'에 좋은 점수를 받기 위해서라도 학점을 일괄적으로 상향조정해서 매기는 풍조가 만연한 오늘날의 대학 풍토를 감안하면 임선생의 그런 우스꽝스러운 '거리두기'는, 꼬리가 몸통을 흔들어서야 쓰나, 아무리 목구멍이 포도청이라고 해도 직업이나 직장이 내 몸통을 흔들 수야 없지, 나는 안 흔들릴란다가 아니라 너거들 멋대로 흔들 몸을 아예 아끼고 사리며 살아가는 게 서로 편할 것 같다 조의 시위로 비칠 법도 했다.

오늘날의 지식 진수는 책이 귀하던 옛날과는 천양지차로 달라서 학생들에게 무엇을, 또 어떻게 가르쳐야 하는지는 굳이 거론할 필요도 없다. 또한 온갖 제도가 음양으로 찍자를 부려서 교권이 모양 사납게 찌그러진 채로 기신거리는 것도 사실이지만, 그럼에도 불구하고 교육의 몫이 크다면 크고 작다면 작다. 큰 쪽은 못 배운 사람과 배운 사람의 실력 차이에서도 대번에 두드러지지만 외부에서의 평가 잣대로서 학력이 워낙 막강하게 기능하기 때문이다. 작은 쪽은 학교 교육 자체가 다른 교육과(예컨대 가정교육·사교육·독학·군대교육·직장교육·사회교육 등이 있다) 달리 지식의 크기에서 상대적으로 부실하고 알량한데다가 쓸모조차 워낙 별 볼일이 없어서 그렇다. 이런 형편이므로 대학교육에서는 '이렇게 해봐라'는 방법론 정도만 반복적으로 교시하는 것으로 족할 테니 강의 수준의 우열이나 그 성과 따위를 가름한다는 것이 무슨 소용에 닿냐고 성토할 수도 있다. 당연하게도 무슨 막말이냐고 대드는 양반은 입담이 좋은, 소위 현하의 변을 자랑하는 사람일 터이다. 교육에 대한 한교수의 신조가 대체로 이와 같은데, 수업 중에 질문도 일절 받지 않고 계속 혼자서 떠든다는 임선생의 그 교육 방법이 과연 옳은지, 또 중고교 교사가 대부분인 교육대학원생의 전언대로 평소의 과묵과는 판이한 강의실 안에서의 그이의 달변을 떠올리면 한편으로 그 이중성에 머리를 끄떡이면서도 다른 한편으로는 끽끽거리는 불협화음을 들을 때처럼 얼굴부터 찡그려지기도 했다.

첫 송고분을 받은 지 사흘 후에 임선생은 예의 그 안부를 겸한 제법 기다란 '사담'을 앞세우고, '돌풍전후'의 제2장을 한교수의 컴퓨터 화면에다 띄웠다.

─한선생, 강의다 뭐다로 여전히 바쁘시오? 그 빌어먹을 직업에 꼼짝없이 매인 몸이니 어쩌겠소. 그런데 사람은 두 종류밖에 없는 듯하오. 하나는 일을 끌어가는 유형이고, 다른 하나는 일에 질질 끌려가는 유형이 그것이요. 입도 짜른 것이 먹기 싫은 밥 먹듯이 끼역끼역 일하는 족속들이 시방 한선생 주변에 많이 서식하고 있는 줄이야 나도 웬만큼 아오. 강의조차 하기 싫어하는 것들이 무슨 흰소리에 싱거워빠진 말을 주워섬길지는 안 봐도 뻔하지 않소. 그처럼 요리조리 일을 피해 다니거나 남한테 떠넘기는 인간이 있는가 하면, 무슨 일이든 겁내지 않고 덤비는 축이 있음은 두루 보는 바와 같은데, 남에게 입히는 피해에서 전자는 소수에 한하고 후자는 다수에게 퍼안기는 게 다르지 않나 싶소. 일하기 싫어하는 요령주의 인간은 온갖 구실을 다 끌어다대니 우선 주위 사람들이 그 형용을 보기 싫

기도 하거니와 도대체 시끄러워서도 귀를 막고 살아야 하니 그런 낭패가 어딨겠소. 물론 일에 꾀를 내는 머리라도 있으니 이 것들이 똑똑해 보이기는 하지요. 그러나 일을 척척 추슬러내는 위인들은 우선 남들이 보기도 좋고, 또 그것이 '문명'을 만들어 내고 이끌어가기도 하지만, 당최 '무엇'을 '언제' 해야 하는지 분별하는 능력이 없소. 성질은 좋으나 머리가 전자보다 좀 떨어져서 그럴 것이오.

이번에 내가 같잖은 '회고담'을('회고록'이 아니오. 불특정 다수의 '무지한' 독자를 상대로 하는 '글'과 달리 청자로서 특정인 한 사람이거나 기껏해야 교실 하나에 찰 만한 수강생들에게 들려주는 형식의 '말'은 비록 조리도 안 서고 남루를 면치 못할 터이나 '책'이 생득적으로 누리는 '허황되고 부실한 권위주의'에서 놓여날 수 있어서 화자가 편해지니 말씀 담[談]으로서의 '이야기'가 제격이지 싶소) 써가다보니 바로 이 '무엇'을 '언제' 메워야 가장 능률적이고 경제적인가 하는 난문에 봉착했소. 쉽게 말해서 '구성'이고 '플롯 짜기'인데, 숱한 정의 내리기들이 책에는 쓰여 있으나 나로서는 '지면의 안배'에 지나지 않는다고 일러왔소. (물론 한때의 내 전공과는 일정한 거리가 있지만 '전통문법/기술문법/생성문법'이니 '화용론/통사론' 같은 것을 설명할 때 곁다리로 말이오.) 곧 어떤 내용을 얼마만큼의 길이로 어디다 놓아두느냐가 그것이랄 수 있고, 이 쉬운 말을 이해 못할 천치는 없을 터이나 막상 실천은 전혀 또 다른 갈래라는 걸 이제사 몸소 겪고 있다는 소리요. 전체 길이가 2백자 원고지로 1천 장 분량이라면(이 예상은 쓰면서 무한정 달라질 수밖에 없으므로 미지수이고, 여기서부터 숱한 변수가 따르니 이런 계상[計上]이야말로 실로 무익하지만) 어떤 일화, 이런저런 심리, 화자나 글쓰는 이의 생각·단언·이념 따위를 몇 장쯤으로 어느 대목에 집어넣을까는 참으로 간단한 문제가 아니요. 그야말로 개미처럼 설계도도 없이 여기 집적 저기 찔끔 식으로 무작정 집을 파내려갈 수밖에 없는 꼴인데, 이런 제한적 무모성의 결과물에다 수다스런 인간들은 '예술적 균형감각'을, 또는 '플롯 감각의 묘미'를 태평스럽게 논하고 있으니 말이오.

또 말이 쓸데없이 길어진 감이 다분하오. 알다시피 '사적 영역'이 '공적 영역'을 압도하고 그 둘의 각축도 일상 중의 다반사로 벌어지면서 '말로 하던 이바구'가 '글로 쓰는 서사물'로 제도화된 것이 일컬어 '근대'의 한 발명품인 '소설'이오. '사담'이 더 재미있다기보다도 그 쓰임새가 더 자주 또 넓어지게 된 셈인데, 그렇다고 『논어』 같은 '공담'이 쓸모가 없어졌다는 소리는 아니요. 물론 오늘날의 '소설'은 왕성한 번식력과 자발적 활동에 힘입어 '사담'과 '공담'의 상당한 혼성 내지는 조합에도 나름의 성과를 내기에까지 이르러 있소. 그런데 문제는 그 둘의 혼성 비율이랄까, 그것의 혼재가 과연 맞춤한가 하는 것이오. 달리 말한다면 '사담'이 왜 필요한지는 작가가 자나 깨나 머릿속에서 공글려온 어떤 '작의' 속에 포함된 일종의 '공적 담론'에 해당할 터이므로 일단 논외로 치고, 어디서 어디까지가 사적인 이야기인지에 대해서 작가는 물론이고 독자도 일정한 균형감각을(굳이 '윤리'라고 말하면 너무 허풍스럽소만) 갖고 분별해야 '소설'의 구실이나 덕목이 제자리를 잡지 않을까 싶소.

비근한 실례를 들어보겠소. 물론 '사담'이오, 전자통신이라는 희한한 '발표매체' 덕분이긴 하오만. 내 회고담의 첫 꼭지 초고가 얼추 윤곽을 잡아가고 있을 때 남의 것도 읽어봐야겠다 싶어 역시 컴퓨터로 주문해서 책 두 권을 샀소. 한 권은 그 유명한 『마의 산』인데 이번에 완역 결정판이 나왔다길래 일부러 사서 읽어보니 예전에 통독했던 그 날림 판본들과는 너무 달라서 명색 어학 전공자였음에도 외국어 두엇에 정통하지 못했으니 어째 헛살았다 싶고 아주 착잡했소. 그 독후감을 쓰자면 장황해지므로 여기서는 생략하기로 하고, 다른 책은 이웃나라의 노벨상 수상작가라는 양반이 가장 최근에 썼다는 아주 알따란 장편소설이었소.

물론 한선생도 그 양반의 여러 면모나 작품의 경향 등에 대해서는 웬만큼 해박하리라 짐작하오만, 내 쪽은 나보다 4, 5년 먼저 살아온 그 양반의 경험담, 그쪽 동네의 정치적 풍향계나 세속의 풍속도 따위에 왠지 관심이 쏠려 그이의 작품이 번역되면 속속 사 읽어오고 있는 편이오. 그렇게 읽다보니 자연히 까막눈 신세는 면해지게 되고, 그렇기도 하겠다 싶은 대목이나 어째 좀 허풍스럽다는 느낌 정도는 간추릴 수 있게 되었소. 그래서 그이의 그 수많은 작품들(일본 작가들은 대체로 수상쩍을 정도로 부지런해서 탈이오. 아마도 여러 제도들이 제가끔 또 끼리끼리 정직하게 굴러가기 때문에 저절로 그렇게 되는 게 아닌가 싶소) 속에 관류하는 주의주장의 골갱이도 어느 정도는 알 만한데, 그 양반의 초기작은 그렇지도 않건만 성가가 비등해지고부터는 거의 자기 신변의 이모저모를(그들이 **창출해낸 장르인 '사소설'일망정** 설마 '자기'와 그 '사생활'을 곧이곧대로 곧 거짓 없이, 또 한 점 꾸밈없이 까발리기야 할까 싶지만 저희들의 '정직성'조차 자랑거리로 삼는다 싶게 엔간히도 솔직하다는 느낌이 지배에 철하는 것은 사실이오) 누가 내놓아라고 짓조른다는 투로 발표하고 있다는 게 내 감상이오. 그러니까 그 작품들마다의 희한하고 요란한 줄거리를 재미있게 술술 따라 읽다보면 자기자랑도(일본 사람들의 이 '자기자랑벽'은 특유의 풍토성인 것 같소. 심지어는 학자입네 하는 지식인들도 그런 습벽에 아주 매몰되어 있는 듯하고, 막상 그 자랑거리인 저작물들을 읽어보면 별것도 아니고, 좀 심하다 싶게 동어반복투성이인데 이제는 전지구촌을 향해 나발을 불어대는 경향마저 자심하오. 따라서 이런 풍토성의 편만 아래서는 어떤 교만이나 겸손도 의미가 없다기보다는 가식임을 스스로 토로해버리는 격이요. 그런 일종의 해프닝이 비일비재하고, 실은 일본인들이 바로 이걸 애완물 다루듯이 즐기고 있는 것이오) 숱하게, 또 반복해서 늘어놓는 데에는 집요하다는 생각에 이어 질리고, 이런 '원용/변형'의 지루한 집합이 수시로 어떤 특정 제목의 '소설'이라는 양식으로 씌어지고 읽혀진다는 사실 앞에서는 무참하다는 느낌도 없지 않소. **(작가가 스스로 무참해질 줄 알아야지 독자인 내가 그럴 필요는 없는데 말이오.)** 좀더 부언하면 '소설'이라는 엄연한 생활양식의 생산축과 발표축이 워낙 빈틈없이 작동하는 통에 여러 독자들의 세칭 '영혼'의 각성, 나아가서 그 세척작업에 얼마라도 이바지한다는 이 막강한 제도랄지 회로 자체가 무색해져버리고, 그런 일련의 과정을 비감 어린 시선으로 조망하지 않을 수 없다는 소리요.

요컨대 '소설'의 쓰기/읽기에 수반되는 일체의 노동에 과연 '윤리의식' 같은 인간 실존의 기본축을 들이댈 수 있겠는가 라는, 들이대본들 무슨 의미가 있을까, 이미 오래전부터 이런 고리타분한 질문을 철저히 깔아뭉개고 있는 '소설산업'의 소비적 회로라는 거대한 구조악 앞에서 우리가 얼마나 무력할 수밖에 없는가 라는 탄식이 안 나올 수 없게 되고 말았소. 하기야 그 양반은 이번의 그 제목 긴 소설에서도(이른바 '상처'의 치유를 통해 '전후'의 인간상을 극복하고, 또 다른 '정체성'을 발견하기 위해 영화를 만들려다가 주저앉아버리는 뭐 그런 사소설입디다. 말이 나온 김에 덧붙이면 그의 소설에서 자주 전가의 보도로 써먹는, 한때 고생을 많이 한 우리 쪽 시인 김모의 구출을 위한 단식투쟁 경험담이 이번에 또 자랑 삼아 나옵디다. 우려먹는 것도 한두 번이지, 나, 참, 이렇게도 쓸 이바구가 메말랐다는 실토인지, 자랑거리가 고작 그것뿐이라는 소리인지. 하기야 이 양반의 자랑거리로는 그 잘난 출신대학을 늘 한목소리로 읊조리는 것도 특기해둘 만하오. 물론 이런 반복도 '예술'의 일부이니 '사기'일 리야 있겠소만. 요컨대 자랑거리 자체야 아무려나 보기 나름일테지만 그것을 아무데서나 흘리는 상습화의 면면이 지겨운데, 그래도 발설자가 청자를 무시하는 조로 하냥 되풀이하면 결국 동어반복 증후군이나 보속증이 아닌가 하고 머리를 절레절레 흔들지 않겠소) 아주 상투적으로 끼워 넣는, 주인공과 함께 상당한 지면을 배정받은 한 여자가 덜컥 '사랑도 없이' 삭막한, 삐걱거리는 나무

바닥 위에서 후딱 치르는 듯한 정사를 나누던데, 이런 피치 못할 인간관계 엮기만 보더라도 '소설산업'의 치부랄지 약점 같은 것이 명명백백하게 드러나버린 실적 그 자체가 아니고 무엇이겠소. 물론 그이만의 문제도 아니란 건 우리가 공히 알고 있소. 따라서 '고급소설' 내지 '고급예술'과 '고급오락'을 의식적으로 만들어내는 여러 예술가와 그들을 관습적으로, 더욱이나 상투적인 문맥으로 옹호해대는 숱한 매스컴·문학평론가·문화종사자들이 눈에 안 보이는 독자라는 똑똑한 우중을 한바탕의 굿판으로 여일하게 인도하고 있다는 말이오. 그런데 다행인지 어쩐지 그들의 소임은 무책임하게도 굿판까지 끌고 가는 것으로 끝나오. 그전이든 그 후든 그들은 이제 더 이상은 나 몰라라하고서는 또 다른 모조품으로서의 브랜드 좋은 '명품'을 만드느라고 명색 작가라는 날탕들과 또 한바탕의 야합 꾸리기에 영일이 없는 꼴이오. 굿판이나 명품이 처음에는 볼 만하지만 두 번째부터는 실제로 그게 그거잖소. 이런 일대 사기술의 거대한 회로를 우리는 밝은 눈으로 직시해야 되지 않을까 싶소.

어떻소? 내 말의 요지가 어떻게 전달되었는지, 납득할 만한지 궁금하오. 한때 내 일신에 덮쳐온 그 좀 야릇하고 수상쩍은 춘사(春思)를 털어놓고 나니 별의별 감회가 서리서리 똬리를 틀고 앉아서 꼼짝하지를 않으니 이런 객담을 늘어놓는갑소. 건투를 비오(이 **끈적끈적해서 지겨운 클리셰, 용납하시오**).

2

만 스무 살도(주민등록상으로는 1940년생이지만 출생신고가 '지애비'의 늑장 때문에 달장근이나 미뤄졌다는 전설이 있다) 되기 전부터 남의 귀한 자식들을 가르치는 명색 선생질에 나선 주제임에도 워낙 늦깎이였든지 나는 우리 집안 떨거지들이 다들 한가락하는 어릿광대인 줄을 오래도록 까맣게 모르며 살아왔다. 아마도 대충 김은 잡고 있있을 터이나 마땅한 말을 찾지 못해 그처럼 어리숭한 채로 한솥밥을 먹고 지냈는지도 모른다. 그러니까 코미디언이라면 시골구석답게 무대나 관중이 불비해서 부적확하고, 불쑥불쑥 괘꽝스러운 행동이나 말을 준비해둔 듯이 척척 골라서 집어넣는 걸 보면 요샛말로 개그맨이라 해야 옳지만 하나같이 상호도 그만하고 외양은 훨씬 더 훤칠해서 어딘가 빠지고 모자라야 제격인 우스개꾼과는 격이 달라서 그랬을 것이다. 내가 최초로 우리 일가의 그 타고난 장기자랑 경염장에 붙들려가서 목격한 일화부터 털어놓아야겠다.

물론 오래전 일이다. 예전에는 방학을 오붓하니 지 살림처럼 아껴 쓸 수 있어서 선생질도 여간만 좋은 밥줄이 아니었다. 더욱이나 초등학교였음에랴.

그날도 나는 학교 교무실에서 매미 소리가 자지러지게 쏟아지는 운동장을 가끔씩 무연히 내다보며 대학입시 공부를 하듯 말듯 하고 있었을 것이다. 학교에서 엎어지면 코 닿을 곳에 두 짝 대문이 달린 디근자 기와집의 방 한 칸을 얻어 하숙을 하고 있었는데, 그 집 주인이 바로 농어민이 반쯤씩인 그 시골바닥의 유지이자 만득자의 학부형이기도 했다. 하루에 두 번 다니는 털털이 버스가 뿌연 먼지를 일으키며 해변가의 흙길을 구불구불 돌아서 한 시간 반쯤이면 떨어지는 곳에 본가가 있었지만, 그즈음 나는 청운의 꿈을 꾸고 있는, 그것도 가능하면 서울로의 대학 진학을 내다보고 있는 맥 빠진 헌헌장부였으므로 방학 중에도 하숙집 독상을 툇마루에 내놓자마자 학교로 꼬박꼬박 출근하고 있었다. 그 하숙방에도 주인집의 퇴물 앉은뱅이 책상이 있긴 했으나, 대가족인 주인집 식구들이 저마다 인정을 낸답시고 촘촘히 말을 시키고, 삶은 고구마나 찐 옥수수 같은 군것질거리를 틈틈이 들이밀고, 벌거숭이 어린것들이 시도 때도 없이 나와서 놀자고 설레발을 떨어대서 학교는 내게 일종의 피신처였다. 그 덕분에 일직을 도맡고, 숙직도 짬짬이 얻어걸리게 되었지만, 그 당시에 그런 별도의 근무수당을 받았는지는 아슴아슴하다. (팔자는 길들이기 나름이라는 말을 언젠가부터 믿게 되었으므로 나는 숫자나 돈 단위에는 일부러 태무심해버린 '면무식꾼'인데, 집 전화도 성큼 떠올릴 수 없는 머리로나마 사람 행세를 웬만큼 하며 살아온 듯하니 천복을 누리는 셈이다.)

아무튼 방학인데도 집에 올라와서 개새끼라도 한 마리 잡아먹으며 객지 밥에 곤죽된 몸을 챙길 생각도 않는 둘째자식이 내 양친에게는 입에서 침이 튀는 자랑거리였다. 안에서는 예배당이라도 들락거려서 좋은 말씀을 들은풍월이라도 있을 것이건만 밖에서는 평생 노가다판에서 흙질꾼으로 굴러먹는 숭칙한 불학 무식꾼이었으므로 한 말을 또 하고 또 해대는 두 양주의 그 말솜씨야 지금도 귀에 쟁쟁하다.

"헐개빠진 지 새이는 그 잘나터진 대학까지 나왔지만서도 둘째아 신발 벗어난 데도 못 따라간다—하모, 택도 없다, 지가 알아서 사범학교도 나랏돈으로 공짜 공부했지, 졸업하자마자 발령 받아 갖고실랑 꼬박꼬박 월급 받지—그것도 반만 지가 쓰고 반은 노란 봉투에 담은 채로 지 동생들 학비에 보태 쓰라고 다딜이 지 에미 손에 집어준다 아이가, 그걸 보민 애비 된 도리로 내가 지한테 아무 해준 것도 없어서 돌아서서 많이 운다, 눈물이 절로 쏟아지고 한편으로 너무 고맙고 한편으로 너무 서글퍼서 속이 뿌듯하니 긴 한숨이 저절로 터진다 카이, 암마, 와 아이라—술을 묵나, 옷을 해 입을 줄 아나, 맨날천날 술이나 처묵을 줄 아까 허랑해빠져서 돈조차 모리는 지 새이하고는 달라도 너무 다리다, 내삐릴 것도, 입댈 것도 없이 진짜 똑바리다. 어릴 때부터 벌써 싹수가 다르던거로, 자식이 아이라 우리가 가 눈치 본다 카이—하모, 안 될 인간은 대학이고 나발이고 다 소용없다. 지 새이 밑에 들인 내 공을 생각만 하믄 내가 떡심이 다 풀린다 카이. 지금이라도 지만 할라 카믄 내가 지 뒤를 쫄쫄 따라댕기며 학비를 댈 낀데, 세 빠지게 일하미 안 묵고 안 쓰만 꼴란 그 학비사 못 대겠나—지발 좀 그래주만 얼매나 내 뒷고개가 가볍겠노. 지 월급봉투 받을 때마다 에미란 기 이기 무슨 낯짝인고 싶어서 꼭 죽을 맛이라 카이."

가만히 따져보면 한마디 말 안에도 자가당착어법이 꼭 하나 이상씩은 들어앉아 있는 그 넋두리가 좀 과장스럽긴 해도 실

고향은 군사정권이 들어선 후 특정 공업지구로 지정받는 통에 천지개벽을 조만간 두 눈으로 목격할 판이라 다들 어수선하니 마음을 졸이고 있었다)—그 술집이 어딨다 카드노?—학교에서 반구동 로타리 쪽으로 한참 내리오다가 철길 못 미쳐서 어디 들앉은 집인갑더라, 그 학교 선생들 단골집이라 카고—왜 해필 새이가 그 작부한테 물렸실까 모리겠네—(그즈음 내 형은 환도 후에 얼렁뚱땅 만든 졸업장이긴 했어도 4년제 대학 학력이 워낙 반반한데도 향리에서 일 년 남짓이나 빈둥거리다가 어렵사리 연줄이 닿아 휴전 직후 교문을 연 어느 사립 중고등학교에서, 학부 때의 간판 전공을 살리느라고 상업을 주로 가르치면서 그 당시만 해도 그쪽으로는 유자격자가 귀해서 국어와 영어도 가르치는 교사였다)—큰오빠가 뭣이 모자라서, 학력이 좀 좋아, 주독이 올라 얼굴이 빨개서 그렇지 인물이 빠지나, 허우대가 작나. 작부가 설마 남자 보는 눈이 없실까—(나도 그것이 궁금했을 텐데, 내 모친이 먼저 물어본 모양이었다)—엄마가 그 여자 인물은 어떻더노꼬 형부한테 물었든이, 아부지가 댓빡에 이 여편네가 지금 미쳤나 카민서, 남우 지집년 인물을 우리가 알아서 뭐할 낀데 카고 고함부터 지르고, 엄마는 시방 며눌애가 될랑말랑 카는 판인데 그라믄 사람을 알고 인물도 뜯어봐야지 우짤 낀데 캐싸튼이, 언니 말대로 우리는 인자 남새스러버서 낯 들고 못 댕기게 생겨서 큰일이다. 술집 작부가 뭐꼬, 나이도 큰오빠보다 서너 살인가 많다 카이 그기 도대체 무신 불여운지 알다가도 모리겠다고 아부지는 한숨이 늘어졌다. 작부가 뭐꼬, 작부가, 아무 남자한테나 앤기미 술 따라주는 여자

제?—그카대, 이런 시골에도 선술집에 중년여자부터 늙수그레한 여자까지 여러 질로 많더라—작은오빠 니도 벌써 술 묵나?—안 묵는다, 어쩌다가 우리 학교 선생들하고 모이만 막걸리 한 잔을 받아놓고만 있다."

이쯤에서 내 부친의 생업을 밝혀야 이야기의 졸가리를 잡아가는 데 요령이 설 듯하다.

지금은 거의 없어진 것 같지만 예전에는 미장이가 집 짓는 데는 대목(大木) 이상으로 요긴한 직종이었다. 물론 흙일을 하는 만큼 천하고 몸으로 때워야 하는 고된 직업인데, 옛날에는 집을 지을 때 벽치기라고 해서 댓가지나 나무오가리를 얼키설키 얽은 외(椳)라는 칸막이에다 짚북데기를 더러 섞기도 한 진흙을 이기어 발라야 칸살의 경계로서 벽이 들어섰다. 좋은 집의 안방 같은 데는 물론 그 위에다 새벽*이나 회죽 따위를 덧입히고 그 반반한 면에 문종이나 벽지를 겹으로 발라서 바람벽을 완성시켰다. 그러나 한옥 짓는 일이 드물어지자 그런 벽치기 대신에 벽돌장을 차곡차곡 쌓고, 그 위에다 시멘트를 평평하게 도포하는 일 곧 벽면 고르기가 미장이의 주업이 되었다.

내 부친의 증언에 따르면 이 막일도 일본인 기술자에게 비로소 제대로 배웠다면서 나름대로 자부심이 대단했고, 그에 따르는 빵빵한 대접도 받았다. 쉽게 말해서 흙일과 시멘트일은 벌써 재료의 씀씀이에서 차이가 많이 난다는 것이다. 곧 막토야

---

* **새벽** 누런 빛깔의 차진 흙에 고운 모래나 말똥 따위를 섞어 벽이나 방바닥에 덧바르는 흙.

많이 쓰든 적게 쓰든 까탈을 잡지도 않지만 시멘트는 기술에 따라 엄청난 차이가 나고, 결국 그 차이 때문에 재료를 그만큼 줄이고도 일이 빠르고 흠 잡을 데가 없으므로 사용자는 재료값과 품값을 줄일 수 있고, 그런 기술이 있고 없음에 따라 품팔이꾼의 일당이 달라질 수밖에 없다고 했다. "갑이 두 포로 하는 일을 우리는 한 포나 한 포 반으로 조져내는 기라, 또 갑이 한 층 쌓고 마무리하는 데 하루 한나절 잡으만 우리는 하루나 나절가웃이면 거뜬히 해치우거든 암, 그 차이가 간조 때 노임 차로 돌아오는 기지." 그런데 그런 자랑 끝에 빠뜨리지 않는 말로는 "쓰기모토라는 그 쥑일 놈이 걸핏하믄 흙손으로 이마빼기를 콕콕 찍어가민서, 하야시상 곤지쿠쇼* 이칸다 말이야, 말이야 맞지, 일이 벌써 틀렸거든, 우쩨, 다시 입히고 깔아야지. 참 피나기 배왔네. 일본놈들이 일 하나는 매닥 있기 한다. 우리가 못 따라간다, 농사도 그렇고 공사는 더하다, 마도메*가 워낙 좋은 기라, 두 번 다시 입 댈 데가 없지"라고 멍하니 씨월거리며 비감에 젖어버린다는 사실이다.

6·25동란 직후였지 싶은데, 하학 후 책보따리를 방구석에 집어던지고 나서 지척거리에 있던 학성공원으로 달려가 동무들과 만판으로 뛰놀다 해거름녘에야 돌아올 때면 흔히 우리 집의 출입구 앞 신작로 바닥에서 엉거주춤하니 서거나, 말이 길어지면 주저앉아서 나뭇가지로 땅에다 선을 죽죽 그어가며 내

---

* **곤지쿠쇼(こん畜生)** '이 개새끼'라는 뜻의 일본말.
* **마도메(纏め)** '마무리'의 일본말.

부친은 막일꾼들과 일종의 담합을 벌이고 있었다. 함께 일할 사람에게는 이번에 맡은 일이 이러저러하다는 설명이든가, 십장과는 일거리의 전체 규모와 일당과 필요한 미장이 숫자 따위를 정하느라고 그런 길거리 업무현황 소개와 수의 계약을 벌였던 셈이다. 일당은 얼마라야 하며, 공기(工期)에 맞추려면 수하에 부릴 수 있는 '시다'가 적어도 몇 명은 있어야 한다는 셈평에 관한 한 내 부친은 딱 부러지게 말하고 나서는 상대방의 반응을 찬찬히 어르고는 했다. 흡사 개새끼나 집고양이가 오랜만에 먹음직한 대궁밥을 앞에 놓고 어떻게 시식해야 잘 먹었다는 시늉을 터뜨릴까를 잠시 궁리하듯이 그이는 십장의 표정을 핥듯이 훑어가며 보일 듯 말 듯한 웃음을 베물고 있는 것이었다. 대개는 내 부친의 고집대로 구두계약은 이뤄지게 마련이고, 그때부터 가까운 선술집에서 술판을 벌이는데, 주로 말귀가 빠르고 심부름을 잘하는 나를 불러서 빨간 5환짜리 지폐를 집어주며, 저 다리껄에 사는 얽은이 박씨 알제, 거 가서 내일부터 일 나가야 된다 카고 지금이라도 이리로 한분 나오라 캐라 라고 이르곤 했다.

미장이 일에 장인급일 뿐만 아니라 술꾼으로서도 호가 났지만 또 다른 장기 하나로도 내 부친은 그 바닥의 공사판에서 이미 알아주는 '전설'이었다. 물론 내가 목격하지는 않았지만, '전설'답게 여러 사람의 입에서 무수히 회자된 만큼 믿어도 좋은 사실일 것이다. 그것을 글로 옮겨보면 아래와 같은 선명한 활극이 되지 않나 싶은데, 영화와는 달라서 시작과 끝이 워낙 단출하고 군더더기조차 있을래야 있을 수가 없게 되어 있다.

하루는 깡패 예닐곱 명이 공사판에 나타나서 찌그렁이를 부렸다. 공갈과 완력으로 일종의 텃세를 걷으러 다니는 그런 불량배의 행패는 그 당시 치안상태의 엉터리를 말하는 한편, 온전한 직업의 가짓수가 워낙 적어서 떼 지어 다니며 남의 품값을 뜯어먹는 그 짓거리의 유세도 세무공무원 못지않아서 그들을 괄시했다가는 큰코다치는 짱짱한 직종이었다. 두 직업에 다른 게 있다면 일터가 있고 없다는 것 정도이며, 수시로 누구에게나 찍자를 부려 영수증도 없이 혈세를 빨아먹는 정황도 대체로 일치한다.

아무튼 일이 그렇게 돌아가느라고 그랬을 테지만, 제법 추운 때라서 공사판 인부들이 오후 새참으로 화톳불에다 생돼지고기를 구워 먹으며 막걸리를 사발로 한 잔씩 돌리고 있던 판이었다. 개중에는 내 부친보다 연상인 인부들도 두엇 있어서 그들이 준다 못 준다, 더 달라, 더는 안 된다로 실랑이질을 벌이는 십장과 깡패들에게 엔간하거든 받아가라고 좋은 말로 이르는 일방 좀더 집어주라는 눈짓을 보냈다고 한다. 무슨 까탈이라도 잡아서 큰소리를 쳐야 상대방의 오금이 저리는 쌍욕에 공갈을 칠 기회가 생기고, 뒤이어 불량배의 본때를 보여주기 위해서라도 한두 사람에게 주먹다짐을 안겨야 하므로 깡패들이 대뜸, 이 늙은것은 뭘 믿고 나서나, 어쩌구 해대며 싸움을 크게 버르집고 나섰다. 그때까지 연방 막걸리 사발을 기울이던 내 부친이 시부저기 일어나며, 시끄럽다고, 목도 축였으니 일이나 할라는데 와 이래 분답냐고 툴툴거렸다니까, 아마 본정신이었을 리는 만무하고 그 힘으로 일한다는 진짜 노가다로서 웬만큼 술기운이 뻗쳐 있었던 것 같다. 그렇거나 말거나 술을 마셨든 안 마셨든 내 부친의 입가에 늘 베물린 조롱기 가득한 웃음을 보고 깡패들은 다소 어이가 없었을 것이다. 그 겁 없는 비웃음 때문에라도 찍자가 대번에 내 부친 쪽으로 모아졌다. 두목 비슷한 앞잡이가 성큼 나서며 가소롭다는 듯이, 이 쓸개 빠진 기 벌써 술에 쩔어가지고, 라며 막말을 씨부리자마자 내 부친의 멱살을 잡으려 들었다. 싸움이란 원래 매서운 눈빛이나 담대한 자세가 승패를 반 이상이나 갈라놓고 시작하는 것이지만, 멱살잡이를 당할 때까지도 내 부친은 의젓하게 그 특유의 조소를 깨물고 있었다고 한다. 그러나 멱살이 쥐이고 뒤이어 완력이 날아오려는 찰나에 그이의 그 소문난 이마빡이, 예의 그 모진 일본인에게 흙손 손잡이로 피딱지가 앉도록 두드려 맞으며 차돌처럼 단련되었을 마빡이 그야말로 전광석화처럼 무뢰배 두목의 면상으로 날아가서 찍혀버렸다. 더 기막힌 것은 그 한 방으로 그놈은 발랑 나동그라졌을 뿐만 아니라 한동안 코피를 줄줄 쏟아내며 기절한 채 땅바닥에 뻗어 있었다는 사실이다. 다들 눈이 휘둥그레져 있는데 활극 두 장면이 뒤쫓아 벌어졌다. 곧 부두목 격인 한 놈이 팔을 휘두르며 달려들었으나, 내 부친은 때려보라는 듯이 성큼 앞으로 나서며 한 손으로 깡패의 턱을 주먹도 아니고 손바닥으로 쳐올려버렸는데도 패대기친 것처럼 엉덩방아를 찧고 나자빠져서는 쇠붙이에 맞은 듯 한동안 머리만 휘휘 내젓고 있는 것이었다. 뒤이어 졸개 하나가 이번에는 발길질을 앞세우고 달려들었는데, 그이는 통나무처럼 그 발싸심을 맞받아내고서는 동작도 빠르게 그놈의 불알을 냉큼 거머쥐었다. 대번에 죽겠다는 외마디 비명이 낭자하게 터져 나왔고, 그이는 여전히 그 작자의 음낭을 뜯어낼 듯이 잡아당기며, 그 누가 자귀나 장도리 좀 집어도가, 내가 살인은 차마 못하겠고, 이런 걸뱅이 씨종내기들은 오늘부터 고자로 만들어 씨를 말라뿌야 성이 차겠다, 설마 감옥소밖에 더 가겠나, 걸뱅이 새끼들이 말라고 부랄은 차고 댕기노, 라며 소름 끼치는 공갈을 때렸다. 그제서야 술김에 무슨 큰일이 벌어질지 몰라서 화들짝 놀라며 다들 그이의 팔에 매달려 뜯어말리기 시작했다. 반쯤 넋이 나가 있던 나머지 깡패들도 중경상자나 다름없는 제 떼거리 세 명의 신병을 수습하느라고 우루루 달려들었다.

  깡패들의 일진이 사나워서 임자를 잘못 만난 그 사단의 전말은 부풀려질 대로 부풀려져서 한동안 그 지역의 노가다판에서는 심심찮은 화젯거리였고, 덩달아 누구 앞에서 힘자랑하면 코피 터지고, 면상 날아가고, 불알 뜯긴다는 우스개도 나돌았다. 그 후부터 십장들도 그이 앞에서는 말을 조심하고, 함께 일하는 막일꾼들도 길을 비키거나 담배를 권하는가 하면 흙일꾼들은 길을 나설 때라도 한 걸음 뒤처져서 따라오곤 했다.

  나는 지금도 심심하면 아예 작정하고 그이의 일거일동을 떠올리며, 그때마다 내 눈시울이 뜨거워지면서 눈앞이 흐릿해지는 걸 즐기는 편이다. 숱 짙은 곱슬머리인데도 이마 한가운데의 그 호가 난 흉터를 감추느라고 늘 상고머리로 깎던 그이의 머리통은 목탁처럼 어디서 보나 둥글둥글하고 또 반들거렸다. 나는 이때껏 살아오면서 그이만큼 자기 생업을 언제라도 흐뭇이 웃으면서 해치우는, 그것도 술 마실 때 말고는 매일같이 온 정성을 다해 매달리던 사람을 본 적이 없다. 그이는 언제라도 새벽같이 일어나서 밥상을 물렸다 하면 우쭐 기동하여 간밤에 던져두었던 광 속의 돌가루색 가방을 한 손에 들고서는 가뿐한 걸음으로 공사장을 향해 착실한 발걸음을 떼놓곤 했다. 묵직한 나무판대기 밑에 뭉툭한 손잡이가 달린 흙받기와 나무흙손·철판흙손 각 한 자루씩, 땟국이라기보다는 시멘트가루나 흙투성이라서 작업복이랄 것도 없는 일복 한 벌이 들어 있던 그 꾀나리봇짐 같은 돛베가방은 지금도 내 눈앞에 선히 떠오른다. 평생토록 어디가 아프다, 안 좋다는 말 따위는 아예 비치지도 않고, 또 당신의 그런 팔자를 기리며 살았던 그이는 원래 타고난 체질이 워낙 딴딴한 양반이었다. 그렇긴 해도 깡패 세 놈이 무쇠주먹에 맞은 듯 즉석에서 까무러치고 엉덩방아를 찧고 만 그 완력은 전적으로 당신의 그 고된 중노동이 자연스레 몸에 배어서 저절로 우러나온 것임에 틀림없다. 하루 종일 담장을 쌓거나 벽치기를 하느라고 왼손에는 시멘트 반죽 덩어리를 잔뜩 퍼담은 흙받기를, 오른손으로는 연방 벽돌장을 들어올리거나 흙손으로 반죽 덩어리를 짓이겨야 했으니 말이다. 팔다리를 유심히 봐도 이렇다 할 알심이나 알통이 뭉쳐져 있지도 않았건만,

한 손으로 시멘트 포대를 밥그릇 집듯이 헤깝게* 쳐들고는 그 주둥이를 벌려 널빤지 위에다 푸르끼한 가루를 쏟아 붓고 나서 양동이의 물을 부어 모래나 자갈을 개는 그 일련의 동작에는 무슨 쇠붙이 연장 같은 강기가 속속 내뻗치고 있었다.

말이 나온 김에 덧붙이면 그 일을 내 부친과 동료들은 '제세일', '제세한다'고 했는데, 사투리였는지도 알 수 없고, 늘 궁금해하던 참에 한때의 직장 동료였던 어원(語源) 전공자에게 물어봤더니, 나름대로 조사를 한 뒤에 개인어는 아닌 듯하고, '세'멘트를 다루고〔制〕 다스린다〔濟〕는 뜻의 한영(漢英) 합작의 말일지도 모르겠다고 하기에, 나는 속으로 그 정도야 누가 짐작을 못할까 싶어, 설마 세상을 다스린다는 뜻은 아닐 테지 라고 농담을 건넸더니, 곧장 땅바닥을 고르니 그게 그것일지도 모른다는 대답이 돌아왔다.

잠시 엇길로 새어버린 말가닥을 되돌려놓으면 그날 오후 느지막이(**아마도 향리에 떨어지자마자 방학 중에도 나라에서 주는 월급을 받는 신분이랍시고 우리 오누이는 제과점에 들러 팥빙수와 빵을 사 먹었던 듯하다**) 동생과 함께 본가에 들렀더니 내 어른은, 여름이라 막일도 없었던지, 우리 집 가게 곧 우리 형제들이 칠칠이아재라고 부르던 진외가 쪽 친척이 꾸려가던 세탁소에서 혼자 막걸리 사발을 기울이고 있었다. 그 세탁소 중앙으로 통로가 뚫려 있고, 그 안쪽에 기역자로 앉은 안채가 우리 집이고, 나머

---

* **헤깝다** '가볍다'라는 뜻의 경상도 사투리.

지 니은자 집이 세탁소와 칠칠이아재 일가가 사는 명색 셋집인데, 그 헛간에 행랑채 같던 집채를 내 어른이 틈틈이 손보아 살기에는 나무랄 데 없는 거처로 만들어놓은 것이었다. 어쨌든 통로를 중심으로 왼쪽에는 다리미질을 하는 좌대가 놓여 있고, 오른쪽에는 손빨래하는 빨래터 겸 빨아 다려놓은 세탁물이 천장에 주렁주렁 매달린 옷보관소인데, 바로 그 경계의 양쪽에서 한 사람은 다리미 좌대에 기대서고, 다른 한 양반은 남의 바짓가랑이들 아래에서 도마의자를 사타리에 끼워 넣고 앉아 술을 마시고 있는 꼴이었다. 칠칠이아재가 거꾸로 타이른답시고, 행님요, 살살 곱게 곱게 타이르소, 단물 빨린 사내새끼가 기집한테서 떨어질라 카능교, 택도 없심더, 잘못하든 부자간에 의절하구마, 신근이 가도 시건이 멀쩡한데 와 그카꼬, 기집년이 얼매나 양귀비길래, 나도 짬 내서 한분 가봐야 될따 라고 씨월거려쌓고, 그 말을 받아, 잘한다, 집구석, 아재비 조카끼리 한 요강에 오줌 싸겠다, 망할놈우 소상, 그놈이 지 애비하고 무신 원수가 졌다고 이래 고랑태*를 믹이노 라며 술 주전자에서 쏟아지는 뽀얀 술줄기를 연방 길고 짧게 만드느라고 내가 그 통로 속을 빠져나가는 줄도 모르는 판이었다.

이윽고 한여름의 긴긴 해가 거물거물해질 무렵에 내 자형이 드라이버·펜치·송곳 따위가 매달린 가죽혁대를 차고 나타났다. 자형이 그 공구혁대를 툇마루에 끌러놓기가 바쁘게 내 어

---

* **고랑태** '골탕'의 경상도 사투리.

른은 나와 사위에게 눈짓을 하며, 가자, 너거가 앞장서라 라는 하명을 떨구었다. 세탁소 통로를 차례로 빠져나가자 칠칠이아재가, 행님요, 절대로 왈기지* 마소, 후지박으믄 부자간에 막보구마, 머라 카지 말고 살살 달래소, 그년은 체로 까불러서 털어내뿔고요, 알았능교 라고 주제넘은 소리를 지껄었다. 그 말을 받아 내 부친은, 저놈이 내 오야가다*다, 온갖 간섭 다 한다, 귀에 매미 들어앉은 것보다 더 시끄럽다, 아이구, 은선시러버라,* 했던 말 또 하고 또 한다 라고 중덜거렸다.

그때 내 생각으로는 형한테 술 안 먹는 니 동생 보기에 부끄럽지도 않냐는 시위를 하느라고, 또는 거꾸로 너만은 니 새이의 저런 추태를 애비한테 보이지 마라는 현장교육을 시키려고 일부러 나를 달고 가는 줄로만 여겼다. 어느 쪽이라도 나야 강 건너 불 보듯 하면 그만이지만, 나이가 있는 만큼 당장 목전에서 벌어질 그 불구경에 적잖이 재미있어 하고 있었다. 그러나 한편으로 한창 신혼 재미에 녹아나는 자형은 친구가 오입하면 지가 백지 좋다는 그런 싱거워빠진 작자는 아닌데도 그처럼 걸음걸이마저 가뿐하게 앞장서서 걷는 걸 보니, 처가 고우면 처갓집 말뚝에도 절한다는 옛말대로 장차 손위 처남이 술집 작부를 배필로 삼아 자식이라도 보는 그 망신살만은 어떻게 막아보자는 중심도 비치고, 죽마고우의 그 곤경을 짐작할 만한 위인

---

* **왈기다** '으르딱딱거리다' '옥박지르다'의 경상도 사투리.
* **오야가다** 공사판 인부들의 감독을 뜻하는 일본말.
* **은선시럽다** '지긋지긋하다'의 경상도 사투리.

이 처가에 귀띔도 안했다는 누명을 일찌감치 털어버리려고 그러는 것 같았다. 어차피 조만간 터뜨려질 사단인 만큼 그 당시 자형이 고자질을 한다 만다는 걱정을 떠올렸을 리도 만무하다. 네거리를 서너 개 지나자 길바닥으로 잔뜩 내놓은 옹기그릇·시루·독·항아리·장독뚜껑·소라기·동이·방구리·버치·뚝배기 같은 질그릇을 독전 안으로 끌어 모으고 있는 막내고모 내외와 마주친 기억도 아직까지 또렷이 남아 있다.

길라잡이인 자형이 이끼가 거뭇거뭇 앉은 네모돌이 벽돌장을 정갈하게 깔아놓은 골목길로 들어섰고, 이내 두 짝 나무대문을 활짝 열어놓은 한 여염집 속으로 기어들어갔다. 지붕 없는 그 대문에서 부엌 옆방까지는 등나무가 짙게 하늘을 가리고 있었고, 어디서 엉겨 붙었는지 능소화도 드문드문 보였다. 오른쪽으로는 장작과 연탄이 반반씩 빼곡한 헛간도 보이고, 담벼락에는 시멘트 계단을 두 개나 붙박아둔 변소가 당그랗게 붙어 있었다. 왼쪽으로는 축대는 안 보이고 주춧돌만 타일 바닥에 푹 파묻힌 일자집이 안방·대청·건넌방으로 나뉘어 있고, 그 세 칸살마다에 누런 전깃불이 훤히 밝혀져 있는데다 문짝들마다 활짝 열려 있어 그런지 들어앉은 술집이 아니라 무슨 짙은 살림집 같았다.

자형이 부엌 쪽으로 다가가 기웃거리자, 곧장 그 속에서, 가실아, 손님 오셨다, 어서 나오니라 라는 중늙은이의 깔깔한 말소리가 들렸다. 땅굴 속 같은 등나무 밑으로 들어섰을 때부터 내 어른은 이미 사정을 다 꿰찬 듯 연신 입속말로 예의 그 일본

말, 곤지쿠쇼, 바가야로에 뒤이어 이 빌어먹을 놈, 개삼신이 백인 놈, 개천령 같은 놈 등을 중덜거리고 있었다.

그제서야 내 어른 곁에서 풍기는 홍시내와는 다른 쿰쿰하달까 매캐하달까 들척치근하달까, 하여튼 뭣이 삭는지 야릇한 냄새가 사방에서 물컥물컥 몰려왔다. 나중에 안 사실이지만 그 집의 숙수 하나가 맑은술·동동주·찹쌀막걸리 같은 우리 곡주를 잘 빚어 인근에 한창 호가 나던 판이었고, 더러 알음알음으로 찾아오는 선술집과 애주가들에게는 산매도 하는 바침술집이었다.

곧장 한 여자가 발목까지 치렁치렁한 주름치마 자락을 한 손으로 끌어모으는 일방 그렇잖아도 밭게 붙은 모시 적삼의 깃을 여미며 안방에서 쪼르르 달려와 타일 바닥에 내려섰다. 자형이 말문을 열기도 전에 '가실옥'의 주인은 벌써 모든 것을 한눈에 알아본 듯 자신의 황당을 어떻게 수습해야 할지를 생각하는 낌새였다.

사람끼리의 인연이란 실로 불가사의할 뿐만 아니라 괴상망측한 것이기도 하다. 촌수로는 내게 형수가 되는 그 천가실이란 여자가 나와 눈이 마주쳤을 때 순간적으로나마 무르춤해지면서 이미 훤히 들여다보이는 서로의 신분과 사정에 말문이 막혀 몽총해져버린, 그래서 잠시나마 되똑히 서 있을 수밖에 없던 그 첫 '관계'가 평생토록 이어져야 했으니 말이다. 물론 나도 마찬가지였다. 엄마 이상으로 문문히 지낼 수 있다는 형수와 그때부터 말다운 말을 나눈 적도 없고, 서로가 서로의 안부에 관심을 가진 바도 없을 테고, 좋게 봐서 이심전심으로 그러려니 하고, 또 그렇게 살겠거니 하며 이때껏 살아오는 이런 사이, 이런 자세를 직시하는 말이 국어사전에 등재되어 있지 않음은 물론이려니와 글깨나 쓴다는 문필가도 이름 짓기에 꽤 딱해할 정경이 아닐 수 없다. 명절 때 마주치더라도 서로가 그냥 데면데면하니 소 닭 보듯 닭 소 보듯 잠시 눈만 맞추고 말며, 내 쪽은 더러 그 '첫 대면'을 무심하니 떠올려보는 것이다. 그러니 그 양반의 성질·외모·취향·생활태도 따위에 대해 내가 아는 것은 주위 친지들이 물어다준 것뿐이고, 따라서 그 여자는 내게 허수아비나 무슨 그림자만한 이미지라도 심어줄 건덕지가 전무한 셈이다.

나보다 다소 나을지 몰라도 나머지 한 혈육도 그 여자의 그 화사한 천직과 참참한 자태 때문인지 곧장 알다가도 모를 자세를 드러내서 주위 사람들의 시선을 몽땅 비끄러맸다. 곧 숙수 하나와 반빗아치쯤 되는 젊은 여자 하나, 팔푼이인 게 한눈에 보이는 중노미 하나, 건넌방에서 번갈아가며 얼굴을 내밀었다가 들이곤 하는 색시인지 논다니인지 알 수 없는 해사한 것들 두엇이 대청 끝도 아니고 타일 바닥에 철버덕 주저앉아 억장이 무너진다는 듯이 긴 한숨을 내쉬는 늙은이에게 감히 말도 못 붙이고 우두망찰해 있는 것이었다. 평소에도 술이나 시도 때도 없이 바칠까 담배는 누가 권하든지 생각거리가 있을 때만 몇 모금 뻑뻑 달게 빨아대던 늙은 미장이가 그날은 사위에게 손짓으로 두 대나 얻어 피우면서 아무런 말이 없었다.

두 대째 담뱃불을 손끝으로 끊어내자마자 내 어른이 벌떡 일어섰고, 대청 끝에 서 있는 맏자식을 쳐다보지도 않고 일렀다.

"신근이, 애비보다 그래도 나은 집에서 기집 끼고 술 마신 이 얼른 보기사 쪼매 낫다. 할 수 없다, 긴 말이 와 필요하겠노, 뻔한데, 대가리 굵어뿌린 니한테 이 말 저 말 해봐야 소용 없을 끼고 니 쪼대로 살아라 할밖에, 그래도 걱정이 태산인 기 아무리 방학 중이라 캐도 니가 허구한 날 이런 데서 코를 박고 지내는 기 말이 될랑가 몰따, 말이야 되든 말든 어렵게 얻어걸린 그 좋은 직장에서 언제 떨리나오까 싶어 이칸다."

학교 문전에도 못 가본 일자무식꾼에다 술까지 가뿍 취한 양반치고는 말에 제법 조리가 서 있었다. 아마도 맏자식이랍시고 4년 동안 서울서 부쳐달라는 대로 학비서껀 하숙비를 올려 보낸 뒤끝이 이처럼 허무하게 사달나버린 데 대한 소회도 착잡하고, 할 말을 곱씹으며 맛있게 태운 담배 덕도 톡톡히 봐서 그랬을 것이다.

그런데 벌써 닮아가는지 내 형과 천가가 앞다투며 나섰다.

"아버님, 그 걱정은 안하시도 대예. 우리 집에 자주 오시는 교장선생님, 교감선생님도 얼매나 임선생을 귀키 여기고 칭찬이 자자한지……"

"시끄럽다 고마, 아부지, 내 일 내가 알아서 할 텐게 걱정 마시고 어서 올라오이소, 사람 사는 집에 왔인 입을 다시고 가야지. 김서방 자네도 장승처럼 그래 서 있지 말고, 중근이도 어서 올라오이라."

언제라도 혈색이 그렇지만 그날따라 내 형은 취기가 잔뜩 끓어올라 목덜미까지 시뻘겋게 물들어 있었다. 형과 내가 외모·체형에서 많이도 닮았다고 하지만 음성이나 행동거지까지 나이 들수록 내 어른을 그대로 빼박은 사람은 오히려 내 쪽인데도 나는 형의 그 술버릇, 애주벽, 술자리에서의 그 만사 전폐하는 늑장만큼은 질력을 내는 게 바로 그때부터였지 싶다.

얼핏 단하의 늙은 술꾼이 단상의 자식을 꼬느는 데* 벌써 그 천성의 해학기가 온 얼굴에 퍼져 있었다.

"에라이, 이 술귀신아. 내가 아무리 술이 고파도 이런 참한 술집에서 아들하고 겸상해서 술 빨기 생겼나. 그 좋다는 대학을 나온 놈이 지 신발짝도 못 찾아 신은이 니한테는 도대체 붙여줄 이름도 없다. 중근아, 니는 내보다 많이 배앗은이 니 새이 별명 한분 지어봐라. 술걸레 같은 말 말고 말이다."

천가가 감싸고 들었다.

"아버님, 선생님한테 우째 그리 모진 말을 하고실랑⋯⋯"

남자란 '여자와의 관계'에서는 참으로 어물어빠진 족속이다. 명색 시애비 될 양반을 엉뚱한 곳에서 뜬금없이 대하는 처지인데도 대뜸 '아버님'이라고 호명한 천가의 그 얄미운 임기응변에 내 부친은 손등으로 눈물을 훔치면서 돌아섬으로써 맏자식의 그 찢어발겨도 시원찮을 사련(邪戀) 내지는 사통을 허무하게도 인정하는 꼴이 되고 말았으니 말이다. 또 다른 그런 호칭

---

* **꼬느다** 끓다. 잘잘못을 따져 평가하다.

의 슬기로는 그 후로도 내내 지보다 세 살이나 어린 내 형을 들으랍시고 '선생님'이라고, 나중에는 지 자식이나 친지 앞에서도 꼬박꼬박 '교감선생님', '교장선생님'이라 불러 버릇하는 천아무의 그 좀 능청스러움을 들 수도 있다. 나로서는 한동안 내 형수의 그 호칭이 너무 이상하다 못해 수상쩍기도 해서 저런 부부 사이에는 아무래도 해괴망측한 '변태'가 암약하지 않을까 싶고, 그런 허명의 어색함에도 불구하고 늘 허허거리는 내 형이 도대체 '부부유별'이란 말을 알기나 하는지 머리를 연신 갸우뚱거리곤 했다.

당연하게도 내 형에 대한 내 부친의 호명은 그날 이후로 '지신발짝도 못 찾아 신는 놈'이 되고 말았는데, 명절 같은 때 우리 삼형제와 합석하면 맏자식은 "아부지, 인자 술 좀 적게 자시소, 으이, 제 말 알아듣겠능교"라고 진지하게 권면하면 늙어빠진 미장이 영감은 즉각 "미친놈, 에라이, 이 헐게 빠진 놈아, 니나 술 좀 작작 마시고 처신 잘해라, 허허털털이 같은 놈, 눈 달고 있으믄 뭐 하노, 남의 신도 짝재기*로 신고 댕기는 팔푼이가"라고 별명 서너 가지를 한목에 지어주는 식이다. 하기야 여자들의 그런 간살스러운 호명에 곱다시 넘어간 예가 어디 내 부친, 내 형뿐이겠는가. 나 역시 예외는 아니었다, 비록 축구(畜狗)는 아니었지만 등신처럼.

이번에는 장면이 확 바뀌어 서울의 세검정 삼거리에서 의주

---

*짝재기 '짝짝이'의 사투리.

로로 넘어가는 길목 부근이다. 서른세 살짜리 노총각은 방금 서울역 앞에서 택시로 제 모친을 모시고 오다 내린 참이다. 서울의 종로 바닥에서 치를 결혼식을 달장근 앞으로 바짝 끌어다 놓고 있으므로 안사돈끼리 상견례를 시키려고 신부집을 찾아가는 길인데, 인왕산 자락을 깔고 앉은 처가 동네의 길바닥은 언 땅이 녹아 질퍽거린다. 아마도 토요일이었던 듯하고, 세검정께에서 흘러온 계곡 물소리도 제법 싱그러웠을 것이다.

먼 길을 시외버스로, 대구에서부터는 기차로 갈아타며 올라왔으므로 노친네는 피곤할 터이건만, 술집 작부와 인연을 맺는 바람에 잔치도 한바탕 못 벌이고 사는 맏자식에 포원이 져서라도 이번에 객지에서 치를 둘째자식의 혼인에는 우정 생기를 내고 있기는 하다. 그렇긴 해도 바깥사돈도 없는데다 장차 볼 친손자들이 외갓집도 없는 집구석으로 둘째자식이 장가를 든다니 마음이 얼음장처럼 서늘하기 이를 데 없는 것이다.

노친네는 지아비 이상으로 강단이 좋아 막둥이를 한밤중에 낳고는 새벽녘에 손수 지은 밥을 미역국 한 양푼이에 말아 달게 다 잡수었다는 양반이지만, 그렇게 가풀막이 아닌데도 숨을 몰아쉬고 있다. 아까 택시 속에서부터 노친네가 할 말이 많은 걸 나는 진작에 알고 있었긴 해도 그 심통이 저절로 터뜨려지기를 기다리느라고 짐짓 딴청을 부려본다.

"가실댁이는 연해 그 장사를 잘하는가 몰라……"

"장사는 무신…… 버얼써 그만뒀지. 작년 봄에 학부형이 될라 카이 지도 삼이웃에 손가락질 받기는 그쪽했던지 그 가실옥인지 뭔지를 그전 가을게 지 동무한테 떠넘기고서 세 받는갑데. 일하던 사람이 손 놀리니 심심하다고 돈놀이라도 하는가보더라."

"그기 그기네 뭐. 돈놀이할 돈이 있은이 다행인지 뭔지. 돈이 얼마나 있길래 사채장사를 해?"

"돈에는 빠꿈이라 카이 꽤 있겠지. 너거 새이는 이래저래 호강한다. 장갠지 먼지 들기도 전부터 꼴란 학교접장 월급은 이녁 술 자시고 사회 생활하는 데 쓰시라고, 집안 살림이나 자식 학비는 그 잘나터진 천가 가실이 지가 당하겠다고 나발을 불었다니 그 팔자가 좀 좋은 기가. 돈복은 타고나야지 죽도록 땀 흘려봐야 니 아부지처럼 겨우 밥이나 묵고 자식 공부도 원대로 못 시키주는 정도다, 세상 이치가 살아본이 그렇대. 뭣이든 하느님이 보우해야 된다는 말이 빈말이 아이다 카이."

예삿말 속에 또 다른 말이 있다는 말 그대로 노친네는 형이든 동생이든 칠칠찮은 사내자식들을 싸잡아 책잡고 싶은데, 벙어리 냉가슴 앓기로 지내자니 저절로 울화가 들끓고 있음을 에두르고 있는 것이었다.

"너거 장모 될 이는 어쩌다가 딸자식만 넷이나 줄줄이 보고 홀로 됐다노?"

"몰라, 어무이가 오늘 한분 물어보든가."

"사별했는가 생이별했는가는 물어볼 거 아이가. 입 놔두고 그만 것도 안 물어보고 무신 혼인인가는 할라고 설레발을 떨어쌓는가 몰따. 니 누부가 입이 닳도록 권해쌓던 그 참한 혼처

는 들은둥 만둥 하디이마는. 니 아부지 말대로 언제 메누리 밥
상을 한분이라도 차고 앉아볼라는지…… 니한테사 아무 한 것
도 없지만서도 니 새이 밑에는 학비서껀 술값을 댄다고 댔지만
서도 저래 불효자석만 불거졌은이 니 아부지 팔자도 참 기박한
기다마."

설마 영감이 '며느리 밥상' 같은 포시라운 말이야 내놓았을
까마는, 이제 환갑을 바라보는 나이라 그런 바람을 토로하도록
지어미가 사주했을 가능성은 충분했지 싶었다. 그렇거나 말거
나 내 속을 시원히 털어놓자면 장인 될 양반이 월북이라도 할
만큼 세상을 나름대로 뜯어봤을, 명색 껍죽대는 먹물잡이도 아
니었던 듯하고, 그렇다고 납북 당할 정도로 행세깨나 한 인물
과는 천부당만부당 동떨어진 지체였을 성싶으니, 그런 그만한
집안의 셋째딸이 그나마 네 자매 중에 유일하게 대학 출신인
것도 오감하고,* 비록 사립학교일망정 교편을 잡고 있는 신분
도 감지덕지해서 신붓감으로서는 이렇다 저렇다고 따지는 것
마저 어불성설이다 못해 하등에 쓸데없는 말이었다.

"너거들 자취방은 여거서 먼가?"

무엇이 더 알고 싶은지 노친네는 말머리를 돌렸다. 노친네의
'너거들'이란 말은 그해 설밑까지 내 밑의 막둥이 남동생 하나
에다 고종사촌 동생 둘과 함께 살평상만한 방 두 개를 얻어 자
취를 하고 있었기 때문인데, 그즈음에는 친동기가 번듯한 시중

---

* **오감하다** 지나칠 정도라고 느낄 정도로 고맙다.

은행에 공채로 갓 입사하여 수유리인가의 연수원에서 합숙훈련을 받고 있었고, 그렇잖아도 이태나 궂다 좋다 말없이 한솥밥을 먹던 한때의 독장사 아들들도 영등포 쪽으로 세간을 났으므로 나 혼자 독방 차지를 하고 있던 판이었다.

"아까 택시에서 내린 거서 버스로 쪼메 더 가면 녹번동이라고, 거 비탈진 데다."

"서울은 우째 맨 산삐알에다 이렇게 집을 짓고 사노. 우리 지방 갯가처럼 펀펀한 데가 하나도 안 비네."

"와 많다. 돈 많이 모아 잘살믄 저절로 평평한 데로 나가질 기다."

"너거 처가가 집은 지 집 맞다 카드나?"

"그라대. 월세 받아서 딸아*들 네 자식 공납금 대가미 근근이 살았는갑더라. 인자는 처제 될 처자도 여상 나오자마자 큰 정유회사 경리사원으로 돈 벌고, 이래저래 살기가 많이 나아진 모양이데. 저거다." 나는 삼거리께의 모서리에 구멍가게 간판을 달고 있는, 제법 우쭐한 이층 슬래브집을 턱으로 가리켰다. "고선생이 저 나와서 기다리네."

아내 될 여자가 더러 봐온 가지색 투피스를 입고 구멍가게 앞에 꼿꼿이 서 있었다.

"누구라도 집 찾기는 수월켔다. 큰길에서 내려 산만디로 뚫린 길 따라 쭉 올라오다 오른쪽으로 한 번만 꺾어서 구멍가게

---

* **딸아** '계집아이'의 경상도 사투리.

만 찾으믄 되겠네."

잠시 짬을 두었다가 노친네는 후딱 말해버려야겠다는 듯이 걸음을 늦추며 작은 소리로 지껄이기 시작했다.

"누가 니도 인자 고생 다했다 카드라. 지금부터 만사가 술술 잘 풀린다 카고, 수하에 사람을 숱하게 거느릴 팔자라 카길래 참 신통하다고, 우리 둘째아가 시방 학교서 교편 잡고 있다 캤든이 그 보살이 고개를 한참이나 살래살래 흔들디이 혀를 끌끌 차고 나서는 니 사주에 생사여탈권이 들어 있다고, 그러니 군인이 됐으믄 큰 이름을 떨칠 낀데 아깝다고 캐서, 그 말을 듣고본이 죄 안 짓고 살게 됐슨이 한편으로 다행이라 고맙다가도 왠지 서운하고 뭔가 아쉽고 그렇데. 사람 마음이 그렇게 간사하다 카이."

양쪽의 여러 약점과 결격사유들이 두드러져서 할 말과 안할 말을 가리느라고 내 머릿속이 꽤나 시끄러운 가운데도 내 모친의 그 점쟁이 말 전수는 내 귀를 솔깃하게 했지만, 나는 짐짓 어긋진 말로 불퉁거렸다.

"예수 믿는 사람이 점쟁이는 와 찾아가서 쓸데없는 예언은 듣고실랑 공연히 마음이 시끄럽다 어떻다 카믄 우야노, 안사돈한테 그런 말 하지 마소."

"내가 알라가, 니 사주를 남한테 말라고 말하까봐."

내 입에서, 고선생, 우리 어무이요, 인사 드리소란 말이 떨어지기 무섭게 구멍가게 앞에 선, 한눈에 벌써 제법 나이가 들어 보이는 처자가 머리를 깊숙이 숙였다.

"온야, 우리는 시골사람이라가 보는 기 인사다. 각시 될 처자가 몸피는 듬직하구마는 마음씨도 그런가는 인자부터 천연시리 두고 봐얄따."

고부 사이가 될 두 여자가 앞서 뻘쭘히 열어둔 철대문을 밀고 들어갔다. 그 집 안방에서 나와 고선생도 윗목에 진득이 앉아 두 안사돈이 주거니 받거니 하는 말을 경청했을 텐데, 기억에 남아 있는 게 하나도 없는 걸 보면 그때도 이미 알고 있었거나 짐작할 만한 그런 세속의 내평과 조만간 치를 혼사에 따르는 일 수세였기 때문일 것이며, 양쪽이 다 '수의대로' 하자는 쪽으로 쉬이 말을 모아서였을 게다. 그렇긴 해도 내 모친의 쪽진 머리에 꽂힌 옥색 비녀와 기름이 자르르 흐르는 검은 머릿결이 바글바글 볶은 집주인의 파마머리보다 훨씬 돋보였다는 내 인상담만은 첨언해두어도 좋을 것이다.

이윽고 미리 장만해둔 여러 음식을, 시골 건건이들보다는 훨씬 심심한 서울식 반찬들로 저녁밥을 대접 받고 우리 모자는 여전히 질척거리는 그 언덕길을 내려와 내 자취방으로 시내 노선버스를 타고 돌아왔던 듯하다. 길에서도, 버스 속에서도 이런저런 말과 의논을 나눴을 테고, 내 모친의 반응은 호의적은 아니었을망정 내물리는 낌새도 없었던 것은 분명하다.

자취방에 들어서자마자 내 모친은 아직 무슨 염탐의 눈길을 늦추지 않았다는 듯이 물었다.

"고선생인가 하는 그 얼굴색 뿌얀 처자가 더러 여 와서 청소나 해주고 가면 좋겠구만서도."

실은 그 전해 겨울방학 들머리 때 고선생이 작정한 듯 일찌 거니 퇴근하여 내 자취방을 말끔히 치워주고, 자잘한 빨래거 리도 손빨래해서 옥상에다 널어준 그 손길 때문에 일방적으로 무너져버린 내 전비를 차마 엄마 앞에서 솔직히 털어놓을 수 는 없는 노릇이었다. 그 별것도 아닌 청소와 빨래 때문에 남자 의 일생을 한 여자에게 의탁하다니, 참으로 어리석은 짓이 아 닐 수 없는 셈이다. 하기야 부부의 인연이란 여자의 그런 순간 적인 잔꾀부림, 그것을 머릿속에서만 조물락거리고 있을 게 아 니라 후딱 실천해버리는 슬기 때문에 맺어진다는 것을 생각하 면 허무해지는데, 그 예정조화는 조물주의 섭리로 이해할 수밖 에 없는 일이긴 하다.

　"인자부터 그러겄지, 지가 알아서 해야지 시킨다고 될 일이 가."

　바로 그 자취방에서 신접살림을 꾸렸다가 가을쯤에나 처가 의 세준 방을 빼서 처가살이를 겸한 맞벌이 부부로 생활하려고 말을 모아놓고 있었지만, 나와 고선생의 그런 의중을 집에다 가는 아직 털어놓지 않았는데다가 봄 학기부터는 나도 야간부 선생 노릇을 작파하고 다른 학교로 출근하기로 되어 있던 참이 었다.

　그처럼 의뭉스런 코대답을 내놓고 있었지만, 나는 아까 그 사주 예언의 마무리를 듣고 싶어 속으로는 안달이 나 있었다. 그런 내 심사를 아는지 모르는지 내 모친은 책·옷가지·이불 따위로 너저분한 자취방에 털버덕 앉더니 내가 방금 들고 와서 부려놓은 당신의 두툼한 여행용 가방을 뒤적여 길쭘한 약병 두 개를 끄집어냈다. 담갈색 약병 속에는 무슨 환약이 빼곡히 들어앉아 있었고, 한쪽 것은 제법 커서 쥐눈이콩만하고 다른 것은 깨알보다 사춤 크다 싶게 작은 것이었다.

"매일 아직 묵고 나서 이 큰놈은 다섯 알, 작은 것은 스무 알 남짓씩 꼭 물하고 삼켜보란다. 열두 경락에 팔 맥으로 치솟는 오장육부의 모든 부실이 순조롭게 다스려진다 카이 믿어야지."

어디서 물어다 쏟아 내놓는 말인지 몰라도 얼핏 듣기에도 벌써 돌팔이의원의 만병통치약이었다. 게다가 어떤 신흥종교의 맹신도 같은 내 모친의 그 진지한 지시어도 거의 신탁(神託) 맞잡이여서 나는 입가에 서리는 고소를 마냥 내버려두었다. 어처구니없는 일이었고, 아무리 부부는 닮는다지만 그 엄숙한 해학기마저 내 모친은 지아비와 한통속이었다.

"나 든 처녀 총각이 얼김에 부부의 연을 맺으만 무슨 사단이 벌어질지 모르니 우선 몸부터 챙겨야지. 내가 여 서울바닥에 몸 붙이고 살마사 곰국이라도 다달이 끓여서 멕이겠구마는 그것도 못하고, 니가 십수 년이나 집엣밥 한번 옳게 못 묵고 객지밥으로 속이 얼매나 곯았겠노. 그 골병 때문에라도 지금 시늉처럼 붙이고 사는 니 살가죽 니 뼈마디는 언제 폭싹 허물어질지 모르는 모래성 한가지다, 명심하거라, 으이, 에미 말을. 하기사 보살도 그 말을 하더라."

어느새 모든 맹신도들이 그런 것처럼 내 모친의 자태는 청자를 홀리게 만드는 열정과 엄숙으로 분칠되어 있어서 미상불 경외의 염이 한곳으로 쏠리게 하는 힘으로 넘쳐났다.

"너거 내외는 장차 떨어져 살수록 좋단다. 또 저절로 그래 굴러가도록 돼 있다 카드라. 슬하에 식솔도 많이 거느린다 칸이, 내 짐작에, 너거 장모 될 이, 그 처제라 카는 처자, 앞가림이나 겨우 한다는 처형들도 장차 너거한테 군식구로 더부살이할지 우째 알겠노. 참, 그카고 니는 팔자에 마르지 않는 샘이 들앉아서 돈이 생기는 족족 썻뿌리야 또 생기고 또 생기게 돼 있다 카고, 니 처 될 그 아는 돈을 쓸 줄도 모르고 돈 떨어지는 날이 없이 살겠다 칸다. 단디 들었다가 가한테 살찍이 일러서 나뿔 기야 뭐 있겠노. 우옛든지 성이 안 차도 열심히 살아봐야지 옛말할 날이 있을 거 아이가. 니 고생이 인자 다 끝나고 추수하드끼 슬슬 거둘 일만 남았다 카이 만분 다행이다."

사주팔자 타령은 듣기에 따라 반은 맞고 나머지 반은 엉터리라는 말대로 내 그것도 섬찍하게 들어맞는 대목이 하나는 있었다.

대학 졸업을 코앞에 두고 있던 그해 가을부터 무단히 입맛이 간 곳 없어지고 온몸이 나른해지면서 맥살이 빠지더니 잠자리에 들면 무슨 나락 같은 곳으로 떨어지는 것 같은 환각 속에서도 아랫배에서 그르륵거리는 소리가 끊이지 않았다. 병원에 가서 진찰을 받아봤더니, 속이 안 좋은 것 같다고 대장 검사나 해보자면서 밤새도록 설사를 하게 만들고 나서는 보라색 약병(**암포젤 엠이라는 위장약이었다**)을 쥐여주면서 식후에 한 뚜껑씩 먹어보라고 했다. 그 일종의 현탁액은 먹어내기가 여간 역겨운

게 아닌데 한 달이 지나도 아무런 효험이 없었다. 낫기는커녕, 그새 취직시험을 두 군데나 보느라고 그랬든지, 뒤통수에 원형 탈모 증세가, 그것도 크고 작은 것 네 개가 휑하니 둘러파져 있었다. 더럭 겁이 나서 용하다는 종로의 한 내과로 찾아가봤으나, 별다른 진단은 없고 한 달 치 알약만 한 봉다리나 지어주었다.

그런 신고 중에도 내 속병을 누구에게도 털어놓을 수 없는 처지와 그러고 싶지도 않는 내 성질이 좀 서글펐지만, 서너 달 동안 그렇게 허우적거려보니 악이 생겼다. 역시 30대로 막 접어든 젊은 나이의 회복력, 술·담배를 멀리하는 후천적 습벽 덕분으로 그 이듬해 정월에는 뒷머리의 둥근 탈모증 자리에 성글게, 허나 그만해도 짙다 싶게 머리털이 쑹쑹 자라고 있었다. 그즈음인가 첫 직장이었던 한 통신사의 사회부 신참 견습기자로 취재차 한 명사를 만났더니, 대뜸 낯빛이 안 좋다기에 내 몸의 부조(不調)를 실토했고, 즉석에서 대추·울금·구기자·미삼(尾蔘)을 한목에 넣고 달인 물을 매일 한 주전자씩 장복해보라는 조언을 내놓았다. (**피취재자 겸 조언자였던 그 양반은 이때껏 환자를 완치시킨 경험이 전무해서 스스로 자신을 '박복한 의사'라고 실토한, 진폐증 전문의로서 내게 탄산음료는 백해무익하다면서 평생토록 먹지 말라고 조리정연하게 설명, 설득한 구변가이기도 했다.**) 그길로 택시를 타고 경동시장으로 달려가, 마고자 차림으로 해바라기를 하며 건재약국의 출입구를 지키고 있는 한 노인에게 그 약재 네 개를 한 봉지씩 싸 달랬더니, 내 안색을 뚫어지게 쳐다보고 나서, 넷 다 건위제고 성질이 더운데 체질에 맞으면 큰 효험을 본다면서 위장만 활발하면 큰 병 모르고 산다고, 아직 한창 나이라서 큰 고비는 넘겼다고 했다. 그동안 내 코가 석자라며 허둥지둥 헐떡거리며 살아낸 객지 생활에다 거의 고학으로 학업을 마친 셈이어서 그랬는지 그때 그 말만큼 듣기 좋고, 덩달아 몸이 가뿐해지던 격려를 나는 그전에도, 그 후에도 다시 듣지 못했다.

그 후 10여 년이 지나 위내시경 검사가 보편화되고 나서야 그때 내가 된통 앓았던 그 속병이 십이지장 궤양이었음을 알았고, 정기검진을 할 때마다 번번이 지적받는 그 흔적 때문에라도 나는 의사들의 진단을 반신반의하는, 이 불신벽에 따르는 생래의 조바심마저도 내 팔자의 일부이겠거니 하며 살아오고 있는 것이다.

되돌아보면 내 위로 형이 있다는 말이야 안했을 리 만무하지만 형수의 출신을 쉬쉬하면서 감히 늦장가라도 들 궁리를 냈던 내 쪽이나, 장모가 아들을 못 본 소박데기에다 서출의 두 동생과는 내왕도 없을뿐더러 그쪽 마누라에게 얹혀 신병치레로 세월을 낚고 있던 그 당시의 제 아부지 말이라면 어벌쩡하니 둘러대기만 한 아내 쪽이나 서로 눈감고 아웅한 점에서는 피장파장인 꼴이었다. 남이 안 보는 밤에라도 코에 걸 것이 못 되는 양쪽의 그런 치부를 능히 짐작하고도 능청스럽게 환약을 내밀며 내 몸 걱정이나 앞세운 내 모친의 그 천연스러운 익살극 한 토막은 생각할수록 어떤 경지가 비치는 진면목으로 다가온다. 어느 특정 종교를 얼마나 신실하게 믿는가와는 별도로 할 말은 진솔하게 해버리고, 당신 고집대로 사주도 보러 다니는, 그래서 언젠가는 "성경 말씀이 훌륭한 거야 나 같은 까막눈도 알지마는 너무 높고 멀어서 답답할 때가 더 많다 카이"라고 넋두리를 내놓던 양반이었는데, 설마 서로가 기이고 눈감아줄 집안사정·세상일을 분별할 머리마저 없었을까. 그러니 내 내자가 '지신발짝도 못 찾아 신는 놈'이라는 은유의 곡절에 대해 내게 캐묻지 않았던 미덕이나, 두 여자에게 씨말 구실이나 하다가 성씨나 물려준 그 '얼굴 없는' 명색 장인의 여러 본색과 죽음 따위에 대해서도 일체 모르쇠로 일관하는 내 눈치놀음도 실은 싫다 좋다는 내색을 억지로 삼가던 내 모친의 그 슬기와 크게 다르지 않은 셈이다. 이처럼 남녀 사이, 또 부부 사이란 서로가 서로에 대해 모르는 것투성이로, 나아가서 각자가 하나의 불가해한 비밀 뭉치로서 조심조심 낭떠러지 위의 좁은 외길을 굴러가는 꼴이라고 해도 지나친 말은 아니다. 심지어 내 경우만 하더라도 그 환약 두 가지를 교무실의 책상 서랍 속에 고이 비장해두고 점심 식후에 누구도 몰래 꺼내 먹곤 했는데, 막상 그 약효가 어땠는지는 모르겠다. 아마도 그런 약이 대체로 그렇듯이 무슨 효험이야 있었을까 싶지만, 아내에게는 함구하리라는 다짐을 아직도 지키고 있을 뿐이다. 그러니 그게 무슨 숨길 짓거리도 아니건만 매번 실내를 두리번거리면서 환약 두 종류를, 그것도 30분의 간격을 두며 잽싸게 입 안에다 털어 넣곤 했던 내 지난날의 우스꽝스러운 자태는 떠올릴 때마다 홍소감으로도 제격이려니와 그 보약 제공자의 엄숙한 자태가 눈에 밟히면

머리를 쪼지* 않을 수 없는 것이다.

두 양주만이 아니다. 한여름의 땡볕 속을 타박타박 걸어서 나를 찾아왔던 예의 그 여동생도 진지한 우스갯거리를 무심코 터뜨리는 데는 도가 터서 역시 피는 못 속인다는 예증을 보여주고 있다. 언젠가 집안에 혼사가 있어서 형제들 권속이 떼 지어 서울의 내 집에 모인 적이 있었다. 어느 순간 그즈음 한창 화제로 떠올라 있던 대학교수들의 말썽 많은 처신, 곧 논문 한 편을 적당히 짜깁기해서 여기저기다 발표하는 이른바 '연구 성과'를 부풀리는 이중게재와, 제자가 쓴 것에다 제 이름을 올리는 '무임승차'를 거론하자, 한때 내 혼처를 시뻐하면서도 차마 내치지는 않고 환약이나 집어주며 속 차리라던 그 당시 내 모친 연배의 여동생은 즉각, 그기 뭐꼬, 똑같은 연애편지를 이년 한테도 주고 저년한테도 준다는 기 말이 되는 소리가, 글을 몰라서 베끼는 연습하나, 에라잇, 순 사기꾼들, 커가는 학생들한테 좋은 짓 본 빌 일이 있나, 제자 꺼를 지 꺼라 카는 것도 남한테 지 연애편지를 써달라는 기지 딴 기가, 니 꺼 내 꺼도 가릴 줄 모르는 인간이 무신 바른 소리를 하겠노, 알라들 말대로 뻥긋하믄 뻥이나 쳐대는 빨갱이지, 둘째오빠 니는 함부래 그라지 마래이, 라고 제법 그럴듯한 비유를 둘러대며 정색하고 지껄여 나를 잠시나마 헛웃음 짓게 했다.

바로 그날 각자 제 집으로 돌아가기 전에 송별인사를 나누는

---

* 쪼다 '조아리다'의 사투리.

중에도 내 형은 술살 오른 불그레한 얼굴을 바싹 디밀고는, 중근이, 니는 술을 멀리한다미, 그래, 잘하는 짓이다, 지발 술 묵지 마라, 내가 지금껏 겪어본이 좋은 기 별로 없디라, 라며 예의 그 진지한 만담가 흉내를 내고 나서 내 동생에게도, 정근이, 니도 술 많이 하지 마라, 안 좋은 줄 알믄 머리나 몸이 시키는 대로만 해라는 당부를 아끼지 않았다.

대충이나마 이상으로 내 출신의 배경이 윤곽을 잡았으므로 다음 장에서는 우리 집안 특유의 그 낙천적 기질을 좀 물려받은 이 몸이 세파를, 그것도 여난(女難)과 국난(國難)과 교난(校難)을 어떻게 겪어냈는지를 술회해보려고 한다.(계속)

*

직장동료로서 한교수가 학과 내의 다른 선생들과 냉냉하게 지냈던 데 반해 임선생과는 무간하다기보다도 다소 덜 소원하게 지낼 수 있게 된 계기는 의외로 금방 굴러왔다. 새 직장에서 심기일전의 기분으로 한 학기 강의를 마치고 어영부영 맞닥뜨린 그 이듬해 겨울방학 때였다.

방학 중에도 임선생은 연구실을 지키고 있는 모양이지만, 한교수는 학기 중에도 반쯤 폐문시키고 있는 그 낮 동안의 우거를 아예 걸어 잠가놓고 자신의 생업으로부터의 홀가분한 일탈, 직장의 방기 같은 시드러운 자유를 최대한 찾아먹는 쪽이었다. 따라서 방학 중에는 서울의 집에서 마냥 빈둥거리며 나름의 허름한 암중모색을, 장차 실행하면 좋고 엄두를 못 내거나 집적거리다 말아도 서운해할 것이 없는 '돈 안 되는 작업'을 뇌리 속에서 굴리며 소일하게 마련인데, 마침 개학 직전쯤에 어떤 모임에 나와보라는 득달같은 하명이 떨어졌다. 한때 이런저런 연고로 장시간 토의도 나누고, 학위논문이나 투고작의 심사도 함께 한 바 있는 학회나 문단의 지인들 여남은 명이 시방 아무개의 저서 출판기념회로 술판을 벌이려고 하며, 그러니 책값 대신에 회비 3만 원을 갖고 나오라는 앙청이었다. 공술 얻어먹기가 늘 찜찜해서 회비 운운은 깔끔한 짓이었지만, 명색 '키재기식 연구 성과'로 월급도 연간 천만 원 이상씩 차이가 나도록 만든 그 조잡한 제도 때문에 다들 앞 다투어 같잖은 책들을 흔전만전 펴내고, 꼬박꼬박 친필로 '근정(謹呈)'한 그 우편물을 받자마자 내다 버릴 걱정조차 일로 삼기가 귀찮은 터이라서, 참석자의 면면도 한번쯤 더 알아볼 필요가 있었다. 한교수의 나이가 말하는 대로 이제는 조금이라도 이쪽에서 먼저 껄끄러운 사이 같으면 피하며 살고 싶어서 그러는 셈인데, 초청자가 주워섬기는 이름들이 하나같이 고만고만한 위인들이라서 말이나 아끼며 주는 대로 술이나 마시다가 적당한 때 먼저 빠져나올 작정으로 기동했다.

다들 기명한 책을 한 권씩 받았음에도 그 신간을 본 둥 만 둥 푸대접하는 그 술자리에서, 그것도 두어 시간이나 지난 뒤에 또 다른 지인 하나가 수하에 두 사람이나 달고 와서 한동안 그들과 통성명을 하느라고 좌중이 소란스러워졌다가 가라앉은 다음이었다. 늘 그러는 대로 한교수는 슬그머니 빠져나오기 쉽게 한쪽 귀퉁이에 앉아 있던 판인데, 바로 그의 앞자리에 후래자 중 하나가 끼어 앉더니 우정 손을 내밀고 명함을 달라고 청했다. 어렵지 않은 청이라 지갑에서 명함을 꺼내 건넸더니(**그자기 알림패도 학교 당국에서 규격화시켜 무료로 배부해준 것이었다**) 막상 그쪽에서는 남의 신원만 책 읽듯이 한참이나 들여다보고 나서, 잠시 말할 짬을 챙기더니 그 학교의 같은 학과에 있지 싶은 임모 선생은 잘 계시냐고 물었다. 벌써 의례적인 안부인사가 아님을 한교수는 직감으로 알았지만, 그럴수록 더 태연스럽게 같은 층의 연구실을 나란히 쓰고 있으며, 아마 잘 계실 거라고, 이쪽도 게을러서 남들이 뭐 하는지는 잘 모른다고, 좀 별난이인 것 같더라고, 오지랖이 넓은 것 같지는 않아서 여간 다행으로 여기지 않는다고, 본 대로 느낀 대로 술술 말해줬더니 상대방은 알 만하다는 투로 벙긋벙긋하다가 고개도 끄떡였다.

또 한동안이 흘러 그새 한 차례 이상으로 자리들이 섞바뀌고 난 후였으므로 한교수도 그때쯤에서는 자기 명함을 챙겨간 작자가 한때의 해직기자로서 웬만큼 알아주는 반체제 인사였으며, 앞으로 누가 정사나 야사를 쓸 때 참고할 만한 기록물 몇 종류의 필자 겸 저자 겸 편자였기도 한데다가 번역가로 역서도 서너 권이나 펴냈고, 돈 많은 물주로 무슨 수험서 전문 발행인을 끌어와서 명색 '의식 있는' 출판사도 꾸려가다 이내 들어먹었으며, 그 후로도 이런저런 직종들을 여러 번씩이나 전전할수 있을 정도로 발이 넓은 수완가라서 예전이나 지금이나 이력저럭 살아가는 데는 어려움이 없는 동년배의 팔방미인임을 알게 되었다. 그러고 보니 김모라는 그 위인은 상식적인 발언이긴 해도 말주변이 상당하고 좌중의 여러 친구들과 호형호제하는 너름새에 구더운 가락도 없지 않았다.

한때는 폭주가였던 한교수도 그즈음에는 폭탄주 두어 잔에도 이내 머리가 산란해지고, 말도 난잡해지는데다 몸까지 흐트러지는 터여서 잔뜩 조심하고 있는, 나이가 보신주의를 획책하는 관건이라는 신념에 최면을 걸고 있는 양반이었다. 그쯤에서 그는 그 팔방미인으로부터 임모형이 한때 전공필수 한 과목의 학점을 못 따서 졸업이 되느니 마느니로 신고를 겪었으며, 첫 직장에서는 월급인상 투쟁에 나섰다가 보기 좋게 잘렸고, 유신 치하에서는 모종의 사건에 연루되기도 했다는, 그래봐야 용의자 은닉 및 도피자금을 제공했다는 혐의로 끌려가기 직전에 빡빡머리 제자들이 보는 앞에서 기관원에게 수업이 끝날 때까지 기다려달라고 했다가 아주 혼쭐이 난 적도 있다는 증언을 들었는데, 술기운 때문이 아니라 너무 오래전 일이어서 그 투박한 일화들이 당사자를 전혀 다른 사람으로 만들어 감쪽같이 몰라보게 하는 무슨 작위적 분장술 같기도 했다.

모든 분장이 그렇듯이 일상 중의 평범한 면모를 집중적으로 과장해서 덧칠해버리면 그 대상물은 적잖이 왜곡되어버리며, 그때부터는 그 비뚤어진 부분이 전모를 대변하고 만다. 그처럼 지긋한 연배를 개성이 강하다거나 괴팍스럽다면 어울리도 않을 테고, 그저 자기중심주의자로서 어떤 선민의식이나 우월감도 없이 남을 불편하게 하지 않을 정도의 염치를 코에 걸고 사는 사람일 뿐이며, 그만한 그릇도 대학사회에서마저 흔치 않다는 게 이 땅의 실정이 아닌가 싶은데, 임모 교수에 대한 한 교수의 그런 평가가 그 순간에는 금세 실물을 엉터리로 베껴낸 무슨 조악한 동상처럼 뻣뻣한 것이 아닌가 라는 의문을 품게 만들었다. 말하자면 이때껏 눈에 보이는, 또 이미 알려진 여러 선입관이나 정보에 따라 짜맞춰져서 형용뿐인 전신상이 그제사 겨우 사람 시늉을 하게 된 정황과 비슷했다. 더욱이나 3선 개헌 반대 시위로 하루가 멀다 하고 대학들마다의 캠퍼스를 요란하고 시끌벅적하게 달궈놓고 있던 그해 가을에도 만학도 임모형은 "내 코가 석자"라느니 "나는 늙은 뱁새라가 눈치는 빨라도 다리가 짧아 너거들 따라갈라믄 가랭이가 째진다" 어쩌구 둘러대며 데모대 주위에는 얼씬도 안했다는 팔방미인 김모씨의 생생한 전언이야말로 상당히 그럴싸한 캐리커처로 떠오르는 것이었다.

개강 직전의 어느 날 오전 중이었다. 점심시간이 아직 한 시간 이상이나 남아 있는 때인데 누가 한교수의 연구실 문을 두드렸다. 임선생이었다. 그게 최초였지는 않을 터이나 뜻밖이고 낯선 방문이었다. 이제 그 나이쯤이면 남이 무슨 책을 갖고 있는지, 또 장서 수가 얼마나 되는지 따위에는 관심도 없어서 그럴 테지만, 임선생은 아무렇게나 꽂아두거나 둥개둥개 쌓아놓고 있는 양쪽 책꽂이에는 일별도 주지 않고, "바쁘시오?"에 이어 "아래도 이맘때 문을 두드렸더니만 기척이 없대요"라면서 방주인이 손짓으로 권하는 대로 의자에 앉자마자 내방의 사유를 밝혔다.

"며칠 전에 김두철을 만났다고요?"

방주인이 잠시 옹송망송한 표정을 짓고 있자 내방객이 대뜸 "아, 일전에 누군가 책거리 한다며 모인 회식 자리에서 그 친구가 내 신상을 이것저것 주워섬겼다더구먼 뭐"라고 남의 투미한 총기를 잡아채주었다.

"아, 그 양반요. 팔방미인이라던…… 명함도 없다며 우물거려서 이름도 모르고 있었네요."

"행색이 어떻습디까?"

난문이었다. 헐벗고 굶주리는 사람이 없어진 지 벌써 오래전이어서 '행색'이란 단어조차 죽은 말이 되고 있는 판에, 그것도 어학 전문가가 사용하고 있으니 더 난감했다. 또한 그런 인물이 대체로 그렇지 않을까 싶게 뭔가 붙잡히는 게 있다 말다 해서 선뜻 말하기가 어려웠다. 그래도 옷깃에 두툼하고 널찍한 우단을 달아 올린 반코트의 앞을 주욱 갈라놓자 팥죽색 자라목 셔츠가 돋보이던 장면은 얼핏 떠올랐지만, 그밖에 그의 외모나 행동거지에는 외워질 만한 게 아무것도 없었다.

"모르겠데요, 초면이라 그런지. 술을 마셔도 취하지도 않고, 말도 너풀너풀 재미있게 잘하고. 가끔씩 재사(才士)끼도 보이다 말고."

턱을 쳐들고 책꽂이 위에다 시선을 못 박는 내방객의 시선에 회상이 어렸다.

"재주 많고 몸 가볍고 싹싹하니 인사성 밝든이만. 뭘 해먹고 사는지."

기회가 생기면 팔방미인으로부터 들은 임선생 자신의 묻어둔 일화를 좀더 소상히 캐물어볼 작정이었는데, 한교수로서는 별 관심도 없는 어떤 위인의 신상에 대한 탐문을 받고 있자니 주객전도란 말이 저절로 떠올랐다.

회상담이 엿가락처럼 뚝뚝 분질러져서 늘려졌다.

"그때가 언젠가, 10년도 더 전인지 안쪽인지. 그때도 몇 년 만에 전화를 해놓고선, 형, 나야, 철딱서니 없고 버릇없고 몰상식한 두철이, 나 알지? 그놈은 늘 나야, 저라고 할 줄 몰라. 내가 좀 무식해서 말이야 이러고. 형, 요즘 살 만하지, 이러더니 돈 몇 백 좀 부쳐줄 수 없을까 이래. 한창 때부터 그 친구는 시간관념·돈관념이 없어. 늘 까먹는다는데 덜렁거리다가 한참 지나면 나 몰라라 하고 나자빠지는 버릇 때문에 그래. 약속 시간을 제대로 지키는 걸 한 번도 못 봤어. 그러고도 어떻게 신문사 노조에는 들어갔는지. 어쨌든 요즘 어떻게 사냐고, 밥은 제때 먹고 사냐고 그랬더니, 그 친구 부인이 아주 수완이 좋아, 그 친구 말만 나오면 나도 이렇게 두서가 없어지네. 다 생략하기로 하고, 밥 한번 제대로 살 일이 생겼다고, 당장 거래를 트려니 당좌에 잔고가 바닥났다고 그러면서 웬 아가씨를 바꿔주면서 은행 계좌번호를 받아쓰기 시키고 나서는 급해서 그러니 오늘 중으로 꼭 좀 돈을 부쳐달라는 거야. 내가 뭣에 씌었는지, 예전에 신세진 것도 떠오르고, 그거야 또 이미 여러 차례나 나 뭐 갔았으니 없었던 일로 치더라도 해직기자치고도 다른 직장을 쉬 못 잡은 경우라 그 불운이 안타깝고, 내 마음도 그쪽으로 내키다 보니 이런 일도 한번쯤은 당하리라 각오하고 있었던 것 같고 해서, 한창 더울 때야, 택시 타고 국민은행인가에 가서 돈을 부쳤어. 그러고 문득문득 그 일이 떠올랐지만 그때마다 머리를 흔들어버리고 잊고 있었는데 엊그제사 기별이 온 거야."

"그 친구가 내 연배인 모양이던데 한참 후배지요?"

"그 친구도 재순가 삼순가 하고 입학해서 제대 복학생 늙다리인 나하고는 한동안 학교를 같이 다녔지. 합반 때는 서로 대리출석도 시키고 뭐 그랬어. 세상을 어떻게 그렇게나 만만하게 보는지, 한평생이 잠시야, 너무 덜렁거리니까 지 운도 정신을 못 차려서 미처 따를 짬도 못 찾아 그런지 너무 허무해. 공연히 덜렁대는 직장을 잡은 것부터 길을 두고 뫼로 접어든 거지, 그 좋은 직장 다 놔두고 하필 신문사에 들어가서 들까불 건 뭐야."

"이것저것 아는 게 많던데요."

"모르는 게 있나, 달통의 경지지. 참 그때 누구한테 듣자니까 비디오 사업인가를 벌였다가 쫄딱 망했다대."

"비디오 대여점요?"

"아니야, 그까짓 거야 사업이랄 거나 있나. 16밀리로 에로물을 찍어서 판권 파는 거였나봐. 막차 탔을 거야 아마."

그날 그 김모의 근황 탐문 자리에서 들었는지, 그 후 어느 계제에 한교수가 직접 물어서 알아냈는지 헷갈리지만, 임선생이 한때 학점 미달로 졸업을 못해서 아주 애를 먹었다는 일화를 듣고 보니 그것이야말로 전화위복이라는 것이었다.

늙다리 학생 임모는 다들 3학년 2학기에 따두는 전공필수 과목 하나를 어쩌다가 4학년 2학기에야 부랴부랴 수강하게 되었다. 담당교수는 명색 문인이라 수강생들에게 아주 박한 점수를 줄망정 학점을 '날리는' 법은 없다고 알려져 있는 양반이었다. 그러나 별스럽게도 한번 본때를 보여주겠다고 누군가를 '찍어' 버리면 어떤 통사정도 안 통하는 천하의 고집불통이기도 했다. 임모가 바로 그 고집불통의 시범 케이스에 걸려들고 만 데는 그만한 변명거리가 없지도 않았다. 우선 그 '나'라는 재주꾼 김모가 그 고집쟁이의 학점은 걱정하지 말라고 개인 결강을 사주해서 그 말을 따랐으므로 저절로 '시간 실격' 해당자가 되고 말았다는 점이다. 아무리 동급생이라지만 나이도 어린 것의 그런 무책임한 허언을 믿었으니 변명거리라기보다는 운수가 사나운 셈이었다. 두번째 변명도 그 김모가 언론사 취직시험을 함께 쳐보자고 꼬드겨서 그 공부에 한창 열을 내고 있었으므로 경황이 없던 판이었다. 선견지명이 있어서가 아니라 해본 경험으로는 선생질이 그나마 만만해서 교직 과목을 이수해두었으므로 기자직이 딱히 솔깃한 것도 아니었지만 이왕 내친걸음이었다. 이래저래 강의는 반쯤만 듣자고, 설마 학점이야 안 주겠냐고 늙다리 복학생 임모는 스스로 김칫국부터 먹고 있었다. 시절도 시끌벅적했다. 1학기 때도 3선개헌 반대 데모로 수업일수를 겨우 채웠을 정도고, 2학기 때는 국민투표를 한다고 그 홍보로 어수선해서 다른 선생들은 덩달아 결강이 잦았다. 그처럼 보대

끼고 있던 처지가 화근이었을 텐데, 어느 날 갑자기 명치께가 쿡쿡 쑤셔대고 입맛이 싹 가셔지더니 묽은 변이 수시로 나올락 말락 해서 책상 앞에 30분을 진득이 못 앉아 있고, 일상생활도 겨우 꾸려가는 중병이 덮쳤다. 울고 싶은데 뺨 때린다는 식으로 듣기도 싫은 강의는 당연히 관심 밖으로 내팽개쳐버렸다.

그런 와중에도 취직시험을 봤더니 한 군데에서 면접을 보러 나오라고 했다. 나이도 팔팔한 것들보다는 너댓 살 많고, 연령 제한에도 아슬아슬하게 통과하는 판이어서 그래도 신문사보다는 통신사 쪽이 덜 재발라도 될 것 같다는, 그쪽 업무에는 맹 문이인 만큼 막연한 짐작으로 그런 소견을 들이댔던 셈이었다. 다행인지 불행인지 입사통지서를 받았고, 1월 15일부터 근무하라고 했다. 그 통신사는 그 후 이내 자폭하다시피 이 땅에서 영원히 사라졌지만, 월급날이 15일이어서 근무 개시일도 그렇게 잡았던 걸 보면 나름의 체통은 다른 어떤 사이비 언론사들보다 반반하게 서 있던 회사였다.

그러나 막막했다. 회사 근무야 때 되면, 또 시키는 대로 배워가면서 한다지만 볼일 보고 밑을 안 닦은 것처럼 그 고집쟁이 영감 때문에 졸업장도 없이 일할 딱한 '운명'이 난감했다. 부득불 '고집불통'에게 찾아가서 취직이 됐으니 졸업을 시켜달라고 통사정했다. '고집불통'이란 별명을 아무렇게나 얻은 것이 아니라는 듯 이미 학적과에 성적을 통보했으니 정정은 불가하다고 돌아앉았다. 덧붙이기를 취직과 졸업은 아무 상관도 없으니 가서 일하라고, 후학기 때 재수강 신청을 해서 학점을 따라고,

졸업이야 일 년 늦게 하나 일찍 하나 그게 그거라고 일렀다. 막상 회사에서는 졸업장 따위가 안중에도 없는지 졸업식을 언제 하는지조차 묻지 않았다. 그러나 마음 한구석은 늘 켕기고, 취재를 하거나 기사를 쓰다가도 문득 시답잖아서 떨떠름해지고, 이러다가 평생 대학 중퇴자로 살고 마는가 라는 가위눌림 때문에 애를 태우려니 죽을 맛이었다. 더욱이나 집에다가는 취직까지 제때 해서 월급을 받는 자식이 졸업도 못했다는 난해한 곡절을 알릴 수조차 없는 노릇이어서 그야말로 벙어리 냉가슴 앓는 꼴이었다. 그나마 봄이 성큼성큼 다가오자 몸이 조금씩 회복되는 조짐이 완연해서 잠잠한 생기나마 억지로 일궈낼 수 있었다.

"그때 평생 나는 문인이 되지도 않을뿐더러 그 말 많고 시끄러운 것들과는 상종하지 않겠다고 맹세했을 거야." 임선생은 처음으로 문인을 대하는 사람처럼 명색 등단한 이력이 짱짱한 한교수를 새삼스럽다는 듯이 멀뚱히 뜯어보았다. "그 잘나터진 문사가 어떻게 한 입에서 두 말 하나 이거지. 조교 시켜서 성적 정정계를 내면 되는데 말이야. 하기야 나도 한참 멍청한 짓을 자청했지. 그 김가에게, 야, 너 취직됐다고 인사하러 가야 할 테니 그때 내 학점 구걸을 좀 대신해달라고 앙청한 거야. 그놈은 그러겠다고, 걱정하지 말라고 호언장담하더니, 갔다 와서는 그 영감탱이 취직됐다니 아주 좋아하던데, 어쩌구 지껄여서, 야, 내 부탁은 어째 디밀어봤냐고 물어보니, 그래? 알았다고 그러더라는 거야. 그 말을 태산같이 믿었지. 믿을 수밖에. 그 말도 지가 다 즉흥적으로 둘러댄 말이었을 거야, 그럴 거 아냐,

벌써 반 이상 기자가 됐다는 쪼로 설치고 다닌 친구였으니까. 내가 가끔씩 그토록 참 맹해. 그때 그놈한테 부탁할 게 뭐 있어, 내가 손수 담배라도 한 보루 사들고 찾아갔어야지. 나잇살 먹은 게 밑에 놈을 시켜서 학점을 달라고 했으니, 직접 찾아와도 줄까 말까 한데, 나라도 준 학점조차 날려버렸을 거 아냐. 그때는 그렇게 싫데, 구걸하고 사정하는 게. 몸이 삐꺽거려서 그랬는지, 주변머리가 어떻게 그다지도 없었던가 몰라. 그 선생 욕할 게 뭐 있나, 내가 더 고집불통이었는데, 참, 엔간히도 어수룩했네."

은근히 한쪽 겨드랑이에 앙심을 품고서 월급날이 언제 닥쳤는지도 모르며 하루하루를 '한 건 기사화'주의로 헐레벌떡 살아가고 있던 그해 여름의 어느 날 오전이었다. 대체로 오전 중에 그 전날 취재한 내용을 정리해서 길게는 열다섯 장 안팎에서 짧게는 세 장짜리 기사를 쓰게 마련인 하루 일정의 반을 대충 마무리시킬 때쯤, 누가 등 뒤에서 슬그머니 다가오더니 임기자의 책상 위에 놓여 있는 청자 담뱃갑을 집어 한 가치 빼내 물었다. 그 담배도 피취재자가 제 것을 사면서 거저 건네준 것으로 임기자는 기사를 쓸 때나 어쩌다가 피우다 말다 하는 터여서 책상 위에다 늘 버려두고 있었다.

남의 담배를 말없이 빼내 피워 물고 책상 모서리에 붙어선 사람은 강모 편집부국장이었다. 편집국장은 얼굴 마담격인 한직이고, 부국장이 모든 기사의 비중을 저울질하여 우선순위를 매기는, 심지어 각부서 부차장까지 불러서, 이거 재밌는데 좀

더 키워, 요즘 반응도 좋다며? 라든지, 이거는 반 이상으로 줄여, 언제 적 노랜데 벌써 낡았잖아 라고 하면 꼼짝없이 담당기자에게 시퍼런 원성과 함께 기사 원고뭉치를 퇴짜 놓게 많드는 실권자였다. 그 실권자가 담배연기를 일부러 거드럭거리느라고 입가로 길게 내뿜으며 신참기자에게, 할 만해? 왜 술을 마다하고 술자리를 기피하냐, 대대로 금주령이 내린 집안이냐, 술 못 먹는 핏줄이냐, 다른 신문사로 옮길 생각일랑 말아라, 차라리 진학은 봐줘도 전직·이직은 곤란해, 알았어? 왜 노총각 딱지를 안 떼는 거야, 중매 설까? 같은 실없는 말로 사회부 데스크 곧 부차장 두 명이 들으랍시고 호의를 보였다. 두 개비째 청자 담배를 빼내 책상 바닥에다 톡톡 두드리며 실권자는, 자네 모교의 아무 선생이 위층에다 내 제자 임모가 그 회사에 근무하고 있을 텐데 잘 배겨내고 있는지, 부디 잘 좀 챙겨주라는 털털한 청탁을 디밀었다고 했다. 그 아무 선생이 바로 졸업을 한사코 지연시킨 당사자여서 그 당장에는 속으로, 그 고집통이 영감쟁이가 이제 와서 무슨 패꽝스런 제자 감싸기야, 죽을 날이 멀잖아 망령기가 발동했나 하고 임기자는 투덜거렸다.

그런데 그런 전화를 받은 '위층'이 아리송했다. 거기에는 일주일에 한두 번 들를까 말까 한 사주도 있었고, 사내에서는 '임원'이라고 부르는 경영자인 중역 두어 명에, 돈과 차 심부름을 도맡는 여남은 명의 남녀 직원까지 모두 다 깔끔하게 빼입고 조신하니 서식하는, 늘 소란스럽고 헐레벌떡거리는 아래층과는 전혀 다른 무풍지대 같은 별세계였다. 그렇다고 그 '위층'이 누구냐고 눈치 없이 물을 수도 없었다. 아니, 그 '나'라는 김군의 전언에 속았다는 자격지심이 피멍처럼 앙가슴에 맺혀 있어서 이번에는 이 건달 같은 부국장이라는 전언자가 또 무슨 해코지를 끼었으려고 이럴까 라는 의구심부터 일었다. 그러나마나 그 미친 옹고집쟁이가 '미졸업' 사단은 발설하지 않았는지 전언자는, 잘해봐, 은사의 기대에 부응해야지, 잘 좀 지켜보란 특명을 두 번이나 직접 받아서 이러는 거야 라고 씨부렁거리며 담배연기처럼 멀어져갔다. 왠지 조마조마하던 가슴이 탁 까부라지면서, 이 직장이, 또 여기서 하는 내 일이 나와는 안 맞고, '위층' 같은 데서 주시 내지는 감시하는 이런 체제가 싫다는 생각으로 이제는 머릿속이 두근두근거렸다.

정년을 앞둔 어학자 임선생이 구성지게 말했다.

"일 년 동안은 로테이션으로 정치부에 잠시, 경제부에 잠시 맛보기 근무도 했나봐. 아무튼 문화부에 근무할 때 그 놓친 학점을 따려고 씨근벌떡 달려가서 강의도 듣고 그랬어. 들어봐야 강의가 귀에 들어오나, 몸만 잠시 부려놓고 있는 거지. 이쪽이야 그렇다 쳐도 그 미친 영감쟁이는 나 때문에 그러는지 출석만은 꼬박꼬박 부르면서 막상 나한테는 일언반구도 없고. 그렇게 신경전을 벌이며 강의가 끝나자마자 회사로, 아니면 취재원을 만나러 뛰어다니는 중에 문득 묘한 생각이 들데. 둘러맞추는 소리가 아니라, 그 부국장의 거동이나 말이 이 티미한 머리한구석에 쥐어박히는 거야. 담배는 물론이고 니 몸, 니 머리도 니꺼 아니다, 위에서 시키면 뭐든 해야 하고 또 '위층'에서 일거수일투족을 주시하고 있다. 그 당시는 벌써 옳은 기사도 제대로 쓸 수 없을 정도로 제재가 심했어. 에라, 잘됐다, 그만두자 하고 튀어나와버렸어. 교실에까지 쳐들어와서 이래라저래라 하지는 않을 테니까."

결국 그 '위층'이 누구인지도 모르고 그 좋은 직장을 그만두게 되었지만, '미졸업'을 한시라도 빨리 바꿔놓으려다가 대학원 과정을 밟게 되었고, 문인이라면 어딘가 '인간실격자'라기보다도 '인간부적격자'같이 다가와서 문학보다는 어학을 전공하게 되었으니 새옹지마란 말은 임모 선생의 경우를, 좁게는 그이가 그토록 신물을 켠 교편을 다시 잡은 우연에도 써먹을 수 있는 셈이 되었다. 하기야 그이의 상용어 '천우신조'가 두루 써먹기에는 좀더 그럴싸하고 그 은유적 기능도 활수해 보이지만.

일이 좋아서, 또 일을 하고 싶어서 떠벌이는 사람답게 임선생은 점점 속도를 내서 '돌풍전후' 제2장을 보낸 지 이틀 후에 사신이라기보다는 당신의 글쓰기에 따르는 몇몇 단상을 먼저 띄워 올려서 한교수에게 어떤 생각거리를 강요했다.

전국 각지의 여러 사찰 경내외나 서울 인사동에 눌어붙어 있는 상품점에서(그곳의 헐한 기념품들이 요즘에는 대개 다 중국산이다) 아직도 숱하게 눈에 띄는 서진을 마음에 드는 것마다 사모아 버릇한 임선생의 그 수집벽을 떠올려보면 그 여러 단상들이 한교수에게는 여러 모양새와 다양한 크기로 제 구실을 뽐

내는 '원고 누름쇠'를 닮아 있기도 했다. 그것의 밑바닥에 눌려 있는 원고들마다에 제가끔의 주제와 그 함의가 녹아 있듯이.

　—한선생, 별일 없지요? 제번하고, 오래전부터 머릿속에서만 공글리며 어디에도 필기를 해두기는커녕 발설도 안한 내 나름의 천착 하나를 심심풀이 삼아 풀어놓을 테니 들어봐주시오. 내 필력이 얼마나 핵심을 잡아챌 수 있을지 염려스럽긴 하오만.

　음악이나 미술 같은 인접 예술 분야에 대해서는 이 몸의 소양이 워낙 미비해서 논외로 치고, 어차피 사실성과 서사성을 웬만큼 거느려야 그 장르의 구색이나 성과가 드러나게 마련인 소설 쪽만 예로 들어보겠소. 주제는 간단하오. 곧 실물과 그것을 문자로 형상화한 후의 실적을 비교해볼 때 부등호를 어떻게 매겨야 옳을까 하는 것이오. 알다시피 부등호는 세 개밖에 없소. 어느 쪽이 다른 쪽보다 낫거나 못하거나, 아니면 다르거나가 그것이요. 그런데 같지 않다는 마지막 부호는 일단 논외로 쳐버리는 게 편리할 듯싶소. 왜냐하면 실물**(또는 현실이나 현상)**과 다르다는 것은 워낙 엉터리거나, 시대착오적이거나, 좀 엉뚱한 의도나 목적 아래 다소 주관적인**(물론 어폐가 다분한 어휘인데, '과학'이라기보다는 '정보'의 힘이 좋아서 그것의 수집, 정리에 지나지 않는 어떤 주체의 '주관'이라고 해봐야 기껏 그때그때의 객관적인 '취합능력'에 불과할 테니까)** '환상'이라는 탈현실성을 과감히 욱여넣은 것이기 쉬우므로 자리를 바꿔서 거론할 사안이기 때문이오. 그렇다면 작품이 현실보다 곱고, 낫고, 좋고, 이쁜가, 아니면

밉고, 떨어지고, 나쁘고, 못나든가 둘 중의 하나일 것이오. 작품이 현실과 거의 똑같거나 최대한으로 근사한 경우는 하나의 이상적인 목표일 뿐이니 역시 상정하지 않아도 되지 싶소. 그나마 서사성이 그 특유의 일관된 흐름으로가 아니라 한 조각의 단절로 어떤 틀 속에 갇혀서 숨 쉬고 있는 미술이나 사진 같은 장르의 좋은 작품들이 가장 유사한 현실이랄 수 있을지 모르지만, 그것 자체의 압도적인 전폭성이나 생생한 부분성이, 순진하게 말하는 대로 그 뛰어난 돌올감 자체가 태생적으로 그 배면이나 바깥의 모든 현실을 깡그리 죽여버림으로써 어떤 과장과 미화의 정점에 이르고 만 셈이오. 따라서 그 의도적인 사상(捨象)이 예술의 기막힌 효과를 최대한으로 살려서 작품 스스로 지복을 누리거나 감상자로 하여금 카타르시스를 맛보게 할 뿐이고, 그런 향수 자체도 이미 반현실적인 상태로의 유리거나 이탈이 될 테니 인간은 그런 반이성적 착각에 수시로 매몰되기를 바라는 한낱 미물일지도 모르오. 물론 그 경지는 현실을 정확하게 읽어내는 일련의 훈련 과정에 의해서만 이를 수 있고, 그 매체는 불충분한 대로나마 언어일 수밖에 없어서 그것에 기대야 할 것이오.

　이제 내 발설의 요지가 좀 쉽게 풀릴 지점에 와 있는 듯하오. 어차피 실경에 근접하려는 서사물은(소설이든, 회고록이든, 실화든, 실록이든, 전기든) 상당한 미화를 자체적으로, 아니 내발적으로 구축하고 있지 않을까 싶소. 그러니 부등호를 매기자면 쐐기표가 현실을 등지고 작품 쪽으로 열려 있어야 할 것이오. 난문은 지금부터일 것이오. 왜 이처럼 작품보다 현실이 열등해버리는지, 다시 말해서 작품이 현실보다 우등한 선경(仙境)이 되고 마는지를 따져봐야 하는 일 말이오. 이를테면 명사·동사 따위의 '자족어'는(내가 즉흥적으로 지어낸 말이오) 어쩔 수 없다 하더라도 형용사·부사 같은 '간섭어'를(역시 위와 같소, 해석은 불필요하지 싶소, 이런 자리에서는) 남용함으로써 알게 모르게 과장하지나 않았는지, 그처럼 임의로 솎아낸 어휘들 자체가 천부적으로 안고 있는 부실이나 한계 때문인지, 기성의 여러 관습적 제어장치에 세뇌된 나머지 이런저런 단어, 말, 금기 사항 따위를 반강제적으로 따돌려버렸는지, 또 그런 자의의 생략과 삭제 기능은 당대의 여러 막강한 이데올로기에 침윤된 흔적이므로 그 결과물은 어차피 생래적인 불구 상태를 못 면하게 되어 있는지 따위를 한목에 톺아보아야 할 벅찬 작업이오.

이런 저런 서사물을 많이 써본 사람도 그것을 과연 어느 정도로 심각하게, 또 자주 실감할지 알 수 없으나, 글은 써짐과 동시에 현실과 일정한 정도로 유리되는 괴물이오. 그것은 이미 또 다른 유사현실이라서 잘났거나 못났거나 그냥저냥 목숨을 부지하게 되는 무지렁이와 다를 바 없소. 그러므로 모든 서사물은 과장·축소·생략·왜곡·삭제 따위의 지저깨비만 흩뜨리는 엉성궂은, 온당한 사람이 들어가서 살기에는 언제 무너져 내릴까 겁이 나는 그런 오두막에 불과하오. 소우주라니, 천부당만부당한 소리가 아니고 뭐겠소. 그처럼 삐꺽거리는 오두막을 지어놓고도 기고만장 떠들어대는 것은 사실(어떤 현상이든, 현실이든 **똑같은 말인데**) 평가에 작가 나름의 판단이 따르고, 그 시각에는 근본적으로 그만의 특유한 안목이 있을 것이므로 보는 것만 눈에 담는 것이 아니라 보이는 것만을 침소봉대하기 때문일 것이오. 물론 그런 시각도 없이 남들도 보는 것을 열심히 주목하는 헛똑똑이는 남몰래 추수주의자라는 점잖은 명찰을 달고, 대개의 독학자가 그렇듯이 그들은 온갖 것이 다 중요하고, 버릴 것이 하나도 없으며, 무엇이든 착실히 베껴보려고 불철주야 애쓰는 무룡태*에 지나지 않소. 재미없는 '작품'도 그렇지만 안 읽히는 '글'들의 밑바탕에는 추수주의자 내지는 독학자의 그런 만용이나 얌심이 배어 있다는 것이 내 생각이오.

뭔가 설명이 부족하고, 내 소견의 설득력이 미흡한 것 같아 덧붙여야 할 것 같소. 현실보다 한결 또는 월등히(**물론 천차만별이오**) 좋아 보이고, 심지어는 생지옥 같은 대목이라도 곱다시 봐줄 만한 것으로 비치는, '작품'이 탄생하자마자 그 소위 '아우라'와 함께 드리우는 이 천부의 미덕이자 결함이 위에서 말한 '과장/축소' 같은 '어휘 다루기' 때문이라면 그런 언어 일체를 시의적절하게 통제, 사용(私用)하는 정신을 한번쯤 문제 삼아야 될 것이오. 그것을 기왕의 용어로 '세계관'이라고 한다면, 아무래도 제 신바람에 일방적으로 놀아나는 감상(感傷)주의라든지, 무협소설처럼 쓰잘 데 없는 미화벽/과장벽을 앞세우는 선정주의도 그렇고, 지식의 호환구조가 치밀한 오늘날에도 '너

---

* **무룡태** 능력은 없고 그저 착하기만 한 사람.

는 아직 모르고 있지?' 투의 우스꽝스러운 교양주의 등등이야말로 '현실'과 점점 멀어지는 별세계로서의 저질스럽고 황당무계한 '작품'의 모태신앙일 것은 자명한 이치 아니겠소. 우리는 '서사물' 일반에서 '~견딜 수 없었다'라는 종결어미를 자주 읽는데, 화자나 서술자가 과연 그 말의 진가를 곧이곧대로 실감하며 썼는지 의심스러워서, 속으로 '이런 엉터리를 봤나' 하는 낭패감과 매번 맞닥뜨린다는 소리요.

이제 착잡해지는 국면이긴 하오만, 이번의 내 회고담에도, 그것을 명색 '작품'이랄 수 있다면, 그 속의 유사현실이 그 당대의 여러 정황보다 지나치게 잘났거나 못나버려서 부등호로 견줘보기는커녕 거적때기로 햇빛이나 겨우 가린 움막이 아닐까 싶어 한걱정이오. 하잘것없는 이설(異說)을 풀어놓고 한수 배우겠다는 수작도 참으로 못나빠진 작태긴 하오만. 망언다사.

3

식상하기 딱 좋은 논란이 될 테지만, '80년 서울의 봄' 훨씬 이전부터, 가깝게는 72년의 10월 유신과 멀게는 69년의 3선 개헌 전부터 우리의 신문들이 얼마나 영악한 권부의 시녀로서 서로 앞다투어 '기쁨조' 내지는 '동고동락조'와 '치부선취(致富先取)조'의 반열에 기어오르려고 암약했는지에 대해서는 이제 웬만큼 알려질 대로 알려져 있다. 구체적으로 말하면 그동안 여러 직장으로부터 버림받은 외곬수의 필력 과시자들이(이른바 '해직기자'들이 공밥이나 먹고 빈둥거리지 않았다는 사실은 그들에게 '무직'을 허락하고도 살아가도록 만든 우리 사회의 여러 능력과 시혜 덕분인데, 식자들마저 흔히 이 점을 간과하고 있다) 거의 한 세대 이상에 걸친 군부독재정권 시절의 혹독한 압제사를 다소 흥미 본위로 정리해서, 90년대 중반부터 마구 펴낸 기록물들이 그것이다.

나는 한때 잠시, 그것도 불과 11개월 동안 그쪽 일을 하면서 겨우 밥이나 먹을 수 있는 박봉 때문에 씩씩거린 경험이 있는 만큼 자괴감·동정심·보복심리가 뒤엉켜드는 심사를 애써 억누르며 그런 기록물들을 어렵사리 구해서 짬짬이 읽어왔다. 일어났던 일을 곧이곧대로 게재하지 못하고, 설혹 신문의 어느 귀퉁이에 싣더라도 얼마만한 크기로, 어떤 문구를 사용하라는 '보도지침' 슬하의 시절을 우리 모두가 살아왔다는 사실은 무슨 야사(野史) 속의 기담 같지만, 그런 여론조작이 비단 우리만의 경우도 아니라는 숱한 외국의 사례 때문에라도 예의 촉각을 곤두세우지 않을 수 없었던 것이다. 영화까지도 포함한 그런 반체제 성향의 '숨겨진 역사'를 바로 알리는 야사류/픽션류 기록물들을 나는 요즘에도 주섬주섬 읽으면서 한때 연구실에 틀어박혀, 더러는 강의 시간이 닥친 것도 잊고 열독했던 시간들을 떠올리곤 했다. 그 당시 이미 나의 생업과는 전적으로 무관해져버린 그쪽의 기록물들, 곧 언론의 왜곡사를 통독하면서 나름으로 간추린 내 지론은 권부의 수장을 비롯한 그 하수인과

언론사의 사주 이하 그 아래의 한낱 월급쟁이인 기자들은 그 성향에서 일란성 쌍생아일 수밖에 없다는 것이었다.

두 직업의 속성상 다방면에서 숱한 업무가 한꺼번에 밀어닥치는 것도, 그것들마다를 속전속결로 처리해버려야 하며, 시한을 정해둔 고지 점령 같은 '작전'에는 상명하복이라는 계급 체제가 엄격히 시행되어야 할 테고, 그 '목표'를 달성한 후에는 방금까지의 온갖 수모와 악전고투를 까맣게 잊고 또 다른 '전투'를 기다린다는 점에서 그렇다. 지휘봉으로 지도 위에다 선을 그어대는 브리핑이나 기사를 쓸 때마다 금과옥조로 섬기는 육하원칙도 그 전후의 살벌한 희비극과 가슴을 에는 여러 사연에 대해서는 힘주어 눈을 감아버린다. 이내 또 다른 '사건'이 터져버리니 되돌아볼 여유가 없는 것이다. 그들은 나무토막처럼 뻣뻣하지만 그러므로 호쾌하다. 일단 고지 하나를 점령했으니 평정이 된 셈이고, 또 다른 작전을 수행할 때까지는 만판으로 짐승이 될 수도 있다. 목숨을 걸고 덤비는 만큼 언제라도 권력과 금력을 제멋대로 휘두를 자격이 있다고 스스로 최면을 건다. 그런 직업적 인성은 교만·방자를 불러오고 부패와 문란을 자초한다.

희한한 상동(相同) 관계라고 해야 할 현상이 내 신변에 야금야금 밀어닥쳤다. 그해 4월의 정황인데, 별일이 없는 한 나는 내 일상의 낙인 오후 한때의 신문 읽기 순례를 꼬박꼬박 챙기고 있었다. 하루를 대과 없이 마무리했다는 자위, 오늘은 반드시 바람직한 이변이 어느 신문의 한쪽 귀퉁이에 실리리라는 초조한 기대감 따위를 머릿속으로 조물락거리며 석양이 반쯤 비쳐드는 그 낭하를 걸어 도서관으로 발걸음을 떼놓곤 했던 것이다. 그러나 번번이 하루 일과가 꺼림칙하니 끝나고 말았다는 미흡감에 휩싸여 터덜터덜 연구실로 되돌아오곤 했다. 이미 드러난 대로, 또 그 당시에도 충분히 파악하고 있던 대로 신문들은 벌써 신군부의 정권 탈취 야욕을 곱다라니 보듬어서 어떻게 '대중 조작'에 써먹느냐는 수순만을 예의 그 '보도지침'에 따라 점치고 있는 들때밑*이나 마찬가지였으므로 '신군부'를 비롯한 어떤 집단의 자중지란과 망조, 대학생과 재야세력의 서슬 시퍼런 민주화 열기, 심지어는 지반 붕괴 같은 대형 재난으로 수만 명의 인명 피해 사건이라도 터져서 신문이 저절로 보도관제의 철책을 깨부수고 뛰쳐나오기를 학수고대하는 한 대학 접장의 '시대 역행적' 희원은 얼척없는* 망상에 불과했다. 그렇긴 해도 그 조마조마한 기대감은 감미로워서 나는 한사코 무슨 괴변이든 어서 터지라는 성원에 갑시면서 이튿날이면 또 도서관의 이층 정기간행물 열람실로 올라가는 계단을 차곡차곡 힘주어 밟아갔다. 참으로 수상한 아집이었고, 심각한 중독 증세였다.

나만의 가슴 설레는 또 다른 집착이 없지도 않았다. 그것은 수많은 눈들을 의식하면서 금단의 열매를 따먹으려는 섣부르나 성급한 열정이자, 내숭스럽게 난생처음 겪는 어떤 색다른

---

* **들때밑** 세력 있는 집의 오만하고 완악한 하인을 이르는 말.
* **얼척없다** '어처구니없다'의 경상도 사투리.

성적 기대감이었다. 나의 그런 심리적 갈등이 그즈음의 신문과 신군부, 신군부와 일반 대중의 눈치놀음과 너무 닮아 있다는 느낌을 떠올린 것도 예의 그 신문 읽기 순례길에서였다. 언제쯤 서로가 서로의 실체를 공공연히 인정하게 될까, 이때껏과는 전혀 다른 관계 맺기가 이 세상을 얼마나 뒤바꿔놓을까, 양쪽은 앞으로 과연 무사할까. 따져보니 그런 물음들은 절차상의 여러 단계를 찬찬히 밟아나가면 어떤 식으로든 결말이 나는 시간과의 싸움에 지나지 않았다. 그 당시 내 식의 표현대로라면 '머리 벗겨진' 신군부의 실권자가 스스로 중앙정보부를 접수하여 군홧발로 깔아뭉개고 있으니 정권 탈취는 이제 말 탄 장가길이었다.

실제로 심선생과 나는 어쩌다가 출석부와 교재를 옆구리에 긴 채로 복도에서 한두 번 마주치곤 했는데, 그때마다 서로 의미심장한 눈짓과 웃음만 잠시 주고받는 그런 사이로 벌써 한 달 이상을 보내고 있었다. 하기야 봄볕이 다사롭게 내리쬐던 그날 한낮에 서로가 황망히, 무언가에 쫓기듯 짐승처럼 몸을 부비고 난 뒤, 그녀는 아, 이게 무슨 해프닝이야, 어이없어 같은 탄성을 내놓긴 했었다. 그 헐렁한 인조견 속바지와 땀으로 더 후줄그레해진 카디건을 느긋이 여미면서. 우리나라 말을 좀 더 정확히 공부하기 위해서 영어를 뜯어읽을 수 있는 수준까지는 익혔지만, 그때 그 '해프닝'이란 말의 실감은 각별했다. '해프닝? 정말 그렇네.' 나는 카펫 위에 두 다리를 쭉 펴고 앉아서 등짝은 소파에 기댄 채로 낮게 중얼거렸다. 방금까지 자신의 삼단 같은 머리카락이 비벼대던 소파의 한쪽 모서리에 엉거주춤하니 엉덩이를 걸치고 있던 그녀가 삐쭉 쓴웃음을 베물은 듯했고, 한동안 이쪽의 눈치를 어루더듬더니, 지금이라도 서울로 가실 거예요? 라고 물었다. 가긴 가얄 테지만 이 몸으로 갈 수 있을까. 나는 아내와 두 자식과 장모와 처제가 기다리고 있는, 언덕배기에 추레하니 세워져 있는 탓인지 집을 내놓은 지 일 년이 지났는데도 복덕방에서 기별이 없는 '대궐 같은' 이층집을 떠올렸다.

말 그대로 해프닝답게 그것이 다였다. 그 현장에서는 더 이상의 대화도, 어떤 '포즈'도 없었다. 여느 영화나 소설과는 너무 달랐다. 두 주인공의 신분이나 소양이 말과 행동을 억지스럽게 자제시켰는지도 모른다. 나는 곧장 양말을 찾아 신고, 윗도리와 가방을 챙겨 현관으로 나섰다. 여전히 환한 햇살이 누릇누릇한 잔디를 나른히 잠재울 듯이 쏟아지고 있었다. 나는 그녀의 침실과 옷장·책장이 있다는, 간밤에 어떤 여선생이 남성금지구역 운운하던 맞배지붕 아래의 이층을 힐끔 쳐다보았다. 그때 아마 나는 언제쯤 저기에 발을 디딜 날이 있을까 하는 태평스런 상상을 떠올렸을 것이다. 대문 앞까지 따라 나온 그녀는 내 선걸음을 재촉하는 듯이 제 옷차림을 슬쩍 훑고 나서, 이래서 더 못 나가요, 살펴 다녀오세요, 학교에서 또 봬요 라고 말하고는 떠다밀다시피 배웅했다. 내 등 뒤에서 외짝 철대문이 소리 나게 닫혔다.

그렇게 봐서 그럴 테지만 그녀는 이제 많이 달라져 있었다.

음성도 한결 눅어진 듯했고, 제 잘난 멋에 사는 것처럼 도도하던 자태에도 어느새 나긋나긋한 자족감이 배어났다. 여느 여자들과는 상당한 거리를 떼놓고 있던 그 좀 유별난 걸음걸이도 이제는 많이 차분해져서 한번쯤 세파가 흔들어대는 대로 온몸을 맡겨보겠다는, 차라리 몰개성적이랄까 비개인적인 성향까지 내비쳤다. 물론 내 눈에 그렇게 보였다고 해서 그녀가 내게 유달리 다소곳해졌다는 말은 아니지만, 종전보다는 어딘가 성숙한 여자로서 바싹 가깝게 육박해오고 있다는 내 심정적 정서는 점점 덩두렷했다.

4월 말쯤이었을 것이다. 이때껏 서로 신경전만 벌이고 속수무책으로 허송세월했던 바보놀음이 후회막급이란 듯이 교내 곳곳이 갑자기 떠들썩하니 소란스러워졌다. 우선 학생들이 병영집체훈련을 거부하고, 학원 전반의 민주화를 요구하는 시위가 연일, 그것도 산발적으로 일어났다. 가다가 서고 섰다가 가곤 하는 털털이 차량처럼 단대별 시위대가 캠퍼스 안을 돌아다니며 데모꾼을 호객하듯이 끌어모으고 난 후, 대운동장에서 총학생회가 선도하는 비상시국타개 선언문 같은 것을 낭독하면 삽시간에 천여 명쯤으로 불어난 촘촘한 머리통들이 한쪽 팔로 하늘을 찔러대며 '계엄을 해제하라', '유신잔당 물러가라' 같은 구호를 터뜨렸다.

물론 학교 당국도 가만히 좌시하고 있지는 않았다. 직원들만으로는 교내 시설물이나 기물의 손괴를 막기에도 역부족이었다. 교원 곧 전임강사 이상의 월급쟁이 선생들을 학과별로 학년에 따라 몇 명에서 수십 명씩 할당하여 그들의 시위 참여 여부와 데모 중의 여러 동태를 지도, 감독하라는, 심지어는 그 보고서까지 매일 제출하라는 학교 본부의 막무가내식 행정지침이 떨어진 것도 그즈음이었다. 아무리 무딘 칼이라도 휘두르면 무엇이든 그 자리에서 두 동강이 날 것 같은 팽팽한 긴장감이 강의실 주변은 물론이고, 단대 건물들마다에, 키조차 가지런한 가로수가 죽 늘어선 교내의 차도와 인도에, 도서관 앞 광장에, 크고 작은 운동장들 주변에 빽빽하게 웅크리고 있었다. 덩달아 이런 뻣뻣한 분위기 속을 헤치며 발 빠른 암약으로 구성원 개개인을 다짜고짜로 위협하다가 자고 일어나면 두려워서라도 누군가에게 염탐질을 하게 만드는 그 소위 '카더라통신'이라는 풍문도 자객처럼 온 사방에서 설레발을 쳐댔다.

'서울의 봄'이라는 말대로 '서울'의 대학생들이 총궐기를 준비하고 있다 카더라. 지지부진한 안개 속 정국에 속이 터져서 신군부 일당이 총 먼저 쏘는 놈이 장땡이라고 쿠데타를 일으킬라 칸다 카더라. 근무지 야전침대에서 안 자고 관사로 퇴근했다가 부하의 졸병들에게 하극상을 당한 전 참모총장 누구는 자살할까봐 대오리로 짠 용수를 덮어쓰고 있다 카더라. '머리 벗거진' 그 부하는 요새 일정한 거처도 없이 여기저기서 등걸잠을 자고, 낮에는 동에 뻔쩍 밤에는 서에 뻔쩍 한다 카더라. 정권을 누가 잡아도 현재 대학교수의 반 이상을 직무유기, 강의태만, 실력미달, 어용, 아첨, 치부, 비리, 관제언론에 뻔질난 이름팔기 같은 그동안 고질의 반교양적 행태를 트집 잡아 해직시킨다 카더라.

한숨 돌리고 찬찬히 따져보면 '카더라통신'은 얼토당토않은 유언비어에다 어느 것 하나라도 좋은 소설처럼 '그럴듯하지도' 않거니와, 미치광이가 아니고서는 그처럼 사리에 닿지 않는 일을 저지를 수는 없을 테고, 만에 하나 그랬다가는 세상이 단 하루도 성하게 굴러갈 리 만무한데도 그 당장에는 무슨 감언이설처럼 솔깃해지고, 아편처럼 그 효력이 뛰어난 최음제였다. 아무리 이성적인 사람이라도, 심지어는 냉정하고 근엄한 사람일수록 그 약 한 방이면 이내 얼떨떨해졌고, 멍청하니 턱을 떨어뜨리기 일쑤였다. 그런 꼬락서니들을 일일이 관찰하는 재미도 수월찮긴 했으나, 당장 어김없이 속속 닥치는 강의 준비로, 강의실에 들어서면 시국처럼 훅훅 몰아쳐오는 더위 속에서 무슨 말을 지껄이는지 알다가도 모르는 나날이 끝도 없이 이어지는, 그것이 숨 막히는 당시의 일상이었다.

모든 시위가 그런 것처럼 첫걸음을 떼놓기가 어렵지 그다음부터는 나날이 그 치열도가 점증하기 마련이다. 참가 학생 수가 부쩍부쩍 늘어나고, 정의는 우리 편이라는 각오가 점점 딱딱하게 여물어가며, 여학생들조차 '척결하자'나 '박살내자'는 구호를 서슴없이 외치고, 땅바닥에 퍼대고 앉아서 서로의 땀투성이 어깨를 겯고 있으면 이 짙푸른 하늘과 신록이 우리 것이라는 자부심에 꼼짝없이 씌고 만다. 그러나 여전히 계엄령 하였으므로 학생들의 시위는 교문 밖을 뛰쳐나가면 포고령 위반이므로 그 자리에서 어떤 폭력 앞에 무참히 거꾸러질지 누구도 모르는 일이었다.

한편으로는 그런 우물 안의 평온 같은 시위 현장이 가소롭다가도 교문을 경계선으로 벌어질 숱한 만행을 그려보면 순간적으로나마 온몸에 소름이 돋는 현실이 가증스러울 뿐이었다. 그런 부대낌 중에도 시국의 추이에 편승해서가 아니라 오로지 다혈질 성격 때문에 몇몇 교직원들이 우루루 몰려가서 허수아비 화형식 현장을 뜯어말리다가 북새통을 만들어놓고, 일부러 붉은 글자로 쓴 플래카드부터 압수하느라고 지도부 학생들과 옥신각신하다가 오히려 선생이 멱살을 잡혔다가 패대기쳐지는 촌극도 매일같이 벌어졌다. 그런 수라장을 동료 교수들과 함께 삼삼오오 짝지어 둘러싸고 있다가 어느새 시위대 무리가 내일을 기약하며 교문을 걸터넘고 뿔뿔이 흩어짐으로써 해산할 조짐을 보이면 서둘러 교수식당으로, 또는 각자의 연구실로 종종걸음을 치게 마련이었다.

그러던 어느 날 해거름이었다. 역시 시위대의 울짱 노릇을 하다가 떼 지어 문과대 건물로 돌아오는 길목에서 한 동료 교수가 짜증기 많은 음성으로, 신군분지 뭔지 하는 이 미친것들은 후딱 집권해버리지, 왜 이래 늑장으로 뜸을 들이고 지랄이야, 고생도 할 걸 해야지, 나날이 이게 무슨 생고생이야 라는 요지의 시국관을 펼치자, 앞서거니 뒤서거니 하던 연배의 한 접장이 곧장, 큰일 날 소리, 애먼 목숨을 얼마나 지레 죽이려고, 총질하면 큰일 나, 총 없는 백성만 상해 라고 받았다. 나이로나 근무연한으로나 나설 처지가 아니어서 나는 꽁무니에서 늦추

걸음을 떼놓고 있었지만, 그런 신푸녕스러운* 승강이질조차 속으로는 살갑게 성원하고 있었다. 물론 두 쪽 다 선소리는 아니어서 머릿속에 잠시나마 선뜩한 찬 기운이 뻗치는 것은 어쩔 수 없었다. 뒤이어 누군가가 시절이 시절인 만큼 고달픈 대학 접장 노릇에 대한 배부른 푸념을 쏟아냈을 테고, 덩달아 여러 입에서 고만고만한 말참견·말추럼·말휘갑이 뒤따랐을 것이다. 아마도 따로 떨어져서 무리 지어 걷고 있던 여선생들도 저희 들끼리 나직나직하니 비상시국에 따르는 이런저런 '카더라' 정보를 주거니 받거니 했겠는데, 그 속에 심선생이 껴묻어 있었 는지 어땠는지는 잘 모르겠다. 내 온 촉각이 그쪽으로 쏠려 있긴 했어도 시선을 내둘리며 그녀를 찾기가 머쓱한데다가 혹시라도 다른 동료들에게 우리의 내밀한 관계에 대한 무슨 낌새가 들통이 날까봐 한껏 조심하고 있었기 때문일 것이다.

　바로 그날이었든지, 아니면 그즈음의 어느 날이었든지 정확히 알 수는 없다. 예의 그 말뚝처럼 어정쩡하니 서 있는 시위대 구경꾼 노릇으로서도 영일이 없었던데다가 걸핏하면 임시 전체교수회가, 또는 단대별 교수회가 열려서 학생의 관리와 단속, 문교부의 지침사항, 학교 당국의 시국 대응책 따위를 전달, 지시하고 있었고, 다른 대학들에서는 이미 임시휴강 조치가 떨어졌다는 소문까지 파다해서 어수선하기 이를 데 없던 판이었다.

---

*신푸녕스럽다 너무 적거나 부족하여 마음에 차지 않다.

아무튼 그날도 신문 읽기 순례를 연거푸 거르게 된 것이 못내 아쉬워서 나는 연구실의 책상 앞에 착석할 엄두도 못 내고 우두커니 서서 창밖의 교정을 먹먹한 심정으로 쳐다보고 있었다. 그즈음에는 시국처럼 학교가 비상사태였으므로 토요일 오후에 상경했다가 일요일 오후에 내려와서 꼬박 엿새 동안 밤은 숙소에서, 낮은 학교에서 죽치고 지내는, 월급쟁이랍시고 가족과 떨어져 사는 불혹의 사내는 저녁 끼니때가 닥치면 난감하고, 이런저런 수심이 엉겨 붙어 떨어질 줄 몰랐다. 끼니를 해결할 때까지는 온갖 잡생각이 걷잡을 수 없이 피어오르는데, 그 한두 시간이 곤혹스럽기 이를 데 없는 것이다. 그 당장에라도 모든 것을 걷어치우고 싶은 망상까지 잠재우려면 내게는 책이라는 미약밖에 없다. 그러나마나 가방을 꾸리기조차 귀찮아서, 정말 지랄 같네 라고 입속말이 저절로 흘러나오고 있는 순간에 저 멀리서 또각또각 울려오는 구둣발 소리가**(내게는 예의 그 베토벤의 교향곡 제8번의 2악장 같은 음보로 들리는)** 유독 내 청각을 파고들었다. 도심과 뚝 떨어진 외곽지이기도 해서 교정이 일찌감치 텅 비어버리기도 하는데다 그날따라 한바탕의 소란스런 시위대 광풍이 휩쓸고 간 뒤끝이라 문과대 주위에는 인적이 드물었고, 복도에는 괴괴한 정적이 감돌고 있었다. 어느 순간 일정한 간격을 두고 울려오던 그 단정한, 잠잠하다 못해 고요가 잔뜩 도사리고 있는 기다란 복도를 도전적으로 울려대던 그 구둣발 소리가 멎었다. 뭔가 느낌이 수상해서 출입문 쪽으로 고개를 돌렸더니 늘 봐오던 그 맹한 정적이 거의 바닥까지 늘어뜨려놓은 대발에 걸려 있었고, 그 너머에는 흐릿한 복도의 조명이 스멀거리고 있을 뿐이었다. 쓸데없는 과민반응이라고 생각하며 나는 머리를 흔들었다. 내 연구실과 엇비스듬히 마주보고 있는 곳에 교수용 남녀 화장실이 문짝을 나란히 맞대고 있으므로 누가 거기에 볼 일이 있었던 모양이라고 치부했다.

집 떠나 사는 홀아비 맞잡이답게 허출하기도 해서 나는 서둘러 책상 위에 펼쳐진 사전들을 덮고 가방 속에 읽을거리를 챙겨 넣었다. 그런데 갑자기 복도에서, 계세요 하는 귀에 선 음성이 들려왔고, 곧장 대발 한 자락이 삘쭘히 들리고 나서 눈썹 짙은 심선생의 갸름한 얼굴이 얼핏 비치더니, 먼저 들어갈 게요 라는 말이 떨어지기가 무섭게 예의 그 흐트러짐 없는 구둣발 소리가 차츰 멀어져갔다. 급히 출입문 쪽으로 다가가서 대발 자락을 차마 걷어올리지는 못하고 귀를 기울였더니, 심선생은 두어 번 캑캑거리면서, 먼지 구덩이 속에 꼬박 세 시간을 서 있느라고 목이 잠겼나봐 같은 두덜거림을 흘리고 있었다.

잠시 얼떨떨한 가운데도 이 좀 껄끄러운 말속을 어떻게 해석해야 옳은가 하고 나는 머리를 굴리기 시작했다. 화장실에 들러서 오랫동안 별러온 말을 되뇌다가, 일은 일단 저질러놓고 보는 거야, 내가 누군데 무슨 남의 눈치까지 챙겨 라면서, 내이 말의 진짜 뜻이 무엇인지 알아맞춰봐 하고 불쑥 들이민 것인가? 평소의 거침없는 성격으로 미뤄볼 때 이것저것 따진 것 같지는 않지만 '먼저 가 있을 게요'가 아니라 '먼저 들어갈 게요'는 무슨 암시란 말인가? 유진 오닐의 「수평선 너머로」와 아서 밀러의 「세일즈맨의 죽음」을 가르치는(**영문과 학부생들이 보랍시고 그 알따란 포켓북 원서들을 들고 다녔다**) 현대미국희곡 전공자답게 우리말의 말뜻을 새겨보라고 나를 시험하고 있는가? (**후에 차츰 알아진 사실이었지만, 그녀는 유창한 우리말의 구사력에다 언제, 어디서나, 또 누구 앞에서라도 대든다 싶게 자기 의사를 터뜨리고 마는 후천적 장기를 스스로 수습, 체득한 성격답게, 좋게 봐서 연극적인 임기응변을 천성으로 누리는 낙천적이고, 더러는 낭만기를 제멋대로 발산하는 그런 여자였다.**)

자기 집으로 찾아와달라는 요청이지 싶었다. 가야 할 것 같았다. 아니다, 벌써부터 나는 그 집으로 가게 되어 있었다. 훤한 대낮에 그 희한한 추상화 담장을 주목하며 내 갈 길을 재촉한 지도 어언 두 달쯤 지나 있던 계제였다. 목이 싸하다는 말을 들어서가 아니라 남의 집을 처음 방문하는 차림을 그 동네의 이웃에게 우정 드러내느라고 오렌지 주스 같은 과즙 음료를 사들고 찾아갔을 것이다.

길눈은 워낙 밝은 편이라 나는 그 집을, 아니, 시멘트 반죽 덩어리가 주루룩 흘러내리는 그 담장을 쉽게 찾았고, 똑딱단추 같은 초인종을 길게 눌렀으며, 예의 그 주방과 거실을 갈라놓고 있는 길쭘한 식탁 앞으로 조춤조춤 다가가 앉았다.

그때 그녀가 무슨 옷을 입고 있었던지는 기억에 남아 있지 않다. 내 심신이 두루 경황이 없었기 때문일 것이다. 그래도 그녀의 시원시원한 말발은 아직도 쟁쟁하니 귀에 남아 있다.

"잘 찾아오셨네요. 굼뜬 양반이 말귀도 엔간히 밝으시고."

조롱기가 다분히 묻은 말이었으나 그녀의 말버릇이 그러므로 듣기 싫지는 않았다. 내 쪽에서도 쉽게 임기응변의 말이 뚝뚝 부러져서, 그러나 말을 고르느라고 더듬거리며 흘러나왔다.

"해프닝이란 게 우발적으로, 예상치 못한 자리에서, 즉흥적으로, 다 비슷비슷한 말이지만, 일종의 유희 본능에 따라 단 일회로 끝나는 그런 돌발적인 사고나 사건이거나 행위 아닙니까. 그때 너무 실감나는 말이라서 사전까지 뒤적거려봤다면 믿을란가 모르겠네요."

"둘러대기도 잘하시네, 누가 강의하는 선생님 아니랄까봐, 사전까지나 찾아보시고."

그녀의 눈에는 말 잘 듣는 학생에게 격려와 다짐을 내놓는 투의 웃음기가 연신 번지고 있었다.

"사전 뒤적거리기야 제 전공이지요. 근데 놀리지만 마시고 뭐 좀 먹을 거라도 주시면 고맙겠네요."

"막상 불러놓고 보니 아무것도 대접할 게 없네요. 저도 며칠째 빵과 떡으로 적당히 끼니를 때우고 있거든요. 열무김치는 맛있는 게 많이 남아 있고 밥은 지금 하고 있어요." 그녀는, 좀 기다리세요 라고 말해놓고는 식빵 봉다리를 끄르면서 내 앞의 식탁 의자에 마주 앉았다. "너무 한가로운 이야기는 나중에 하고요, 시국도 그렇지만 우리 학교도 너무 시끄럽잖아요, 어때요? 단도직입적으로 말하면, (갑자기 그녀는 목울대로 손을 가져가더니 칵칵 소리 내며 목구멍을 틔웠다) 소금물로 가글을 했는데도 목이 칼칼해지네, 미안하고요, 어쨌든 우리만 이렇게 달달 볶이는가요? 아시는 대로 저는 학교도 그렇고, 이 땅을, 땅? 뭐 우리나라든 너무 아는 게 없어요. 뭐가 뭔지 도통 모르겠어요. 정상이 아니란 것은 알겠어요. 지난달부터 학생들이 떠들고 일어나면서, 그동안 경찰서 유치장에도 한번 갔다 왔네요, 우리 과 남학생 여학생 도합 일곱 명을 신원보증하고 나서 귀가시키려고요, 남자 선생님 한 분과요. 아무튼 매일같이 곰곰이 생각해보는데요, 너무 엉터리 같애요. 어느 쪽이든 다요. 유신헌법이 개밥처럼 지저분해서 보기 싫다면 시한을 정해서 고치면 될테고, 그동안을 왜 못 기다려요, 이때껏 참아왔으면서. 젊은 학생들이야 성질이 급해서 그렇다 치더라도 3김씨를 비롯한 여러 정치인이나 또 신군부의 여러 별자리들도 힘겨루기, 눈치보기만 할 게 아니라 정상적으로 가장 바람직한 길을 서로 머리를 맞대고 찾으면 될 거 아니에요. 설마 두어 달 안에 그 일정을 못 짜겠어요? 그리고 못 박은 대로 실천하면 그뿐이잖아요, 안 그래요? 누가 못을 뺄란다고 나서면 그때는 서부극에서처럼 총질을 하면 될 거 아니에요, 총 놔뒀다 어디에, 어느 때 쓸라고요, 뭐가 어려워요, 근데 왜 이래 배배 꼬고 다들 실을 헝클어놓으려고 난리들이에요?"

　더러 캑캑거리기는 했으나 의외로 차분하게, 또 그런 만큼 순진하게 토로하는 심선생의 정치의식은 너무나 원론적이라서 더 들을 것도 없었다. 집어주는 대로 식빵 조각을 생으로 뜯어먹고 있었으나 시장기도 착실히 몰려들 뿐만 아니라 그녀의 다른 사정들, 이를테면 가족 관계랄지 부럽다 못해 당장에라도 빼앗고 싶은 이층 단독주택에서 혼자 사는 배경 같은 것을 캐묻고 싶어서 나는 운김이 달아 있었다.

"심선생 말씀은 신사협정을 맺자는 건데, 그거 절대로 안 돼요. 이 땅의 유명인들은 근본적으로 신사도 못 되고, 어린애가 아니거든요. 그들은 뭐랄까, 우리 아버지 말대로 지어줄 별명이 없는데, 사람은 누구라도 정직하지 않다는 걸 배우면서 저것들도 가르쳐온 이상한 종족이라니까요. 그래서 하늘은 믿지요, 미신 말입니다. 지 아니면 안 된다는 미신요, 그 미신도 신앙이고, 소위 똑똑한 사람들이 뭐라든 말든 상대적으로 그 힘은 아주 짱짱합니다. 그러니 말을 자꾸 해봐야 겉돌아요. 소용이 없어요, 이 땅에서는 말이든 문서든 약속이든 계약이든, 다 그게 그거지만. 하늘만 믿는다는 건 결국 나라야만 되고 남은 안 된다는 맹신이에요. 그래도 학생들은 아직 거짓말을 안하려고 하니까, 어째 수상쩍다는 거고, 못 믿겠다는 거고, 빨리 원칙대로 하자는 건데 내가 정권을 거머쥐겠다는 사람은 지만 옳고 다 글렀다고 믿는 사이비 교주예요. 이상은 뻔한 원론이고, 기득권을 쥐고 있는 신군부가 벌써 대규모의 추종 세력, 아첨 집단을 거느리면서 우리 앞에서 공연히 퍼덕거리는 것들은 아예 단김에 혼내주겠다고 주먹을 흔들고 있는 깡패 한가진데 무슨 사정이 통하겠어요."

"불공평하잖아요, 이쪽은 손발을 다 묶어놓고 저거만 지멋대로 무장하고요."

"허참, 이렇게 순진하기는. 세상은 한판의 연극이기도 하지만 실은 연극만도 못하잖아요. 그 좋다는 나라 만들기의 골격이 결국 일반대중을 적당히 을러서 가지고 놀다가 물리면 언제라도 내팽개치는 병정놀이라니까요. 삼권분립이다 인권이다 뭐다 온갖 미사여구로 그때그때 분칠해대면서. 그래도 큰 말썽 없이 그냥저냥 굴러가는 것처럼 보이는 것은 우선 사람들이 워낙 그런 놀이를 즐기는데다가 잘 까먹고, 쉬쉬 덮어버리고, 이기 맞다고 사기 치는 먹물들의 말재주가 출중해서 그래요."

그쯤에서 비로소 서로 눈을 맞춰가며 저녁밥을 먹었을 테고, '우리'는 밤이 깊어가는 줄도 모르고 미친년이 널뛰듯 이런저런 화제를 닥치는 대로 식탁 위에 올려놓고 난도질을 해대며 때로는 동감과 합의를, 어떤 화두에 대해서는 묵낙(黙諾)과 존이불론*과 이의(異議)를 주고받았을 것이다.

'미친년이 아이를 씻어서 죽인다'는 상스러운 속담만큼 적당히 써먹기 십상인 것도 드물지 않나 싶은데, 이런 생경험으로서의 기록물을 비롯해서 동서고금의 숱한 '지어낸 이바구들'이 베끼고, 우려먹고, 둘러맞추고, 뻥튀기하느라고 제 딴에는 갖은 기량을 다 발휘하는 그 '심상찮은' 남녀 간의 수작과 동품, 그 배경 따위를 여기서 세세히 옮겨놓을 필요는 없을 듯하다. 그렇다고 심선생과 나의 그것도 대동소이했다면 다소 불만스

---

* 존이불론(存而不論) 그대로 두고 더 이상 따지지 않음.

러우므로 배냇냄새나 지운다는 셈치고, **(달리 말하면 '유치찬란한' 장면은 건너뛰고 지금도 성큼 붙잡을 수 있는 사연만을 적는다는 심정으로)** 그것도 좀 허풍을 친다면 다년간(?) 대학입시전문학원에서 문면을 파악하는 요령을 가르친 명강사(?)로서 내 득의의 장기대로 간추리면 대충 다음과 같다. 물론 이런 적바림은 지금에사 감히 엄두를 내보는 것이지 한창 나이인 당시에야 머릿속으로 떠올리기도 바빠서 언감생심 메모해둘 생각도 사렸다는 사실만은 첨언해두어야겠다.

1) 심은 교내의 그 어연번듯한 총장파도, 그렇다고 떨떨한 비주류도 아닌 것만은 분명한 듯. 그러면 관망파든지 기회주의자라야 하는데, 의외로 입도 거칠게 '도대체 뭐야, 편이나 가르고, 꼴사납게' 같은 험한 말을 마구 내지른다. 나로서는 말조심을 한다고 했건만. 하기야 편의주의만큼 배짱 편한 작태가 또 있을까. 총장을 평생 직업으로 삼겠다는 양반이 장차 일으킬 여러 분란을 생각하면 나부터라도 이번에는 마지막이라는 각오로 서울로의 전직을 호시탐탐 노리고 있어야 옳을 듯. 인생이, 하루하루가 임시방편인데 하물며 직장이야. 지금 봉직하고 있는 이 따위 직장이야 심선생에게나 나에게도 아무 기차나 서다 말다 하는 간이정거장일 테지. 심은 사촌언니 내외가 서울에서 제법 쨍쨍하게 군림하고 있어서 그쪽으로 연줄을 대고 있는 눈치다, 전직이나 혼담을. 수틀리면 언제라도 미국으로 줄행랑 놓겠다는 걸걸한 언질을 몇 번이나 실토. 믿어도 될지, 혼기 놓친 여자의 줄변덕과 가물거리는 정신 상태는, 내 처제를 보더

라도, 종잡을 수 없다. 아무리 반반한 직장이라도 마뜩찮다고 걷어찰 형편만 된다면, 그런 처지가 악머구리 끓듯 하는 이 땅을 과연 제대로 보는 눈이나 갖고 있을까.

2) 스스로 자기 인생을 집시 같다고, 무슨 영화의 한 장면처럼 싱크대 앞에서 커피포트를 들고 자잘한 멋을 짐짓, 그러나 제법 몸에 밴 듯 부리고 있지만, 막상 듣고 보니 그녀의 출신이나 가족 관계는 의외로 조촐하다. 그녀의 백부는 일제 때부터 이 지역의 소문난 명의로 소아과 개업의였고, 그녀의 부친은 50년대 말에 벌써 미국 동부지역의 어느 대학과 연줄이 닿아 초빙교수로 불려갔다가 아예 거기 눌러앉았다고 한다. 이 지방 유일의 국립대학에 적을 걸어두고 있었고, 전공은 생리학인지 생화학이었던 모양인데, 그쪽으로는 문외한인 나야 진찰이나 진단이 그게 그것인 것처럼 들린다. 두 형제는 워낙 우애가 두터워서 그녀의 부친은 심원장 앞에서 언제라도 두 손을 모아잡고 단정히 서 있거나, 무릎 꿇고 앉아 있었다고. 허나 사람 사이의 정을 떼고 붙이는 뺄질이는 어느 집구석이나 여자라서 그녀의 모친이 그 악역을 자청해서 맡았던 것 같다. 곧 개성 출신으로 서울의 모 여전 영문과 졸업생이기도 했던 그녀의 모친은 유별나게 이 지방의 사투리도 귀에 거슬리고, 사람이나 인심이 두루 우락부락해서 싫다는 까탈을 내놓으며 지아비의 미국행을 적극적으로 사주했다고. 뿐만 아니라 시아주버니의 축첩질도 아주 못마땅하게 여겨서 지아비가 그 본을 받을까봐 노심초사했다고. 엔간히도 강짜가 심했던 모양이다. 지금 심선

생이 임시로 살고 있는 이층짜리 양옥집의 안주인으로, 그녀에게는 큰집 사촌들의 서모가 되는 그 간호부 출신은 '앞뒤 꼭지가 툭 불거진데다가 움펑눈에 콧잔등이 우묵한 벽장코의 추녀'였다고. 그녀의 모친은 그 손위 동서 맞잡이를 '박색에 이마만 빤질거리는 앙발이'*라며 아예 상종도 하지 않았다고. 막말하다가 코 꿰인다는 말대로 두 자식을 데리고 미국으로 솔가하자니 그녀의 모친은 중학생짜리인 장녀를 꼼짝없이 '박색 앙발이'에게 맡길 수밖에 없었다. 그녀가 '숙모'라고 불렀던 그 제2의 엄마는 위생에 좋다고 사시장철 내내 옻칠한 일본제 두가리*를 식기로 상용해서 백부의 꾐을 오지게 받았다. 박색이라도 여자 팔자는 뒤웅박 같다더니 구멍 뚫린 바가지도 주인이 쓰기 나름인 듯. 심원장과 소실 사이에는 다행히도 소생이 없어서 그녀는 '숙모'의 친딸이나 다름없었다고 한다. 더욱이나 심원장 내외도 그녀를 친자식 이상으로 거둘 수밖에 없었던 것은 아들 둘과 딸 둘을 속속 미국으로 유학 보내서 지들 작은아버지의 거둠손에 맡겨야 해서였다. 사춘기를 '숙모' 슬하에서, 그것도 반 이상 의사 노릇을 하며 이재에도 밝았던 '첩산이' 밑에서 볼 것 안 볼 것을 다 보며 다사롭게 자란 그녀는 친사촌과 고종사촌 형제들이 여자는 아래층, 남자는 위층에서 끼리끼리 기거하던 서울의 고모네에 껴묻어 대학 생활을 시작했다고. 부모와 떨어져 살아도 늘 주위에 친척들은 득시글거렸으니 '군

---

*앙발이 앙가발이. 잘 달라붙는 사람.
*두가리 나무로 만든 식기.

중 속의 고독'은 일찍이 체험했다고. 용돈도 아쉬운 줄 몰랐지만 늘 허기진 사람처럼 돈 쓸 일이 줄줄이 앞을 가로막을 때는 '천애의 고아'로서 막막했다니 알조다. 비가 오거나 몹시 추운 날이면 뿌루룩 '서울을 탈출하여' 제2의 엄마인 '숙모' 품에 안겼다고. 그런 포옹을 '영화처럼' 즐겼다니 그녀의 실루엣이 문득 달처럼 두둥실 떠오른다. 한 부모 밑에서 앞뒷집으로 나누어 자란 꼴인 친사촌 오빠 하나와 언니 하나는 일찌감치 미국에 정착해 있었으므로 그녀는 유학을 간다기보다 친부모와 동생들을 보기 위해서라도 출국을 서둘러야 했다. 그러나 개성댁은 맏딸에게 꼭 거기서 대학을 졸업하고 오라고, "우리 모녀간에는 무슨 이별살(煞)이 끼었는지" 상봉을 한사코 뒤로 미루었다고.

3) 심선생의 이층 방은 계단 양쪽으로 큰방과 작은방이 나뉘어 있고, 니스 칠한 마룻바닥 너머에는 기역자의 복도 같은 발코니가 야트막한 난간을 두르고 있는데, 그 장식용이자 추락방지용 울에는 두 줄의 동그란 구멍이 촘촘히 뚫려 있다. 오뚝이 같기도 한 그 구멍의 도열은 한쪽 면을 초승달 크기로 파낸 벽돌장을 서로 맞붙여서 이층으로 쌓아올린 것이다. 평생 미장이로 산 영감쟁이의 공력을 더듬느라고 내가 그 이음매를 유심히 쳐다보는데, 이제는 명실상부한 집주인 격인 심선생이 한여름 밤에는 사방에서 바람이 몰아쳐오므로 이 발코니만큼 시원한 데가 없다고 한다. 그런데 수상쩍게도 이층에는 실내에 화장실이 없고, 기역자 발코니의 끝자락에 곧 실외에 변기와 세

면대를 붙박아놓은 원두막 꼴로 앉아 있다. 일부러 그렇게 지었다고, 말이 되나? 위생 때문에 볼일을 한데서만 보라고? 방사 후 어떡하란 말인가? 벌거벗은 채로 발코니에서 뜀박질을 하라고? 그래서 예전에는 여자들이 감잡이*란 비상용품을 요강 이상의 필수품으로 챙겨서 잠자리에 들었다. 물론 그것 자체가 벌써 수많은 말과 몸짓과 손짓을 불러일으키는 선정적 도구이다. 그것을 아는지 심선생은 기겁하며, 아, 곤란해요, 여기서는, 내려가야지, 볼일 볼 데도 없고 씻지도 못해요 라고 온몸을 옹동그렸다.

굳이 보충 설명으로 그녀의 좀 튀는 성의식을 두둔, 규정한다면, 그녀는 1960년대 후반부터 미국인들의 생활관을 아주 표 나게 바꿔놓았다는 그 소위 미-데케이드(me-decade)의 한복판을 관통했다. 그 변혁기가 그녀의 유학 시절과 정확히 일치한다. 거기서도 부모와 떨어져 살았다니까 모르긴 해도 그녀의 면학 기간은 개인적인 행복부터 우선적으로 추구하고, 자기만족을 위해서는 모든 기성의 관습과 불문율을 내팽개칠 수 있다는 미이즘(meism)의 숨 가쁜 실습기였을 것이다. 그 자기중심주의의 정점은 널리 알려져 있는 대로 우드스탁 록페스티벌이 대변하고 있다. 1969년 8월 15일부터 꼬박 3일 동안 50만 명 이상의 젊은이들이 뉴욕주 베델 평원에서 곤죽 같은 일상을 마음껏 누려봐도 세상은 여전히 변하지 않는다는 확신,

---

* **감잡이** 방사(房事) 후 씻는 수건.

그 신념이야말로 미-제너레이션(me-generation)의 성문법이었다. 요즘 유행하는 말로는 노마디즘인 그 유목민적 생활, 이해 못할 것도 없다. 밥 먹고, 배울 나이니까 학교에 갔다가, 잠자리에 드는 그 단조로운 생활을 위해서라면 어느 일가친척 집이라도 몸을 부릴 수 있다는 것만으로 오감하고, 얼마든지 떳떳하게 살아지더라는 사고방식. 더 이상 뭘을 바란단 말인가. 사람은 어차피 방랑객 아닌가. 보는 바와 같이 세상은 오로지 방랑하는 처소만 제공할 뿐이고, 또 그렇게 널려 있다. 자식도 부모의 방랑이 만든 흔적일 뿐이다. 연극 속에서나 흔히 일어나는 갈등·욕망·방황은 전적으로 호들갑이다. 그 호들갑조차 의식의 유영이므로 이내 또 다른 방황으로 이어질 테니까.

아내보다 훨씬 살갑게 다가오는 여자라는 느낌을 얼른 털어버리려고 나는 머리를 연신 절레절레 흔들었다. 그래도 끈질기게 들러붙는, 저쪽은 격식을 따지고 이쪽은 내용을 챙긴다는 얼뜬 생각만 얼핏얼핏 떠올렸을 것이다. 그녀에 대한 내 호칭은 버리기가 아까워서 보관하고 있던 빈 쌀뒤주 곁의 요때기 위에서도 '선생'이었다. "심선생, 접장질 못하게 되면 뭐 할거요? 생각해둔 것 있으면 좀 가르쳐줘봐요, 나도 밥 먹고 살게"식으로. 내 형수가 지아비를 부르는 말본새와 같은 말을 쓰고 있음에도, 물론 정반대의 경우인데도 어째 나도 변태 심리로 옭매인 기분이다. 묘하다. 권위주의자도 아니고 가부장은 커녕 처가살이하는 주제임에도. 그런데 미국식이 그런 건지 어떤지 알 수 없지만 그녀의 여러 행태와 동작, 이를테면 손의 도발적 꼼지락거림, 아랫도리의 도전적 꾸불텅거림, 흔들릴 만한 부피감도 없지만 땀이 흘러내릴 정도로 밴 가슴팍 등등이 이런 저런 말을 쉴 새 없이 걸어오는데도 불구하고, 또 실제로도 그녀의 입에서 말이 아닌 분명한 의사 표시가 간간이 새어나오는데도 그런 일체의 교태·교성은 일종의 포즈 같기만 하다. 쾌감 결여증이란 기질적 특성도 여느 여성에게나 두루 통하는 일반적 성징일 수 있나? 이 꽤 의미심장한 사실이 실없이 나의 의식을 지분거린다. 포즈? 적당한 우리말로 무엇이 있을까? 만부득이한 시늉? 우리 모두가 그렇게 살듯이, 그 말이지. 반강제적인 꾸밈? 꾸밀 게 뭐가 있나? 좋다면 좋다고 드러내면 되는데. 그것을 곧이곧대로 방출하지 못하는 여러 사정이 있다고요. 부끄러워서? 오해를 살까봐? 또 그래봐야 소용도 없고, 오히려 장기적으로는 역효과가 날지도 모른다고? 무슨 장기적까지나, 그게 당장 좋자고 하는 짓인데. 논란은, 교성이나 말이나 몸짓 이전에 특유의 생리적 반응이 그녀의 신체 일부에, 또 그때그때마다 다른 강도로 있는가 없는가 하는 것이다. 포즈라면 그게 없든가, 감지할 수 없을 정도로 약하다는 것이든지, 지금까지는 '그럴 수 있다'는 곧 쾌감이 뭔지 아직 모른다는 혐의가 짙다. 숱한 정보가 그 짓을 할 때는 성감이 일어나서 흥분하게 되어 있다고 가르쳐준다. 그것도 신체적인, 더 정확히는 성기 안팎의 국소적 흥분이다. 친구들 간의 잡담 중에서도, 잡지·영화·소설 같은 볼거리에도 그런 정보들은 쉴 새 없이, 다양한 음색으로, 허풍스럽게 보여주고, 실제로 겪어보라고 등을 떠다민다. 짐작컨대 그녀는 그런 잡스런 정보의 한가운데 있지 않았을까. 브로드웨이는 미처 못 가봤다지만 어쨌든 희곡을 전공했으니까. 물론 희곡과 연극은 남자와 여자만큼이나 다르다. 말과 글이 다르듯이 아는 것과 느끼는 것은 다를 수밖에 없다.

다만 이쯤에서 이설(異說) 하나만 덧붙여두어야겠다. 어떤 시인이 한 시에서 '그 사람 이름은 잊었지만 그 눈동자 입술은 내 가슴에 남아 있네'라며 나름의 특수한 정서를 남겼는데, 그것이 과연 절창일 수 있는지는 의문이다. 왜냐하면 시구에서도 드러나 있듯이 한쪽은('이름' 말이다) 지각적 총기이고, 다른 한쪽은('입술' 말이다) 육체적 감각인데 그 둘을 동렬에 올려놓고 저울질할 수 있는지 아리송해지기 때문이다. 또한 그 능력은 사람마다 다를 수 있고, 수많은 다른 변수가 있을 수밖에 없다. 우선 시대적 변수가 그것이다. 혼전순결을 금과옥조로 여기던 옛날의 처녀총각과 학기별로 사귀는 사람이 달라졌다고 공공연히 실토하는 요즘 대학생들이 '이름'과 '입술'로 각각 뭉뚱그려놓은 그 정신적/감각적 기능의 보유 연한이 같을 수는 없을 테고, 그때나 지금이나 사람마다 천차만별이라고 해야 한결 일반성이 있는 사안일 터이다. 게다가 '이름'과 '입술'도 남녀 공히 다종다양하다. 남의 말귀를 제때 못 알아듣는 미치광이 환쟁이나 신문조차 안 읽어도 음악성만큼은 비상한 '언더그라운드'의 베이스 기타리스트 같은 조선족 별종이 어떤 종족처럼 시커멓고 두툼한 입술을 가졌을 수도, 또 그 코가 유태인의 그것처럼 보기에 거북할 정도로 클 수도 있다. 요컨대 시인이든 메조소프라노든 각자의 특수한 경험을 일반화시키기에는 무리가 따르고, 그런 의미에서라도 총기 둔한 어떤 시인의 그 시는 성취상 상당한 결함이 있다기보다도 인체의 해석에 관한 한 허술한 구석이 있다고 해야 옳을 것이다. **(하기야 '입술'의 감각을 오래도록 보관하는 능력도 결국은 '이름'을 기억할 수 있는 총기가 관장하고 있다는 명명백백한 '과학적 근거'를 내놓는다면 냉큼 꼬리를 사려야 할 테지만.)** 아무튼 감히 심선생에 대한 나만의 특별한 정서를 언급해도 된다면 아직도 그 '이름'은 말할 것도 없고 말하는 가락과, 버스 노선 서너 개를 일 년이 지나도록 못 외우던 그 딱한 총기, '입술'을 비롯한 여러 나머지 기관들의 충분하거나 미흡했던 기능과 그때마다의 반응 등등을, 한때는 너무 선명했으나 이제는 많이 낡은 채로나마 복원하면 그래도 볼 만한 '필름' 상태로 갖고 있다는 사실이다. 물론 나는 어떤 시인보다는 여자 경험이 워낙 미미했던 것 같고, 성경험도 덜 다채로웠을지도 모른다는 가정을 들이밀 수도 있지만, 그것만으로도 '이름'과 '입술'은 개개인마다 전혀 다른 기억력과 그 저장력 및 재생력에 기댈 수밖에 없다.

아침잠이 없어서 그럴 텐데 나는 성인이 되고 나서부터 어둑새벽이 성큼성큼 밝아오는 그 빛살의 착실하고 너무나 진지한 소명의식 같은 것을 가만히 지켜보다가 어느 순간 벌떡 일어나 대기 속으로 내 전신을 일단 밀어넣기를 즐기는 편이다. 그날도 그랬다. 예의 그 골방 같은, 내가 벽을 끌어안고 비비대면서 노래를 부르다가 쓰러져 잔, 골동품 쌀뒤주가 한쪽 모서리에 버티고 있던 그 문간방에서 희붐해져오는 창문을 노려보다 슬그머니 몸을 일으켰다. 새벽 네시가 갓 지났는데도 벌써 동이 터오고 있었다. 두어 시간 전쯤에 그녀는 어울리지 않게 애교를 부리는 건지 나른한 목소리로, 아, 나는 아침은 못해줘, 뭘 만들 게 아무것도 없어, 곧이곧대로 들어야지 엉뚱한 해석은 하지 말아요 라고 잠꼬대처럼 중얼거렸다.

나는 도둑걸음으로 그 집의 짙푸른 잔디를 밟고 빠져나왔다. 신새벽에 가방을 들고 태평스럽게 주변의 온갖 사물을 눈여겨 보면서, 무슨 분위기라도 체에 걸러 갈무리할 듯이 연신 코를 벌름거리며 발걸음을 떼놓는 중년 사내를 사람들은 어떻게 볼까?

밤새도록 웬 여시한테 그 귀한 정력을 다 빨리고 이제사 본집으로 돌아가는 모양이지. 그런데 저 가방은 뭐야, 채권장사가?

인가들 사이사이로 밝음과 어둠이 두드러지면서 모든 사물이 이제 좀 살아보자, 기를 펴며 되게 설친다고 누가 흥을 본들 어쩌겠어 라며 애먼 내게 마구 덤비고 있었다.

참으로 사위스럽게도 나는 광주사태의 그 참혹한 진상을 심선생으로부터 전해 들었다. 이런저런 잡생각과 잔걱정을 일구느라고, 또 무슨 투정처럼 구시렁거리며 연방 입술을 푸푸거린다 싶게 불어대는 그녀의 숨소리에 귀를 맡기느라고 날밤을 새우고 나서 새벽길을 줄이며 숙소로 돌아온 후 며칠이 지났을 때였다. 왠지 그 시점이 아슴푸레한데 여러 정황으로 미뤄보아

겉늙은 싸전쟁이 같던 당시의 계엄사령관이 텔레비전에 얼굴을 비치며 광주사태에 대한 '허위' 경과보고를 내놓던 때는 아니었을 테고, 진압군이 아예 도륙을 내던 그 전후였다고 봐야 할 것이다. 그런데 정말 이상하게도 내가 아는 한 전라도 옆구리를 맞대고 있던 그 지역의 한복판은 그즈음 광주 일원의 진상은커녕 거기서 그 천인공노할 '비상사태'가 벌어진 줄을 까맣게 모르고 있었다. (남들이야 알았든 몰랐든 따질 것도 없지만, 내 성질이 워낙 과문한 탓도 있을 테고, 또 제 앞가림에나 허덕거리며 같잖은 자존심만 쓰다듬고 지내는 골동품상 같은 대학 접장이었대서 그처럼 시국의 '출혈성 재난'에 무심했다니 도저히 믿기지 않는 대목이다.) 한때 그쪽에서 호구를 해결해서가 아니라 체질적인 관심벽 때문에 그토록 도하 신문들을 열독하던 주제인데도 말이다. 도무지 타당한 설명을 들이댈 수 없는 국면이다.

어쨌든 그날은 교내 시위가 없었던 것 같고, 그때나 지금이나 나는 다른 볼일을 여간해서 만들지 않겠다는 주의로 혼자 꿍얼대며 사는 사람이라 역시 산책을 겸한 도서관 순례에서 돌아오는 길목에서였다. 해가 길어져서 제법 짙은 그늘을 드리우고 있던 가로수 길을 줄여 밟고 있는데, 문과대 건물의 입구에서 심선생이 기껏 열 개 남짓뿐인 낮은 계단 두 층에 양쪽 발을 각각 딛고서, 무릎 밑까지 내려오는 통짜 스커트가 책상보처럼 펴진 채로 멈춰 서 있었다. 혹시나 누구를 기다리나 싶어서 내 뒤와 주위를 훑어봐도 이렇다 할 사람은 없었다. 돌아설 수는 없어서 짐짓 느긋한 본새로 다가갔더니 그녀가 대뜸 연극적으로, 그러니까 당돌맞게 물었다.

"들었어요? 요새 광주가 송두리째 홀랑 둘러빠져서 작살이 났다는데요."

흔히 쓰는 '쾌재를 부른다'는 상투어가 그때 내 심정을 제법 근사하게 맞췄다면 결코 과장이 아니다. 하여튼 그 당시 나라는 인간은 엔간히 들떠 있던 날라리에다, 시국도 그렇지만 내 생업에도 워낙 불만이 많아서 무슨 일이라도 저지르기 직전의 예비 망나니 마찬가지였기 때문에 그처럼 방정을 떨었다면 얼추 맞는 말일 것이다.

나는 머리를 흔들고 나서 서둘러 물었다.

"아니요, 금시초문인데요, 어떻게 돌아간답니까?"

"아, 공수부대 군인들이 술 취해서 시민들을 눈에 띄는 대로 죄다 총개머리판으로 짓이겨놓고, 여학생들도 개 잡듯이 두드려 패면서, 아, 글쎄, 너무 끔찍해, 임신부 배를 걷어찼다가 반항하자 총검으로 찔러서 현장에서 죽였대요. 도대체 이 따위 깡패 같은 나라가 법치국가 맞아요? 말하고 너무 달라."

이내 그녀의 눈에 그렁그렁한 물기가 비쳤다. 경악할 노릇이었다. 내 머릿속을 시커멓게 지워버리는 벼락이 긴 여운을 끌었다.

"정말입니까?" 주위를 둘러봤으나 인적이 없었다. "누구한테 들었습니까? 혹시 카더라통신 아닙니까?"

"미국인한테서요. 우리 과에 영어회화 가르치러 나오는 껑다리 우디 파커라고 있어요. 피스코 출신이에요. 콜롬비아대학에서 석사 마치고 박사학위 논문 때문에 나와 있는 사람인데 우리말도 잘해요."

더욱 놀랄 일이었다. 직업을 좇아 잠시 남의 나라에서 '방황하는' 미국인도 알고 있는 사실을 내가 모르고 있다니. 신문은 왜 있는가? 문맹자가 거의 없다는 시위로 그런 낭비를? 의심과 경악으로 점점 더 어리벙벙해지고 있는 내게 심선생이 이래도 못 믿겠냐는 듯이 물었다.

"그 사람 좋은 나무꾼이, 지 성이 공원지기이고 이름이 그거래요, 전해준 말을 영어로 그대로 옮겨드려요? 임신부 살육 장면을요?"

나는 즉답으로, 그전은 물론이고 그 후로도 단 한 번도 쓴 적이 없는 완벽한 영어회화를 구사했다.

"오, 노." 나는 손사래를 치고 나서 덧붙였다. "여기저기 좀 알아봐야겠네요, 정말 개새끼들이네. 어떻게 그토록 무지막지할까?"

석조건물이어서 석양볕 속과는 달리 꽤 서늘한 문과대 건물 안으로 우리는 들어섰다.

"무지막지한 것들은 원래 음성부터 다르다니까요. 내가 진작에 저런 불한당은 다시 없겠다 싶더니만 결국 죄 없는 사람들을 저렇게 학살이나 해대고…… 우디가 매스커, 슬로오터라면서 나치 못잖다고 그랬어요."

연구실에 들어서자마자 나는 전화 송수화기를 들고, 수첩을 꺼내 전화번호를 확인한 다음 다이얼 버튼을 누르려다 움찔 놀랐다. 이내 송수화기를 내려놓았다. 학교 전화를 사용해서는 안 될 것 같았기 때문이었다. 그 당시에도 나는 기자 출신으로서의 어설픈 정보력에 힘입어 공공기관의 하급자 사무실조차 도청 따위에 신경 쓰는 것이야말로 기우라고 여기고 있었지만, 사람의 운수란 알 수 없는 일이었다. 백주에 임부가 왜 도륙을 당했겠는가. 나는 허둥지둥 퇴실 채비를 챙기면서 공중전화가 있는 곳을 머릿속으로 떠올렸다.

천재지변보다 더 중차대한 그런 뜻밖의 급보의 실상에 대한 탐문이라면 내게도 알아볼 만한 데가 여럿이나 있었으나, 그쪽 역시 손이 오그라든다는 것을 자각했을 때쯤에는 나도 벌써 평정을 웬만큼 찾았다는 실토가 된다. 곧장 학교 정문의 게시대 옆으로 길게 늘어선 공중전화 설치대 속에 들어갔을 때는 나도 세상일에 도가 터진 우국지사로 돌변해 있었다.

내 뜬금없는 전화를 받은 사람은 서로가 총각이었을 때 두해 남짓 자취 생활을 함께했고, 모 신학대학 재학 중일 때부터 영등포 지역의 도시산업선교회 일로 동분서주하며 나중에는 각종 노사쟁의를 조용조용히 두량함으로써 일찍부터 반세속적인 목사의 길을 밟고 있던, 나보다 네 살 밑인 고종사촌 동생이었다. 일찍이 나의 부친이 "가는 원래 여 땅 우에서 살 아가 아이다, 버틀이 우리하고는 다르다"라고 자식뻘 항렬을 애비뻘로 올려서 대접해주었던 대로 그는 "형님, 참 떡 해먹을 세상이네요. 공수특전단이 총도 안 든 포로를 잡아 아예 씨를 말릴 듯이 광주 형제들을 마구잡이로 조졌다니 이런 신인(神人)공노할 일이 어딨겠습니까. 이러니 우리 민중은 쉴 틈 없이 단련에 단련을 거듭해야 한다니까요. 방금도 그쪽 교우가 엉엉 목 놓아 울면서 도와달라고 그러는데 억장이 무너지네요, 목사 된 기 원통하네요. 이 땅에는 어째 테러리스트도 배양해놓지 못했을까 싶네요. 기도를 할래도 내가 너무 뻔뻔스럽다 싶어 눈만 껌뻑이고 있으려니 한숨이 저절로 터지네요"라며 "그쪽은 조용하지요? 형님 신세를 너무 많이 졌는데 거기 내려간 뒤로 아직 인사도 못 닦아서 뵐 낯이 없습니다" 어쩌구 덧붙었다. 그가 말한 신세란 그에게 '도피자금'을 제공했다는 '혐의'를 '사실'이라고 실토하라는 주문에 따라 모 경찰서 정보과에서 만이틀 동안 추궁을 받고 나온 나의 갸륵한 자선 행위에 대한, 게다가 한 방에서 살아도 그 동생이 그런 일을 하는 줄도 모르고 돈이 아쉽다고 할 때마다 후제 연보 많이 걷히면 갚으라며 더러 집어주기도 했다고 대꾸한 나의 선처에 대한 말빚 갚기였다.

그때부터 하루하루의 일상다반사를 누리기는커녕 제때제때 지키기도 어려웠다. 몸과 마음이 사사건건 뿔뿔이 겉돌았다. 책상 앞에 앉아야 하건만 서서 서성거렸다. 책 같은 것도 하찮아 보이고, 눈앞에 얼쩡거리는 모든 사람들에게 왠지 악감정이 치받쳤다. '니나 나나 다 사람이다 이거지? 이때껏 배우고 가르친 게 고작 이따위다 이거야? 망할 것' 같은 입말이 모래처럼 지끔거리는 것이었다.

뭔가가 나를 옥죄어 오고 있었다. 비록 즉흥적인 연기였을망정 "정말 우리가 이렇게 살아도 되는 거예요"라며 눈물을 그렁거리던 심선생의 얼굴이, 윗이빨로 아랫입술을 반쯤 물어 감추던 장면이 퍼뜩퍼뜩 떠올랐다. 연구실 문을 열어놓기도 언짢아서 발을 반쯤 걷어올리고 문짝을 처닫아두었더니 노크 소리만 들려도 가슴이 철렁했다. 대개는 학과 조교가 공문 따위를 전갈하러 들렀는데, 그때마다 고갯짓으로 그쪽 탁자 위에 두고 가라며 문전축객하다시피 내보냈다.

역시 당시의 정황상 날짜는 미상일 수밖에 없는데, 기말시험도 담당 선생이 리포트 같은 것으로 대체하여 학점을 내라면서 학사일정을 후딱후딱 마무리 짓고 있을 때였다. 전체교수회를 소집하니 전 교원이 반드시 참석하라는 통보가 떨어졌다. 뭔가 낌새가 달랐다. 대개 다 연구실을 비우기 시작하는 금요일 오후 세시에 개최한다는 일정도 수상쩍었다.

말투부터 고분고분한 기를 한껏 드러내려는 학교 내 권력 서열 3위인 교학처장이 사회를 보게 되었다면서, 아시는 대로 시국이 극도로 경직되어 있는 만큼 총장님께서 종강을 앞두고 당부의 말씀을 여러 교수님께 드리려고 전체교수회를 소집했다고 아뢰었다.

그 뒤에도 한참이나 하나마나한 소리를 잇대다가 마침내 본무대의 주인공이 늘 그러는 대로 그지없이 깔끔한 복장으로, 특히나 눈에 띄지 않으면서도 품위를 잔뜩 덧입혀놓은 넥타이마저 시선을 떼지 못하게 하는, 구색 맞춘 일습으로 등장했다. 새치가 아니라 조백인 듯한 머리털도 워낙 하얗고 반드레하니 기름기가 발려 있어서 멋졌으나, 바로 그런 조화가 사람으로서의 진정한 기품과는 짝이 안 맞는 허세로 두드러져 보였다. 역시나 상투어만 골라서 한다 싶게, 총장은 이번 학기도 대과 없이 유종의 미를 거두기 직전이라면서 여러 선생님들께 한없는 존경과 신뢰와 감사를 드린다는 치사를, 이런저런 말을 바꾸고 있으나 어휘력이 그만해서 그게 그것인 언변을 늘어놓았다. 하품이 저절로 터지는 대목이지만 차마 직시하기에는 민망해서 나는 머리를 숙이고 귀만 기울였다.

본론을 잠시 미룬다면 언단 위의 연설자는 큰 말실수를 하고 있었는데 본인은 물론이고 좌중도 거의 모르고 있지 않나 싶었다. 즉 여러 선생님들의 자별하신 협조로 이만큼 학교가 발전했다고 누누이 강조한 것까지는 뭐라고 감히 트집 잡을 수 없었지만, 그토록 신세를 많이 졌기 때문에 본인 자신은 늘 빚쟁이가 된 기분으로 산다는 것이었다. 신세나 빚을 졌다면 빚꾸러기여야 할테고, 흔히 돈을 빌려준 사람은 물론이고 빚을 진 사람까지 '빚쟁이'로 통칭한다 하더라도, 지금부터 달달 볶아서 빚을 갚으라고 날뛰는 채권자 역할을 도맡겠다는 소신의 피력인지 뭔지 도무지 헷갈렸다. 사전을 찾아봐야겠다고 메모까지 해두었으나, 때가 때인 만큼 그럴 수도 있겠다는 생각도 들고 다들 나름대로 그 분야에서는 출중하다는 자부심으로 똘똘 뭉쳐진 접장들인 만큼 불민한 내가 잘못 알고 있거나 말뜻을 새겨들을 줄 몰라서 저처럼 근엄 일색으로 턱까지 쳐들고 있는지 머리통이 저절로 흔들렸다.

뒤이어 본론이 나왔는데 그것도 해석의 여지가 너무 많아서 애매한 것투성이였다. 지내놓고 보니 그런 두루뭉술한 말을 적재적소에 내놓을 줄 알아야 한 집단을 대표하는 유자격자일 수 있을 것 같았다. 내가 잘못 들은 것이 아니라면 그 요지는 이랬다.

오늘과 같은 이런 시국에 매일같이 출근할 데가 있는 게 얼마나 다행스럽고 자랑스러우며 남 보기에도 떳떳한지는 여러분이 잘 아실 테니 긴 말을 줄이겠고, 그러므로 우리 구성원들은 합심 협력하여 이 귀한 삶의 터전을 굳건히 지켜야 하지 않겠느냐고 했다. 묘한 구변이었다. 종속절일 것 같은 앞부분은 섬뜩해지는 공갈 같게도 들렸지만, 주절 비스무리한 뒷부분은 파리 코뮌의 노동자 정권 대표가 결사적 항전을 촉구하는 결의문 같기도 했다. 말이 너무 뒤틀려 있는 게 분명했으나, 바로 그 이유 때문인지 청중석은 숙연을 넘어 거의 공포 분위기였다.

누구라도 당장 내일부터 이 좋은 직장에서 쫓겨날 수도 있으니 합심 협력해서 이 일터를 사수하자고? 쫓겨날 판인데 몸담고 있는 직장을 지키라면 파문한 교우에게, 그래도 어디 가서든지 우리 종단을 섬기라는 말과 다를 게 뭐 있나. 전적으로 형용모순이었다.

두번째 화두도 이상스럽기는 마찬가지였다. 다들 여러 경로를 통해서 대충 감을 잡고 있을 줄 아는데, 장차 어떤 정부가 들어서더라도 대대적인 개혁 조치가 시달될 것은 뻔하고, 따라서 우리 대학사회도 혁파해야 할 여러 제도적 모순을 너무나 많이 끌어안고 있지 않느냐며, 이 점은 여러 선생님들이 평소에도 소상히 숙지하고 계실 것이므로 이 자리에서는 재론하지 않겠으나, 본교도 이제부터 그런 불합리한 구석을 근본적으로 바꿔나가겠다고, 그러니 앞으로 여러분들의 관심과 협력과 양해를 미리 구해놓는다고 의논성스럽게 다짐을 두었다. 관심·협력·양해 같은 추상명사 세 개의(각별히 경청했더니 반드시 세 말을 용케도 연달아 꿰어 맞추었다. 청산유수의 장기가 그런 언어 구사력 습벽에서 비롯되지 않나 싶었다) 나열은 직업상 현하의 변을 내두르는 목회자들의 설교단 앞 언설에서 자주 들을 수 있는 대목이지만, 그 전체적 대의도 귀고리인가 싶은데 가락지로 써도 될 것처럼 아리송하기 짝이 없었다. 내 머리가 워낙 나빠서 그런갑다고 체념하기에는 뭔가가 찜찜하다 못해 꺼림칙해서 당장에라도 본인이든 청중이든 누가 나서서 통역 겸 해설을 해줬으면 얼마나 속이 시원할까 싶었다. 무슨 무명(無明) 같은 것이 나를 겹겹으로 동여매는 기분이라서 숨길조차 거칠어졌다.

일찍이 모든 말이, 나아가서 모든 글이 현실을, 역사적 진실까지도 알게 모르게 왜곡, 변형, 전복시키고 있다는 것쯤은 알고, 그 제2의 만들어진 실상은 결국 사견(邪見)에의 안주를 강요해버림으로써 우리의 모든 생각, 심지어는 삼라만상에 대한 아주 비근한 느낌마저 과연 옳은가 그른가 하는 미망(迷妄)에서 놓여날 수 없게 한다는, 이른바 존재의 본질적 허무감에서 허우적거리는 인간이 불시에 선무당이 되고 말았다면 강단 위의 저 양반은 도대체 누구인가? 사바세계를 오래전에 떠난 사람이어서 쏟아내는 말마다 어떤 의미를 초월해버리는 외계어의 달인이란 말인가? 어떤 개혁이라도 '함께'해서 나쁠 거야 있을까마는 늘 그래왔듯이 '따로' 해서 탈이 생기고, '위에서만' 부르짖고 말아서 저희들끼리만 한탕 해먹는 사기가 되고 말며, 그 기득권 보존 세력이 노리개 삼아 갖고 놀아서 결국 빛 좋은 개살구로 나가떨어진 사례를 그동안 우리는 수없이 봐오지 않았는가. 그런데 지성의 전당이라는 여기서 또 허울뿐인 그 짓을 되풀이하자고? 그거라도 안하면 너무 심심하고, 방학이다 뭐다로 소인들을 한가로이 내버려두면 딴 짓 할까봐 그 꼴이 못 봐주겠어서?

마지막이자 세번째로 쏟아낸 단상의 말씀도 '분열성 사고'의 지리멸렬을 너무나 정확하게 대변하고 있었다. 곧 '로마에 가면 로마인처럼 행동하라'는 유치한 판박이 격언을 앞세우면서 학교마다 교풍이란 것이 있다, 나라와 민족마다 전통과 습속과 관행이 있듯이 교풍도 구성원들이 따르고 지키라고 있는 것인 만큼 우리가 반드시 사수해야 한다, 서구의 학문 방법론이 얼마나 엄격하고 논리정연하며 증거가 분명하냐, 그것을 고수하고 연찬을 거듭하니 서구의 지적 수준이 얼마나 우리보다 월등하냐, 그 본을 우리도 배우며 답습해야 한다.

답습? 얼토당토않은 신소리에 잡소리였다. 20년 남짓 되는 이 땅의 교풍과 서구의 실증주의적 고구(考究) 방법론을 대비하다니. 도무지 비교급이 아닌 걸 끌어다 쓰고 자화자찬식의 흰소리를 떠벌렸다고 폼을 잡고 있으니 우리도 어서 아인슈타인을 많이 양성하자는 말 이상으로 허황한 웅변이었다.

그밖에도 작정하고 나온 연사답게 내 연배의 총장은 열변을 안개처럼 몽롱하게 깔았는데 사랑·진리·관용·진실·정의·평등·자유·윤리·협동·합리·창조·개방·세계·인류 같은 좋은 말이 쉴 새 없이 쏟아져서 들으면 들을수록 점점 더 긴가민가하게 만들었다. 예전 사람들은 나이가 지긋해질수록 '떡심이 풀어졌다'라는 말을 흔히 씨월거렸지만, 남의 구변을 듣고 팍싹 늙어버린 기분에 젖었던 경험도 나로서는 그때가 처음이었다. 내 선공을 감안하더라도 나는 궁극적으로 한글전용주의자일 수밖에 없지만, 진리·정의·자유 같은 외래어가 글로서야 어찌 됐든 말로 할수록 실속 있게 쓰이지 않고는 청자 한 사람의 마음을 얻기도**(다른 '청중'의 동의 여부야 알 바 없는 터이므로)**, 무슨 제도를 바꾸기도 백년하청이 아닐까 싶었다.

치사인지 격려사인지가 끝나자 사회자는 총장님의 시국담화문으로 여겨달라면서 질의응답은 생략하겠으니 양해해주십사고, 이것으로 전체교수회를 끝내겠다고 했다. 좌중이 더 썰렁해졌고, 연단의 두 그림자는 늦가을 볕에 동면하려고 꽁무니를 사리는 뱀처럼 자취를 감추었다.

단대별로 무리 지어, 또 친소 관계에 따라 삼삼오오로 흩어지는 동료 교수들의 어깨도 하나같이 축 처져 있었고, 그렇게 봐서 그럴 테지만 발걸음도 쇠사슬이나 찬 듯 터덜터덜 무거웠다. 그때쯤에서는 나도 총장의 그 청천벽력 같은 전언의 골자를 내 나름의 늦어빠진 순발력으로 웬만큼은 넘겨짚고 있었다. 조만간 구성원 중 상당수를 숙청할 터인데, 그런 만부득이

한 폭거는 광주를 지끈지끈 짓밟아놓은 그 망나니 같은 신군부 실세들의 '자율정화' 조치에 따른 타의일 뿐 학교 운영 주체의 자의와는 전혀 무관하니 오해하지 말라는 사전의 변명성 예방주사라는…… 이미 그런 사례는 유신 치하에서 해고 통보를 받은 숱한 기자들 때문에 알 만큼 알려져 있기도 했다. 한 다리만 건너면 서로 호형호제할 만한 소수의 신문쟁이나 방송쟁이들이 그 특유의 '사실 및 진실 옹호벽'과 '양심 선언벽' 때문에 경영주와 간부에게 늘 '찍혀' 지내다가 어느 날 느닷없이 '상부'에서 지명하는 삐딱한 '비협조자 명단'에 '끼워 넣기'로 직장에서 들려나오는……

그다음 날부터 별의별 흉흉한 소문이 걷잡을 수 없이 나돌기 시작했다. 방학 중에 반 이상을 '잘라내는 명단'이 이미 검토 단계에 들어갔다는 둥, 반이 아니라 3할 안쪽이라는 말도 있다는 둥, 무능한 고령자가 우선 대상자라는 둥, 출근하고 나면 그전날의 풍문에 살이 붙어 이설(異說)이 두어 배로 불어나 있는 식이었다. 다른 대학의 풍문까지 고물처럼 껴묻어 온 것이라 믿어야 될 것 같았고, 그런 소문의 진원지가 못내 궁금했으나 나로서는 딱히 알아볼 데도, 물어볼 사람도 마땅찮았다.

앞에서 이미 말한 대로 나로서는 대학 접장으로 나선 지가 불과 일 년 남짓한 새잡이인데다 붙임성 없는 내 천성도 그렇고, 두어 다리 건넌 연줄 연줄로 나를 자기 후임으로 심어놓고 서울 지경으로 떠나간 전임자의 조언도 귀에 쟁쟁하던 판이었다.

"대학이란 데가 참으로 요상한 데 아니오, 인간관계부터 그렇다마다, 그러니 동문(同門) 같은 것은 찾지도 말고 제자리나 지키고 있어야지 공연히 곁을 주고받았다가는 좋은 세월 겉보 내고 말아요, 또 교수라는 인종들이 원래 한가락씩 다 한다고 날뛰는 것들이라서 삐끗했다간 삐치고 볼 장 다 보게 되니 아 예 멀찌가니 떨어져 사는 게 좋아요, 여기가 지방 아냐, 그러니 더 상그럽기 이를 데 없어요."

아무리 따져봐도 나처럼 주변머리 없고 무능하기까지 한 사 람이 달리 없지 싶고, 그나마 할 수 있는 재주라고는 연구실에 서 하루 종일 엉덩이씨름이나 하는 것인데, 세상이 시끄러우니 그동안 내왕 없이 지내던 이웃의 동료 교수들이 걸핏하면 내 방으로 쳐들어와서 어슷비슷한 소문을 풀어놓곤 했다. 심란하 기 짝이 없는 나날이었다. 방학인데도 자리를 지킨답시고 우물 쭈물거리는 그들의 평소와 다른 행동거지조차 언제 불어닥칠 지 알 수 없는 해고 돌풍에 나 혼자만은 휘말리지 않겠다는 긴 장과 조바심을 솔직히 대변하는 것이었다. 자연스럽게도 사람 의 서열이랄까, 계보랄까, 그릇의 크기 같은 것도 내 눈에는 일 목요연하게 드러났다. 식당으로 가는 가로수 길에서나 복도· 화장실 등에서 인사를 나눌 때 혈색 좋은 얼굴로 환하게 웃으 며 허리를 꼿꼿하게 펴고 지 먼저 등을 보이는 사람은 단단히 믿는 구석이 있는 위인임에 틀림없어 보였다. 그들을 꼭 총장 두둔파라고 단정할 수는 없을지 몰라도 나처럼 소심해서 기신 거리는 사람과는 벌써 교내에서의 서열이 다르지 싶었다. 한편 으로 전에 없이 싹싹한 자태로 말이 많아진 부류도 덩달아 그

수를 부쩍 불리고 있었는데, 내 눈에는 그들이야말로 기회주의 자 같아서 은근히 경계색으로 무장하지 않을 수 없었다. 모르긴 해도 그동안 직선제로 꾸려오던 총장 선출 방식을 차제에 간선제로 바꾸려고 공개적으로 '빚쟁이'를 자청한 만큼 주류파보다 반(半)주류 계열인 기회주의자들이야말로 보신을 도모하는 일방 학교 내의 다른 보직까지 넘볼 수 있는 '출세'에의 절호의 기회라고 여기는 것 같았다.

내 애창곡의 가사답게 '될 대로 되라지'에 이어 팔자가 그렇게 굴러간다면 다시 대입전문학원 강사로 돈이나 벌지 하고 책상 앞에서 청처짐하니 눈만 껌뻑이고 있으면 낙담에 풀이 죽다가도 어느 순간에는 속에서 욕지기가 마구 치받쳤다. 물론 그런 울컥증이 치기일 수도 있고, 섣부른 소영웅심리가 무엇인지를 나는 모르지 않았다. 기혼자로서 미혼인 동료 여교수와의 성적 일탈은, 시국 자체가 과부하하는 해직 사유가 아니더라도, 학교 당국으로부터의 어떤 징계나 견책이라도 감수해야 할 대죄감이었다. 아마도 그것이 백일하에 드러나면 일시적으로 좀 창피할 테고, 누구보다도 우선 내 부친을 뵐 낯이 없어질 것이라는 막연한 예상만은 미리 챙겨두고 있는 형편이었다.

그러나 한편으로 그것은 엄연한 사생활의 핵심으로 누구로부터도, 관념어 세 개를 연달아 꿰는 '빚쟁이'의 어법을 무단 차용한다면, 심지어는 부모형제나 아내로부터의 간섭, 제재, 처벌 일체까지와 맞붙어 싸우며 물리칠 권리가 내게는 있었다.

심선생을 좋아한다든지 사랑한다든지를 떠나서, 나로서는 미처 그것까지 생각해보지도 않았고 제3자들이 알 것도 없을뿐더러 물어볼 이유나 권리도 없을 텐데, 내 사생활은 내가 지켜야 할 최소한의 자위권이었다. 그러나 알 수 없었다. 어떤 횡액이 망신살을 불러올지. 세상이 한참 어수룩해 보여도 실은 얼마나 비정하고, 지 딴에는 오죽 조빼고* 엄숙하니 거드름을 피우는가. 광주를 보라, 맨주먹밖에 없는 서민 대중을, 기껏 고함이나 목청껏 질러대는 학생을 저처럼 무참하게 난도질해놓고도 얼마나 뻔뻔스럽게 지랄을 떨어쌓는가. 멀뚱멀뚱거리며 머리만 굴리고 앉아 있어서는 안 될 것 같았다. 나도 무슨 대비책을 가져야 했다. 사전 뒤적거리기가 내 전공이자 도락거리임은 이미 소상히 드러나 있지만, 사전 사 모으기도 내게는 고질이다. 그것도 사전으로 분류하기에는 걸리는 구석이 너무 많긴 해도, 어쨌든 우리의 모든 법규를 한목에 수록해둔 '법전'을 이번 기회에 사서 민법 중의 사생활 규정을, 만약 그런 조항이 있다면, 미리 참고 삼아 숙독해두어야 할 것 같았다. 보나마나 우리 법전 문구야 '빚쟁이'의 그것처럼 악문투성이일 테지만, 스탕달은 매일같이 나폴레옹 법전을 일정 분량씩 독파해감으로써 정확한 문장 감각을 익혔다고 하지 않는가.

사람이 몸과 정신이란 두 바퀴로 굴러가는 동체(動體)임은 누구나 다 알고 있다. 그런데 우리의 마음도 꼭 그렇게 이원화

---

* **조빼다** 난잡하게 굴지 아니하고 짐짓 조촐한 태도를 나타내다.

되어 있음을 나는 그 당시에야 비로소 깨달았다.

비상시국이란 핑계가 워낙 그럴듯하고, 그렇잖아도 맞벌이 주말부부로 살아가는 우리 내외의 '팔자소관'을, 늙마의 장모에 혼기 놓친 처제까지 모시며 나에게 처가살이를 시키는 아내 쪽이 여간만 다행스러워하지 않는 터이라 나는 방학 중이라도 일찌거니 학교로 나가 꾸물거렸다. 당연하게도 시국의 추이가 속속 점입가경이라서 그 판세의 이면을 더듬어보기 위해서라도 도서관으로의 신문 읽기 순례는 내게 빠뜨릴 수 없는 일과였다. 학기 중과는 달리 주로 점심식사 후에 졸음을 쫓기 위해 느직느직 소걸음으로 도서관 쪽의 긴 낭하를 이용했던 것은 그 시각이라야 오가는 교직원과 학생들이 드물고, 고시수험 준비로 얼굴이 누렇게 뜬 학생들의 정기간행물실 이용이 뜸해서였다.

어떤 날은 한두 시간 동안 신문이나 읽으려고 학교를 들락이나 싶어서, 또 그런 내 몰골에 화딱지가 치밀어 다시는 도서관 출입을 안한다고 침까지 뱉었으나, 그 일과성(日課性)은 일상의 한 토막에 대한 관성이거나 사람이면 누구나 갖고 있는 어떤 집착 같은 것이었다. 실제로도 그즈음의 신문은, 국보위라는 임시 행정부의 수렴청정기관이 연일 터뜨리는 치적과 행사만을 싣는 관보여서 여간 재미난 게 아니었다. 누구나 아는 대로 그해 6월 초에 '자율정화' 차원의 대대적인 언론사 기자 해직 사태를 일구었고, 뒤이어 '사회정화'를 구실 삼아 '악성의 유언비어'를 정론으로 둔갑시켜 유포한다는 혐의를 들이대고 기백 종의 정기간행물을 폐간시키는가 하면, 과외금지령, 대학 졸업정원제, 4년제 대학에서 '국민윤리'를 필수과목으로 지정, 해외여행 전면 자유화, 삼청교육대에서 불량배 순화교육 실시 같은 하등에 쓸모없는 '아이디어 상품'의 전시 쇼가 연방 터지고 있어서 하루라도 신문에서 눈을 뗐다가는 천하의 아둔패기가 되기에 꼭 알맞은 시절이었다. 지금 되돌아보면 만화 같기도 하고 무슨 광신도 집단의 발광 행태에 불과했지만, 그 당시에는 그 하나하나의 아이디어 상품들을 잔잔히 점검해보면 워낙 만만찮은 것들로서 내 밥줄터도 조만간 치외법권의 울타리를 홀렁 걷어치우고 무간지옥으로 만들어버리는 어떤 '힘'을 과시할 대상으로는 부족함이 없어 보였다. 한마디로 공갈의 시대였고, 주먹 앞에 꼼짝도 못하는 세월이었고, 몸은 그런대로 꿈틀거리건만 머리가 꽁꽁 얼어붙어 있던 나날이었다.

'빚쟁이'가 언제 연구실을 빼달라고 할지 모르는 터이라 하루가 여삼추인데도 내 본마음의 한쪽은 유들유들하다고 해도 좋을 정도로 배포가 유해지고 있었다. 참으로 수상쩍었다. 마음자리가 한쪽은 살얼음 위를 걷는 듯이 조마조마한데 다른 한쪽은 핫바지를 껴입고 군불 땐 안방의 아랫목에서 다담상을 받아놓고 있는 것처럼 푹하다니. 말이 안 되는 소리였다. 따져보니 국가를 보위한다고 나선 것들이 설마 대학 교원의 반을 자를 리야 있겠으며, 학교 당국도 그 눈치를 봐야 일을 벌일 것이라는 내 나름의 추단에다. 정권을 탈취하려는 작자들은 시방 제정신이 아니어서 대학 쪽의 비상사태쯤이야 개학 후 닥치는 대로 적당한 선에서 땜질해버리기로 미뤄놓고 있다고 점쳐지기 때문이었다. 나의 그런 예상은 그 후의 파렴치한 정권 승계 일정에서도 드러난 것처럼 대체로 맞아 돌아갔는데, 그것도 여론 조작용 삐라에 불과했던 '관보'를 열심히 읽어온 덕분이었음은 말할 나위도 없다. 게다가 이때껏 홑바지로 끼니도 더러 거르고 살던 허수아비가 뻘때추니* 같은 참한 여자를 여벌 집처럼 거느리게 돼서 그런지도 모른다. 가외의 그런 여자가 생김으로써 공연히 들떠 돌아가는 사내의 심정은 겪어본 사람만이 알 텐데, 그런 우쭐거림도 한창 나이가 저절로 저지르는 짓거리임은 곧장 알아지는 일종의 돈오라 할 수 있다.

내일 당장 연구실에서 쫓겨나는 한이 있더라도 매일 저녁마다 다담상을 받고 싶은 마음을 물리치기는 좀체로 어려웠다. 분지 특유의 무더위가 저물도록 기승스럽던 어느 날 예의 그 푹해지는 마음자리 쪽을 추스르고 나서 나는 연구실 전화로 심 선생에게, 저예요, 영어 모르는 학생이오, 오늘은 제가 먼저 들어갈까요 라고 물었더니 잠시 말뜻을 해석하느라고 주춤한 뒤 대번에 송수화기가 떨리도록 깔깔웃음을 터트리고는, 그래요 에 이어 내 시간은 좋아요, 그때처럼 해지고 나서 들르세요 라는 승낙을 떨구었다.

학생은 선생이 시키는 대로만 하면 꾸중 들을 일은 없는 법이다. 한참 후에야 나는 우리 대학생의 반은 시건방져서 선생

---

* 뻘때추니 제멋대로 짤짤거리며 쏘다니는 계집애.

의 말을 귀담아듣지 않고, 나머지 반은 멍청해서 책을 읽지 않는다는 나름의 지론을 지어냈지만, 그 당시 나는 누구의 말이라도 온몸으로 받아 적는 학생으로서의 자세만큼은 남달랐던 듯하다.

내 숙소는 학교에서 걸어가기에 딱 알맞은 지근거리 안에 있고, 그녀의 집은 고속버스 터미널까지 가는 길목의 중간쯤에 있다. 둘러가지 않는 한 서울로 가자면 경유해야 하는 위치에 있는 셈이다. 도중하차를 강요하는 그 집에서 탐할 것은 집주인만이 아니라, 그 추상화풍의 담장, 계절별로 달라지는 잔디밭과 수목, 무슨 도량(道場) 같은 이층의 마루방(맞배지붕이었던 만큼 비스듬한 정사각형의 채광창을 두 개나 뚫어놓은 그 번들거리는 마룻바닥에 선원[禪院] 같은 것을 베풀면 그럴듯하겠다고 했더니, 집주인은 동호인을 규합해서 팬터마임을 정기적으로 공연하면 딱 좋겠는데, 황무지 같은 '이 바닥의 여건' 때문에 그 꿈을 진작에 접었다고 했다) 등이라고 우기면서 나는 매번 맹수처럼 달리는 택시의 등짝에다 내 성급한 마음을 맡겼던 것 같다.

말씨야 원래 그렇지만 표정조차 밝아서 이 여자가 도대체 언제쯤 해괴한 사유로 직장에서 들려나올 대학 교원이 맞나 싶게 심선생은 언제라도 활달하고 마냥 싱글벙글이었다. 무슨 믿는 구석이 있어서가 아니었다. 그녀 특유의 낙천적인 성격도 톡톡히 부조를 하는데다가, 어릴 때부터 부모와 떨어져서 살아오는 통에 무슨 일이든 수월수월 제 스스로 알아서 결정해 버릇한 제2의 천성 때문에라도 직장에서의 퇴출 따위는 그녀에게 격정거리도 아니었던 것이다. 달리 말하면 어떤 경황없는 처지랄지 그런저런 불우 따위가 그녀의 신변에 발을 못 붙이게 만드는 성격은 그녀 고유의 '집시다운' 팔자였다.

하기야 대개의 여자들은 '생존' 그 자체에 관한 한 태생적으로 남자보다는 천연덕스러울 정도로 의젓하다. 왜 그런지는 면밀한 분석감이지만, 그 지독한 산통 속에서도 자식을 낳아 온갖 수고를 아끼지 않고 키워내는 본능적 재간을 타고났으니 먹고 사는 문제 따위야 애보기/자식기르기보다 쉬울 수밖에 없다고 치부하기 때문일 것이다. 따라서 여성 일반은 직업이나 직장을 우습게 여긴다. 오해가 없기를 바라는데, 직장에 대한 충성도가 남자보다 약하다는 말이 아니다. 물론 그들도 직장 상관에게 남자들보다 더 간지럽게 아첨을 잘 떤다. 그렇긴 해도 직업 갖기나 직장 섬기기도 결국 자식 낳아 사람 만드는 일보다는 하위개념이라는 그들의 본능은 거의 생리적 우월권이므로, 그 점은 남자를 우습게 여기는 여자들의 근본적 속성과 맥락을 같이한다고 보면 거의 틀림없을 것이다.

그 집에서 먹은 음식이라면 그것부터 떠오르므로 그날도 삶은 국수 위에 멸치 우린 묽은 조청빛 국물을 흥덩하니 쏟아 붓고, 애호박나물과 대파를 충충 썰어 넣은 양념간장을 한 숟가락씩 끼얹은, 계절과 상관없이 정구지 나물이나 시금치 나물을 고명처럼 집어넣으면 금상첨화인데, 그쪽 말로는 '예전잔치국수'라는 그 구뜰한 먹을거리를 맛있게 먹었을 것이다. 그 음식이 그 계절에 어울리기도 하려니와 만들기도 비교적 수월한데

다 심선생도 좋아하는 만큼 국수사리를 찬물에 헹구는 그녀의
손놀림에도 살가움이 한껏 올라붙어 있었다.

"거기 일차 지정석에 앉으세요. 남의 집에 처음 온 사람처럼
어리둥절 서성거리지 마시고. 늘 저래."

숫기가 없어서 어느 자리에서도 내가 안 쩨인다*는 자각을
이마에 붙이고 사는 나에게 그녀가 자주 건네던 말이었다.

이처럼 받들 수 있는 하명이면 얼마든지 시키는 대로 고분고
분한 나 같은 위인을 '빚쟁이'가 지 편이 아니라고 찬밥 신세로
따돌리는 것은 용인술이 부족하든지 제도가 불합리하든지 둘
중의 하나였다.

국수 대접을 식탁에 놓으면서 그녀가 준비해둔 말을 내놓았
다.

"벌써 말이 많이 퍼졌더라구요, 임선생이 흘렸다는 그 별난
모놀로그요, 뭐라더라, 아, 그란다고 나라가 망할 리야 있겠습
니까 캤다든가, 또 이리 가나 저리 가나 살길은 뚫립니다, 걱정
안해도 됩니다 캤다면서요? 교수식당에서……"

"누가 그럽디까?"

"왜 전에 여기서 우루루 떼 지어 화투 치고 놀 때 잡채 잘 버
무렸다고 칭찬 받은 그 둥실둥실한 하선생이라고 있었잖아요.
그 여자가 어제아래 재미있는 뉴스 들려주겠다면서 차 마시자
길래 갔더니 그러데요. 그 여자가 보기대로 발이 넓고 빅 마우

---

* 쩨이다 '짜이다'와 동의어. 규모·규격이 맞거나 어울리다.

스예요."

　나는 곧장 윤곽도 큼직큼직하고 솜뭉치 같은 살점이 옷 위로 디룩디룩 불거져서 육덕이 좋아 보이던 화보*를 떠올렸다가 지웠다.

　"아, 그 말은 우리 아버지가 한 말을 내가 적당히 패러디한 겁니다. 지난 연말에 생신이라고 온 가족이 모였더니 영감이 그럽디다. 나라가 조매해서 안 망한다, 걱정하지 마라, 내 말 믿어봐라, 빨갱이들하고 싸우라고 귀한 자식들 군대 보내났더니 부대 양식, 군대 군복 다 빼돌리서 높은 놈들 저거만 호의호식하고, 그때 굶어 죽고 얼어 죽은 졸병이 숱했어도 안 망한 나라가 우리밖에 더 있나 이러면서. 성골인지 색골인지 죽는 임시에도 예나*를 둘이나 끼고 있은 복 많은 임금 하나가 하세했다고 나라가 덜렁 망할 일이야 있나 이카고. 그 말이 귀에 쟁쟁한이 남아 있다가 가끔씩 때맞춰 울리는 바람에 그나마 이런 개차반 같은 시절을 꽥꽥거리지 않고 보낸다 생각하면 우습다가도, 에이, 갈 데까지 가보자고, 누가 먼저 망하는지 보고 말아야지 하는 뿔다구도 생기고 그럽디다."

　그쯤이면 그녀는 반드시, 사리 더 드려요, 또 너무 많이 삶았나봐, 국수는 혼자 먹으면 맛을 몰라, 또 후루룩후루룩 소리를 내며 먹어야 맛도 나고, 같은 말을 지껄이곤 했다.

　"어떻게 될 거 같아요, 우리 학교 말이에요?"

---

* **화보** 얼굴이 넓고 살이 두툼하게 찐 여자.
* **예나** '여식애'의 사투리.

"모르지요, 어떻게 돌아가는지. 모진 놈 옆에 있다가 벼락 맞는다고 재수 없으면 당하는 거고, 당하면 또 살길이 터지겠지요. 그렇다고 이때껏 안하던 알랑방귀를 누구한테 언제 꾸어야 하는지도 모르니 너거 쪼대로 해봐라고 없는 깡다구라도 부려보는 거지요."

"우리는 모진 사람과 너무 멀리 떨어져 있는 거 아닌가요?"

"누가 모진 사람인데요? 시키면 다 모질어지고, 지만 살아남으려고 일부러 어리숙해 보이려는 세칭 기회주의자가 반도 넘어요. 어느 직장이나 다 그래요. 막상 지 주창, 주견을 가진 사람이 일 할도 안 되더란 게 제 경험담이라면 믿어집니까? 국장파, 교장파, 원장파라는 게 다 지 혼자 살라는 이기주의자를 외부에서 그렇게 부르는 호칭일 뿐이지 그들은 생각이 같은 떼거리나 갈 길이 똑같은 무리가 아니라니까요. 뿔뿔이 다른 생각을, 그것도 두 가지 이상의 상반된 생각을 뒤죽박죽으로 가지고 있는 날탕들인데요. 그러다가 어느 날 어느 한시에 문득 어느 한쪽으로 기울어져서 지 일신을 맡겨버리고, 그러고 나면 이때껏 옳았던 지 생각을 깡그리 짓밟아서 쓰레기통에 쑤셔 박아버리고 말아요. 나머지 그 소위 반대파는 이내 흐지부지 삭아버리니 더 이상 말할 잽이도 못 되구요."

"아, 나는 너무 보기 싫어요, 누구랄 거 없이 다요. 만년 집시로 살아야 될까봐."

"하나도 걱정스럽지 않은 표정인데요, 그러는 게 포즈는 아닌 거 같아요, 내 눈이 아직 안 썩었다면."

"누가? 내가 걱정을 안한다구요? 왜 해요, 집시니까 언제라도 훌쩍 떠나면 그뿐인데 무슨 걱정을 사서 해요? 내가 미쳤나."

아까부터 얼핏얼핏 떠올리던 말을 내놓을 적기라고 나는 판단했다.

"이 집에 뭐든 필요한 거 없습니까? 제가 밥값이라도 할라고요."

"돈 줄라나봐. 집시가 무슨 돈이 필요해요. 닥치는 대로 사는 거지. 철두철미 사양할랍니더. 어째 나한테는 돈 줄라는 사람이 이렇게 많아. 이것도 팔잔가봐. 하기야 나도 한때는 걸핏하면 아무한테나 나 돈 좀 줘, 주머니가 텅텅 빈 지 너무 오래됐어, 지금 당장 사고 싶고 하고 싶은 게 너무 많아, 나보다 더 돈이 간절하게 필요한 사람도 이 세상에 다시 없을 거야, 돈기갈증 같은 병명을 고질로 지닌 인간도 있나봐, 그런 팔자가 있든지 하고 씨월거리며 너풀너풀 산 적도 있지만, 그때가 좋았어요."

"그 돈을 누가 주겠답니까?"

"많아요, 미국에서도 두 사람 이상이 생명보험 운운하며 절대 비밀이다면서 그러고, 여기서도 이 집을 물려받게 생겼다니까요."

"발코니에나 나가서 한 시간 이상 서로 팬터마임이라도 했으면 좋겠네요."

"그러세요, 모기가 있을 텐데 몇 방 물려보지요 뭐. 커피 타서 갈 테니 먼저 올라가세요."

곰곰이 전후 사정을 조작해보면 그날에서야 그녀 자신의 숙명이라고나 해야 할 제 부모와의 갈등극을 들었다고 해야 사실의 기록으로서의 이 글에 입체감이 살아오를 듯하다.

이 지역 사투리가 듣기 싫다면서 입에 담지도 말라고, 왜 하기 좋은 서울말을 벌써 까먹었냐고 닦달하는 엄마를 그녀는 도무지 이해할 수 없었다. 그렇잖아도 학교에서는 서울말을 쓴다고 놀림을 받고 있는 터였고, 초등학교 5학년이라서 두 동생들 때문에 일찌감치 응석을 부리지 못하게 된 것만도 여간 서운하지 않았다. 엄마가 아빠보다 오히려 더 언성을 높일 때는 꼭 일본말로 주고받는 것도 마뜩찮아서 점점 더 따돌림을 당하고 있다는 생각에서 놓여날 수 없었다. 외돌토리가 의지할 데라곤 책밖에 없었고, 그 속에는 그녀가 평소에 삭이고 지내던 숱한 욕지기나 생각들이 마구 말을 걸어와서 어리광을 피우고 싶었다.

중학생이었을 때, 한번은 교복을 입은 채로 그녀는 엄마 손에 이끌려 학교로 아빠를 찾아간 적이 있었다. 사택은 건평 스무 평쯤 되는 정사각형 속에 방 두 개에다 마루 하나와 움푹 파인 부엌을 각각 열십자로 갈라놓은 벽돌집으로, 아랫도리가 훤히 뚫린 마름질한 나무판자 담장이 이웃과 경계를 나눠놓고 있긴 해도 채전밭을 일굴 만한 땅뙈기가 제법 넉넉했고, 옥외 화장실이 붙박인 그 옆의 문짝 대문을 나서면 기다란 나무판때기 담이 좁장한 골목을 한길까지 이어주고 있었다. 짧은 골목 세 줄과 그것들을 걸터넘는 기다란 한길이 하나 뚫려 있었으니 80

호쯤은 실히 되지 않았나 싶은 그 국립대 교원 사택 일대는 온통 벌건 둔덕이나 채소밭으로 이어져 있었다.

인부들이 짝지어 가마니때기 들것으로 흙을 나르느라고 불그레한 둔덕 한쪽이 온통 희끗희끗했다. 그 허허벌판 속을 타박타박 걸어가다 이윽고 담쟁이덩굴을 덮어쓴 낡은 벽돌 건물 앞에 이르렀다. 그제서야 엄마는 밀짚 가방 속에서 누런 각봉투를 끄집어내 그녀의 단풍잎 같은 손에 쥐여주면서 아빠에게 갖다 주라고 했다. 아빠가 어디 있느냐고 물었더니 복도에 지나다니는 아무한테나 물어보라고, 그러면 가르쳐줄 것이라고 했다. 복도에는 인기척이 없어 괴괴했다. 시커먼 문짝들이 양쪽으로 까마득히 도열해 있었고, 번호들이 붙어 있었던 듯하니 아마도 강의실이었던 모양이다. 그녀가 이층으로 올라가려는데 마침 하얀 가운을 입은 사람이 내려왔다. 그 사람에게 아버지 이름을 대며 찾아왔다고 했더니, 그녀를 한참이나 빤히 쳐다보고 나서, 따라오라며 지하실로 내려갔다. 거기 문짝들은 철문처럼 견고해 보였고, 일층과 달리 두 짝 문들도 간간이 있었는데, 한 문짝 앞에서 노크를 하자 이내 흰 가운 입은 사람이 나타났다. 뒤이어 그녀의 아빠도 역시 하얀 가운을 입은 채로 불쑥 복도로 나서서는 그녀에게서 봉투를 낚아채듯이 건네받고는, 다짜고짜로 엄마가 어디 있냐고 물었다. 시퍼렇게 닦아세울 듯하던 아빠의 기세가 막상 엄마 앞에서는 툴툴거리는 선머슴처럼 양순해지던 것이 그때 어린 나이에도 좀 이상했다. 두 사람이 한참 옥신각신하더니 아빠는 올 때와는 달리 힘없이 건물 속으로 터덜터덜 걸어 들어갔고, 그녀는 엄마 손에 붙들려 왔던 길을 줄여갔다.

"옛날이나 지금이나 결혼 10년차쯤 되면 어떤 쌍이든 다 서로 이를 갈며, 그러니까 마지못해 산답니다. 그때 심선생 양친도 그랬나 보네요."

"그랬던가 봐요. 이 바닥에 사는 제 중고등학교 동기생들도 시방 저거 신랑이 밥 먹는 것도, 잠자는 것도 보기 싫어 미치겠다고 그러데요. 애들 때문에 어쩔 수 없이 산나고 그러면서. 임선생은 어때요?"

"뭐 뻔하지요. 저희 쌍이라고 그런 일반성에서 예외일 리가 없지요. 다만 보호장치 같은 게 마련되어 있어서 그나마 다행이랄까. 주중에는 이렇게 떨어져서 살아야 한다는 것, 처가살이를 하니까 장모·처제가 저희들끼리의 덧정없음을 밀막아준다기보다 다소나마 줄여주는 칸막이 역할을 해주니까요. 실제로도 제 경우에는 언성을 착 깔아서 말할 때가 많다는 것을 요즘에사 자주 의식하는 걸 보면 권태기에 처가살이는 이용하기 나름으로 득이 많지 실은 별로 없는 것 같습니다. 물론 이것까지 일반성이 있는지는 잘 모를 수밖에 없지 싶고요."

모범생의 정답 같은 나의 대응은 풋풋한 내 심사만큼이나 진실에 가까웠다. 여자라면 누구라도 믿을 만한 사람을 따르고, 그 점을 알아보는 능력이 뛰어난데 일단 제 눈에 확신이 서버리면 일신쯤이야 쉽게 내던져버린다. 그러나 제 몸을 던질 때처럼 언제 갑자기 돌아설지는 여자 본인조차 전혀 모르기 일쑤이다. 아마도 그 당시 나는 정직한 심성으로, 그러니까 소년 같은 자세로 여자'들'을 대했지 않나 싶고, 심선생은 나의 그 점을 그나마 곱게 봐주었을 게 틀림없다.

"천우신조네요, 이래저래, 그렇게 생각해주니 집에서는 한결 마음이 가볍겠지요. 여자 마음이 무거워지면 그때부터 걷잡을 수 없이, 스스로도 그렇고 주위도 망가지기 시작하잖아요."

"제 이야기는 그만 하고요, 미국으로 솔가해 갔어도 양친께서는 늘 그렇게 벋버스름하니,* 냉전 상태였습니까?"

"아니요, 무슨 냉전까지나. 엄마는 그냥 내주장이 좀 심한 편이지만 아주 살갑고 엽렵한 양반이었어요. 그에 비해 아빠는 실험실에서 흰 가운이나 걸치고 있어야 당신도 편하고 또 어울리는 사람이라서 세상일은 늘, 아, 그래, 몰랐네 정도로 엄마한테 맡기고 천하태평이었어요. 말썽날 일이 없지요. 그랬을 거 아니에요."

"인연이란 그런 거지요, 그게 또 조물주의 조홧속이고요."

"나야 편지로만 그쪽 사정을 알았지만, 아빠보다 자기 영어가 서너 배는 더 유창하다고 매번 자랑이 늘어졌댔어요. 우리 엄마는, 뭐랄까, 낭만기가 좀 다분한 여자였어요. 그 덕분에 저도 이렇게 어중간한 반편이 되고 말았지만요."

"심선생이 어디가 어때서 반편이라니요, 소위 성공한 커리어우먼이라고 해도 괜찮을 텐데요."

---

* **벋버스름하다** 마음이 맞지 않아 서로의 사이가 벌어져 있다.

"미국식으로 고맙다는 말을 지금 당장 하기는 좀 그렇고, 이를테면 이런 거예요. 미국은 어디까지나 임시로 그냥 멋있게, 편하게, 아쉬운 것 없이, 안전하게 사는 낙원이다, 그러니 자식 하나쯤은, 나지요, 고국에서 확실히 뿌리를 내리고 있어야 당신 내외가 만년에 귀국해서 살더라도 떳떳하고, 되돌아볼 추억거리가 무진장이어서 멋있을 거다, 이런 공상이랄까 꿈을 실천에 옮기는 데 극성스러운 여자가 우리 엄마예요."

"정도의 차이가 있을 뿐이지 어느 여자라도 그런 낭만기, 꿈은 다 갖고 있을걸요?"

"맞아요. 그래도 그 심한 정도가 아집으로까지 굳어버린 사람은 어떻게 해서든 그 꿈을 실현시키려고 발버둥질을 쳐요. 그 고집을 누구도 꺾을 수 없으니 맏자식이 부모와 떨어져 사춘기를 어떻게 보냈는지 따위는 안중에도 없는 거예요. 그렇게나 자주 또 많이 부쳐 보낸 편지나 선물 따위도 실은 당신의 그런 달콤한 허영을 만족시키기에 편리한 수단 같은 거었어요, 멋있잖아요? 이 땅에서 대학까지는 정상적으로 마쳐야 내 혼인발이 선다는 것도 우리 엄마의 편협한 정조관, 늙어서는 이 땅에 수시로 들락거릴 수 있는 당신만의 쩌렁쩌렁한 명분 쌓기, 그런 허영과 욕심에 둘러맞춘 자기 식의 편법이었어요. 자신의 그 화려한 꿈을 위해서는 남의 사정, 심지어는 남편이나 자식들의 의사 따위도 깡그리 무시할 뿐만 아니라 당신의 그 공상이 철두철미하게 합리적이라며 주위 사람들을 달달 볶아대며 세뇌시키고 마는 그런 사람이에요."

"지금도요?"

"사람의 성격은 안 변해요. 물론 나이가 있어서 많이 눅어졌지만요. 나한테는 요즘에사 미안하다고, 용서하라고 사정사정 빌고 그래요. 리치먼드라고 들어보셨어요?"

나는 금시초문이라 고개를 흔들었다.

"버지니아주 주도예요. 재미동포가 꽤 많이 모여 사는 거기서 두어 시간이나 차를 몰아 오곤 했어요. 학위 과정 이수할 때 전 기숙사에만 틀어박혀 지냈거든요. 그때도 우리 엄마는 좋은 옷 입고 이것저것 챙겨준다면서 들르곤 했지만, 캠퍼스를 거닐 때라든지 유심히 보면 자아도취에 빠진 사람이 저렇구나 하는 생각을 하게 만들었어요. 그 학교가 아주 유서 깊고 쭉쭉 뻗어나간 키 큰 아름드리 고목나무로 캠퍼스도 고풍스러워서 누구나 청춘의 한때 열정을 불러내고 싶어지게 만들어요. 그렇게 멋을 내면서도 문득 니가 어릴 때 엄마가 못 거둬준 것 이제사 벌충하련다면서, 또 자기가 못해본 공부 니가 다 해서 소원 풀어달라면서 눈물도 뚝뚝 떨어뜨리고 그랬어요."

"멋있는 양반이군요. 모녀가 아니라 자매처럼요."

"그래요, 멋있지요. 그 멋부림을 그때도 제가 알고 속으로 제발 고만 해, 속 보여, 진심을 보여줘, 이러는 줄을 당신도 알면서, 진심이 뭐야, 이게 진심이지, 눈물도 가짜가 있어? 저절로 흐르고, 내가 하고 싶어 하는 건데 라고 우겨요."

"뭔가 서로 호흡이 안 맞군요. 우리말로는 서로 살(煞)이 꼈다고 그러지요."

"살이 꼈달 것도 없어요. 어릴 때의 생이별에 대한 포원이라면 진작에 툴툴 털어버렸는데도 우리말로는 앙금 같은 게, 저쪽 말로는 트라우마가 내 쪽에만 영영 지워지지 않고 남아 있다고 보면 틀림없을 거예요. 물론 상대방도 이쪽의 그 상처를 대강 알기는 하지요. 그것의 크기·모양·색깔 같은 거야 알 리 없지만 그게 뻔한 거지 뭐 하고 다 아는 체하지요."

"소설이나 희곡으로 그런 내용이 있었던 거 같기도 한데요, 우리 쪽이야 아무려나 영미 쪽으로요?"

"있겠지요, 비슷한 건 많아요, 당연히 색깔은 다르지만요. 막상 제가 겪은 가족과의 생이별은 그런대로 다채롭고 화사한 면면을 거저 집어주기도 했어요. 우리 엄마가 안 듣는 데서는 영주댁이라고 불렀던 숙모는, 이 집 주인이요, 제가 눈치도 빠르고 머슴애처럼 소탈하니 선뜻선뜻 내 멋대로 알아서 뭐든 해치운다면서 자기를 닮았다고 아주 좋아했어요, 큰아버지도 절 귀여워했고, 저는 또 우리 본집이 미국에 있다는 묘한 자부심으로, 큰집 식구도 누구든 저를 홀홀히 못 대한다는 걸 알고, 말하자면 두 집안의 중심인물이 바로 나다는 선민의식 같은 것도 은근히 내비치는 애로 클 수 있었으니까요. 또 수시로 까마득한 천국 같은 데서 날아오는 편지나 미제 물품 같은 것을 받고서는 숙모와 함께 엄마의 안목과 배려를 저울질하면서 흉도 보고 칭찬도 하는 재미도 수월찮았어요. 그렇게 컸어요, 겉은 반지르르해도 속은 구멍이 숭숭 뚫린 사람으로요, 지금도 아마 그럴지도 몰라요."

"저도 눈치가 보이는데요, 남의 집에서."

"눈치 보지 마세요. 사람은 어차피 눈치로 사는 거지만 저는 그런 거 안 보고 사는 법을 일찌감치 터득한 게 여간만 다행하지 않다고 생각해요. 학교에서도 그래요, 학과회의 때도 쓸데없는 눈치놀음에 도가 튼 사람들은 대개 다 오지랖이 넓어서 남의 일을 알려고 고양이처럼 설치고 그러더라고요. 그게 뭐예요, 지가 허술한 구석이 있으니 그러겠지요. 너무 모지라데요."

"엉터리들이 많지요. 대다수가 그런데 본인들도 함량 미달이지만 우리 학교가, 아니, 우리 사회가 그렇게 만들어요. 그물에 휩쓸리면 죽도 밥도 안 되고 말 거예요."

"자꾸만 달라야 한다고 채찍질한 지는 오래돼서 이제는 효과도 없고요, 저만치 떨어져 사는 게 서로 좋지 싶다고는 늘 생각하는 편이에요. 내 말만 너무 많이 했네요."

어느 날 느닷없는 돌풍이 몰아닥쳐서 온갖 곤욕을 다 치르다가 결국은 시궁창 속으로 굴러 떨어지지 않고 살아남았다는, 그런 방정맞은 예단을 주물럭거리면서 그해 여름방학을 나는 허송세월해버린 셈인데, 개강을 앞둔 임시에는 무슨 오물을 함빡 뒤집어쓴 것처럼 기분이 아주 고약했다. 이 대목이 시험에 분명히 나온다고 예상했는데 빗나가고 말아 시험 성적이 아주 망해버렸다고 허탈해하는 꼬락서니라서 낭패감이 혹독했다. 사사건건마다 짜증스러웠고, 사람이, 특히나 훤한 신수의 동료들을 대하자니 그쪽에서 먼저, 너도 별수 없잖아 라고 비아냥거리는 듯해서 내 안면이 저절로 실룩거려지는 것이었다.

알려져 있는 대로 그해 여름부터 맹렬하게 들볶아대던 신군부의 개혁 폭풍은 점점 비등해지는 부화뇌동 세력에 힘입어 득세를 구가하고 있었고, '대중 조작'이라는 고급스러운 아첨으로 한세상을 말아먹겠다는 예의 그 기회주의적인 북잡이들 곧 신문사 경영주와 그 수하의 기자들이 칠수록 소리가 커진다는 속담대로 북을 마구 두들겨대는 광경은 정말 가관이었다. 시국의 그런 꼴을 그대로 베껴대는 학교의 몇몇 패거리가 유독 나한테만 징글징글하게 다가왔을 리는 만무하지만, 송곳 같은 긴장을 연방 반추하게는 만들었다. 그런 긴장 속에서 툴툴거린 내 속생각의 일단을 토로하면 다음과 같은 땡고함이 될 것이다.

일신의 영달과 몰락은 개인의 능력과는 전적으로 무관한, 시류가 덤으로 얹어준 행불행일 뿐인데 그 때문에 우는 사람은 너무 억울하지 않나. 따라서 웃는 사람은 부당한 홍복을 누리는 꼴이고, 점점 드세지는 그들의 기고만장은 냉소주의자를 백안시하다 못해 한뎃잠을 자도록 내몰고 있다. 냉소주의를 부질없다고 욕하지 마라. 적어도 그들에게는 배알이 있고, 앞뒤가 통하는 말을 하려고 머리를 쥐어짜며, 어렵지만 제 주장을 몸에 익혀서 맞춤한 때 실천하려고 기를 쓰고는 있다. 내 말이 어디가 틀렸는지 지적해봐라, 이 간도 쓸개도 없는 협잡배들아!

고만고만한 자기주장으로 분칠하고 있지만, 밥벌이에 목줄을 매달고 있는 행색이 완연한 무리로 득실거리는 문과대교수회나 학과회의에 참석하고 나오면 욕지기가 목울대까지 치밀어올라 내 몸이 저절로 부르르 떨어대던 그해 가을 들머리의 경험은 지금도 꽤 여실하다. 왜 하필 그런 말을 내게 물었는지 의아스럽기 짝이 없지만, 어느 날 세미나실에서 제일 먼저 빠져나오려는데, "인자 그 5할 내지 3할 배제설은 일단 물 건너갔다고 봐야겠지요"라며 의논성스러운 눈길로 나의 안면을 훑어내리는 반백의 인사에게 나는 불퉁하니, 그러나 평소의 짐작을 무책임하게 쏟아냈다.

"알 수 없지요, 한건주의자들이 언제 대학에다 특히 사립대에 딱총을 겨누고 으르딱딱일지. 지금은 개혁 인플레가 너무 심해 잠시 주춤거리고 있는 거 아닌가 싶긴 하네요. 머리부터 꼬리까지 말만 번지르르하게 해대는 뺀댓돌들을 제대로 솎아내기만 한다면 오죽 좋겠습니까."

반백이 남의 말을 잘랐다.

"소위 교언영색파를 말이지요?"

내친김이라 나도 즉각 가로막고 나섰다.

"어차피 도려낼 거면 대대적인 수술이라야 목숨을 살릴 수 있을 테지요. 또 이 바닥이 너무 썩은 것도 사실이고요. 그런 의미에서도 저는 개혁돌풍이 하루 빨리 대학사회에도 불어닥쳐야 한다고 생각합니다. 방금 연단에서 떠든 소리들은 전부 헛소리든지 망언일 겁니다. 어떻게 그토록 피상적인지. 여기서 목이 잘려도 살길이야 나서겠지요."

반백은 쾌활한 어투를 짐짓 드러내며, "임선생 말씀은 늘 당언이고 직언입니다"라고 맞장구를 치더니, 그럼, 먼저 소관을 운운하며 뒤로 물러섰다. 웬일인지 내 안면이 다시 부르르 떨렸다. 그런 경련은 흔히 긴장 후에 덮치는 예후라고 알려져 있고, 그 증상이 유독 내게 심했다는 것은 내가 그만큼 어리석어서 해직사태에 조마조마하니 겁을 잔뜩 뒤집어쓰고 있었다는 반증이기도 할 것이다. 물론 내 특유의 소심증, 내 천직에 대한 지나친 집착과 결벽증이 그처럼 가소로운 신체적 반응을 촉발시켰다고 풀이할 수도 있다. 그렇긴 해도 어떤 집단이나 남에게 터뜨려지는 그런 신경질이 나 혼자일 때는 가뭇없이 사그라들고 말아 거의 시건방지다 싶게, 할 테면 해보라구, 나도 살길은 있을 거야 라며 신둥부러지는* 내 작태를 표현해낼 마땅한 말이 막막해서 속이 쓰리고 밥맛조차 없어지는 나날이기는 했다.

마침내 동어반복을 피하기 위해서라도 이야기를 간추려야 할 지점에 이른 것 같다. 장구도 치고 북도 두드리는 것들이 통을 짜고서 시국을 제 조대로 꾸려가자 그것은 그것대로 하루가 다르게 틀을 갖춰갔듯이 대학사회도 저절로 성숙한 티를 내려는지 몰라볼 정도로 착 가라앉아버린 것이 한눈에 보였다. 역시 광풍이든 태풍이든 그런 자연이변이 꼭 나쁜 것만도 아니었다. 내 눈이 삐뚤어지지 않았다면 그 이듬해 초봄부터는 태풍이 할퀴고 간 수해지역처럼 캠퍼스 구석구석이 비실거리는 몸으로나마 살아볼 생기를 추스르고 있는 몰골을 완연히 드러내고 있었다. 대학들마다 불어난 학생 수를 감당하느라고

---

* **신둥부러지다** 지나치게 주제넘다.

조직을 쪼개서 늘리고, 그 호칭도 애매한 '사회대'가 생기더니 문과대가 인문과학대와 외국어문학대로 나눠지는 식이었다. 신설하는 학과들도 단과대들마다 경쟁하듯이 불어났고, 겨우 석사과정을 마친 새파란 것들과 어중간한 연령층의 학력 미상인 교원이 부쩍부쩍 늘어나서 이제는 그 신참들이 예의 그 '교풍'을 발 빠르게 바꿔가느라고 캠퍼스 안팎을 주름잡다시피 어슬렁거렸다.

그해 가을 들머리쯤에 나는 같은 지역의 또 다른 사립대학에서 국학연구소를 개설할 예정이니 그 조직과 운영 체계가 나름대로 꾸려질 때까지, 향후 2년에서 3년 정도만 창설요원으로 일해달라는 제의를 받았다. 그 대학도 증설, 증원에는 예외가 아니어서 일단 외형을 키워놓고 보자는 주의로, 외부에서 초빙해온 총장이 요란하게 일을 떠벌이는 틀거지로는 상당하다는 평판이 나 있는 소위 제국대학 출신의 인사였다. 직위나 직급도 월등히 '선처'하겠다는 그쪽 총장의 고향 족벌로 직계이자 한문학자인 예비소장의 전언은 그야말로 불감청이언정 고소원이었다. 사직서를 학장 편에 제출하고 나서 이직 인사를 하겠다고 총장 면담을 신청했더니, '빚쟁이' 일정을 챙기는 여비서가 도무지 시간을 못 빼내겠다고 했다. 만나기는 싫다는 소리로 재깍 알아듣고 늘 술에 물 탄 듯 밍밍한 같은 과의 동료에게, 내가 어쩌다 그렇게나 밉보였을까 하고 물었더니, 임모라는 위인이 끝없이 만만찮은데다가 조직에서 겉도는 사람인데 누가 탐탁하게 여기겠냐면서, "더구나 라이벌 대학으로 전직한다는 판에"라고 남의 말 하듯 바른 소리를 내놓았다. 속으로 좀 가소로워서, 학문 연찬에 무슨 맞수나 호적수가 있을 수 없을 텐데 대학끼리에도 그런 게 과연 있을 수 있겠나 싶었다. 어차피 상대의 모든 제도나 구성원까지 얕잡아보기는 두 쪽 다 마찬가지일 터였다.

학교 내에서 웬만큼 소문이 퍼지기 전에 심선생에게는 불시에 굴러온 행운 같은 내 이직건을 알려야 할 것 같아서 연구실 전화를 사용했더니 대뜸, 뭐야, 나 혼자 내버려두고, 딜아닐라나봐, 의리도 없이, 내가 싫어졌나봐, 아, 너무 안 좋아, 어째 그럴까, 너무 싫은걸 하고 울먹였다. 참으로 난감했다. 그런 말버릇은 여느 사람이 그런 경우에 좀체로 주워섬길 수 없는, 야살쟁이가 함부로 내뱉는 치기 어린 어리광에 가까웠다. 이직을 함께할 수도 없으려니와 내가 그녀를 싫어할 리야 만무했으나 그렇다고 사랑한다든지 좋아하고 있다는 새삼스럽고 열없는 느낌을 다독인 바도 없었다. 일 분쯤이나 내 말문이 막혔다. 거의 본능적인 생존감각 같은 것이 민첩하게 작동하여 누구보다 빠른 이해력을 불러들이고, 그 즉석에서 자기 식대로 안하무인의 처신을 깔아버리고는, 해볼 테면 해봐, 나는 이렇게 사는 사람이야 라는 투로 가만히 앉아서 말갛게 치떠보는 여자의 즉흥적 성깔이랄까. 줄변덕에는 어떤 능청이 남자라도 대응하기가 쉽지는 않을 것이었다. 내가 그게 말이지요, 실은 운운하며 엉너리를 치기도 전에 그녀는, 보일러가 아주 단단히 탈이 났나봐요, 차제에 확 뜯어고쳐야겠어요 라고, 안 믿을 수도 없는 임기응변인지 연극적인 기지인지 헷갈리는 '대화극'의 한 토막을 읊조리고는 또 전화할 게요 라면서 서둘러 자취를 감춰버렸다.

그녀의 일거수일투족이 내 손아귀에서 모래알처럼 쑥쑥 빠져나가는 것이 훤히 보였다. 멍청하게도 나는 하마나* 하고 그녀의 전화 기별을 기다렸으나, 어느새 겨울방학이 닥쳐와서 누구와의 어떤 교섭도 '불통'으로 못 박고 있었다. 엄두가 안 나는 이삿짐 꾸리기로 며칠을 허비하다 나도 불쑥 즉흥적으로 그녀에게 전화를 걸었지만 받지 않았고, 점점 벌겋게 달아오르는 내 얼굴의 열기를 의식하며 영문과 조교를 찾아 물어봤더니, 심선생님은 방학 중 내내 미국에 있을 거라면서 진작에 출국했다고, 그쪽 주소와 전화번호는 알고 있다고 했다. 그녀의 집시같은 팔자소관과 새의 날개처럼 연해 파드닥거리는 성격을 돌아보더라도 그 미국행이 별러오다 결행한 계획일 리야 만무하지만, 나와 사적으로 가깝게 지낸 이후로는 그녀가 처음으로 자기 본가를 찾아간 장기체제 여행이었지 않나 싶다. 이내 내 마음자리가 싱숭생숭해져서 가뭄 때의 강바닥처럼 쩍쩍 갈라졌다. 체념과 미련은 곱씹을수록 달콤하고 쓰디쓰다가 떫고 시었다.

그 이듬해 새 캠퍼스에서의 첫 학기를 마무리할 때쯤, 꼬박 3년 동안 밥벌이를 했던 그쪽 대학으로 무슨 볼일인가로 전화를 걸었더니 막 그 임시에 심선생이 웬 미치광이의 행짜 같은

---

* **하마나** '이제나저제나'의 경상도 사투리.

투서질에, 실은 가짜 투서였든가 그런 투서 자체가 과연 있었는지도 의심스러운 소동에 휘말려 단단히 곤욕을 치르고 있다는 뜻밖의 소식을 들었다. 내가 중뿔나게 나서서 간접적으로나마 도와줄 일이야 없지 싶으면서도 한때의 인연을 생각해서라도 그 내막을 알아야겠다며 몇 군데에다 전화를 넣었다. 속속 그 전말이 드러났고, 누구는 양쪽이 이미 되돌아설 수 없는 다리를 건넜으니 영영 갈라선 셈이라고 단언했다. 양쪽의 한쪽은 물론 총장을 위시한 그 수하의 대학본부 쪽 보직자들이고, 다른 한쪽은 심선생이었다. 들려주는 사람들마다 본 듯이 무슨 실내극 같은 그 장면만을 반복해서 틀어댔으므로 나도 그 깔밋한 무대 위에서 펼쳐진 명연기만을, 그녀의 그 활달한 우리말 대화 솜씨를 내 식으로 손쉽게 통역해내기는 그야말로 여반장이었다.

어느 날 오후 느지막이 총장실로 부총장, 교무처장, 심선생 세 사람이 간발의 차이로 들어섰다. 이미 방주인께서 상석에 앉아 있었으므로 그의 손짓에 따라 보직자 두 사람은 방 안쪽 소파에 서열대로 나란히, 심선생은 출입구를 등지고 각각 착석했다. 부총장은 사회대 소속의 누구라는데 나는 이름도 처음 듣는 사람이었고, 교무처장은 한때 한 건물에서 지내며 복도나 화장실에서 마주치면 서로 누가 먼저랄 것도 없이 눈인사 정도는 나누던 사이로 중국 및 한국 근대사인가 하는 자기 전공 분야에서는 더 이상 공부할 게 없는지 어떤 보직이라도 계속 맡아야 대학교수임을 매일 새록새록 자각하고 있는 듯한,

여기저기서 자주 목격되어 그런지 어딘가 돌팔이 같다는 인상을 뿌려대는 그런 위인이었다. 예의 그 명연기에 명대사가 속출한 장면을 떠올려보니 아무래도 그 돌팔이는 영어에는 손방이었던 것 같고, 따라서 국내의 구제(舊制)박사든가 일본에서 학위를 했던 모양이다. 물론 전언자 중 하나가 그의 세부 전공까지 알려주었으나, 내가 여기서 그까짓 것은 감춰야 그나마 도리일 것 같다.

방주인인 예의 '빚쟁이'가 눈짓으로 독촉했고, 교학처장이 서류뭉치 같은 것에 일별을 주고 나서 입을 열었다. 전언자들도 누누이 강조했듯이 동석한 두 본부 실력자들은 대를 이은 총장의 오른팔들로서 심선생의 임용 절차에는 무식하다기보다도 무관했던 것은 이제 이사장으로 물러나 앉아 있는 전임 총장 곧 '빚쟁이'의 부친께서 관장했기 때문이었다.

—심교수님, 바쁘신데 이렇게 시간을 내주셔서 감사합니다. 단도직입적으로 말씀드리겠습니다. 심교수님께서 받으신 최종 학위, 박사학위 말이지요, 거기에 하자가 있다는 투서가 들어왔습니다. 아시다시피 저희 학교가 행정기관이 아니라 민원이랄 수는 없겠습니다만 이런 말썽에는 본교의 명예를 위해서라도 명백한 사실 증거를 확보하고 있어야 하겠기에……

졸지에 피신문인이 되고 만 심선생이 어이가 없다는 표정을 더 이상 지탱하기가 버겁다는 듯이 신문인의 말을 자르고 나섰다.

—저는 박사학위를 딴 적이 없어요. 아직은 그래요. 석사학

위를 잘못 말씀하신 거 아닌가요? 그건 물론 진작에 땄어요.

　세 사람이 일시에 뻥 뚫린 표정을 짓고 만 다음 번갈아가며 눈을 맞추자 아홉 명씩 마주보고 앉을 수 있는 기다란 두 줄의 소파와 그만한 길이로 뻗어 있는 유리 덮은 회의용 탁자 위에는 갑자기 생경한 침묵이 엉겨 붙었다. 그때 마침 다행하게도 놀면한데다가* 투명하기까지 한 인삼차 네 잔이 여비서의 섬섬옥수로 앞앞에 놓여져서 그 어색한 묵언의 시위에 부조가 되었다.

　혈색 좋고 반질거리는 이마를 손수건으로 여러 차례나 훔치고 나서 교학처장이 다시 닫힌 말문을 힘겹게 열었다.

　—그러시다면…… 이 투서의 사실 판단은 합당하고 심교수님께서 채용 당시 제출하신 증빙서류에 문제가 있다는……

　이제 심선생의 표정에는 당황, 경악이 다소 눅어지면서 그 고운 낯빛이 단풍잎처럼 타올랐으므로 그것을 감추기 위해서라도 말을 해야겠다는 듯이 냅떠 나섰다.

　—무슨 문제를 말씀하시는데요, 제가 거짓말을 했다는 건가요? 저는 그런 적 없어요, 보시면 아실 테지만.

　신문인이자 참고인이고 증인이기도 한 세 사람은 인삼차로 입술을 축였으나 심선생은 찻잔이 탁자 위에 놓인 줄도 모르는 투였고, 상석의 방주인은 그때까지 실내의 유일한 여자를 직시하던 눈초리를 슬그머니 거두고 나서 무안해서인지, 아니면 이

---

* **놀면하다** 보기 좋을 만큼 알맞게 노르스름하다.

골치 아픈 사안에서 빨리 놓여나고 싶어서인지 오른손으로 이마의 주름살을 쓰다듬으며 탁자에다 시선을 꽂아두고 있었다.

천하의 자존심으로 똘똘 뭉쳐 있는데다가 어릴 때부터 자력갱생으로 자기의 삶을, 자량처지*로 자신의 성격을 좀 덤벙거린다 싶게 개척해온 여전사 심선생이 먼저 칼을 뽑았다. 그녀의 눈길은 먼저 베어서 처치해야 할 사람이 그라는 듯 돌팔이를 겨누고 있었다.

─뭘 잘 모르시는 모양인데 차제에 명명백백하게 알려드리지요. 박사과정 코스웍(course work)을 다 마치고 프리림,* 논문제출자격시험이지요, 여기서는 종합시험이라고 하나보데요, 아무튼 저는 그거 통과했어요, 소위 에이비디, 올 벗 디서테이션.* 뭐라고 번역해야 하나, 논문쓰기만 남은 사람이요, 제가 그거예요. 다른 전공 쪽은 케이스 바이 케이스라 언급할 것도 없고요, 인문학 쪽은 흔히 에이비디로 취업합니다, 미국에서는요. 논문을 쓰는 데 몇 년이 걸리더라도, 어쨌든 그동안 먹고살아야 하니까요. 그걸 권장하고 있다면 다소 과장일지 몰라도 자식이나 부모나 성인이 되면 서로가 도움을 주지도 않고 받을 생각도 일체 안하면서 제가끔 홀로서기로 살아가는 것이 당연시되는 그쪽 풍토에서 시혜자 쪽에서는 에이비디를 활용하는 셈이고, 수혜자 쪽에서는 그 자격 기간을 선용함으로써 자신이

---

* **자량처지(自量處之)** 스스로 헤아려서 처리함.
* **프리림** preliminary의 통상 약자.
* **올 벗 디서테이션** All But Dissertation.

받은 혜택을 사회에 돌려주는 길을 밟는, 소위 통과의례지요. 물론 미국의 경웁니다만. 모르겠어요, 미국의 동부 쪽은 그래요. 물어보세요, 우리 대학에는 그쪽 출신이 있는지 모르겠고, 이웃 대학들에 더러 있을 거 아니에요. 아니, 우리 과 영어회화 담당으로 나오는 우디 파커 씨에게 여쭤보면 되겠네요. 그 친구도 제가 에이비디인 걸 알아요. 아무튼 그건 그렇고요, 제 여기 학부의 모교 은사가 에이비디로도 충분하다, 지금이 적기다, 앞으로는 어렵나, 어서 자리 잡아라, 추천서 씨줄 테니 빨리 지원 서류 갖춰 내라고 해서 그 명을 좇아 부랴부랴 이 학교에 어플라이했더니 천우신조로 임용됐어요. 그런데 시방 제가 뭘 잘못했다는 건가요. 하자가 뭔데요? 허위 기재? 거짓말? 그런 게 어디 있습니까? 증거 대보세요.

부총장이 아무래도 미심쩍어서 떠보려는 듯이 물었다. 그러나 음성도 드레진* 틀거지답게 점잖았다.

―논문 쓸 준비는 하고 있습니까?

―준비요? 벌써 테마, 아웃라인 다 잡혀 있어요. 근데 엄두를 못 내고 있어요. 제 개인적인 사정은 너무 복잡해서 이야기할 거 없고요, 지난 3, 4년이 교내외적으로 너무 시끄러웠잖아요, 지금 별 거지 같은 시국을 말씀드린 거예요. 자고 나면 매일같이 세상이 바뀌어 있는 판이라 논문 쓸 생각이 저절로 까부라지더라고요. 그러면서도 재밌다, 이것부터 눈여겨봐두는

---

* **드레지다** 사람의 됨됨이가 가볍지 않고 점잖아서 무게가 있다.

게 나한테는 더 급선무다 싶으면서도 한편으로는 겨우 밥벌이한답시고 제가 너무 농땡이 치고 있다고 자성도 하고 있어요. 물론 타성이지요. 어쨌든 논문이야 써야지요, 쓸 거예요, 그거라도 안 쓰면 할 일이 뭐가 있겠어요. 제 성향이지만 마음먹고 실천하기까지 뜸을 좀 들이는 편이에요.

—그쪽 지도교수와, 미국 말입니다, 요즘도 더러 연락은 주고받습니까.

—그거까지 말해야 되나요? 계절별로 편지 쓰고, 가끔씩 전화하고 그래요, 지난 겨울방학 때 출국해서는 자주 뵈었어요. 컨퍼런스, 미팅이지요, 오랜만에 미뤄오던 그걸 한목에 다 한셈이에요. 전공이 미국현대극인 만큼 공사로 워낙 바쁜 양반이지요. 꼭 그래서는 아닌데 저보고는 천천히 쓰라고, 학생들 잘 가르치라고 그런 덕담도 해주고 그랬어요.

교무처장이 제 소임을 부총장에게 빼앗겨서는 체면이 안 서겠다 싶은지 조심스럽게 말했다.

—대충 정리가 된 거 같습니다. 심교수님께서 이실직고하신대로 최종 학위가 없는 것은 확인이 됐습니다. 그러니 하루 빨리 학위를 따십시오. 여러 가지 사정으로 미국의 모교 쪽에서 따기가 어려우면 여기서라도……

여전사의 눈길에 매서운 독기가 번득였다.

—가만요, 제가 좀 말귀가 어두웠어요, 지금 여기서라고 하셨는데 그게 우리나라를 말하는 건가요, 아니면 우리 학교라는……

—오해는 마시고요, 지금 우리 학교에서도 전국의 여러 대학에다 마지막 학위 과정에 적을 걸어놓고 있는 선생님들이 비일비재합니다, 잘 아실 테고요. 구제박사 제도가 한물 지나갔으니까 지금은 일종의 과도기지요. 어쨌든 앞으로는 최종학위가 없으면 주체와 피주체 사이의 고용계약이 껄끄러울 수밖에 없을 게 뻔하므로 선의에서 한 말입니다.

여전사의 눈길에 얼핏 깨달음이 고였다. 곧장 그녀의 입에서 탄식 같은 말이 흘러나왔다.

—비일비재라, 알다가도 모른다더니. 그건 그렇다 하고요, 제 쪽의 사정은 충분히 해명이 됐다고 봐지니 그 문제의 투서를 저에게 좀 보여줄 수 없나요?

—그건 곤란하지요. 물론 기명이 돼 있습니다만 익명으로 보호해줘야지요. 이해 당사자에게 그걸 공개하는 법은 없지요. 말썽을 키우고 물릴 필요까지는 없으니까요.

—물려요?

—임용 자격에 따르는 시시비비를 연장시키고, 미루고, 자꾸 크게 부풀려서 키울 것까지는 없다는 소립니다.

이제 여전사의 눈매와 입가에는 비난, 저주, 비아냥, 능멸, 조소 같은 복잡한 감정들이 한목에, 또 번갈아가며 떠올랐다간 지워지곤 해서 방금이라도 그 반듯한 직사각형의 얼굴 전체가 뒤틀려질 것 같았다.

—말썽이요? 제가 너무 둔했네요. 지금 저를 모함하고 있는 것 같아요, 투서를 핑계로. 아니면 다른 목적으로 망신을 주고

있든가요. 아무튼 투서란 게 있다니 있을 테고, 누가 됐든 자기도 밥벌이를 하려면 저를 씹을 수도 있겠지만, 서로 짜고서 저를 능멸하려고 작정한 것 같네요. 그렇지 않고서야, 도대체 무슨 목적으로, 또 무슨 저의가 있어서 저에게 이토록 창피를 주는지, 선의가 아니거나 그 말뜻을 오용하고 있는 것 같아요.

그때까지 부하 보직자들의 시시비비에 공연히 참견했다가 말꼬투리나 잡힐까봐 그러는지 열심히 경청하는 자세를 허물지 않고 있던 방주인을 여전사는 말을 잇댈 때마다 슬쩍슬쩍 노려보다가 종내에는 째려보기까지 하면서 어느 쪽 말이 맞는지 좌장으로서 판결을 내려보라는 무언의 시위를 멈추지 않았다. 그래도 방주인이 아무런 반응을 보이지 않자 서로 시선이라도 부딪치면 오뉴월에도 서릿발이 비친다는 그 앙심이나마 비춰볼 판인데, 역시 헛수고였다. 하기야 그때쯤에는 이 모든 '가짜' 투서 소동이 어딘지 '조작'되어 있고, 누군가에 의해 '조종'되고 있을지도 모른다는 의심이 더 이상의 어떤 항의나 시시비비 가리기에 힘을 쑥 빼놓고 있기도 했다.

언제라도, 또 누구와라도 그래왔던 것처럼 여전사는 그 자리에서까지 주객전도를 선도하고, 나아가서 여권 확장이 몸에 밴 듯이 벌떡 일어섰다. 뒤이어 이미 작심해둔 듯 일갈을 내질렀는데, 교원 인사를 좌지우지하는 세칭 '완장파' 세 사람의 그런 속 보이는 조잡한 만행 앞에서는 어느 여자라도 터뜨릴 만한 말이었다.

―죽이 되든 밥이 되든 제 처신은 제가 알아서 할 테니 간섭

하려 들지 마시고, 더불어 허튼 관심도 꺼주시고 그쪽 처세들이나 잘하세요. 이런 막강한 조직을 제대로 꾸려가려면 당연히 그래야 할 테구요.

여전사는 말을 마치자마자 꼿꼿이 선 채로 다시 한번 방주인에게 싸늘한 일별을 내려뜨렸으나 좌장은 어서 물러가라는 뜻인지, 알았다는 손짓인지 한 손을 휘휘 내젓기만 할 뿐 여전히 함구로 일관했다. 무슨 악귀를 내쫓기라도 하는 것 같은 방주인의 그런 사태에 응수라도 하듯 여진사는 들릴락말락한 콧방귀를 흥 뀌고는 출입구 쪽으로 당당히 걸어 나갔다.

전언자들도 비슷비슷한 추측을 내놓았던 대로 그 투서 소동은 보직자들이 아예 작정하고 짠 한판의 '으르기' 내지 '길들이기' 작전이었던 것 같다. 무슨 말이냐 하면 심선생의 그 좀 튀는 왈가닥 기질이랄까, "우리 학교는 빳빳하니 무슨 군대도 아니고 너무 심한 거 아니에요"라든지 "총장 말은 무슨 억지 춘향이도 아니고 아무렇게나 끼워 맞추는 견강부회 수준이 거의 코미디 급이야. 무슨 되잖은 설풀인지 나는 도무지 알아듣지를 못하겠어요" 같은 바른 소리를 여러 동료들이 모인 자리에서 마구 흩뿌리는 그 특유의 성깔을 한번쯤 징치해두자는, 소위 그 주류라는 아첨파 보직자들이 작당하여 벌인 한바탕의 약식 인민재판이었는지도 모른다는 추측이다. 역시 그 '양쪽'의 성향과 기질과 소양 정도를 두루 잘 알고 속속들이 체험한 나로서는 그 약식 인민재판설에 전적으로 공감하지 않을 수 없다. 왜냐하면 그 당시 그 학교 교원의 반 너머가, 아니 아무리 줄여 잡더라도 7할 이상이 석사학위 소지자였지 않나 싶고, 구제박사도 그 수를 우쭐우쭐 불려나가고 있던 차에 너도나도 그 소위 신제박사를 후딱 따버리려는 작자들이 우글우글했던 것을 감안하면 심선생에게 최종학위의 소지 여부를 따지는 것 자체가 무리를 넘어 불공평한 처사이고, '투서' 운운은 그녀의 쩌렁쩌렁한 학력과 실력에 대한 시기일 수는 있겠으나 그것이 설혹 '진짜'였다 하더라도 교권을 무엇보다도 앞장서서 보호해주어야 할 보직자의 소행치고는 상식 밖의 치졸한 만행이라고 보는 것이 타당할 것이기 때문이다. 그즈음 서울의 경우는 알지 못하나, 필경 대동소이했지 않았나 싶지만, 지방의 사립대를 운영하는 주체들의 소행 일체는 '우골탑'이라는 말에서 드러나 있는 대로 전횡을 일삼고, 건물 짓기에만 급급하여 교직원을 흡사 머슴 부리듯 '먹여주고 재워주며 새경까지 주잖냐'는 식으로 다뤘다고 해도 과언이 아니다. 물론 그 긴가민가한 말재간을 번지르르하니 싸발라서.

그렇거나 말거나 그 엄혹했던 시절에 필마단기로 적진 깊숙이 붙들려가서 제 목숨, 제 밥줄 따위는 내팽개치고 '빚쟁이'와 그 수하의 추종 세력을 숙연하게 만들고 온 한 여장부의 기상은 톡톡히 기려야 마땅할 것이다. 전언자들도 하나같이 그런 칭송에는 침을 튀기며 말을 아끼지 않았으나, 나는 그녀로부터 크게 책 잡혔던 한때의 전비를 떠올리면서 '와 아이라, 니나 할 것 없이 지 몸만 안 다칠라고 눈치만 힐끔거리는 보신주의자들은 병신 소리 들어도 싸지, 이래 살다가 늙마에 억울해서 그 분을 우째 삭일란지'라며 짐짓 시무룩히 물러서지 않을 수 없었다.

그 전비도 어떤 명화의 거장이 촬영 현장에서 즉흥적으로 떠오른 아이디어를 삽입한 것인데도 두고두고 영화팬들에게 회자되는 그런 명장면처럼 내가 자주 틀어보는 회상거리이다. 좀 창피한 채로나마 또 한 번 그 낡은 필름을 풀어보면, 내게는 성찬이었던 예의 그 예전잔치국수로 요기를 하고 난 후, 이런저런 화두를 서로 질세라 뒤섞고 있다가 문득 떠올랐다는 듯이 심선생은 나를 빤히 직시하면서 눈가에 웃음기를 피워올리며, 가실 거지요 라고 묻는 게 관행이었다. 그것은 신호이자 보챔이었다. 우리는 즉각 마음이 바쁜데도 웃음을 베어물었다. 그런데 그날따라 그녀는 대충 몸 수습을 하며 내 곁으로 다가오자마자 별러온 듯이 정색과 눈웃음을 줄줄이 바꿔 끼우면서 아까까지의 그 연극적인 묵직한 대화와는 생판으로 다른 말을 주워섬기기 시작했다.

"또 언제 이렇게 우의를 덮어쓰고 있네, 도대체 이게 뭐예요, 번번이, 사람이 소심한 것도 아니고, 누가 누구 걱정을 하는데, 지 몸도 아니면서, 뺍시다, 빼요, 아니요, 보기 싫으니 내가 오늘은 벗겨버릴 거야, 너무 흉물스러워. 이기주의자가 따로 있나, 이런 것으로 지 몸이나 챙기는 사람이 그거지, 누가 꼭 그렇다니까, 내가 사람을 잘못 보지는 않았을 거야, 나쁜 양반 같으니라고, 쓸데없이 돈으로 체면치레나 하려고 나서질 않나."

일부러 말을 헤프게 주워섬기면서도 연방 손으로의 성적 희롱을 보태다가 그녀는 어느 순간 내 신근을 뒤덮고 있는 그 반

투명의 정액막이용 고무제품을 확 잡아채서 머리맡으로 던져 버렸다. 그것은 제법 자극적인 미태였다. 그 팔 동작 때문에라도 송두리째 드러난 그녀의 민짜 가슴을 환히 쳐다보며 나는 동성애도 딱히 타기시할 것까지는 없겠다는 생각을 그때 난생 처음으로 떠올렸을 것이다. 그 좀 거칠고 방자한 행태가 어울리기도 하고 밉지도 않은, 누구든 무엇이든 마땅찮으면 즉석에서 덤비고 봐야 직성이 풀리는, 그녀는 그런 여자였다.

누가 당했는지도 분간하기 어려운 그 약식의 '골탕 먹이기' 소동이 있고 난 후, 두 학기 동안이나 더 심선생은 의기양양하게 그 학교에서 재직하다가 어느 날 홀연히, 누구에게도 알리지 않고 영영 돌아오지 않을 '집시의 유랑길'에 올랐다는 말을 나는 두 명 이상의 전언자들로부터 들었다. 그중 한 사람은 나와의 그 '부질없고 무상한 인연'을 사주했다고 알려진, 듬직한 덩치에 걸맞게 온몸과 얼굴에 뿌연 살점이 수북수북하던 그 화보인 하선생이었다. 시치미를 떼고 있었지만 내놓고 독신주의자를 자처하던 그 여선생은 심선생과 나와의 관계를 웬만큼 알고 있는 눈치였다. 아마도 마땅한 임기응변을 두어 개쯤 장만해두고 이쯤에서 내 쪽의 접근을 물리쳐야겠다고 작정했을 때쯤부터 심선생은 나와의 '별' 볼일 없는, 할수록 감질이나 일구는 통정 사실을 하선생에게만은 은근슬쩍 실토했던 것 같다. 심선생은 충분히 그럴 만한 여자였고, 한때의 '추억거리'도 연극처럼, 또는 그 속의 화려한 대사처럼 얼마든지 만들어낼 수 있는 그런 자기정체성을 언행에 칭칭 휘감고 있던 '중성적 인물'이었다.

사족을 하나만 첨언한다면, 심선생 이상으로 내가 속으로 아끼고, 밤새도록 눈앞에 그리곤 했던 그 발코니 딸린 넓은 잔디밭의 이층집은, 그 '머리 벗거진 양반'이 직선제 개헌을 받들겠다는 항복문서를 친구끼리 주고받던 날, 우연히 그쪽에 약속이 있어서 지나치는 길에 둘러봤더니 그 특이한 담장도 상단 부분은 안이 훤히 들여다보이도록 철책으로 둘러막아놓고, 한살림인지 뭔지 하는 한정식 집으로 바뀌어 있었다. 몇몇 다리를 놓아 알아봤더니 시내 한복판에서 물려받은 붉은 벽돌 건물에다 내과의로 개업 중인 심선생의 사촌오빠, 곧 그녀의 백부의 둘째아들이 그 집을 연간 사용료로 2천4백만 원인가를 받고 세놓고 있다고 했다. 내가 전해들은 모든 '정보'가 전적으로 옳다면 그 거금의 사용료 중 반쯤은 관리비·수리비·기타 경비로 떼내고 나머지 반 이상이 심선생 몫인 것은 확실하고, 그 집의 연고권을 따져봐도 예의 그 '숙모'의 수양딸 맞잡이였던 재미동포에게 그 부동산의 소유권 등기가 마쳐져 있어야 옳은데, 돈 문제에 관한 한 우리의 관습이 워낙 지저분한 말썽을 일로삼고, 민사 법정에서의 시비 가리기도 더러 엉뚱한 쪽으로 판결이 나버리니 정확히 알 수는 없는 일이다. (제1장 끝)

*

임선생은 두어 개 이상의 소일거리를 늘 오지랖에다 붙들어

매놓고 집적거리며 살아야 성이 차는 사람처럼 세번째 꼭지를 보낸 지 이틀 후에 '임가 회고담 제1장 후기'라는 제목으로 한 교수에게 전자통신을 보내왔다. 과연 부지런한 양반이었다. 일이 하고 싶어서 말년까지 둘째 사위집의 담장과 욕실을 드는 솜씨로 깔끔하게 뜯어고쳐주었다는 어느 미장이의 피를 제대로 물려받은 게 틀림없었다.

그것은 또 그쪽 사정이고, 이쪽은 하기 싫은 월급쟁이로 꼼짝없이 매인 몸이기도 하려니와 오늘날의 문학 평단에 떠도는 잡담류의 명색 에세이들이 그렇듯이 그런 들쩍지근한 감상담에 지나지 않을 독후감이나 들려달라면, 미리 전자편지로 본을 보이고 있듯이, 그것을 말도 아니고 글로 써 보내라면 난감하리라는 예상 때문에 한숨을 내쉬고 있던 판이었다. 그러니 한교수의 입에서 터져 나오는 것이라고는 이런 두덜거림뿐이었다.

'영감도 참, 성질 한번 급하네. 한 사람뿐인 독자를 칙사 대접은 못할망정. 그러니 여자가 진작에 내빼버리지, 이기주의자라고 욕먹어도 싸고말고. 가슴이야 작든 말든 꽤 똘방똘방하니 괜찮았던 여자 같은데. 아직도 철이 덜 들어 지 주제를 못 깨치고선, 지만 잘났으니 지 것만 먼저 챙기는 작태가 이기주의지 별건가.'

임선생 이상으로 무엇이든 읽는 게 버릇이자 일상이고, 삶일뿐더러 세상이기도 한 한교수는 저절로 모니터를 주목하는 자신의 눈길을 내버려둘 수밖에 없었다. 그도 한때는 남 따라 뒷북이나 치는 그따위 문학평론만큼은 안 쓴다는 결의로 똘똘 뭉쳐져 있던 위인이었다. 그래서 통바리나 놓는 그런 글을 주문받는 족족 써대는 통에 그쪽 저작물을 세 권이나 갖고 있는 터이지만, 어언 10여 년 저쪽부터 옳은 모자이크화이기는커녕 어디서 주워온 사금파리인지조차 분간할 수 없는 그쪽 글의 문맥마다에 진력이 나버렸다. 이제는 자기처럼 한미한 인사에게 왜 꼬박꼬박 부쳐 보내는지 알 수 없는 문학지를 받자마자 목차나 대충 훑어보다가 그 뒷장부터 펼쳐지는 그 꼴사나운 인물화보가 보기 싫어서도 곧장 내팽개쳐버리는 문학거부반응증이 꽤 심한 편이었다.

―한선생, 지낼 만하시오? 성적표를 받기 직전의 수험생 같다면 상투어이겠지만 빈말은 아니지 싶소. 아무리 이 나이라 할지라도 제 나름의 공력을 경주한 글에 대한 감상을 듣기 마다할 리야 있겠소. 허나 여러 '사정'이란 눈치놀음과 누구에게나 익숙해져 있는 관행 때문에 조심스러울 수밖에 없는 품평, 또 그런저런 변죽 울리기로서의 독후감 따위야 이 나이니까 이제는 단연코 사절하겠다고 해야 그나마 체신이 덜 사나워질 듯싶소. 아, 물론 한선생의 귀한 시간을 빼앗았으니 내가 밥을 사든 술을 사든 보답이야 할 테니 조만간 짬이나 내주시기 바라오. 나로서는 소일거리 이상의 '다목적용'으로 시작한 이번의 '회고담 풀어놓기'를 통해서 깨우친 바가 적지 않소. 이번 꼭지에서도 반쯤은 그 실상이, 그것도 상당한 정도로 미화되어 그려

져 있다고 생각하는데, 이 땅의 그 직장 풍속도는 정말 개선의 여지가 너무 많은, 도떼기시장 바닥을 아주 조악하게 베껴놓은 것처럼 칙칙한 게 사실이오. 내 경우에 한하는 걸 두고 일반성이란 줄자로 묶어버리면 물론 엉터리라고 지탄 받아 마땅하지만, 내가 옮겨 다닌 열 군데 남짓의 그 직장들을 떠올려보면 위의 내 단언은 결코 과장이 아닌 것 같소. 오죽했으면 일흔 평생을 살아오면서 내가 그만두고 떠난 전 직장을 한 번도 다시 찾아간 적이 없다면 말 다했지 않겠소. 한때의 내 밥줄이 걸려 있던 곳인데도 그만큼 되돌아보기 싫다는 것은 그 일이 내 능력이나 성향에 안 맞아서가 아니라 그 구성원들이 못마땅해서 그랬다는 말이오. 숱한 사례를 들 수 있지만 다 생략하기로 하고, 이런 대목에서야말로 예의 그 일반성이라는 줄자를 사용할 수 있을 듯하오. 곧 어떤 '제도'를 운영하는 것은 결국 '사람'인데, 그 편리한 인간의 습속과 관행의 조직화인 '제도'를 불특정의 여러 '사람'들마다가 제멋대로 할퀴고, 흔들고, 까부수고, 갉아먹다가 종내에는 악용·남용·오용·도용·차용해버리고 있다는 말이오. 그러니 그 '제도'는 이미 그 본의를 잃어버린 괴물이 되고 말았으며, 이제는 죽이지도 살리지도 못하는 그 괴물이 제 슬하에 거느린 수족들을 아주 몹쓸 흉물로 만들어버린 꼴이오.

위의 내 참괴한 심정을 좀더 확대해보니 변변찮은 내 출신학교들조차 나는 그 교문들을 떠나온 이후 한 번도 다시 찾아가본 적이 없음을 요즘에사 깨달았소. 졸업장을 간신히 따느라고 온통 시달린 기억만 남아 있고, 그 알량한 지식 전수를 통해 맺은 인간관계, 곧 오늘의 내가 나일 수 있도록 기르고 가르친 양반들조차 나쁘게 굴러가는 그 '제도'에 곱다시 얽매이고 녹아들어가서 저마다 세모·네모·마름모 같은 흉물이었다는 내 나름의 판단이 여실하니 그럴 수밖에 더 있겠소. 그런 의미의 연장선상에서 나는 지 스승을 기리는 글들을 보면 이 무슨 야바윗속인가 싶어 이내 내 마음이 얼음장처럼 싸늘하게 돌변하는 것을 똑똑히 자각하는 편이오. 물론 그 스승들마다 제가끔의 고유한 성정에 따라 자상하고, 소탈하고, 근엄하고, 출중하고, 명석하고, 부지런한 면이 있기야 할 테지만, 그것은 겉으로만 드러내는 시늉이기가 십상일뿐더러 '제도' 속의 그들은 전혀 다른 면면의 소유자일 것은 말할 나위도 없소.

그렇다면 우리가 지금 알고 있는 세상사의 반 이상은 거짓인 셈이고, 실은 그 거짓투성이를 실상인 양 익히고, 배우고, 가르치는 셈이니 이런 야바위판이 어디 있겠소. 뿐만 아니라 그렇게 굴러가도록 만들고, 지금도 줄기차게, 지칠 줄 모르고 교사해대는 '제도' 일반은 반드시 점검해봐야 되지 않겠소. 또한 그 괴물을 점점 더 흉포하게 변형시키는 데도 이력이 난 '사람'의 함량 전반도 착실히 공부해봐야 옳을 것이오. 요컨대 그 두 항목을 상식적인 눈으로, 결국 학교에서 배우고 가르친 대로 훑어보는 글이야 이미 쓰레기나 마찬가지라는 소리요. 물론 이론이 그렇다는 말이고 내 이번 글의 한계야 워낙 여기저기 두드러져 있음을 모르고 있지는 않소.

이쯤에서 그 두 수레바퀴가 영일 없이 삐걱거리며 굴러가도록 방치해둘 것인가, 무슨 해결책을 내놓아야 할 것 아닌가 라고 대들지 싶소. 다른 글쓰기 양식은, 예컨대 현대소설이나 영화 같은 데서는 알 듯 말 듯한 대책을 여운이 길게 늘어놓고, 또 그럴수록 미덕인 것으로 지은이나 만든 이가, 또 읽는 이와 보는 이가 서로 격려를 일삼던데, 이번의 내 조잡한 회고담에서는 장르의 특성상 나름의 또렷한 대안 정도는**(물론 그 적합/부적합 여부야 한선생을 비롯한, 혹시 있을지도 모르는 몇몇 읽는 이가 판단할 몫이오만)** 내놓을 수 있지 싶소.

이미 드러나 있는 대로 나는 일찍이 초등학교부터 중고등학교를 거쳐 대학교까지, 심지어는 사교육의 본바닥인 정통적인 학원에서도 각각 무수한 인재를 가르쳐왔소. 그들이 죽지만 않았으면 다들 제 앞가림을 잘하고 있다고 봐야겠지만, 내 직분이란 사실상 뻔한 지식의 전수에 지나지 않았소. 그 따분한 소임에 싫증을 안 냈다면 거짓말일 테고, 소신껏 열과 성을 다 쏟아 부었다고 해도 참말은 아닐 것이오. 그런데 40년 이상 동안이나 그처럼 열심히 가르쳤는데도 예의 그 삐딱해진 '제도'를 올곧게 바꿔놓으려는 '사람'을 하나도 못 만들어놨으니 이런 낭패가 어디 있겠소. 그야말로 도로(徒勞)인데, 이런 헛수고의 행진이야말로 이미 '제도'의 한 부분이거나 마지못해 다들 추인하는 아포리아일 것이오. 축자적으로 아포리아를 당장에 해결할 수 없는 난문제라고 한다면 그것을 알았으니 그대로 내버려둬서는 안 되는 것이 인간의 본원적 도리일 텐데 말이오. 비근한 예로 박사학위를 여러 개나 갖고 있는 석학인 총장짜리가 차마 입에 올리기조차 부끄러운 명색 '제자'를 키운답시고 설치면서 스스로 자신이 꾸려가는 그 '제도'의 난맥상, 또 그것의 힘 좋은 '타성태'에 무감각으로 덤벼들고 있는 판이니 이런 현상이야말로 지식 전수라는 교육 현장이 전적으로 야바위판이란 소리지 달리 어떻게 명명하겠소. 그러니 대안은 간단하오, '사람'을 만들 게 아니라 '제도'가 기계처럼 굴러가도록 연구를 해보자 이것이오. 법으로 다스리기에는 사회적 경비도 많이 들고, 이미 그 결과가 형편없는 졸작임이 드러났으니 '제도'의 정직한 운행을 조금이라도 방해하는 '사람'이나 관행이나 도구나 기관 같은 제2의 제도가 있다면 즉석에서 감전사를 당하든가 그것의 작동이 한동안 멈춰버리게 하는 장치나 기술의 개발은 그렇게 어려운 것도 아니지 싶소. 실은 전자문명을 이끌어내고 있는 그 기기들이(**이것이야말로 이제부터 제3의 자연으로서의 전자문명을 드세게 활성화시키는 전자제품들이겠는데**) 벌써 그런 바람직한 조짐을 예견하고 있어 그나마 한시름 놓을 수 있지만, 그 경과 조치 일체를 관장하는 것도 결국 '사람'이니 방심이 금물이기는 할 것이오. 말이 나온 김에 한마디만 더 덧붙이겠소. 이즈막에도 예의 그 '빚쟁이' 같은 총장들이 경향 각지에서 제 아들을 비롯한 수하의 여러 마름을 부리며 '학교'나 '교육'을 '내거다'라고 줄기차게 부르짖고 있는 형편이니, 이런 삐딱한 '제도' 속에서 과연 정의와 진리를 깨우치려는 '사람'이 붙어 있고, 배겨낼 수 있는지 의심스러울 뿐이오.

쓸데없는 사설이 길어졌소. 사족 하나만 더 붙이고 말을 줄이겠소. 앞서의 전자통신에도 잠시 운을 띄우다 말았지 않나 싶은데, 재미만 바치는 글의 윤리적 오류에 대한 논란을 이번의 내 같잖은 회고담에 대입해보면 다음과 같은 내 지론이 지레 저절로 도출되지 않을까 싶소.

이미 고백한 대로 심아무 선생은 박정스럽기 이를 데 없이 그렇게 이 땅을 떠나버렸소. 자신의 뿌리를 통째로 버렸다기보다도 내동댕이쳤다고 해야 더 맞을지 모르겠소. 나와 나눈 한때의 불장난이야 그 '뿌리'에 비하면 가지에 붙은 못난 옹이에 불과할 테니 불쏘시개로 태워버리기에 딱 좋은, 무심코 길을 걷다가 '행인1'로 붙잡혀버린 영화 속의 한 장면만큼이나 가치가 있을지 의문이오. 그녀는 충분히 그럴 수 있는 '사람'이고, 또 그런 능력 때문에라도 미국에서 자신의 '뿌리'를 경원하면서 잘 살아갈 수 있는 여자임에는 의심의 여지가 없소. 당연하게도 그 후 내게 어떤 연락도 없었고, 그런 처신은 내 정도의 불민으로도 충분히 예상할 수 있는 바였소. 불민이나마나 남녀 관계란 그처럼 허무하게 종말로 치달을 수밖에 없는, 불에 타 죽는 줄도 모르고 그 임시에는 지 머리를 한사코 처박는 불나방의 행각과 유사함은 여러 실례가 증언하고 있으니 더 이상 말할 필요도 없소.

그런데 참으로 희한하게도 나는 근자에야 그 '뿌리'의 한 편린을 주워들고 아주 망단한 심경에 빠졌소. 그 내막은 다음과 같이 어수룩하면서도 제법 실팍한 구석이 없지 않소.

내 셋째 자식이 여식인데 지금 서울의 어느 대학에서 명색 '서 사학' 전공으로 박사과정을 밟고 있소. 과연 본심이 그런지는 알 수 없으나 시집은 한사코 안 가겠다면서 이런저런 돈벌이로 대학 졸업 후부터 지가 학비를 벌어 쓰고 있는 아이인데, 지난 해부터 지 모교의 한글교육센터에서 일주일에 열두 시간씩 시 간강사 노릇을 하게 되었다고 알려주었소. 알다시피 요즘은 웬 만한 대학이면 서울이든 지방이든 외국인 학생들이 기백 명에 서 천여 명까지 마글거리므로 그들에게 한글을 가르치는 부설 기관을 어차피 자체적으로 꾸려가지 않을 수 없는 형편이잖소. 거기에 내 딸애가 임시직으로 취업을 한 셈인데, 그런 쪽에는 관심이 없어서 보수 따위는 물어보지도 않았소. 아무튼 내 딸 애가 하루는 무심코 흘리는 말로, '잭콕'(잭 다니엘이라는 싸구려 양주에 콜라를 1:2 또는 1:3으로 섞어서 마시면 꽤 환상적이라며, 요즘 젊은 사람들의 술풍속인갑소) 마시는 외국인 교환학생들의 모임 에 초대 받아 갔더니 지가 가르치는 학생 중에 한국인 2세 미 국인 여학생이 있는데, 한때의 여배우 문정숙을 닮아서(내 딸애 는 학부 때부터 영화 동아리 활동에 꽤나 열을 올렸고, 그 연줄로 지금 도 그쪽 동호인들과 나름의 아르바이트 거리로 돈벌이도 하고 있다 하 오) 눈썹이 굵고 시커멓다는 개 말이 자기 이모도 '예전의 한국' 에서 영어를 가르친 적이 있다고 했다는 것이었소. 전후 맥락 을 산술적으로 셈해보니 내 딸애는 심모 선생과 내가 그 좀 불 가사의한 인연을 맺은 후에 잉태한 늦둥이였소. 캐어묻고 싶은 말이 너무 많았으나, 나는 이마에 땀을 빠작빠작 흘리며 입을

닫고 있을 수밖에 없었소. 그 학생의 이모 성씨가 희성인 심인지, 재직했던 대학이 서울이었는지 아니면 지방이었는지 알아보라고 할 수 있는데도, 내 전비가 탄로날까봐 걱정해서가 아니라, 여태까지 나는 꿀 먹은 벙어리 행세를 하고 있소.

내가 이 좀 이상한 일화를 공개하는 뜻은 물론 다른 데 있소. 확률로 따질 수도 없는 이런 기연을 확대해석하고, 심지어는 공상을 부풀려서, 달리 말하자면 적당한 조작 기술을 발휘하여 '재미'를 욱여넣는 글쓰기는, 그 글이 비록 실화에 기대고 있다 하더라고 어색할 뿐만 아니라 돈벌이 수단 같다는 혐의에서 자유로울 수 없다는 것이오. 내 지론이 그러므로 나는 당연히 내 회고담의 제1장 '돌풍전후'에서는 그런저런 모티브 일체를 빼버렸소. 어째 팔불출의 하나라는 자식 말을 늘어놓아 민망하기 이를 데 없소만, 내 말의 요지는 웬만큼 수월하게 전달되었지 않았나 싶은데, 말씀 좀 해주시오.

제2장은, 인간의 심적/정신적 덕성 중 충성효심·우정·사랑을 기중 기릴 만한 것으로 친다면, 마지막 것은 먼저 '돌풍전후'에서 소략하게나마 토로해놓았으니 역순으로 친구간의 신의에 대해서 내 나름의 경험담을 다룰 작정이오. 둘도 없는 친구 사이의 자별한 우정을 동서고금의 모든 사례는 칭송하기에 바쁜데, 나로서는 그것이야말로 가장 허무맹랑한 막말이며 거추장스러운 멍에일 수 있다는 내 논지를 풀어갈 작정이니 기대해주시오.

긴장을 몰아오는 글쓰기의 맛을 이제야 어렴풋이 깨닫고 있으니 이런 둔재가 어디 있겠소. 그래서라도 나는 내 생애는 말할 것도 없고 지난날의 내 생업에 누구 말대로 침이라도 뱉고 싶소. 그런데 망신스럽게도 이 따위 '회고담'을 실패에 감아둔 실처럼 주저리주저리 풀어놓고 있으니 이런 아이러니를 어떻게 불러야 할지 궁리 중이오. 여불비례.

한교수는 달변의 장광설을 듣고 났건만 그 요지를 정리해보자니 막막할 때처럼 잠시 연구실 천장의 얼금얼금한 냉난방 설비에 시선을 못 박고 있었다. 그러면서도 자기가 낳은 자식을 누가 다리 밑에서 주워온 애랄까봐 굳이 남 앞에서 어떻게 배태했고, 태몽이 어땠고, 순산이었으며, 말썽 없이 커서 한시름 놓았다는 넋두리를 자꾸 듣는 것처럼 민망해서 저절로 머리가 절레절레 흔들려졌다.

나그네
세상

1

　화살표 깜박이로 피사체의 몸통들마다를 차례로 집적거리며 샅샅이 훑어봐도 남의 집안 팔순 노모의 자태는 도무지 안 보인다. 리무진 관광버스답게 출입문 발판이 땅바닥에 닿을 듯 나지막하긴 했지만, 노파는 한나절에도 두어 번씩은 꼭 오르내려야 하는 그 거동에 고되다거나 비편하다는 기색을 조금도 얼보이지 않았다. 그냥 먼발치에서 눈에 띄는 대로 잠시 뇌리에 찍어뒀을 뿐이고, 빈말이라도 이쪽에서 먼저 '아직 근력이 정정하시네요' 같은 인사치레를 닦지도 않았긴 하다. 하기야 두 팀으로 나누어진 일행 예순 명 남짓을 한 장에 쓸어 담는 단체사진을 찍을 데라곤 여기밖에 없다고 두 가이드가 누구이 얼레발을 쳐댔건만 그 연세에 하 시들먹해서 마냥 버스 속에서 죽치고 있었을 게 틀림없다. 보다시피 노파의 네 딸은 제일 뒷줄에 용케도 나이 순서대로 가지런히 서 있다.

한 시간은 좋이 구불구불 돌아가며 재를 넘자 아침부터 내내 추적거리던 빗발이 보란 듯이 뚝 그쳤다. 버스에서 내리자 눈이 시릴 정도로 새파란 하늘이 들었다. 활화산 꼭대기에서 내뿜는 목욕탕 굴뚝의 연기 같은 뿌연 수증기 가닥들이 보기 좋게 화면 상단을 메우고 있고, 그 아래로 제법 실그러졌다 싶게 펼쳐진 민틋한 녹색 잔디밭이 물매 뜬* 인공의 산기슭 맞잡이라 키들이 고루 들쭉날쭉하다. 아무래도 흰색 말고는 그때 보았던 그 녹색, 짙은 잉크빛에 가깝던 그 하늘색이 아니다. 역시 화면의 한계거나 자연의 우월성 중 하나다. 그때 북위 42도의 서늘한 한여름 날씨와 하늘빛만이라도 외워가자며 유심히 봐두었던 터이다.

막내딸 경숙이는 보자마자 의외로 이쪽을 웬만큼 알고 있다는 낌새를 대뜸 눈가에 피워 올렸지만 볼수록 낯설었다. 키가 늘씬해서 체육선생이라고 해야 믿길 만한데다 질그릇처럼 툭박진 얼굴에 콧마루가 유달리 우뚝하고 비공도 그만큼 큼지막해서 사람보다 코가 먼저 육박해오는 인상이었다. 싱거운 소리를 잘하는 이쪽 일행 중 하나가, 하, 아깝다, 아직도 저 나이에 처자라니, 서양사람처럼 코치레도 장하구만서도, 소피아 로렌코보다 더 크고 씩씩하다, 라고 탄성을 내지르자, 누구가, 왜 하필 소피아 로렌인가, 잉그리드 버그만도 있는데, 라며 우스개를 내놓았고, 피부가 후자만큼 희고 야들야들하지 않아서 하

---

* **물매 뜨다** 기울기가 가파르지 않다.

는 말이지, 라고 제딴의 심미안을 내놓자, 이번에는, 이쪽저쪽을 다 만져보고 비비대본 것 겉다, 얼매나 좋았실까 하고 지레 걸떡거렸다. 여자의 미추를 보는 눈은 대체로 다들 어금버금한 듯싶고, 그녀의 그 좀 개성적인 용모에 속으로 무릎들을 치고 있는 낌새였다.

이미 몇 번이나 주시해온 피시 화면상에 떠올린 고만고만한 여행사진이라 신물이 날 만도 하건만 이가는 시방 무슨 숨은 혐의라도 발겨낼 것처럼 염탐질에 붙들려 있는 판이다. 각자가 데리고 온 제 마누라짜리 다섯 명까지 합쳐서 이가 일행 열여섯 명은 예순 줄을 바라보는 나이나 체신에 걸맞게 오른쪽 첫째 줄과 둘째 줄에 우쭐우쭐 서 있거나 엉거주춤하니 쪼그리고 앉아 있다. 일행 중에서 유일하게 맨발에다 샌들 차림이었던 이가의 발등에 잔디밭의 물기가 축축하게 젖어들던 기억이 지금도 생생하다.

화면 하단에 찍힌 숫자대로 지난 한여름, 곧 '2009. 08. 14'에 일어난 사단이다. 그러니까 그때의 패키지 투어를 처음부터 발설하고 끝까지 온통 주선한 서울 소재의 유단장이 일행의 대표로서 주관 여행사로부터 전송 받은 단체사진을 그 자신이 디카로 찍은 백여 장의 컬러 사진과 함께 실어 보낸 것들 중에서 '지난여름 갑자기 불붙은 어떤 한 쌍의 정념의 흔적들'을 찾고 있는 셈인데, 막상 그 상대적 지명도가 한참 떨어지는 대구시 외곽지 소재의 어느 사립대학 접장인 이가는 속으로 '미친것들, 어쩌자고 지금 나이에 실없이 인연을 만들려고 지랄이야, 공연히 남들한테 폐나 끼치고 어수선하게, 그야말로 가관에 별꼴이 만발이네, 된장들은 힘도 좋아, 다 마늘 장복 덕인가' 같은 지청구를 마구 쏟아내고 있다. 그렇긴 해도 이번 학기 내내 남의 오입질, 나아가서 호작질 곧 소꿉장난에 설왕설래를 일삼느라고 총기도 좋게 그의 강의시간표까지 외워버린 유가로부터 하마나 전화가 있을까, 이 더펄이*가 그 후일담을 전자우편으로 띄워 보낼 때도 됐건만 하고 촘촘히 기다리고 있는 터이다.

친구 좋다고 거름 지고 장에 따라나선 격이랄까, 영 마뜩찮은 기분을 뒤꼭지에 매달고 이가가 지난여름의 한복판 곧 말복 임시에 불쑥 3박 4일 일정으로 삿포로 일대의 단체 관광여행에 껴묻어 간 전말의 약도는 다음과 같이 엉성궂다.

벌써 오래전 일인데, 친구들이 친목회를 하나 만들자고 했다. 아마도 다들 갓 직장을 잡았거나 더불어 배우자를 고르느라고 덥적거리던* 때였을 것이다. 그때도 발설자가 유가였던지는 아슴푸레하지만, 그가 중심인물이었던 것은 분명하고 그 후 회장·총무 같은 명칭뿐인 직책을 혼자서 독점해왔을뿐더러, 초창기 두어 해 동안 그 친목회의 회비 통장도 그가 갈무리했던 것은 엄연한 사실이다. 아무튼 무슨 말이든지 이리저리 둘러대기를 잘하던 그가 앞으로 닥칠 경조사에 친구들끼리의 친소 관계를·떠나서 친목회 이름으로 두둑한 부조금을 전하고 화환을 내

* **더펄이** 성미가 꽁하지 않고 덥적덥적하여 활발한 사람.
* **덥적거리다** 남에게 붙임성 있게 굴다.

238

걸면 남 보기에 얼마나 그들먹하니 낯이 서겠냐고 했다. 덧붙이기를 이 세상 어느 구석에서 살아가더라도 우리끼리의 우정과 친목을 죽을 때까지 돈독히 다져가자는 거창한 다짐조차 미리감치 디밀었다. 한창들 혈기방장할 때라 거의 스무남은 명이 삽시간에 거명되었다. 말이 퍼지자 주비위원 격인 한 친구가 마지못해 인선한, 말하자면 겨우 피추천인인 주제가 제 동네의 불알친구를 달고 와서 공개적으로 입회시키자고 앙청해대는 판이었는데, 누군가가 이럴 때 쓰려고 일찌감치 챙겨놨다는 듯이 친목회 명칭을 '심경회'로 하자고 했다. 그 뜻풀이에 따르면 거울같이 맑은 마음으로 세상과 친구를 밝게 비춰주자는 것이니, 또 마음을 논밭 매듯이 깊이 갈아도 좋으니 서로가 어깨를 겯고 가로가로 도와가며 살아가자는 것이었다. 다들 그 취지가 산뜻하게 요약되어 있어서 좋다고, 그 두루 써먹기 좋고 발음도 쉬운 이름이 갸륵해서라도 단지는 못할망정 손가락 끝의 피는 한두 방울쯤 뽑아 혈맹을 불사하자고 설치는 친구도 있었다. 발기인 댓 명이 서른 명 안쪽으로 회원을 추려서 명색 창립기념집회를 열어보니 면면 중에는 향리의 지방법원 배석판사가 있는가 하면, 명패만 사업한다고 걸어놓고선 건달처럼 장차 회원들의 회비나 걷으러 다니느라고 허둥거릴 백수 후보자에, 벌써 야산 자락에다 초지를 일궈놓고 비육우를 키우는 영농가도 있었고, 세전지물로 내려오는 근교의 금싸라기 땅에다 주유소를 차린 기름쟁이는 무스 바른 고수머리가 번질거렸고, 그때 마지막 학위 과정을 밟느라고 일주일에 한 번씩 서울을 들락거리던 이가는 시간강사였으나 실업자와 진배없었다. 일부러 골라잡아서 생업들이 그처럼 다양했던 것은 아니었을 테지만 바로 그런 특색이 '서로 마음을 비춰보기'에 나쁠 것은 없지 싶었다. 그러나 무슨 학연 같은 것을 굳이 들먹이자면 끼리끼리 초등학교 동창생이고, 삼삼은 동명의 중학교를 함께 다녔는가 하면 오오는 고등학교 때부터 단짝 친구이기도 했으며, 대학 출신은 여기저기 흩어져 있는 것을 주워 모은 형국에다 그나마 반반한 캠퍼스의 동문들은 학번이 다르기도 해서 그만큼 이 땅의 거추장스러운 학력 콤플렉스 따위를 지닐 하등의 이유가 없는 점도 돋보였다. 물론 그런 장점은 결속력이 없다는 허점을 두드러지게 만들어서 도대체 이 잡동사니의 친목계가 향후 몇 해나 구명도생할 수 있을는지 모르겠다는 회원들도 없지 않았다. 그러나마나 수시로 떼 지어 뭉쳐가며 살아야 사는 것 같은 보람을 느끼는 이 고장의 오랜 사람살이 관행을 좇아 한때는 부지런히들 만나서 이번 여름에는 운문사 계곡에 발을 담그고 누렁이도리기*를 벌이자고 말을 모으는가 하면, 봄철에는 더러 흑염소 한 마리를 잡아서 회원들의 가족까지 데불고 그 수육을 포식하게 만들었다. 그런 전성기도 잠시였다. 다들 제 앞가림하기에도 바쁜데다 자식들 뒷바라지로 영일이 없고, 부도를 내고 잠적해버린 한 허울 좋은 사장짜리의 뒷갈망으로 가장 친한 친구끼리 의절하고, 그래서 무슨 일이든 흐지부지 용두사

---

*도리기 여러 사람이 추렴하여 음식을 나누어 먹는 일.

미가 되고 마는 이 바닥의 짱짱한 전통을 수굿이 따르지 않을 수 없어서였다. 자연스럽게도 최근에는 그야말로 유명무실의 표본이 되고 말아서 회원들 집에 초상이 나거나 혼사가 있으면 어쩔 수 없이 불려나가 잠시 얼굴이나 비치는 정도였고, 벌써 저승귀신이 된 회원도 노치(老齒) 빠지듯이 두 명이나 생겼고, 밴쿠버·덴버 따위로 솔가해버려 연락두절 상태의 난민도 생긴 형편이었다.

연원이 그렇달 뿐이지 이제는 되돌아봐야 하등에 쓰잘 데 없는 세사였다. 그럴 수밖에 없는 것이 이가라는 이 명색 대학 접장은 이 바닥 인문학의 본령이라고 해도 과언이 아닌 뜻글자의 진정한 뜻을 고구하는 자신의 생업에 그나마 충실한 성품답게 모든 인간관계를 탐탁찮게 여기는 고질이 생래적으로 꽤 심한 편임을 스스로 자각하고 있어서이다. 따라서 처음부터 그런 친목회에 발을 걸쳐놓은 것도 귀찮기 이를 데 없는 노릇이었으나, 한편으로는 매사에 적당주의랄까 보신주의를 처세의 제1원리로 삼는 눈치꾸러기인데다가, 이 세상과 부화뇌동하지 않는 인간이 도대체 있기나 한가, 이 시대와 불화를 일궈 무슨 덕 볼일이 있나 같은 궤변도 때맞춰 시부렁거릴 줄 아는 속물이기는 했다. 요컨대 누구와라도 적당한 거리의 유대 관계를 맺어가다가도 저쪽에서 무슨 일을 앞세우고 바싹 다가들면 더럭 경계색을 드러내면서 슬그머니 꼬리를 사리고 제 본업에 매달리는 이가의 천성은 천생 접장이었다. 어쨌든 살아갈수록 각자의 생업이 다른 만큼이나 말투·의식·처세에 엄청난 격차가 두 눈에 빨려들듯이 다가오는 판이라 최근 10여 년 동안 이가는 예의 그 모임이라면 이런저런 핑계를 둘러대며 외면해오고 있는 터였다. 그렇다고 직장 동료들과도 걱실거리는* 터수가 아니므로 누구라도 그런대로 멀쩡한 허우대의 이모 접장과 허교한 후 그의 속살을 웬만큼 알고 나면 도대체 무슨 재미로 저렇게 외돌토리로 살아가는가 싶지만, 막상 이가 본인은 하루하루를 분초 단위로 쪼개 쓴다고 해도 좋을 지경으로 분망한 가운데 제 본분 지키기 곧 접장질에는 민페나 하겠다는, 이를테면 최대한의 겸손과 교만으로 자신의 체신을 위장하며 그럭저럭 버텨내는 위인이기는 했다. 그렇다는 것은, 강단을 지킨 지도 어언 20여 년이나 되었으므로 당장 그만둔다 하더라도 연금생활자로서의 의식주만큼은 겨우 자족할 수 있게 되었다는 자위가 저절로 안도의 한숨을 내쉬게 만들고, 그럴수록 이 같잖은 본업에 싫증을 내지 않고 덤비는 자신의 지극히 재미없는 생활세계랄까, 그 따분한 인생살이가 고마워서 번번이 숙연해지고 말아서이다.

그러나 사람은 역시 제 혼자 잘났다면서 살아지는 유기체는 아닌 모양이었다. 지난 여름방학을 바로 코앞에다 겨누고 있던 시점에서 유가가, 나다, 유총무다, 회장도 없지만 회장 대리는 아니고, 라면서 뜬금없이 접장 이가에게 전화를 걸어왔다. 아직도 그 유명무실한 친목계가 명맥을 유지하고 있는지 뜨악했

---

*걱실거리다 성질이 너그러워 언행을 활발하게 하다.

지만, 그를 언제 만났는지도 아슴아슴하고, 전화 기별은 더욱이나 오랜만인 것이, 유가의 주위에는 늘 신원미상의 졸개가 한 사람 이상씩 붙어 다니는 일종의 되다 만 정치적 인물이 바로 그의 정체라는 해묵은 선입관이 성큼 어룽거렸기 때문이었다. 어쨌든 그쪽은 대뜸, 여전히 자리는 착실히 지키고 있네 라면서 예전 같으면, 안 죽고 살아 있나 싶어 전화라도 해봤다, 연락이나 철철이 좀 하고 살자, 답답한 줄도 모르는 무슨 은자도 아니고 참 용타, 라고나 했을 그 수더분한 말본새를 점잖게 눅이고 있었다. 환갑 밑이어서 말투가 그처럼 고와진 게 아니라 예의 그 '마음갈이로서의 남의 마음 비춰보기'로 무슨 청탁 여부를 알아볼 낌새가 완연했다. 과연 이가의 예상은 제대로 적중했으나, 그가 모로든 외로든 도울 수 있는 사안도 아님이 곧장 드러났고, 그런 선긋기야말로 그의 평소 처신을 제대로 토로한 대목이었다.

　당연하게도 그 전화질은 인사 청탁이라기보다도 그것을 요령 좋게 할 수 있는 길이 어떻게 뚫려 있는지, 그 취업건의 일차적인 권한을 누가 쥐고 있는지 따위를 알아보는 탐문이었다. 그러니까 그의 처족인지 친족인지 알 수 없으나 "뭣 하나 내삐릴 것 없는 인척 한 놈이" 시방 이교수 자네가 봉직하고 있는 그 학교의 임용 전형에 원서를 내놓고 있는데, "당최 다리를 걸칠 만한 인사가 내 주위에 씻은 듯이 없어서 우짜믄 좋겠노 카고 맥을 놓고 있다가 퍼뜩 짚이는 데가 있어서" 이렇게 전화를 넣어봤다는 것이었다. 말이 길어지다보니 지원자의 신원이 이내 드러났다. 미국 북동부의 유명짜한 대학에서 학위를 했다니 흠잡을 데 없는 학력이었고, 배태신앙을 자랑하는 기독교인이라 하니 착한 심성에다 어디서나 솔선수범하는 봉사정신도남다를 테며, 전언자가 잠시 멈칫거리긴 했으나 지원자의 부인은 당분간 이중국적자로서 우리말보다 더 편한 영어로 현지에서 무슨 직종인가에 종사할 모양이더라면서 슬하의 두 자식중 하나가 지체장애아라고, 딱해 죽겠다면서 엉뚱한 사람에게미리 동성까지 사려고 들었다. 더 이상 들을 것도 없었나. 그런 취업건에 관한 조언이라면 누구에게라도 서슴없이 일차 선고권자(選考權者)로서의 경험담을 솔직하게 들려주는 터이므로 이가는, 제발 언행을 나부대지도 또 아는 체도 하지 말고 오로지 겸손한 자세로 모른다고, 학문으로나 세상 문리로나 아직도 제대로 아는 게 하나도 없다고 하는 게 상책이라고, 그렇게단단히 조지라고 일렀다. 명색 전형위원들인 대학 접장들이 아무리 학문적으로야 빌빌거린다 해도 임용 지원자의 머리꼭지에 앉아 있을 거 아닌가, 그러니 무조건 무지몽매하다면서 지허리부터 꺾으라는 당부였다. 유가는 즉각, 백번 맞는 말이다,실제로도 꼭 그렇고, 옛날 박사 말이지 요즘 개똥 박사들은 워낙 흔해빠져서 남이 걷어차면 아무데나 쑤셔 박히는 깡통들이지천인 것은 우리 같은 장삼이사도 조석으로 익히 봐오고 있다며 맞장구를 치더니, 뒤이어 최종 낙점권은 누가 어떻게 행사하느냐고 곱다라니 물었다. 그 절차도 뻔한 관행이라서 이가는곧이곧대로 들려주었다. 곧 이가가 소속된 인문대나 지원자가 지망한 사회대나 그 전형은 매한가지인데, 제출한 각종 서류의 기재사항 따위를 근거에 따라서 수치로 뽑아내게 되어 있으므로 금방 그 상대적 우열이 드러나며, 면접과 시범강의에 대한 평가도 해당 학과의 여러 교수들이 작성하는 심정적·객관적인 계량화에 따라 암묵적인 석차가 쉽게 불거져 나올 수밖에 없고, 그렇게 엄선한 지원자를 임의로, 그러나 대체로 3배수쯤을 총장 이하 두어 명의 품성 감별 면접관 앞에 세우게 하며, 거기서는 주로 무슨 일이든 맡기고 시킬 수 있겠는지를 점쳐보는 이른바 제멋대로 넘겨짚기로서의 관상 보기가 이루어진다고 했다. 요컨대 복잡한 것 같아도 요식행위일 뿐이니 모든 절차가 공정하고 엄격하게 진행되지만 결국에는 운수소관일 것이라고, 여러 말 할 것 없이 지원자의 팔자에 대학 접장이 될 운이 씌어져 있으면 될 것이라고 이가는 단정 지으면서 형편이 웬만하거든 누구라도 대학 접장 노릇만은 하지 말라고 일러주고 싶다고, 이 생업이야말로 언죽번죽 말이나 둘러맞추는 지 장단에 놀아나다보면 속물 중의 상속물이 되는 첩경 같아서 그런다고 심드렁히 덧붙였다. 저쪽의 말귀가 어둡든 말든 그런 심회라도 터뜨리고 나니 이가는 새삼스럽게 제 직분에 다소나마 위로가 보태진 것 같았다. 이쪽의 그런 심중을 아는지 모르는지 속물은 남의 말에 선뜻 승복을 잘함으로써 피차간에 마땅찮은 심사의 불씨를 아예 없애 버릇하므로 수월히, 맞다, 만사가 운이다, 와 아이라, 팔자에 씌어 있어야지, 역시 젊은 아이들 가르치는 사람 말이 다르다, 귀에 속속 들어온다, 들은 대로 단단히 이르꾸마, 어쩌구 하며 발 빠른 심부름꾼처럼 헐레벌떡 전화를 끊었다.

달포쯤이 지났다. 늘 그런 것처럼 유가는 또 느닷없이 비윗살도 좋게 전화로 이가를 찾더니, 방학 중인데 여전히 별 볼일이 많냐고 물었다. 대답하기가 난해해서 어떻게 둘러댈까 하고 우물쭈물거리고 있는데, 유가는 이쪽의 생업과 전공이 그런 만큼 답사다. 학회다로 국내외 여행을 오죽 많이 했을까만, 이번에 불특정 다수의 선남선녀와 단체여행을 한번 해보지 않겠느냐고 이가의 의사를 다신해왔다. 이런 경우에 단체여행은 도대체 무슨 말인지 이가는 종잡을 수 없었다. 권유자는 놀린다는 어투는 전혀 묻지 않고, 그러나 다방면에 걸친 자신의 여러 능력만큼은 반드시 과시해야 직성이 풀리겠다는 어조를 풀풀 끼얹으며, 이박사 자네도 모르는 기 많네, 하고 나서, 요새는 여행도 상품이라서 온갖 기 구색대로 다 갖춰져 있어서 고객들이 지 입맛대로, 주머니 형편대로 골라잡아 간다는 것이었다. 그러니 숱한 여행사들이 볼거리 많은 행선지를 개발하여 적당한 일정을 꿰맞춰놓고 수시로 희망자를 모아서 그야말로 놀고 먹는 유람행차가 바로 오늘날 이 땅의 단체 해외여행인데, 시방 삿포로 일대의 관광을 3박 4일로 끝내주는 맞춤한 상품 하나가 아주 헐값에 나와 있다고 했다. 그것도 무슨 경매처럼 원매자가 임의로 가격을 정하는 것인지 어리둥절해 있으니, 아무튼 시세의 3분의 2 값으로 일류호텔에서 숙식이 제공된다고, 자네만 좋다면 이번 경비는 지 쪽에서 대납할 테니 일행에게 속닥하니 술이나 한잔 사라고 선후책까지 내놓았다. 단체여행 중의 일행이라면 그 범위가 어디까지인지, 배보다 배꼽이 더 크다는 꼴로 술값이 더 비쌀 것 같아 고사하려는데, 참, 인사가 늦었다며 일전에 알아봤던 그 교수 임용건은 자네 조언 덕분에 일이 잘됐다고, 그런저런 연유로 신세를 갚을 테니 만사 전폐하고 몸만 따라나서라고 숫제 강청이었다. 어째 일이 수상쩍게 굴러간다 싶고 무슨 구설수에 휘말려들지도 모르겠어서 여비 송금처를 알려달라고 잘라 말했더니, 참 소심하네 라면서 유가 자신의 은행 구좌번호를 알려주었다. 여비를 전화로 부쳐 보내고 나서 가만히 생각해보니 이제는 한 직장의 동료가 되고 만 그의 인척이 과연 어떤 촌수인지 유가는 끝내 얼버무리고 있어서 적잖이 궁금하지만, 이가는 그 신참 정치학도에게 언젠가 물어봐야겠다고 마음자리에다 쟁여두고 있긴 해도 대충 짐작이 가는 터여서 모른 체하기로 작정해버렸다.

가느니 마느니로 서너 차례의 설왕설래 끝에 이가는 8월 12일 새벽에 용약 우거를 나섰다. 우거일 수밖에 없음은 아직 학업 중인 자식 둘이 전세로 빌려 쓰고 있는 천호동의 한 빌라형 단독 아파트이기도 해서 그랬지만, 그 썰렁한 공간마저 다섯 살 터울의 두 형제가 함께 쓰는 경우는 일주일에 두 번이 될까 말까 하다니 알조인데다가 그날 밤도 두 놈 다 그룹 스터디다, 야간 당직이다로 지 애비를 임시 독거노인으로 만들고 있어서였다. 어쨌든 숫자 네 개만 누르면 무상출입할 수 있는 그 우거에서 이가는 꼬박 일곱 시간쯤 머무르다 썰렁하니 빠져나온 셈이었다.

거기서 5분도 채 안 걸리는 공항행 리무진 버스정류장까지 배낭을 멘 채로 우산을 받쳐 들고 걸어가는데, 비가 억수같이 퍼부었다. 좀 꺼림했으나 이왕 나선 걸음이었고, 설마 본전이야 못 건질까 하고 마음을 도사렸다. 그로서는 일본 여행을 이미 두어 차례나, 그것도 오래전에 짧은 일정의 공적인 탐방으로 치른 터라 이렇다 할 감흥을 새삼스럽게 일굴 건덕지도 없었지만, 인천공항을 이용하기는 처음이라 그동안 엔간히도 우물 안 개구리로 살았다 싶어 전에 없이 제 주제와 처신을 되돌아보는 계기는 되었다. 그렇다고 후회를 곱씹는 것도 아니었고, 이 미친 듯이 바쁘게 돌아가는 세상살이에서 저만은 느직하게 살아감으로써 알량한 자부심 같은 것이나마 챙길 계제가 아님도 그는 잘 알았다. 방학마다 한때의 유학지를 반드시 다녀온다거나 선바람을 쐬러 갔다 온다 싶게 해외여행을 자주 해대는 주위의 지인들을 경원하지도, 그렇다고 저게 무슨 낭비에, 허영에, 낭만벽인가 하고 따져보는 짓거리도 부질없다고 치부해버린 지 오래였다.

리무진 버스 차창에 촘촘히 내리꽂히는 빗방울 너머로 내빼는 흐릿한 서울 거리의 새벽 풍경이라기보다 그 분위기를 외울 듯이 쏘아보며 그는 평소의 상념을 반추했다. 그는 시방 난생처음 어떤 볼 일도 없이 오로지 놀기 위해 남의 나라 여행길에 올랐으며, 책으로만 읽은 온 관념의 세상을 몸으로 익히려고 나선 걸음이다. 실상 오늘의 세계는 백번 듣는 것이 한번 보는 것보다 못하다는 말도 설득력이 없다. 사진으로, 화면으로, 중복되는 여러 관점의 숱한 글들이 기시감을 전폭적으로, 거의 무한대로 펼쳐놓고 있으니까.

사진기가 발명되고 나서 사진가라는 직업이 생겼음은 엄연한 사실이지만, 여행지의 풍광과 풍속은 만들어내거나 찾아낼 대상조차 아니다. 그것들은 오래전부터, 누대에 걸쳐 그런 모습으로 거기에 있어왔다. 보는 바와 같이 풍경 사진은 어느 것이나 너무 아름다운데 막상 현장에 당도해보면 남루를 면치 못해 실망스럽다. 그렇다고 해서 사진기라는 피사체 재현용 기계와 사진이라는 반(半)창작물을 나무랄 수도, 더욱이나 현지의 경치와 삶 그 자체를 엉터리니 위선이니 해대며 매도할 수도 없다. 그러므로 오늘날의 사진가나 여행가는 불특정 다수에게 무언가를 알린다는 어떤 '제도'의 산물일 뿐이며, 그것에 따라 붙는 여러 모양새의 소비 일체를 부추기는 매개체거나 소도구에 지나지 않는다. 물론 그런 알림은 전체에서 한 조각만을 떼어낸 일부분일 뿐이어서 당연하게도 피상적이며, 그런 의미에서도 일종의 허상 매개물이거나 군맹무상(群盲撫象)을 유도하는 수단임은 말할 나위도 없다.

인천공항의 청사 앞 아스팔트도 줄기차게 내리꽂히는 굵은 빗방울로 연방 자잘한 물웅덩이가 파졌다 지워지곤 했고, 그 위를 몇 발자국 철버덕거리자 이가의 샌들은 이내 흠뻑 젖어버렸다. 그런 불가항력 앞에서는 대체로 태무심할 수밖에 없다는 것이 이가의 생활습관이었다. 만부득이 눈코 뜰 새 없이 바쁘게 일상을 꾸려가는 두 자식에게 왜 그렇게 허둥지둥 살아가느냐고 나무랄 수도 없듯이 그건 그랬다. 날씨마저 이처럼 무언가를 다조진다 싶게 험한데도 과연 비행기가 뜰 수 있을까 하고 그는 잠시 궁금증을 어루다독였다.

일러준 약속 장소에 당도하자 선착했나 싶어 그는 주위를 두리번거렸다. 마침 출입구 쪽으로 가지런히 도열해 있는 상가 중에서 한 매점이 눈에 띄었다. 그는 그 짙은 향기를 쫓아가서 뜨거운 카푸지노 한 산을 달라고 했고, 그것을 들고 본격적으로 사람 구경을 할 채비로 우두커니 섰다. 당연하게도 그는 관객이므로 주목 받는 무대 위의 한 자리를 피하느라고 외진 구석을 잡았다.

누구라도 자주 느낄 텐데, 잠시라도 가만히 죽치고 있지 못하는 희한한 미물이 현생인류이다. 몸을 움직이지 않을 때는 머리로라도 쓸데없는 생각거리를 일부러 자아올려 그 씨가 닳도록 어루만진다. 꼴사납게 억지 분주를 떨어대는 형국이다. 물론 그런 자발없는 행동거지가 좋은 쪽으로는 원력(願力) 같은 것에 기대서 오늘의 이 요사스러운 문명을 이루었다고 봐야 옳고, 나쁜 쪽으로 가닥을 잡으면 인간이 스스로 만들어 퍼뜨린 이 모든 수선스러운 제도에, 해외 단체여행이야말로 그런 제도의 본보기로 손색이 없는데, 솔직히 말하자면 남들은 어떻게 살아가고 있나를 둘러보는 짓거리야말로 지 목숨 부지와는 전적으로 무관한 반자연적 관행일 뿐이며, 이런 수다스러운 뭇 풍조에 옭매여 사는 셈이며, 아무리 멀리 잡더라도 금세기 안에 이 헐떡거리는 지구문명 자체가 어떤 거대한 허방다리에 빠지고 말리라는 예상이다. 지금과는 다른 형식과 내용의 모듬살이는 있을 수 없고, 그런 상정 자체가 이때껏의 사람살이와 견주어 보더라도 형용모순일 뿐이며, 아무튼 조만간 결딴이 난다, 종말론과는 다르게, 전지구 규모의 물리적이고 화학적인 괴변이 덮쳐서, 그것도 괴기스럽게, 노아의 홍수는 차라리 너무나 낭만적이었다는 탄성을 내지르면서.

누군가가 인간의 모든 비극은 혼자서 조용히 있지 못하는 데서, 곧 문밖출입을 상습화함으로써 빚어졌다며 장탄식의 절규를 내질렀지만, 그게 결국은 그 말이고 백번 타당하다. 커피는 잠을 말갛게 쫓아내버리는 특효약임에 틀림없는 것 같고, 공연히 사위스럽고 방정맞기도 한 지레걱정을 채근해대는, 당장에는 그 절절한 욕망을 해소할 길이 없는데도 삼켜버려야 하는 미약과 같다.

간밤에도 편의점에서 사들고 들어간 캔커피를 마신 통에 뜬눈으로, 한숨으로 지새웠다. 옷가지와 책들을 아무렇게나 널브려놓은 방을 하나씩 차지하고, 식탁 위에는 라면 봉다리만 처쟁여 있는 자식들의 우거에서.

눈앞에서 어정버정거리는 이 숱한 행락객은 무슨 제도에 갑시어 이런 시위살(示威煞)을 제멋대로 행사하나, 모를 일이다. 인류에게서 수면을 빼앗아버렸다면 그 시간만큼의 소란스러운 야단법석 때문에라도 진작에 망조가 들었을 게다. 이 넓디넓은 실내 광장을 빼곡히 메우고 있는 인파의 물질적 동력원이 경제력 곧 돈만도 아니다.

두 아들놈이야 그렇다고 쳐도 마누라쟁이조차 잘 도착했냐는 인사 전화도 없어서 더 괴괴하던 간밤의 그 임시 거처와 이 새벽의 북적거림은 너무나 대조적이다. 열한시 반쯤에야 집으로 전화를 걸었더니 마누라쟁이는 소파에 오도카니 앉아서 졸리는 음성으로 애들 집은 잘 찾아갔냐고 묻고 나서, 그렇잖아도 큰애가 하필 오늘따라 밤 근무라서 아버지와 식사는커녕 대면도 못하게 생겼다고, 엄마가 대신 미안하다고 전해달리는 연락이 아까 왔었다고 알려주었다. 아들놈들이란 딸처럼 오사바사한* 맛이 없어 틀렸다, 다 지 애비의 성정을 물려받아서 그럴 테지만. 그나마 조손(祖孫)이 밥벌이가 같아질 판인 게 다행인지 어떤지 모르겠으나, 제발 개업할 생각일랑 접고, 또 그 앞갈망을 얼마라도 도맡을 경제력이 없는 아비를 원망하지 말고 후딱 취직이나 해주길 바라는 심정이다.

그쯤에서 이가의 반문명적 상념을 방해하는 떼거리가 연이어 바퀴 달린 짐짝들을 질질 끌고 주춤주춤 다가섰다. 일행의 우두머리는 역시 유가여서 그의 너름새가 곧장 소란스러움을 일구었다. 곧 서로 인사들 하라는 하명이 그것이었는데, 반쯤은 예의 그 심경회 회원들이어서 구면이었지만, "준회원이나 마찬가지다"라는 말 같잖은 너스레를 곱다시 받아내고 있는 나머지는 초면인데다가 달고 온 다섯 명의 부인들도 당연히

---

* **오사바사하다** 굳은 주견 없이 마음이 부드럽고 사근사근하다.

생면부지였다. 부인네들 중 두어 명인가는 심경회 정회원의 마누라쟁이라는데도 이가에게는 낯설었고, 남자들은 저희들끼리 너나들이를 하는 것으로 보아 서로의 신상에 훤해서 만만한 사이들인 모양이었다. 반쯤은 서로 손을 잡고 나머지는 눈을 맞추고 만 수인사가 대충 끝나자 면면들의 정체가 속속 이가의 눈길을 붙잡았다.

올빼미 사장이라는 별명대로 편의점을 두어 개 꾸려가고 있는 내외, 짱배기*에 머리숱이 아예 한 올도 안 비치는데도 그 기름진 황무지를 당당히 드러내느라고 덮개는 없고 챙만 달린 모자를 쓴 다혈질의 어른, 공무원으로 퇴직한 후 어느 공사(公社) 산하의 무슨 재교육기관에 적을 걸어두고 있다는 김모는 유달리 자그마한 무테안경을 걸치고 있지만 그 안쪽의 두 동공이 붕어눈처럼 큼지막한데다 두툼한 안경알에 붙을 듯 밀착시킨 채로 그 눈알마저 굴리는 데 인색해서 그 직시의 눈길이 영판 멍청한 수사관을 닮아 있기도 하다.

이 땅의 중년이나 늙은이들은 어째 하나같이 '저러면 곤란한데' 같은 속생각이 저절로 우러나오도록 만드는 반면교사들일까, 이것도 무슨 풍토색인가 하고 이가는 잠시 망연해졌다.

다섯 여자는 차림으로는 중년 여인들임이 틀림없으나, 얼굴과 몸매는 고만고만하니, 그래서 내남없이 진부하게 살아왔다는 내력이 곧이곧대로, 아니 덕지덕지 껴묻어 있었다. 물론 그

---

* **짱배기** '정수리'의 경상도 사투리.

녀들의 행티는 시늉으로일망정 다소곳했다. 그러나 이렇게 여러 사람과 한마음으로 어딘가를 향해 가고 있다는 것만이 대견할 뿐이고, 어제까지 영위한 폭폭하기 짝이 없는 일상들을 되돌아보지도 않으며, 지지리도 못나빠진 그 관행들에 왜 치여가며 살았는지도 훌훌 털어내버리고 있는 것 같았다. 남자들은 반 이상이 '백수'임을 숨기지 않았고, 그들의 생리가 그런지 쓸데없는 말들을 한사코 주절거렸다. 그래도 놀고먹지는 않을 뿐더러 유족하게 실아긴다는 대깔올 말투나 작태에 골고루 분식(粉飾)해대느라고 바빴다. 이제는 다들 그러니 그런 발라꾸밈이 어색하지도 않다. 일하지 않고 빈둥거리는 나날이 멋쩍고 대근하지도* 않는지, 당연하게도 걱정거리 따위를 끌어안고 사는 체질은 아니라는 언행이 일행의 온몸에서 뭉게뭉게 피어오른다.

마침 두 젊은 여자가 번갈아가며, 연둣빛 하나투어 고객님들 운운하며 두 손으로 나팔을 만들어 사방으로 외쳐댔다. 어느새 단장의 호칭을 자천타천으로 걸머진 유가가 앞장서서 일행을 인솔하려고 주위를 휘둘러보자 이가는 자연스레 뒷걸음질로 꽁무니 쪽에 눌어붙었다.

그때 벼르고 있었다는 듯이 꼼짝 않고 서 있던 작자가 선글라스를 슬쩍 머리 위에다 걷어 올려놓고, 이서방, 오랜만일세, 얼굴 잊아뿌겠다, 내가 누군지 알라 라며 불쑥 손을 내밀었다.

---

* **대근하다** 견디기에 힘들다.

아까 얼핏 눈길은 갔지만, 미처 인사를 나눌 짬은 없었던 한때의 친구 허사장이었다. 이가는 이내, 알다마다, 허길도 사장, 옛날 그대로네, 안 변했다, 라는 상투적인 인사를 건넸지만, 상대방의 어디가 어떻게 안 변했는지는 막상 막연했다. 잠시 이가는 난감했다.

그동안 단체여행을 추스르면서 유가가 전화상으로 꼬박꼬박 허사장이라고 들먹이긴 했으나, 그가 무슨 직종으로 사장 명찰을 달고 지내는지 이가는 굳이 캐물어보지도 않았다. 관심도 없을 뿐만 아니라 알아봤자 그에게는 생소해서 세상물정을 너무 모르는 자신의 빙충맞음이나 되뇔 게 뻔했기 때문이었다. 그래서 서치(書癡)일 수밖에 없다는 체념에 겨우 지내는 셈이지만, 실은 그런 부분적인 이해가 오늘날의 시대 조류를 읽는 데 오히려 방해가 될지도 모른다는, 전공 학문을 제 나름으로 천착하다 소롯이 얻은 거름종이 같은 것을 갖고 있기도 해서이다.

앞에서는 가이드라는 한 젊은 여자가 귀담아들을 것도 없는 주의사항을 중언부언하고 있었고, 키가 큰 유단장이 여권과 무슨 서류인지 흰 종이를 쥐고 흔들어댔으며, 누군가가 하나씩 받아두라며 투명한 비닐 주머니를 건네주기도 했다.

제출물에* 이가는 허사장의 행색을 흘끗 훑어보았다. 포도주색 바탕에 희끔한 가로줄이 오선지처럼 그려진 티셔츠, 지퍼

---

* **제출물에** 저 혼자서 절로.

달린 무릎도리를 떼내버리면 반바지로도 입을 수 있는 스판덱스 등산용 바지, 얼금얼금한 망으로 덮어씌운 챙 달린 모자, 바지 주머니께의 허리띠에 매달려 있는 간장종지보다 더 큰 인조가죽띠 손목시계, 오른쪽 손목에 질끈 동여매어진 울긋불긋한 손수건. 그럴 리는 없지만 프로급 여행가나 등산가라고 해도 좋을 차림에다 다부진 몸매다.

허사장이 이가의 시선을 검불처럼 떨쳐내느라고 화제를 돌렸다.

"여기저기서 참 잘도 골라 모았다. 우리 일행 말이다. 하여튼 유단장 입심 하나는 알아조야지, 지나 내나 직업을 잘못 선택해갖고설랑 이 고생이다."

귀가 뻔쩍 뜨이는데다가 그동안 적잖이 궁금했던 남의 사정이라 이가는 다짜고짜로 물었다.

"저 친구가 요즘 뭐해 먹고 사나? 소문은 무성하더라만 제대로 굴러가는지 어떤지……"

어느새 새카만 선글라스로 시선을 가린 허사장이 입가에 어설픈 웃음기를 피워올리며 말했다.

"한때는 올림픽 휘장 사업엔가 한 다리 걸쳐서 자투리 돈푼깨나 만졌지."

"그 시절이 벌써 언제 적인데, 세월이 빨라서 원시시대같이 들린다."

"와 아이라. 한창 좋고 철없던 청년 때지. 요새는 중국으로 일본으로 잡화를 실어내고 실어온다고, 지 말로는 삼각무역중

개상이라 칸다. 말이 그렇지, 유통업체와 생산업체를 알선해주는 거간꾼이라 캐야 맞을 끼다. 뿐인가, 이것저것 욕심이 조조라서 각종 단체·회사에다 기념품·사은품도 공급하고. 바쁘다, 저것도 팔자다."

"우옜든 남한테 사기 안 치고 돈만 잘 벌면 장땡 아이가."

"어디서 어디까지를 사기라 카는지는 누구도 장담 못하지만, 사람은 재밌다. 옳은 말도 가끔씩 잘하고. 이번 이 단체여행 건도 지 말로는 시세의 반값밖에 안 된다고 허풍이 늘어졌더라마는 다 빈말이고, 여행사 사장한테서 지발 모자라는 정원만 채워달라고, 그런 통사정에 생색낼라고 일을 벌인 길 기다. 나중에 크게 한건 봐달라고 손 내밀 기고. 그 반대로 저 연두꽃인가 뭔가 3개 국어로 포장한 여행사에 무슨 신세를 갚는다고 이카든가. 어느 쪽이든지 생색내는 거는 마찬가지고. 저 유가가 죽어도 지 손해는 안 보는 악도리 장사꾼이다. 얼빵해 보이도 아무 세상이라도 용케 구불러댕기는 재주가 여러 개다."

처음 듣는 유단장의 실상이었다. 그러나 그 잡화라는 것이 무엇인지 이가는 여전히 긴가민가했다. 뒤이은 허사장의 조언에 따르면 일행 중 두 친구는 각각 항도 부산시와 울산시에서 밥걱정 안하며 골프장을 일주일에 두 번 이상씩 들락거리면서 산다고 했고, 또 다른 친구 하나는 세관에 근무하다가 일찍 옷을 벗고 지금은 칠층짜리 빌딩의 주인으로서 그 건물 관리인 겸 청소부 노릇을 손수 한다고 해서 다들 환경미화원이라 부른다고 했다. 나머지는 서울에서 그냥저냥 세월을 낚는 중이라고 해서, 이가는 그러면 자네도 시방 서울에서 소일하냐고 물으며, 어린애 하나를 집어넣어도 될 만한 시커먼 짐짝을 덜덜 끌고 등짝에는 중들의 바랑만한 부대를 걸머메고 있는 허가의 거방진* 자태에, 그러나 해학기가 저절로 우러나는 행태에 군눈을 연방 던졌다.

"시방 내가 집도 절도 없다 카믄 저 유가는 엄살떨지 마라 카겠지만 절에 가믄 중 노릇 하고 싶고 저자 바닥에 가믄 속물로 살고 싶다는 그 짝으로 그냥서냥 지낸다. 그래도 누가 국내든 국외든 어디 가자 카믄 언제라도 따라나서는 내 팔자가 상팔잔지 몰라도 세상만사 귀천이 없는 것도 사실이다. 사람 한평생이 잠시라 카든이 사람 운도 똑같다. 인자 다 살았다 카믄 다들 헛소리하지 마라 카지만 나는 마음인가 뭔가를 비울 것도 없고, 내려놓을 짐도 없고, 앞으로 이 세상에 뭣이든 이바지할 것도 없지 싶어서 내가 도대체 뭣이며 누군가 하고 하루에도 수백 번씩 물어쌓기는 한다. 물론 옳은 답 같은 것도 없고 또 안 나온다. 그카이까 낭인이라믄 나잇값을 못하는 기라서 어울리지도 않고, 거사나 처사라 카믄 벼슬이나 무슨 자리를 넘바다본 적이 없은이 천부당만부당한 기고, 여기저기 뜬귀신처럼 떠돌아다니는 기 내 정체 같애서 난민이라 부르는 기 반쯤은 맞지 않을까 몰래라. 어쨌든 간에 돌아다니는 연간 키로 수로 따지면 내가 여행전문가 못잖을 기다. 여행이나 떠돌아다니

---

* **거방지다** 몸집이 크고 동작이 드레지다.

는 주제에 배부른 소리 하지 마라 칼지 몰라도 집 나가면 고생이란 말대로 생고생 사서 하는 이 내 팔자도 무슨 업일 기라."

어리뜩해 보이는 허가가 느릿느릿 걸으면서 쏟아내는 말본새가 의외로 무무한* 데가 없고, 굴퉁이* 꼴은 진작에 면한 듯해서 이가의 심사도 서그러웠다.*

다른 일행들은 큰 가방들을 화물로 부치는 수속을 밟고 있는데도 개의치 않고 허가가 그 텅 빈 듯한 커다란 짐짝을 다른 손에 갈마쥐면서 먼 산 바라듯기 앞서 늘쩡거리는 일행에게 시선을 던졌다.

소지품과 온몸의 검색을 마친 동행인들이 제가끔 여권을 들고 또 다른 대열을 지어 가는 뒷모습을 보며 이가는 문득 난민(難民)이란 말을 떠올림과 동시에 참참해지는 마음자리를 또록또록 의식했다.

2

여권을 돌려받기가 바쁘게 난민 대열은 뿔뿔이 흩어졌다. 다들 걸음걸이도 씩씩하게 면세점으로 무언가를 사러 그처럼 줄행랑을 놓고 있었는데, 이가도 물건 사기라면 가끔씩 분수에

---

* **무무하다** 교양이 없어 언행이 거칠고 서투르다.
* **굴퉁이** 겉모양은 그럴듯하나 속이 보잘것없는 사람.
* **서그럽다** 성질이나 기분이 너그럽고 서글서글하다.

안 맞는 과소비를 저질러놓고도 스스로 어이없어 하는가 하면 마누라쟁이로부터 두고두고 핀잔을 맞는 쪽이었다. 다른 것도 아니고 가방 종류를 봤다 하면 그 쓸모 따위를 따지지 않고 사 버리는 기벽이 그것인데, 이제는 나이도 있어서 터무니없이 비싼 것, 외부의 장식이 요란한 것, 내부에 쓰잘 데 없는 속주머니가(**점원들이 흔히 '수납공간'이라는 가방 안팎의 자잘한 주머니들을 그는 '방'이라고 부르지만**) 많이 붙은 것, 손잡이에 쇠붙이 같은 것을 덧대서 공연히 삐까삔썩한데도 막상은 부실한 셋 따위에는 눈길을 애써 피해버리지만, 그래도 크기·디자인·봉재·안감/겉감의 재료·배색·끈·용도 같은 것이 그의 마음에 들면, 다른 이유를 억지로라도 끌어다 붙여서 안 샀다가는 나중에 두고두고 후회하기 싫어 덜렁 사 버릇했다. 그래서 그의 연구실과 집에는 그 용도가 거기서 거기인 지갑·배낭·손가방·트렁크·캐리어 등을 여러 개씩이나 갈무리해두고 있었다. 물론 개중에는 달뜬 마음으로 비싼 값 따위도 개의치 않고 샀음에도 불구하고 한 번도 사용하지 않은 것이 태반이었지만, 그는 그 낭비를 후회한 적도 없으려니와 본전을 뽑기 위해서라는 핑계를 앞세우고는 그것들을 끄집어내서 그 쓸모와 더불어 사용할 경우에 따르는 여러 공상을 일구곤 하는데, 그런 감미로운 시간을 즐길 때면 거의 멍청해지고 마는 것이었다.

어쨌거나 이제는 더 이상 즉흥 구매를 단연코 안하겠다고, 가방점 안으로는 절대로 발을 들여놓지 않고 밖에서 눈요기만 하겠다는 맹세를 단단히 해두고 그는 어슬렁거렸다. 다행히도 가방점은 많았고, 점포들마다 손님들이 없어서 텅텅 비어 있었지만, 그 상품들은 대개 다 소위 명품으로서 고가인데다 최신 유행을 선도하는 것들만 창가에 진열해두고 있어서 '기능이야말로 상품의 의미이자 수명이며 품질이고 주제이다'라는 이가의 기호에는 맞지 않았으나, 그럴수록 그의 촉수는 어떤 가방에라도 속수무책으로 빨려 들어가고 있었다. 또 허랑한 낭비꾼이 되고 말아야 할 팔자인가 하고 그는 매초마다 속으로 승강이질을 벌이는 판이었다. 그 달콤한 싸움에서 이기려면 탑승 시간이라도 후딱 닥쳐서 살까 말까 하는 자신과의 흥정거리를 앗아가야 하련만, 그의 기억이 정확하다면 그때 삿포로행 비행기의 체크인 시간은 무려 한 시간 이상이나 남아 있었다.

그는 그 눈요기에 마냥 홀렸고, 연방 손목시계를 힐끔거리면서도 점점 달떠올라서 감미로워지기까지 하는 제 심사를 살살 다독이는 중이었다. 꼭 써야 할 돈을 제때 안 쓰기도 힘든 일이었다. 냉방장치가 제대로 가동되고 있어서 한기를 느낄 만한데도 그는 '낭만적인 낭비'와의 심리적 암투에 시달리느라고 이마로, 가슴팍으로 진땀을 흘리고 있었다. 어느 순간부터인지 그의 주위에는 일행도, 행인도 얼씬거리지 않아서 자신의 그 고역을 눈여겨보는 사람도 없었고, 따라서 홀가분했다. 한동안 가방을 안 샀더니 보는 것마다 마음에 들었다. 마땅히 사용할 데도 없고, 이제는 집과 연구실만을 시계처럼 정확한 시간에 왔다 갔다 하는 주제임에도 그런 신분에 과연 어울리는지 따위를 따져보는 짓거리도 벌써 안중에서 사라졌다.

오랜만에 해외여행 길에 나섰으니 그 기념으로 값이 싼 놈을 하나 사두는 것도 괜찮을 것이다. 단체여행이므로 일본 현지에서 쇼핑할 기회도 넉넉지 않을 테고, 일제 가방도 쓸 만한 게 많은데 그중 눈에 띄는 참한 것을 안 사고 배길 재간도 없는 실정이고, 더욱이나 여기는 면세점인데다가 이 상점은 특별할인으로 30퍼센트나 세일한다고 유혹함으로써 남의 소비성향을 적극적으로 충동질하고 있기도 하다.

그런 타협안은 그가 과소비증에, 좀더 정확히는 가방꾕으로서의 그 중독증에 꼼짝없이 들려 있다는 증후였으며, 그 심리적 암투에서 지고 말리라는 씁쓸한 신음이었다. 그러나 그 패배의 과정이 사정(射精) 전후처럼 황홀한 것도 사실이다. 여자들은 보다시피 다소 예외지만, 짐승처럼 손에 아무것도 들지 않은 남자들을 보면 이상하다 못해 건달이나 조폭들처럼 수상하고, 더욱이나 명색 접장이란 것들이 가방도 안 들고 빈손으로 근무지 안팎을 돌아다니는 꼬락서니는 실로 가관이 만발이다.

광증을 이겨내는 당사자는 없다기보다 드물다고 해야 옳다. 마침 대여섯 해째나 매일같이 손에 들고 출퇴근하는 책가방에 싫증이 나 있는 판이기도 하다. 물론 그 대용품을 두 개 이상이나 미리 장만해두고 있지만, 모든 상품이 그렇듯이 그것들에게는 나름의 미비점이나 부족한 구석이 한 개 이상씩은 반드시 껴묻어 있다. 요컨대 구입할 당시에는 그렇지도 않았건만 이제는 썩 마음에 차는 것이 아니라고 점찍어두었다. 지금 눈앞에 보이는 이 가방은 거의 완벽품에 가깝다. 92점? 95점. 한쪽 거죽에 덧붙여 놓은 '건넌방'이 좀 커서 싱겁지만, 그 정도는 결점이랄 것도 없다. 반달 같은 손잡이 두 개의 봉재·디자인이 두루 뛰어나고 그 재질도 무광에다 도톰한 모양새가 매번 부드러운 촉감을 만끽할 수 있게 생겼다. 손잡이의 두 다리가 스트레칭 중이듯이 쩍 벌어져 있는 형태도 이색적일 뿐만 아니라 악력을 편하게 자유자재로 하려는 배려로서 돋보이고, 크기도, 이게 아주 중요한데, A4 용지도 접지 않고 넣을 수 있을 정도이지만 그렇게 밉상으로 커 보이지 않고 차라리 다부지다고 해야 옳겠다. 틀림없이 '5백 불' 이상 할 텐데, 어째 가격표 표찰을 이놈만 안 매달아뒀나, 아쉽다. 이 점포는 세일도 안하네. 이 한여름에 누가 가방을 산다고. 지 잘났다 이거고, 고객에게 쓸데없는 아첨은 안 떨겠다 이거지. 참신한 제품 자체의 특성과 품질로 진검승부를 걸겠다, 그것도 고자세로. 한번 덤벼보고 말아? 카드로 지불하고 물건은 연구실로 부쳐달라고 말해버리지 뭐. 내가 무슨 다른 사치를 하는 것도 아니잖아. 마누라한테는 당분간 철저히 비밀로 하고.

대학 접장 이아무개는 이때껏 품값 말고는 가욋돈을 단 한 푼도 받아본 적이 없고, 그 노력의 대가조차 헐값으로 또 아무런 근거도 없이 '쌔리멕이는' 이 땅의 보수 체계에 할 말이 많은 양반이었다. 그런 이유 때문에라도 뜻밖에 많은 재산을 지닌 고위 공직자의 치부 수단을 타기시하기 전에 일단 부러워하는 한편 그 방면에 관한 한 자신의 무능력에 일찌감치 체념, 자포자기를 앞세울 수밖에 없어서 아직도 제가 쓴 용돈을 백 원

단위까지 일일이 일일잡기장에 적어둬 버릇했다.

그런 이가가 그 고가의 외제 가방과 힘겨운 신경전을 벌이고 있을 때, 한참이나 그의 행태를 관찰하며 뒤쫓아온 한 여자가 그의 배낭을 툭툭 건드렸다. 그 가방에 잔뜩 눈독을 들이고 있었으므로 그는 뒤쪽의 촉각에 둔했고, 여름 옷가지 몇 개와 세면도구만 달랑 들어앉은 그 상추 소쿠리만한 배낭은 허리를 잔뜩 구부리고 있었으므로 당그랗게 목덜미 쪽에 걸려 있었다. 여자가 두번째로 배낭을 삽고 흔들어대자, 마지못해 그는 시선만 힐끔 올려다보았다. 이 바닥에서 그를 그렇게 집적거릴 사람이 있을 리 만무해서 웬 행인이 지나가다 부주의로 받힌 줄 아는 낌새였다.

뭔가가 그의 눈길에 안겨왔다. 젖무덤을 가리느라고 가슴팍 두 짝에다 큼지막한 가짜 주머니를 하나씩 덧댄 녹색 남방셔츠를 헐렁하니 걸쳐 입은 여자가 활짝 웃는 얼굴을 바짝 들이대며 말했다.

"니 맞제, 이태문이, 내가 누군지 알겠나? 나잇값 한다고 그새 많이 삭았실 끼다마는."

가방을 살까 말까로 끝까지 사투를 벌이지 못한 아쉬움을 쉬 털어버리고 이가는 허리를 폈다. 그의 가는 눈길에 웃음이 잔잔히 피어올랐다.

"와 몰라. 대성(大姓) 영일 정씨에 맑을 징자에 아들 자자 쓰고, 임고(臨皐)초등학교 6학년 2반 37회 졸업생 아이가. 영천여중 3학년 1반에다 선원리 처자 중에서는 인물이 기중 낫다고 소문이 자자했고, 샘이 타고나게 많다고 얌심꾸러기라 안켔나."

"지랄한다, 줄줄이 잘도 왼다, 총기가 좋다마는. 촌년인데 지까짓기 샘이 많아본들 뭐 할 낀데."

"웬일이고, 어째 이런 데서 이렇게 오랜만에 보게 되노."

"아까부터 얼굴에 글줄깨나 흐르는 저 인간이 누구고, 맞제, 틀림없제 카민서 내가 머리를 되는 대로 흔들어싸도 니는 못 봤는지 못 알아보데."

"내가 눈이 많이 안 좋아서 꼭 볼 것만 자세히 보고 산다."

"그래 빈다. 너거 일행도 연둣빛 하나투어 여행사에서 모집한 삿포로 관광 가제? 명칭은 효도관광이라 카드라마는."

"이 더운 여름에 효도하나, 우리 일행은 효도하고는 아무 관계도 없고 그냥 어중이떠중이 다 모아 남의 나라 술이나 한잔 사묵으러 가는 길이다. 니도 일행이 따로 있는갑다?"

"우리 엄마가 올해 팔순이라서 잔치 대신에 딸자식 넷이서 처음으로 효도관광 시켜준다고 이래 부랴부랴 뭉쳐서 온 기다. 할마씨는 서방이야 웬만큼 살다가 먼저 갔다 캐도 자식까지 앞세우고 오래 사는 기 무슨 자랑이라고 잔치다, 관광이다 카노꼬 함부래 말도 꺼내지 마라 캐싸서 못 간다, 안 간다로 몇 달이나 실랭이질하다가 우리가 양다리 양팔 한 짝씩 잡고 나선 기다."

"노친네 팔다리 떨어질라, 살살 조심해라. (우스개가 엇길로 나갈까봐 그는 얼른 말을 덧붙였다.) 그래도 아직 건강하신갑다? 남의 떡쌀을 일일이 담가주고 간 맞차주고 하시더마는."

"하루 세끼 꼬박꼬박 잘 챙기 자시고 기억력도 또빡 같애서 손주들 휴대폰도 찾아주고, 손녀들이 옷 사오면 칠칠찮아 빈다고 너덜거리는 실밥을 일일이 다 떼주고 가위로 잘라내고 그칸다."

"다행이다. 참척 봤다는 소리를 누구한테선가 들었지 싶운데, 그카믄 시방 자네 모친을 며느리가 모시고 사나?"

"무슨 택도 없는 소리고. 요새 그런 법이 어딨노. 주로 우리집에 사시며 올케가 지 외손지 봐주러 갈 때나 당신 친손지 밥앗아주라고 모시러 오고 그칸다. 우옛기나 자식들힌데 큰 짐안 될라고 당신이 알아서 신강*을 챙기준이 우리사 고맙다 카미 산다."

두 중년 남녀가 내외처럼 다정하게 주거니 받거니 하며 잠시 거닐다보니 이내 삿포로행 비행기의 탑승구가 보였고, 바로 그 옆에는 널찍한 대기실이라 한국인 관광객으로 득시글거렸다. 이가는 초등학교 동기생 정징자의 뒤에 붙어서 인파로 빼곡한 좌석 사이를 헤쳐나갔다. 그러고 보니 늙은이들이나 나잇살이 지긋한 남자·여자들 곁에는 자식뻘 젊은이들이 꼭 한둘씩 곁들려 있었다. 동방예의지국이란 말은 중국 중심의 세계관인데다가 여태도 이 땅에 예의라는 인간관계의 근본적인 윤리의식이 작동하고 있는지는 의문이지만, 딸자식이나 아들자식이 그나마 부모의 정성을 깨달아서 이런 식으로 효도를 하는 것이야 겉멋 들린 미풍이라기보다도 수선스러운 견문 넓히기이기는

---

*신강 신체의 강단을 일컫는 사투리.

하겠다는 생각이 들었다.

이윽고 정징자가 걸음을 멈췄고, 이가는 이미 그전에 고요를 한 아름이나 거느리며 의자 등받이에 허리를 기대고 단정히 앉아서 멍한 눈길을 고정시킨 채 무언가를 곱씹고 있는 조쌀한* 파파노인*을 적이 내려다보았다. 어릴 때 가끔씩 봐오던 양반이 옛 모습을 깡그리 뒤바꿔 폭삭 늙어 있었고, 헐렁한 치마와 낙낙한 웃옷에 감싸인 몸은 마른 장작 같은 형용이었다. 그이의 옆에는 세 딸이 종아리까지 덮인 바지 차림에 한쪽 다리들을 포개고 앉아 있었다. 나이들에 걸맞게 피둥피둥한 허벅지 살이 방금이라도 튀어나올 듯한 그런 자세는 이즈막에 여권의 혁혁한 신장을 한눈에 알아보게 하는 흔해빠진 앉음새인데, 이제는 다소곳이 무릎을 붙인 두 다리를 한쪽으로 비스듬히 기울이고 외어앉는 모양새는 어디서도 볼 수 없게 되었다.

노파긴 해도 남의 집안의 부모뻘 어른이고 여자라서 손을 덥석 잡을 엄두를 못 내는 이가는 무릎을 짚고 엉거주춤하니 몸을 구부렸다.

"저 아실는지 몰라도 어릴 때 임고면 당골에 살던 건재약국 이가네 둘째아들임더."

모친이 알은체하기도 전에 큰딸이 일렀다.

"어메요, 알겠는교? 내하고는 초등학교를 같이 댕겼고요, 야 아부지가 인자는 영천 읍내서 인덕한약방 하고 있구마. 참, 작

---

* **조쌀하다** 늙었어도 얼굴이 깨끗하고 조촐하다.
* **파파(皤皤)노인** 머리털이 허옇게 센 노인.

년 가을에 우리 손우 시누 영감이 풍이 살풋 오다가 말아서 너거 어른한테 가서 약 지 왔디라. 너거 어른이 큰 병을 잘 낫순다 카대. 그 어른은 우예 아직도 얼굴이 대추 삶은 물처럼 말가니 혈색도 좋으시고 이마는 많이 벗거졌어도 신수도 오지고 총기도 그래 좋데. 내가 누구라 캤든이 대번에 알아보민서 화남면의 누구 자식이네, 너거 모친이 창녕 조씨다, 아직 구존하시제 이래 묻고 그라더라. 올해 연세가 몇이시고?"

"여든셋 되는깁다. 아직도 옛닐 우리 집까지 왕복 40리 길을 펜허키 다니시는 거 보믄 우리 형제보다 오래 사시지 싶다."

그제서야 노친네는 웃옷 앞섶의 단을 바루면서 쪽 고른 틀니 사이로 말을 쏟아냈다.

"안다. 얼굴은 모르겠고 음성은 들은 것도 겉다. 햇골 밑이 당골이다. 젊을 때 너거 어른한테 첩약 지러 더러 갔디라. 그 영감님이 아직도 한약방에 나앉아 있는가베. 자네 모친이 아매 하양 우에 와촌 사람일 거로? 명절 때마다 가래떡을 대두 서 말씩 빼고 그러디마는. 아직 살아 계시나?"

"연전에 돌아가셨습니다."

노친네는 더 물을 말을 자제하는 듯 주름투성이의 긴 인중을 힘주어 오므렸다.

할 말이 뭉얼뭉얼 솟구치고 있었으나 여기저기서 제동이 걸리는 걸 똑똑히 의식한 이가 허리를 펴자 어느새 세 딸도 포갠 다리들을 풀어서 인사를 나눌 채비였다. 맏딸이 동생들을 차례로 지적하며 혜자, 선숙이, 경숙이라고 일일이 일러주었으나, 이가에게는 죄다 낯설었다. 그러나 어느 유행가의 한 소절 대로 '어떻게 살았는지 말을 안해도' 그들의 차림이나 생김새에는 숱한 곡절과 세파에 닳을 대로 닳으면서 터득한 만만찮은 여유와 자신감이 무르녹아 있었다.

"이 둘은 지금 미국서 산다. 둘째는 애틀란타에서 벌써부터 눌러 살고, 셋째는 지 신랑 직장 때문에 그 유명한 달라스에서 3년째 사는데 곧 들어오네 마네 하고, 넷째는 지금 중학교 선생이다. 시집을 못 갔어도 지금 지 집도 33평짜리 아파트가 있고 착실해서 누가 맨몸으로 장가와도 호강하고 살 기다."

이가는 한쪽으로 버름하니 물러서면서 세 여자의 눈인사에 화답했다.

"다들 부모 잘 만나서 오양이 반듯반듯하네. 옛날에는 인물 좋은 여자를 흰하다고 달짝 걷다 캤는데 요새 그 말 하면 살쪄서 그카는 줄 알고 싫다 칸다미. 우예 징자 니보다 동생들 인물이 곱절은 더 곱다. 그래도 내 눈에는 다 낯서네. 내가 징자 니한테만 한눈파니라고 건성으로 봐서 그런갑다."

둘째인지가, 철없을 때 우리 언니를 엔간히도 좋아하고 졸졸 따라다녔는갑네, 이런 데서 이래 만나서 우야노, 속닥한이 나중에 따로 만나봐라, 라며 서글서글하니 부추겼다.

"내가 쫄쫄 따라다닌 기 아이고, 영천까지 버스비가 5원도 하고 6원도 하던 그 시절에 등하교 때마다 마주치면 얼굴부터 시뻘겋게 달아오르고 그랬다. 우리 사이를 아는 아이들이 놀리만 징자 야는 입을 삐죽거리미 내빼고, 그때 징자 니도 얼추 내 마음을 알았을 거로?"

"지금 다 늙어서 그 말 하믄 뭐 하노. 그때도 사람이 착실하고 모범생이기는 했더라. 중학교 3학년 때쯤에사 버스 타고 댕깄지 그전에는 니나 내나 다 20리 길을 타박타박 걸어댕깄다. 봄가을로는 그래도 걸을 만한데 겨울에는 얼음 백인 그 길이 얼매나 길고 지엽던동.*"

"단돈 1원 애낄라고 한참씩 걷고 그랬다. 그래 걷다가 뒤에서 오는 버스라도 얻어 타면 픽픽하던 다리도 이내 햇갑더라.* 우짜다가 버스 속에서 징자 니하고 마주치면 돈 애낄라고 내가 걸어온 줄을 니가 알고 있을까봐 부끄럽고 그랬던 기 선하네."

아마 그쯤에서 이가는 향리의 푸릇푸릇한 논바닥을, 산비알이나 냇가마다에 가없이 펼쳐져 있던 사과밭을, 그 속을 느릿느릿 헤쳐가곤 하던 여러 인물들을 퍼뜩퍼뜩 떠올리기 시작했을 것이다. 되돌아보면 이제는 낡아빠지고 퇴색해서 글자도 제대로 판독할 수 없는 문서 쪽지 같은 그 풍경들을 북적거리고 어수선하기 짝이 없던 그런 비행기 대기실에서 그처럼 끄집어 낼 수 있었다는 것도 신기했다.

대성 영일 정씨의 집성촌은 원래 화북면과 화남면에 걸쳐 있었지만, 그 친인척들은 먹물 번지듯이 자양천변을 따라 대처인 대구·영천으로 나아가는 고을마다에 실팍하니 뿌리를 내리고 있었다. 이쪽 말로는 흔히 '종반간'이라는 그 일가들은, 다 그

---

* **지엽다** '지겹다'의 경상도 사투리.
* **햇갑다** '가볍다'의 경상도 사투리.

랬을 리는 만무하지만, 어째 하나같이 의젓한 틀거지에 밥술이나 먹게 생겼는지도 의문이었다.

정징자의 어른도 꼭 그랬다. 그만큼 유족한 집안에 그 정도로 빈틈없는 허우대면 일제치하의 '삐딱한' 식민지 교육일망정 배울 만큼 배웠을 텐데도 도회지로 나가 관직에 오르든지 다른 생업을 도모하지 않은 게 이상하긴 했다. 다사다난하기 그지없는 시절을 만나 남자로서 뜻한 바를 제대로 떨칠 엄두도, 기회도 없었다고 자탄하는 양반이 그 너른 벌족 가운데 어디 한둘이었을까만, 그이는 그런 울분이나 기고만장 따위와는 전혀 무관하게 생긴 반반한 신수와 거동 자체가 우선 남달랐다. 반듯한 이목구비에 좀 작고 왜소하다 싶은 키와 체구도 빈틈이 없었거니와, 대개의 양반집 어른들이 그렇듯이 착한 기운이 온몸에서 뚝뚝 떨어지는 쪽이었다. 그렇긴 해도 근엄하기는 이를 데 없어서 말을 아끼고, 남녀노소 누구에게라도 곁을 안 준다고 할 정도로 적당한 거리를 두는 처신이 자연스럽게도 그의 지체가 다름을 스스로 드러냈다. 의외로 그이의 전모가 소탈했는데도 철없는 나이에 아둔한 눈으로 봐서 양반 씨는 다르다는 전래의 말을 실물로서 확인해버렸는지도 모른다. 하지만 들은 소문도 있고, 두 눈으로 똑똑히 목격한 바도 있어서 그이의 전신상에 다소의 피와 살을 덧붙일 수는 있다.

정징자의 위로 세 살 많은 오빠가 하나 있었는데, 비록 다른 마을이긴 했어도 그 부잣집 아들은 이가의 형과는 초등학교 때부터 같은 학년이었다. 그런데 그 남의 집 형 말에 따르면, 자기는 지 아버지 말대로 면서기나 될란다고, 영감이 그 얄궂은 직책보다 더 힘센 권력을 왜정 때나 지금이나 못 봤으니 제발 그 직위에만 앉으면 지 아들을 업어주겠다고 하니 그 소원은 들어줘야 할 것 아니냐고 되뇐다는 것이었다. 설마 지 애비 흉을 보느라고 그런 말을 했을 리는 만무하고, 우스개 반에 촌구석에서 태어난 죄로 자조(自嘲) 반을 묻혀 지껄였을 테지만, 자식대에서나 이뤄질까 말까 한 그런 희원을 터뜨린 당사자는 막상 정색했을 게 틀림없다. 그러고 보니 인근에서는 그이를 정주사라고 불렀던 게 기억난다. 어쨌든 정주사의 그 모진 포원의 사연이 무엇이었는지는 들은 바도 없고, 말한 당사자나 그 아들도 굳이 발설했을 리가 없다. 그렇긴 해도 아들에게 그처럼 좁장한 포부를 심어줬다는 자체가 관의 횡포에 엔간히 시달렸음을 웅변으로 시사하고, 그이의 얼굴만큼이나 네모반듯한 처신을 짐작하게 만든다. 논밭을 몇 마지기나 부쳤는지는 알 수 없으나 3백 주 이상이었던 과수원에다 장골의 상머슴을 둘이나 거느렸고, 일 년에 반 이상을 놀려두고 있던 떡방앗간까지 갖고 있던 부농이었다. 어느 해엔가는 가근방에서 처음으로 부사 사과를 수확해서 한 상자에 4만 원씩 받았다고, 몇 년 안에 이 동네에서 천석꾼이 부럽지 않은 큰 부자가 생기게 됐다는 소문이 자자했다.

과수원집에서 미친 여자 하나를 사랑채에 딸린 건너방에 모셔두고 있다고, 사과 수확철이면 누구라도 그 안주인을 볼 수 있다는 소문은 오래전부터 널리 퍼져 있었다. 더욱이나 그 여자의 인물이 아주 곱다고, 그런데 간간이 미친증이 돌면 입에 거품을 물고 버둥거려서 삽시간에 온 집안과 삼이웃을 발칵 뒤집어놓는다고 했다. 아마도 그 병은 간질이었을 것이다. 그러고 보면 기다란 과수원이 겨드랑에 품고 있는 꼴의 그 미음자와가 겸 초가집과 떡방앗간집이 거의 시오 리나 떨어져 있었던 것도, 그 지랄병 들린 여자가 본처에 돌녀라는 사실도 쉬 납득이 가는 정경이다. 아귀를 맞추니 그런 헤아림이 불거지는 게 아니라 그때는, 그 고을에서는 정주사의 그 두 집 살림이 하등에 이상할 게 없었다는 뜻이다. 그러니까 자식에게 도둑질을 하며 살지언정 면서기는 되지 말라고 망발할 양반이었다면 진작에 향리를 훌훌 벗어났을 테지만, 지 자식을 반드시 면서기로 만들겠다는 황소의 뜸베질 같은 고집, 고향이라서가 아니라 내 것이라서 지킨다는 자중(自重)으로 똘똘 뭉쳐진 사람의 위의는 그래서 더더욱 번듯해진다. 아마도 양반이란 신식교육을 받아서나 아는 게 많음으로 되는 게 아니라 사람의 형용을 지킴으로써 스스로 다른 이들의 본이 되는 홀로서기 그 자체라는 의미에서도 자존적이며, 떳떳하게도 윤리적이다.

면서기가 되지 마라가 아니라 되어서 우리 마을을 제대로 다스리고 같잖은 관것들의 못나빠진 행태에 포원 진 그 원수를 갚아라! 많이 못 배웠으나 그래야 되는 줄은 아는 정주사가 양반이라면 그런 이가 그즈음 과연 몇이나 있었을까. 그러나 우물 안 개구리란 말대로 자식에게 면서기가 되라는 희원 그 자체는 당사자의 보는 세계가 그만큼 작다는 것, 그야말로 안분

지족에 급급하는 대다수 이 땅의 양반이 지닌 '보수반동적' 한 계였을 게 틀림없다.

이가네는 그 고을에서 꼬박 15년을 살다 영천으로 이사했다. 건재약국을 면 단위에 하나씩만 허가해주는 제도가 그 당시에도 있었다는 말은 들었던 듯하고, 70년대 중반 무렵이면 이미 시골구석에도 사람이 줄어드는 형편이었으니 한약방이 제대로 꾸려내질 수 없는 형세였다. 따져볼 것도 없이 사람이 있고 또 흔해야 병도 생기고, 양의든 한의든 병자가 생겨야 호구라도 하는 법이다. 눈에 안 보이면 멀어진다는 말대로 정주사 일가의 집안 사정도 점차 잊혀졌다. 이가도 머리가 굵어지자마자 그 집 맏딸의 자태가 가뭇없이 사그라들었다는 기억은 남아 있고, 그 고향 마을이 정주사처럼 고리삭아간다는 나름의 분별은 가졌던 것 같다. 사람을, 세상을 보는 눈이 달라진 게 아니라 넓어지고 커진 셈이었다. 그래도 그 집 아들 정아무개는 더러 이가네에 들르곤 했다. 중학교 때 장래 희망으로 면서기를 썼다가 담임선생한테 꿀밤을 헤아리라면서 수도 없이 맞고 졸업 때까지 놀림감이 되었다는 실토대로 정주사의 후처 소생 맏이는 해학기가 많은 편이었다. 그즈음 이가네 형제는 물론이고 그 정아무개도 대구에서 자취하며 고등학교를 마치고 대학들을 다니는 처지라서 영천 읍내의 인덕한약방이 고향 걸음에는 반드시 거쳐야 할 길목이었다. 그 후 우스개를 잘하던, 면서기 운운하며 제 아비를 원망도, 그렇다고 상찬도 않던 그 정아무개는 죽어도 공무원은 안 되겠다는 말을 염불처럼 외고 다니더니 결국 갓 신설한 지방은행에 취직하여 가장 빨리 지점장까지 걸머메는 출셋길을 밟았다. 그런데 그 정모 지점장에게는 뭔가가 빠져 있었다. 고향을 일찍 떠나서도 아니고, 양복을 입어서 그런 것도 아니었던 듯하다. 양복감으로 지은 진회색 두루마기를 끼끗하게 갖춰 입고, 대님 맨 깡뚱한 핫바지 차림에 두툼한 털실 목도리를 두르고, 중절모를 반듯하게 눌러 쓴 정주사는 장날이면 꼭 하얀 첩약 꾸러미를 한쪽 손에 들고선 착실한 보폭을 떼놓곤 했다. 어쩌다 길에서 그런 모습과 마주치면 이가는 적당한 거리를 눈대중하면서 꾸뻑 머리를 조아렸고, 정주사는 기다렸다는 듯이, 오냐, 춥다, 어서 가거라 라며 이쪽을 눈여겨보는 낌새를 내비치는 법도 없었다. 본처의 숙환이 불치병인 줄 알면서도 꼬박꼬박 한약을 달여 먹이는 정성, 한눈팔지 않고 자기 앞에 뚫린 길만 차곡차곡 줄여가는 그 근엄한 자태 같은 것은 정주사 연배가 어쩔 수 없이 온몸으로 끌어안고 있는 숙명이자 체질이었을 것이다. 물론 그 배면에는 엉성궂다기보다도 살벌하기 짝이 없고 불합리로 영일이 없는 엉터리투성이의 시절이 도도히 흐르고 있다. 그런저런 여건이 달라졌으므로 그이의 아들은, 곧 정주사의 다음 세대는 좀 너그러워진만큼 무골호인으로 제 위상을 저절로 탈바꿈했다고 봐야 할지 모른다. 민주화된 사회가 뻣뻣한 맛이 없어졌지만 매사에 무슨 명분 따위를 미처 내세울 여지도 없는 채로 어리뜩하듯이.

그쯤에서 이가의 얼룩얼룩한 회상과 번한 대중이 멎었다. 그의 주위로도 쇼핑을 마친 일행들이 눈길을 자극하는 장바구니들을 하나씩 들고 어슬렁거렸고, 곧 탑승을 시작하겠다는 안내방송에 따라 질펀히 앉아 있던 승객들도 우쭐우쭐 일어섰다. 개중에는 이런 해외관광에는 유경험자란 듯이 짐짓 태연스러움을 드러내느라고 억지로 기지개를 켜고 몸부림을 쳐대는 촌스러운 치들도 눈에 띄었다.

이가가 불쑥 징자에게 꼭 물어볼 것을 이때껏 참았다는 투로 말을 건넸다.

"매호동에 있던 너거집 그 과수원은 우에 됐노?"

"아부지가 일손 놓으시고부터는 문중 사람한테 도지(賭地) 줬다가 벌써 처분했다."

"봄에 흰꽃이 파딱파딱 피믄 아주 보기 좋았니라. 제값 제대로 받았으믄 큰돈 됐을 거로."

"그 능금밭이 개골창 둔치를 끼고 안 있었나. 그캐서 3분지 1이 하천부지다 뭐다 카민서 지번이 없다고 옥신각신하니라고 옳은 금도 못 받았고, 우리 오빠는 당초 그런 데 관심이 없는데다가 촌것이라 카믄 머리부터 절레절레 흔들민서 아부지 살아계실 때 벌써 부자간에 많이 버성겼니라."

아무리 부자 사이라 할지라도 한창 나이 때 먼서기 운운한 언어의 폭력이 손찌검 못지않게 그 내상(內傷)의 골을 깊게 팼을 터이므로 이가는 머리를 주억거렸다.

"그랬을 기라, 짐작은 간다. 언제 차 몰고 그 앞을 지나가다 본이 그 떡방앗간은, 고추나 메줏디이도 빻고 참기름도 짜고 그랬지 아마, 길다란 철판 집을 장하게 지서 누가 창고로 쓰던가 그라데."

"인자는 우리 올케 집안사람이 거기서 정미소 한다. 우리 딸 네들이야 친정집 재산 넘볼 처지도 아이고, 그쪽으로는 관심 끄고 산 지 오래됐다. 내가 우리 엄마 모신 지 올해 꼭 10년짼 데 그새 세상이 너무 많이 변했다. 내 바로 밑에 혜자가 이번에 지 말로는 14년 8개월 만에 귀국하고 본이 우리가 말이나 예전 그대로 통하까 세상도 천지개벽한 드끼 온통 변했지만 사람이 아주 달라졌다 칸다. 맞는 말일 기다. 요새 농촌은 돈 없이는 못 산다, 농사도 몸으로 손으로 안 짓고 돈이 있어야 짓듯이 돈 없이는 꼼짝도 못한다. 도시보다 더하다, 도시서야 없으면 없 는 대로 살지만 시골서는 그기 안 된다 카이. 세상이 그래 변했 다. 말 다르고 마음 다르다. 말은 시늉뿐이다. 요새 남의 말 그 대로 믿는 사람이 어딨노, 말이 겉과 속으로 두 개다 카이. 머 리를 잘 굴려야 말귀를 알아듣는다. 사람 사이가 썰렁썰렁 겉 돌듯이 세상이 워낙 빨리 변한이 사람이 무슨 귀신처럼 땅바닥 도 안 딛고 겉돈다 카이."

"와 아이라. 니가 눈썰미가 좋든이 도틴 소리도 곧잘 하네. 옛날에는 10년 공부했다 카믄 오래 많이도 했다미 다들 우러 러보고 그랬지마는 요새야 시켜서 억지로 하는 정규교육 말고 도 지지막끔 30년씩 공부하는데도 헛소리나 자욱하니 늘어놓 고 있다, 와 그렇겠노? 세상도 하루가 다르게 변하고 그 세월 을 따라가자니 사람도 줄변덕을 부리야 되고, 변해가는 세상 과 사람을 따라잡는 말이 미처 못 쫓아가서 하는 말마다 말 겉잖고, 누구 말이라도 또 옳은 말일수록 말이 제대로 안 믹힌다. 흔히 정명(正名)이라 카는데 니 말대로 말이 겉돈다, 말을 고대로 못 믿은이 그럴 수밖에. 내 말이 길어졌다. 니 봤다는 소리는 우리 집사람한테 꼭 그대로 이러꾸마. 니가 철이 엄청 들어서 나를 많이 가르치고 후지박더라 카민서."

"벨 소리 다한다. 내가 언제 니를 후지박았노. 참, 우리 3년 후배 방가는 벨일 없제."

"우리 집 밥생이 안부 묻는갑나? ⏄냥서냥 살 지낸다. 요새는 사군자도 치고 늦바람에 공부복을 누릴라고 한문 배아가미 붓글씨 익힌다고 세월 가는 줄 모린다."

"신사임당이 따로 있나. 자식 잘 키우고 취미생활하면 거기 현모양처지. 얼굴이 새첩고 행실이 낙숫물 똑똑 떨어지듯이 찬찬하든이마는 붓 친다 카이 적이나 한참 어울린다."

이가의 집사람은 임고초등학교 출신으로 대구선 열차간에서 우연히, 그러나 겪어보니 '운명적으로' 만나 정이 든 사이로 편모슬하의 맏딸이었다. 한약방 주인은 당연히 그 기우는 혼처를 반대했는데, 바깥사돈도 없으니 장차 장모를 모시고 살 둘째 자식의 팔자도 좀 그렇고, 더 근본적으로는 성씨가 상놈이라는 것이었다. 아들은 마침 군복무 중이었으므로 편지로 단호히 천명하길, 우리나라 대통령 각하 박아무개도 시방 청와대에서 장모를 모시고 살며, 방모 처녀와 혼인을 못하라 카면 탈영해버리겠다는 엄포를 놓았다. 한약방 주인은 편지를 받자마자 동두천까지 한달음에 달려오는 소동을 벌였으니, 시골것들치고는 별나고 희한한 결혼 이벤트를 치른 셈이었다.

정징자가 그 일화를 모를 리 없어서 빙그레 웃었다.

"늙어갈수록 집사람 잘 떠받들어야 남자도 대접 받는다."

"요새 마누라 이기는 서방이 어딨노. 안 맞고 안 쫓기나믄 다행이지. 하기야 요새는 아이른 없이 아무데서나 농담도 너무 흔하다. 세상이 그렇듯이 사람이 너무 들까불고 촐싹댄다."

"하모, 와 아이라. 우쨌든 이래 만나서 반갑다. 우리 사이가 이래 소원해서야 될 끼가. 앞으로 자주 연락하고 살자, 늙어가 민서 할 일이 뭐 있노. 사람 만나고 아는 기 기중 큰일이지."

"니가 내 말을 잘도 한다. 가만, 개찰하는갑다. 먼저 들어가 거라. 나는 볼일이나 좀 보고 나중에 들어갈란다."

그때쯤부터 이가는 공연히 무엇엔가 뒤채인달까, 엉뚱한 데서 빈둥거린달까, 만사에 심드렁해진달까 하는 어수선한 심사에 빠져들었다. 이게 나이 탓인가 하고 마음을 돌려세우기도 했으나 별무소용이었다. 일행들과 어울릴 수 없어서 그런 것도 아니었다. 비록 고만고만한 속물들이기는 할망정 다들 체면 치레는 하고 사는 친구들인 만큼 속으로야 어떻게 생각하든 남한테 폐 끼치지 않으려는 배려와 조심은 서로 질세라 앞세우곤 했다. 그러니 그들의 드레진 마음씀씀이를 선선히 받아내지 못하고 더러는 뻥뻥한 채로, 더 자주는 뚝뚝하니 비비적거리고 어물쩍거리는 그의 찜부럭*을 탓해야 옳을 일이었다. 하기야

---

* **찜부럭** 몸이나 마음이 괴로울 때 걸핏하면 짜증을 내는 것.

생업이 다른 만큼 자신이 볼 것만 본다는 식으로 두리번거리면 그들이 그의 행태에 간섭하거나 나무랄 처지도 아니었고, 실제로 그러지도 않았다. 따라서 얼마든지 자유롭게 또 마음 편하게 돌아다닐 형편인데도 그게 뜻대로 잘되지 않았던 것이다.

왜 그처럼 찝찝한 기운이 그의 심경에 똬리를 틀고 들어앉았는지 그 근인과 원인을 따져본들 유가의 야지랑스러운* 꼬드김 때문에 명색 단체 해외관광에 따라나선 불찰이 클 터이므로 그는 머리를 흔들어버렸다. 그래서 그는 이 불편한 심기를 무엇에다 비유하며 그대로 옮겨놔야 성에 찰까 하고 한동안 머리를 싸맸다.

그 궁리는 쉬 풀렸다. 흔히 넉넉한 시간을 야금야금 발겨내서 마련한 독서 계획을 나름껏 착실히 실천하는 경우가 있는데, 서너 차례씩 치르는 그 연중행사 중에도 유독 생게망게해지는 때가 비일비재하다. 어제 그제부터 손에 잡은 책은 이미 필독서로 정평이 나 있고, 책표지나 책 크기 같은 외형이야 그렇다 치고 본문 활자나 지질도 웬만큼 괜찮을뿐더러, 내용도 만만히 덤빌 종류는 아니지만 그렇다고 크게 어렵지는 않다. 그런데 읽어갈수록 시드럽다. 밥맛도 입맛도 없고 먹기 싫어서 깨작거리는 밥처럼 그럭저럭 책장은 넘어가고 있건만 도대체 솔깃해지지가 않는다. 하 한심해서 읽었던 앞쪽을 다시 훑어봐도 이렇다 할 대목도 없다. 내용 그 자체야 그가 가장 관심을

---

*야지랑스럽다 얄밉도록 능청맞고 천연스럽다.

갖고 있는 분야이고, 문장도 저마다 다른 특유의 가락은 없어도 그런대로 무난하게 읽히기는 한다. 그런데도 왜 이토록 지겨운가? 거의 고전급이라는 세평이 과장 심한 엉터리 인정(人情) 평가인가. 이즈막에는 명성과 실적이 따로따로 놀아나는 경우를 독서계에서도 자주 목격하지만, 이게 바로 그 본보기가 아니고 무엇인가. 그냥 어지간한 저서일 뿐이고, 창의력으로만 따지면 범작이라고 해도 과한 점수일 텐데. 그러고 보니 곳곳에 동어반복은 꽤나 자심하다. 세상을 보는 시야가 솔아터졌든지 머릿속에 든 것이 즈런즈런하지도* 못하다. 영악한 지식인이 흔히 그렇듯이 뒤넘스럽지는 않지만 메부수수하다.* 도시에서 태어났어도 만년 촌것이 없지 않다. 심지어는 탤런트 기질을 타고난 먹물 중에도 그처럼 촌티를 가시지 못한 게 수두룩하다. 그러나 저러나 착상도 기발난 데가 하나도 안 보인다. 의미 부여에는 설득력도 없고, 걸핏하면 같잖게도 공연한 자기자랑을 슬쩍슬쩍 끼워 넣는다. 그렇다고 반 넘이 읽은 책을 중도에 내팽개칠 수는 없다. 한때는 동료들로부터 이것저것 많이 알고, 시비와 적부를 잘 가리며, 잡학에도 신통방통한 독서광을 좋게 부른답시고 통달선생이란 별호도 얻은 이아무개의 그만한 지식욕이 요즘 알게 모르게 몸살을 앓고 있나. 의욕 상실증, 아니면 허구한 나날을 연구실에서 옴나위없이* 눈이나 파

---

* **즈런즈런하다** 살림살이가 넉넉하여 풍족하다.
* **메부수수하다** 언행이 어울리지 않고 어색하며 시골티가 난다.
* **옴나위없다** 꼼짝할 여유도 없다.

는 무룡태의 기세증(棄世症). 만약 그렇다면 독서 계획 자체를 진작에 작파했을 텐데, 이제 와서 공연히 자격지심이나 둘러대며 건들건들 노라리로 세월을 축낼 수작질인가. 이쪽의 시각과 탐구벽에 이렇다 할 하자가 없다면 이 책의 단조롭고 답답하기 짝이 없는, 그러나 어디서 이런저런 대목을 많이도 긁어모아놓은 듯한 서술 일체는 전적으로 고리삭은 것이든지 일종의 사기물이다. 그런데도 세평은 뜨르르하니 난감하다. 어느 분야라도 그런 허술한 통칭(統稱)은 난무한다. 그것에 동의할 수 없다면 결국 이쪽과의 사이는 버성겨진다. 이른바 세상과의 불화이다. 물론 세상은 이쪽의 그런 겉돎에 냉담하다. 대충 이런 도식이 짜짐으로써 그 찝찝한 불편은 만성화의 길로 접어든다.

이가의 그 좀 떨떨한 심경은 나름의 비유와 정리벽에 기대 그냥저냥 다리품이나 팔자는, 자기 식의 표현으로는 '시늉 관광'으로 낙착된 셈이었다.

피시의 화면상에 떠오른 여러 배경의 스냅 사진을 보더라도 저런 풍경 속을 언제 거닐었나 하는 의아감만 들 뿐이다. 물론 오늘날의 관광은 기시감 운운하며 안다니 노릇을 일부러 떠벌려봐야 화자나 청자가 고루 몽총해지고 만다. 하기야 일본 현지 관광이란 그쪽 풍속을 대변하는 '목욕 인심'이란 속담대로 온천욕을 마냥 즐기는 그 도락을 빼버리면 아무것도 남는 게 없다. 거기나 이 땅이나 사람끼리의 인심이 갈수록 야박해지고 있음을 미처 따질 겨를도 없이 서로 야멸친 행태만 천방지축으로 드러내는 데 급급하고, 볼거리도 억지로 무언가를 갖다 붙여놓았다 싶게 두드러져 있는데 그것이 죄다 깔끔한 일솜씨, 위생을 의식한 청결감, 거죽만 친절로 발라꾸민 장삿속임은 말할 나위도 없다.

이를테면 작달비가 쏟아지는데도 자갈이 깔린 사찰 경내의 솔가리를 대나무 갈퀴로 긁어대는 짓거리, 곧 뿌연 색의 투명한 비옷 차림으로 떠벌이는 그 노력봉사가 누구로부터 노임을 받든 말든 귀한 노동으로 보이지 않고 관광객의 눈을 의식한 관민 합심의 무슨 퍼포먼스처럼 비쳐서 소증사나웠던* 것도 사실이다. 헤살꾼의 군눈팔기라고 자책해버리면 그만이지만, 이가의 눈에는 유독 그런 장면들이 빨려들 듯이 목격되었고, 그것에 눈감아버리면 바사기*일 게 틀림없었다.

그처럼 주니*를 내며 따라다니는 총중에도 식사 시간만은 꼬박꼬박 기다려지고 그때마다 발밭게 챙겨 먹으려고 덤빈 것은 생리현상이라 할 수 있겠지만, 이틀째 저녁식사 때는 시내에서 제법 떨어진 주택가의 한복판에 널찍이 자리 잡은 대형 음식점에서 씨알이 제법 굵은 대게를 아예 커다란 대야에 수북수북 담아 내놓았다. 실컷 처먹으라는 투의 그 서비스도 완인상덕(玩人喪德)의 표본 같아서 속에서 울화가 치밀었다. 이가는 이빨이 안 좋은데다가 무슨 음식이든 젓가락으로 집어 한 입에

---

* **소증사납다** 하는 짓의 동기가 속되고 아름답지 못하다.
* **바사기** 이해력이 부족하고 인격이 천한 사람.
* **주니** 몹시 지루함을 느끼는 싫증.

들어갈 수 있도록 만들어놓아야지 야만스럽게 손으로 들고 뜯어먹어야 하는 먹을거리를 질색으로 여기는지라 그나마 게살을 발겨먹을 엄두를 못 내고 있으려니까, 일행 중 누군가가 솜씨 좋게 게다리를 분지르고 그 속의 흰살을 발겨내 그에게 건네주었고, 그 성의가 고마워 먹어보니 게맛이 아주 맹탕이었다. 그때서야 일행 중 하나가, 게맛이 우리 것하고는 아무래도 다르다고, 아마도 러시아산이나 북한산일 거라는 추측을 내놓았다. 맛이 없는 생물을 죄다 남의 나라 것으로 치부하는 발상도 객쩍은 국수주의적 발상이지만, 바다가 거기서 거기임에도 일본 배가 잡은 대게나 우리의 그것이 더 낫다는 농담 같은 짓거리도 말 같잖게 들리는 것이었다. 그 밑바닥에는 붉은 악마니 뭐니 하는 젊은것들의 치졸한 민족주의가 안하무인으로 설치는 작태가 깔려 있고, 그런 벌거벗은 무교양은 비단 우리의 치부만도 아니다. 그보다는 그쪽의 싼 임금으로 잡아 올린 무진장한 어획고를 헐값에 사들여 우리 관광객의 주머니를 발겨내려는 구차스러운 상술을 쓰렁쓰렁* 써먹는 티가 완연해 보였던 게 거슬렸다.

좀더 근본적으로는 이른바 서구식 잣대로서의 '근대'를 수용하는 자세에서 한발 앞섰다는, 사회의 제반 분야가 우리 것보다는 낫다는 일본인들, 특히나 그쪽 지식인들이 무책임하게 퍼뜨린 유치한 우월의식 자체를 따져야 옳을 것이다. 물론 우리

---

* **쓰렁쓰렁** 남이 모르게 대충 아무렇게나 무성의하게 하는 짓거리.

의 저작물이나 각 방면의 예술 작품 일체가 그들보다는 상대적으로 두찬(杜撰)* 일변도인 것도 엄연한 사실이지만, 넓은 시각으로 보면 그런 비교우위는 양으로 따질 것이 아니라 한두 개의 질적 수준이나 정치도(精緻度)로 평가해야 하며, 또 어느 쪽이든 소수의 그런 특출한 성과는 곧장 후학들의 연찬에 의해 극복됨으로써 '흘러간 옛노래' 기리기에 매몰된다. 요컨대 완물상지(玩物喪志)다. 그래서 자기자랑은 식자나 무식한이나 공히 기피하고 경계해야 할 인생의 도반(道伴)이며, 그런 의미의 연장선상에서 자기조롱이랄지 자성을 앞세운 자기희화화는 지식의 대중화가 꽤 심화된 오늘날 더 빛을 발한다. 어쨌거나 그 알량한 자기과시가 일본에서는, 더욱이나 일본인에게서는, 나아가서 그 속에서 부유하는 모든 풍속에서는 너무나 또록또록 드러나서 재미가 없다. 그것을 한 국가의 정체성이나 고유성으로 미화하는 것은 본말전도의 호도벽일 뿐이다.

대충 그런저런 심사를 반추하면서 이가는 더 이상 되돌아보지 않으려고 기를 쓰며 귀국길에 올랐다. 그런데 보름쯤 지나 유가가 피시를 열어보라는 하명을 전화로 떨구었고, 예의 그 날아온 사진첩을 한 장씩 훑어보자 이내 그 무작스러웠던 단체 해외여행 중의 몇몇 장면들이 소롯이 되살아나버린 것이다. 마침 개강이 시작되어 그만의 소회와 나름의 저회에 빠질 틈도 없이 빡빡하게 물고 돌아가는 일상에 묶여버린 것이 그나마

---

* **두찬** 전거(典據)가 부실한 저작물이나 틀린 대목이 많은 작품.

다행이었다. 그러고는 그 여행에 따르는 일체의 감상은 깡그리 털어내버렸다고 생각할 때쯤, 그러니까 이번 학기도 그럭저럭 3분의 2 선을 넘었으니 대충 끝나가고 있다는 자위에 겨워 있던 판에 어릴 때부터 양반의 후손이라고 달리 보던 정징자의 하소연을 듣고는 한편으로 뜨악하고 다른 한편으로는 아연해지고 만 것이었다.

3

없는 것을 있다고 빡빡 우기면 고집쟁이가 되든지 억짓손이 걸어서 말을 조심해야겠다는 충고를 받아야 마땅할 것이다. 그러나 대개의 고집통이들은 남의 말을 귀담아듣지도, 믿지도 않는 사람이라서 제 주장을 굽히지 않거니와, 무슨 헛것을 봤을 리 만무하다며 제 가설을 증명해 보이려고 발버둥을 치곤 한다. 이가가 죽마고우임에 틀림없는 징자의 뜬금없는 전화를 받고 나서 대뜸 느낀 착잡한 기분의 밑바닥에 엉겨 있는 것이 바로 그녀의 그 미심쩍음에 대한 집착이 좀 지나치다는 단정이었다.

뭔가 있다고? 둘 사이에. 인생을 거의 다 살았다면 막말일 테지만, 아무리 장수 시대라 해도 반 넘이 산 두 남녀에게 어떤 사련이 있다 한들 그 일신의 중대사를 누가, 심지어는 부모 형제가 이래라 저래라 간섭할 수 있을까?

어깨가 제법 선득거리던 지난 11월 중순의 어느 날 퇴근 무렵이었다. 난방시설을 제때 제 마음대로 활용할 수 없도록, 그 것도 일종의 '장치'를 만들어놓은 연구실이라서 두덜거림이 저 절로 쏟아지는 판인데도 이가는 여섯시 삼십분 전후의 퇴근을 한결같이 고수하는 생활습관을 좇아 어정쩡하니 착석해서 명 청해지는 머리를 굴리고 있었다. 그때 낯선 전화번호가 액정표 시기에 찍히면서 연구실의 전화기가 울렸다.

그녀는 내다, 징자다, 벨일 없제, 나는 벨일이 있다 카믄 있 고 없다 카믄 없다면서도 이런저런 안부인사를 너더분하게 깔 고 나서, 예컨대 두 동생은 예의 그 삿포로 효도관광여행 후 곧 장 미국으로 출국했고, 제 모친도 난생처음 한 그 해외여행 중 의 온천욕 때문에 노인성 피부 '근지럼병'이 좀 우선해진 것 같 다고, 딸들 덕분에 호강한 공치사를 종종 늘어놓는다고 했다. 그러고는 아무래도 좀 찝찝하고, 뭔가 걸리는 것이 있어서 뒤 꼭지가 헤깝찮다면서 양반답잖게 말꼭지를 쉬이 못 따더니, 전 번 여행 중의 그쪽 일행에 허무슨 사장이 있었던 모양인데 이 가 자네와 절친한 사이냐고 물었다. 뜻밖의 탐문이어서 그는 대번에 어리둥절해졌다.

사람이 얼마나 솔직해질 수 있는지, 다시 말해서 평소에 얼 렁뚱땅 거짓말로 얼버무리는 경우를 어느 정도까지 줄이면서 생활할 수 있는지, 그래서 궁극적으로는 눈곱만큼의 거짓도 없 이 진솔하게 살아갈 수 있는지를 제 입과 마음을 탐지기로 삼 아 가끔씩 진정으로 시험해보는 위인답게, 물론 그런 재미 삼 아 치르는 실습이 하루는커녕 몇 시간도 못 가 낭패를 보지만,

이가는 섬뜩 가슴 한복판에 괴어오는 꺼림칙함을 억누르고 조심스럽게 입을 열었다.

"절친이라면 어느 정도를 두고 말하는지 몰라도 20년쯤 알고 지내는 사이긴 해도 그 친구 신상에 대해서 뭔가 잡히는 것은 없는 것 같네. 그래, 뭐가 없어. 요즘에는 그런 오리무중의 사람들이 많더라. 신문에 큼지막하니 지 얼굴 사진을 파는 사람들도 그렇고. 우리는 아무리 뜯어봐도 도무지 정체를 모르겠네. 정색만 그런 것도 아니고 문화계·학계에도 그린 사람이 새빼가리더라. 아무튼 정체든 실력이든 신분이든 번연히 있는 걸 없다고 할 수는 없을 테고, 또 없는 걸 있다고 그럴 수는 없을 것 같은데 실제로는 아무것도 없으면서 있는 체하고 떠벌려쌓는 사람이 숱하데. 신문이고 방송이고 서로 통을 짜고 입을 맞춰가면서. 배운 것들이 더 웃긴다 카이. 하기야 모르는 것들이야 웃길 수나 있나마는."

"니 말도 오랜만에 참 어렵네. 우야믄 좋겠노."

"모르는 건 모른다고 해야 말이 쉬워지는데 정말로 잘 모르고 또 모르겠는 사람을 명색 친구로 삼고 있어서 나도 참 어지럽고, 그래서 꽤나 난해한 사람이 되고 말아쀼네. 이번 여행 중에 그 친구를 몇 년 만에 처음 봤고, 가끔씩 그동안의 이런저런 근황을 뜸직뜸직 주거니 받거니 할수록 점점 더 모르겠데. 사장이라니 더 뭘 물어보기도 그렇고. 또 알아봤자 내 쪽의 이해 범위가 제대로 굴러갈 것 같지도 않고. 세파에 닳을 대로 닳은 친구는 틀림없는데, 또 그러고 보니 우리 사회 구석구석을 제법 소상히 꿰차고 있는 건 분명한 것 같고 뭐 그렇데. 소탈한 면도 있긴 했고, 우리 나이가 이제는 그런 탈속기쯤이야 아우를 수 있어서 그랬을 테지만. 그런데 왜 하필 그 친구 신상을 캐물어쌌노."

전화기 저쪽에서 말을 삼키는 소리 같은 것이 얼핏 들렸다. 이가는 침묵으로 응수를 기다렸다. 묵언은 정직하게 살기 위해 스스로 물린 재갈인 것이다.

"어디까지 말해야 괜찮을지 몰라도 우리 넷째가 그 사람 뒤를 좀 알아봐달란다. 혼자 산다 카고 여자 등쳐먹는 인간은 아이지 싶우다 카민서."

남의 일인데도 이가는 제 가슴이 철렁함을 똑똑히 감지했다.

"알아보는 거야 어렵지 않은데, 그 넷째라면 너거 형제 중 막내딸 말이네. 아직 미혼이라 캤제. 코가 큼지막하고 외모도 걱실걱실하게 잘생겼던데. 무슨 중학교 윤리선생이라 캤나……"

그가 말을 흘린 것은 지난번의 그 여행 중에 붙박인 몇 장면이 번갈아 희번덕거려서였다.

"중학교는 도덕선생이라 칸다. 가는 원래 대학 때부터 국문과 다니면서 국민윤리를 전공했다."

"그걸 복수전공이라 카기도 하고 다전공이라 카기도 한다."

"처음에는 둘 다 가르치다가 지금은 국어만 가르친다."

"어느 것이나 제대로만 하면 거기 거기다."

"가가 원래는 별로 까탈스럽지도 않았는데 무단히 혼기를 놓치뿌리더마는 성질도 아수룩해지고 시방 말로는 털버덕 무너져 있어서 옆에서 봐내기도 딱하긴 하지만서도 본바탕은 참하고 조신하고 뭐 그렇다. 내 동생이라 카는 소리가 아이다."

"안다, 알 만하다. 요새 나 많은 처녀들이 더러 패꽝스럽기는 하더라 캐도 직업과 직장이 반듯한데 설마 지 본성을 잃가뿔 리야 있나."

"지도 말은 그칸다. 내가 가를 우예 키았는데. 우리보다 열세 살 밑이고 내일모레 교감을 바라보는 아라서 더 애가 탄다. 자꾸 이야기가 길어지는데 다 할 서는 없고, 우리 임마가 이 딜들고부터 경숙이가 자주 꿈에 빈다민서 우째 됐는가 한번 알아봐라 카미 나를 자꾸 떠다미는 거 있제. 우리 엄마가 신 내렸다카는 그런 양반은 아이라도 헛것도 더러 봤다 카고, 언제는 길에서 돌아가신 우리 아부지가 버스를 홀쩍 올라타든이 경로석에 단정한이 앉아 있더라 캐서 디기 놀라고 그랬다. 우쨌기나 젊었을 때부터 꿈이 영험하다고, 여축없이 맞춘다 캤샀다. 자꾸 그캐서 경숙이한테 전화를 넣어봤더니 지 휴대폰은 지난달부터 꺼났다 카고 학교 전화를 받든이 아까 그 말을 하네. 니는 우리 동네를 잘 아는가 몰라도 나는 아양교역 금방에 살고 경숙이는 세 정거장 떨어진 신천역 부근에 사는데도 서로 바쁘다카민서 두어 달에 한 번 눈 맞추기도 어렵든이 이런 일이라도 터진이 좀 생기도 나고 그렇긴 해도 우째 조마조마하고, 아무 일도 없다 카는데도 뭣이 벌써 있는 것 같애서 니한테라도 이카고 있다. 이것저것 좀 단디 알아봐줄래? 나도 우리 신랑한테 좀 알아보라고 일러났다만서도."

"참, 너거 신랑도 어디서 교장을 산다미? 공립이가 사립이
가?"

"공립이다. 사립은 비윗살이 좋아도 시집살이를 디기 시키
는갑더라."

"시집살이가 아이고, 그걸 뭐라 캐야겠노, 아, 화장하는 사
람들은 때맞춰 어리광을 잘 부리야 되고 넥타이 매는 인간들은
수시로 아첨도 떨어야 되는갑더라. 그걸 그쪽에서는 딸랑이가
돼야 한다 카는갑대. 말도 잘 지어냈지. 딸랑이한테 무슨 간이
나 쓸개 같은 기 있을 리가 있겠나."

"그카대. 나도 더러 그런 말은 들었다. 우리 신랑이사 인자
몇 년 안 남았다. 빨리 연금수령자가 되고 싶다는 기 노래다.
요새는 하루가 여삼추 같다 칸다. 말을 바꾸만 아까 말한 그 사
람 본바탕이 어떤지 여기저기 단디 수소문해봐라 이 소리다."

"알아보는 거야 하나도 어려울 기 없지만서도…… 당사자들
둘이서 알아 할 일이지 그 대가리 굵은 선남선녀를 우리가 나
서서……"

그로서는 당장에 뭘 알아봐야 하는지도 종잡을 수 없었다.
말귀가 어두운 편이 아닌데 쉰 줄 중반을 넘고부터 더러 상대
방의 말뜻을 재깍 파악하지 못할 때가 있었다. 불시에 해망쩍
은 위인이 되고 만 그 경위를 찬찬히 따져보니 상대방의 말솜
씨가 워낙 버벅거리거나, 일의 전말에 대한 충분한 설명을 곁
들이지 않거나, 이쪽 곧 청자가 이미 다 알고 있겠거니 하고 말
의 요지를 겅중겅중 생략해서 그처럼 아리송해진다는 것을 깨

달았다. 아무튼 이쪽은 답답한데 그렇다고 꼬치고치 캐물을 수
도 없거니와 심문하듯이 화자의 언술 일체 곧 그 전후 맥락을
낱낱이 따지고 들 수도 없어서 난처했다. 이러나저러나 무식하
고 불친절하며 안하무인의 일방적인 말버릇임에는 틀림없겠는
데 정징자의 하소연이 바로 그랬다. 모든 게 애매모호하기 짝
이 없었고, 잠시 후에는 왜 전화를 했는지조차 헷갈렸다.

요컨대 두 남녀가 눈이 맞았다면 이제부터라도 서로가 이성
적(理性的) 탐색을 예의 즐기며 치러야 할 테고, 그 열력에 남
은 물론이려니와 부모라도 무슨 간섭을 내놓을 수 있을까. 한
창 젊은것들이라면 눈이 멀 수도 있으니 연장자가 이것저것 따
지며 신중하라는 충고야 들려줄 수 있을 테지만. 나중에 무슨
꼬투리라도 잡으려고 보증 같은 것을 서달라는 말인가.

그러고 보니 징자는 전화의 서두에서 제 동생 경숙이가 이가
를 잘 안다고, 지난해 겨울방학 때 이가가 재직하고 있는 대학
에서 사흘 동안 치른 '학교 도서관 활용 직무연수'에서 두 시간
연강을 들은 적이 있어서 그렇다고 했다. 그 연수는 원래 사회
대 소속의 문헌정보학과에서 대대로 내려오는 뻔한 강좌명에
다 서너 개를 즉흥적으로 짜깁기해서 끼워 넣고 그때마다 만만
한 강사를 억지로 초빙하여 초·중·고등학교 선생에게(**물론 초
등부·중등부·고등부로 나뉘어 주최측이 임의로 결정한 날짜에 실시
되었다**) 엉성한 내용의 강의나마 무책임하게 들려주는 연례행
사였다. 모르긴 해도 지역 교육청에서 전시행정을 꾸려내느라
고 그런 재교육 기회를 제공하지 않나 싶은데, 막상 강의실에

들어가보면 수강자들은 소속 학교의 도서관과는 전혀 관련이 없고, 듣기로는 학교마다의 사정에 따라 연하자부터, 더러는 교장의 재량에 따라 지명당한 선생들이(**그것도 대개는 한 학교에서 두 사람 이상씩 복수였다**) 울며 겨자 먹기 식으로 불려나와 그 재미없는 강의를 수료하고 있는 형편이었다.

그때 이가는 강의료 몇 푼에 팔려 나왔다는 인상만은 면하려고 '기록의 중요성과 그 작성 자세 및 보관 방법'에 대한 사례를 몇몇 나라와 그쪽의 이름난 저작자에서 따와 들려준 바 있었다. 덧붙인다면 오늘날처럼 책이 흔해빠진 시대에, 또 아무라도 저자가 되겠다고 설치는 시절에 그것의 소중함을 떠들어봐야 케케묵은 전언이 될 터이므로 책이 책다워지려면 그 예비단계로서의 기록 그 자체에 대한 물신숭배적 자세의 파지부터가 우선 요긴하다는 역설을 강조한 셈이었다. 아무려나 강청에 떠밀려 후딱 해치운 그 고역이 이제 와서 엉뚱한 인연의 꼬리를 잇대고 있으니 이런 것도 금세기에 일파만파로 번지고 있는 이른바 '나비효과'인지 뭔지 알 수 없었다. 어떤 분야의 학문이든 참신한 말 지어내기, 나아가서 정의(定義) 내리기가 관건인 줄이야 알지만, 요즘에는 그것이 '나비'처럼 제멋대로 날아다니는 추세였다. 말하자면 그런 '트렌드'야말로 견강부회이고, 상부상조란 튼실한 말을 놔두고 '윈윈전략'을 떠벌리며 수선스러움을 가중시키고 있는 판이었다.

좀 멍청해져 있자니 이가의 눈앞에 몇몇 장면이 저절로 떠올랐다. 아마도 첫 숙박지의 한 관광호텔에서였을 것이다. 하루 일정이 끝났으므로 이제부터는 각자가 알아서 내일 아침까지 시간을 요령 좋게 꾸리게 되어 있었다. 마침 저녁도 뷔페식이라고 하니 짐들을 이인일조의 방마다에 부려놓고 호텔 주변을 잠시 거닐다가 우선 먹자판부터 벌이자고, 그 후 온천에 몸을 한 시간쯤 담갔다가 끼리끼리 한 방에 둘러앉아 추렴술판을 벌이자는 것이 유단장의 제안이었다. 이런 단체여행을 워낙 많이 해본 사람이라 다들 그러자고 고개를 끄떡였다. 유가는 삼십대 중반은 넘었시 싶은 B팀의 가이드와도 진작에 말을 맞춰놓았는지 자신과 이가가 한 방을 쓰게 조를 짜놓아서 동숙자로 하여금 새삼 그의 매끄러운 일솜씨에 경복하게 만들었다.

카펫이 깔린 기다란 미로를 두어 번이나 꺾었고, 뒤이어 승강기와 자동식 계단을 이용하고도 한참이나 걸어가니 광장이라고나 해야 어울릴 대형 식당이 나타났다. 식사 시간이 막 시작된 참이어서 유단장을 위시한 이가 일행 대여섯 명은 나머지 동행들을 기다릴 것도 없이 큰 쟁반에다 먹을거리를 거하게 퍼담았다. 그러고는 누군가의 제의에 따라 한 자리를 차지하고 앉았더니 바로 어깨 너머에는 무대가 제법 높다라니 설치되어 있었다. 동행들도 속속 그 앞자리에 진을 쳤고, 바야흐로 식탐에 빠져들 찰나에 굵다란 띠를 머리와 허리에 동여매고 개량한복 비슷한 줄무늬 옷을 입은 남녀 4인조가 메뚜기처럼 훌쩍 뛰면서 무대 위에 나타났다. 그들은 허리를 직각으로 꺾는 인사를 마치자마자 다짜고짜로 손짓을 요란하게 흔들어대며 크고 작은 여러 모양의 북들을 두드려대기 시작했다. 먹자판에 웬 북장단인지 알다가도 모를 일이었다. 그러나마나 북은 칠수록 맛이 난다더니 고수들은 점점 기세를 올려서 삽시간에 식당 전체가 떠내려갈 지경이었고, 그 시끄러운 바닥에서도 다들 아귀아귀 잘도 먹었고, 출입구 쪽에는 소위 유카다(浴衣)라는 홑껍데기 내리닫이 옷들을 걸친 관광객들이 장사진을 이루며 밀쳐 들어오고 있는 판이었다. 일본식 표현대로라면 대형 실내 북새판을 '연출하고' 있는 셈이었는데, 마침 그때가 일본도 오봉인가 하는 최대 명절이어서 그야말로 일본인 반에 한국인 반으로 시끌벅적한 장바닥이 선 것이었다. 대체로 이 절기에는 일본의 모든 관광지가 인산인해를 이루고, 따라서 호텔의 방 잡기도 여간 어려운 게 아니라고 하며, 그런 악조건을 뚫고 입도선매(立稻先賣)식 피서여행을 챙기고 있으니 일의대수를 끼고 있는 이쪽저쪽 신민들의 분주살스러움도 알아줄 만한 가경이었다.

그런저런 눈팔기와 눈치보기로 덩달아 숨이 가빠지는 이가의 심경이야 어찌 되었든 일행들은 두어 차례씩이나 먹을거리를 나르느라고 어수선한 가운데서도 북소리는 어쩌자고 여전히 쿵쿵 쾅쾅거렸고, 우리는 풍악을 울릴 테니 여러 백성들은 허리끈을 풀고 마음껏 잡수시오 라는 조의 고수들 어깻바람도 점점 절정을 향해 치닫고 있는 형국이었다.

아마도 그 언저리쯤이었을 텐데, 이가는 앞서거니 뒤서거니로 막 식당 안으로 들어서는 정씨네 일가와 맞닥뜨렸다. 식당 입구에서부터 디귿자로 기다랗게 이어붙인 식탁 위에 화려한 색깔의 먹을거리가 잔뜩 진열되어 있던 터여서 이가는 한참이나 인파를 헤쳐서 걸어 나온 두번째 걸음이었고, 방금 온천욕에서 빠져나온 듯 다섯 여자가 하나같이 빨갛게 익은 살갗에 김이 모락모락 피어오르는 포동포동한 몸뚱어리를 예의 그 홑껍데기 일본 옷으로 감싼 채 마주친 것이었다. 이가는 정씨네 일가와 환한 얼굴만 주고받았을 뿐 이렇다 할 말을 나누지는 않았다. 그럴 짬도 없이 여러 사람늘과 뒤섞여 음식늘을 주위 담느라고 어정거리게 된 셈이지만, 그때 두 동창생은 각자의 일행이 A팀과 B팀으로 갈라져 각각 다른 버스에 분승하여 전체 일정을 소화하게 된 것을 무슨 크나큰 배려로, 적당한 시간과 거리를 두고 관광지마다 뒤쫓아 돌아보게 되는 이 간격을 아주 생색나는 무슨 시혜로 받아들이고 있었을 게 틀림없다. 만약 두 일행이 한 버스에 타게 되었다면 어느 쪽이든 일거일동을 조심하느라고, 일행의 짓궂은 농담을 상대편이 어떻게 받아들일까로 적잖이 조마조마하게 가슴을 태우느라고 관광의 낙을 저만큼 물리쳐야 했을 테고, 이제는 그런 불편을 꾹 참고 견뎌낼 나이들은 아닌 셈이었다. 어쨌거나 두 동창생은 비행기에 탑승한 후 비로소 지근거리에서 대면하게 된 꼴이었고, 그새 피로의 땟국을 말끔히 씻어낸 네 자매는 그 모친을 닮아서 인물들이 훤했다. 더불어 그들에게서 풍겨오던 무슨 기초화장품 냄새가 색다르게 향긋했다는 기억도 이가에게는 생생히 남아 있다.

만복감을 추스르느라고 이가 일행은 앞 다투어 온천욕장으로 줄달음쳤다. 누가 일본을 왜국(倭國)이라고 했는지, 그 작자의 눈은 어떤 사물이든 한쪽만 보는 사시(斜視)였을 확률이 높다. 그 말뜻대로 일본은 작지도, 순박하지도, 추하지도 않기 때문에 그렇다. 온천장이야말로 그 점을 확실히 대변한다. 욕조마다 어마어마하게 크고, 그것도 수다스러울 정도로 온갖 모양과 크기에다 갖가지 기교를 덧대서 이용자들을 질리게 하고, 그것들마다 깔밋하기 이를 데 없음은 이제 세계적으로도 상식이 되고 말았지만, 이처럼 잘못 알려진 그들 자신의 내면화된 섬나라 근성을 불식시키느라고 용맹정진하는 흔적을 곳곳에다 찜박아두기에 여념이 없는 것이다. 차라리 바로 그런 일본의 열등의식을 만끽하느라고 이가는 아예 늘어질 대로 늘어진 불알을 털럭거리며 온갖 형태의 욕조마다에 몸을 담가보느라고 한동안 수선을 피웠다. 물론 이가만 유독 그런 치기를 일부러 일삼지는 않았는데, 누구라도 이것이야말로 본전 뽑기의 진면목이라는 심경을 한쪽에다 갈무리해두고 있었을 터이다. 그러나 어느 욕조라도 물의 뜨겁기 차이에 지나지 않으므로 이내 속살에 깊숙이 배겨 있는 묵은 찌꺼기를 속속들이 빼내주는 대형욕조 속에 점잖게 안착하기 마련이었다. 이가는 이미 오래전에 그런 경험을 한두 차례나 치른 바 있었고, 그 일시적 세탁감이라고나 할 가뜬함, 가뿐함, 개운함을 재음미하기 위해서 노천탕 속으로 빨려들 듯이 나아갔다.

천장과 벽면을 동굴처럼 울퉁불퉁하게 치장해놓은 시커먼

입구를 더듬어가니 이내 두 개의 수면이 근경과 원경으로 펼쳐져 있었다. 가까이 있는 수면은 물론 노천탕이었고, 그 위에 펼쳐져 있는 것은 아까 낮에 유람선을 타고 한 바퀴 돌아본 도야호(洞爺湖)였다. 버스 속에서 쉴 새 없이 떠들어대야 하는 것이 자신의 직분인 양 무식한 말을, 그것도 말주변조차 없는 주제임에도 혼자서 지껄이는 데 싫증을 내지 않고, 승객들의 썰렁한 반응에 멋쩍다는 듯이 공허한 웃음도 간단없이 흩뿌리던 가이드의 이 지역 '스토리'에 따르면 호수 둘레기 지그미치 43킬로이고, 호수 속의 섬 세 개에는 사람이 살지 않으며('무인도'라는 말을 모르는지, 그 말을 쓰기가 부적합해서 그런지 알 수 없었다. 아무래도 어휘에 대한 감수성이 제로여서 어떤 분별도 없는 듯했다), 겨울철에도 얼지 않는데 호수 밑바닥에 용암이 끓고 있어서 그렇다는 것이었다. (용암이 끓고 있다니? 용암층이 형성되어 있는지, 용암호라는 말인지, 어느 쪽이든 또 청자 자신도 그 방면에는 무식해서 더 이상 언급할 수 없는 게 안쓰러웠다.) 그것은 '스토리'가 아니라 믿기지 않는 '사실'이거나 몰라도 되는 '정보'였다. 어쨌든 크기나 모양새도 제멋대로인 매끄러운 바위들을 아무렇게나 쌓아놓은 가두리 밑은 호숫가의 산책로라서 이쪽에서는 볼 수 있으나 소요객들은 촘촘히 심어놓은 관목들 때문에 목욕객의 벌거벗은 몸을 못 보게 만들어놓는 구도였다. 온천물은 뜨겁고 맑고 깨끗하고 파르끼하고, 그래서 청련하고* 투명한 액체 덩

---

* **청련(淸漣)하다** 물이 맑고 잔잔하다.

어리가 마냥 감미롭게 휘감기는데도 아무런 저항감이 없었다.

이가는 호텔용 목욕수건으로 머리통을 질끈 동여 이마팍에다 매듭을 지었다. 그러고는 얼굴만 내놓을 수 있는 맞춤한 바위를 찾아가 엉덩이를 걸쳤다. 이내 진액 같은 구슬땀이 온몸에서, 특히나 머리와 얼굴에서 빠작빠작 솟아났다. 그의 부친의 진단에 따르면 이가는 태음 체질이고, 폐부가 허해서 사시장철 땀을 많이 흘렸다. 어느 정도인가 하면 여름 한철 찬물에 찬밥을 말아 미역·오이채를 띄운 냉국과 함께 먹어도 비지땀을 쏟아내는 터였고, 그래서 그가 스스로 지어 붙인 체질명도 물티이다.

어느새 일행들이 여기저기 눈에 띄었다. 그쯤에서 허사장이 슬그머니 그의 곁으로 물뱀처럼 미끄러져 오더니, 어디서 많이 본 장면이다 라며 말을 걸었다. 이가의 머릿수건을 보고 하는 말 같았다. 선글라스를 벗어붙인 허가의 얼굴은 아무런 특징도 없는, 그러나 전형적인 몽골인의 형상은 골고루 갖추고 있어서 여느 장바닥에서나 마주치는 그런 넙죽한 그것이었다. 마땅한 응수가 떠오르지 않아 이가는, 좋네, 역시 잘 왔네, 땀 빼고 목욕하러 비행기 타고 다니는 세상이라니, 이게 무슨 호사취미인가, 같은 말을 허투루 내뱉었을 것이다.

바로 곁의 바위에 자리를 잡은 허가가 벼르고 있었다는 듯이 물었다. 둘의 주변에는 일행들 서넛의 머리통이 둥둥 떠다니고 있었다.

"아까 그 여형제들을 잘 아는갑제, 고향까마귄가?"

이가는 순간 적이 놀랐다. 허가는 어느 틈엔가 등 뒤에서 이가의 동정을 낱낱이 주시하고 있었던 모양이었다. '자네도 어째 그 집안을 알고 있는갑다' 같은 물음을 일단 따돌려두기로 하고, 이가는 선뜻 접장으로서의 오랜 경험에 따라 말밑천을 이리저리 공글렸을 것이다.

"봤다시피 그 집 맏딸이 나하고는 임고초등학교 37회 동창생이다."

히가를 위시한 주위의 일행들은 그런 학교가 도대체 어디에 있느냐는 눈치였다. 이가는 차근차근, 그 학교가 1924년에 개교했으니 유서가 깊고, 2회 졸업생들이 교정 둘레에 제 키만한 어린 나무들을 심은 것이 이제는 아름드리 플라타너스·히말라야시더로 자라 나라에서 시상하는, 전국에서 가장 아름다운 교정상도 받았다고 일러주었다. 시쁘다는 듯이 여기저기서, 벽촌인가보네, 칸트리란 소리지, 심지어는 시골 촌부자, 산골 수재가 지 자랑이 많아도 그것들 도시에 내놓으면 이내 사그라드는 거 우리 크면서 많이 봤잖아 따위의 얕잡아보는 우스개 해석까지 덧붙였던 듯하고, 누군가가, 무슨 전설 따라 삼천리의 한 대목 같다 라는 촌평도 디밀었다.

이가는 내친김이라 단호히 말했다. 포만감에 겨운데다 땀을 대량으로 빼고 있는 덕분으로 얼핏 고양감에 취했던 모양이다.

"구라처럼 들린다고? 소설 같다 이거지. 어허, 참, 이 친구들이 사람을 뭘로 보는지. 그렇잖다. 아이다. 우리 고을이 아무리 깡촌이라 해도 옛날부터 장장 5백 년 동안 글이 안 떨어진 동네라는 말이 내려온다. 왜정 때부터 이 땅을 뒤덮은 점수 매기는 공부야 서울·대구 같은 도회지보다 한참 뒤떨어졌다 캐도 다른 글읽기, 더 근본적인 옳은 공부는 웬만큼 따라갔다고 보면 맞을 끼다."

말길이 엇나가는 줄 또록또록 의식하면서도 이가는 수월하게 덧붙였다.

"애향심도 아이고 상고벽(尙古癖)과는 더욱이나 거리가 먼데 아직도 매년 한시(漢詩)경연대회가 베풀어지고, 거기 참석하는 것을 뿌듯하게 여기는 영감들이 살아 있는 고을이 흔치는 않을고로. 음풍농월이 백해무익하다면 어쩔 수 없지만서도. 쓸모만 따진다면 온갖 것이 다 요긴하든가 모조리 허섭쓰레기든가 둘 중에 하나다, 그렇잖고. 암, 말하나마나 한 소리지. 그래도 팔십 넘은 노인들이 바람을 노래하고 계절이 바뀌는 것을 아쉬워하면서 달을 바라보며 옛일을 떠올리는 것은 요즘 세상에도 귀하다면 귀한 기다."

옴 덕에 뭣 긁는다는 속담대로 이가는 온천욕으로 묵은 땀을 줄줄 토해내다시피 흘리느라고 하등에 쓸데없고 또 재미도 없는 말을 오랜만에 엉뚱한 데서, 보잘것없는 청자들 앞에서 지껄인 셈이었다. 아니나 다를까, 일행들의 둥둥 떠다니는 머리통이 하나 둘 멀어지고, 더러는 등짝을 보이며 동굴 속으로 사라져갔다. 그런데 이상하게도 허사장까지 정씨 자매들에 대해 더 알아볼 게 있을 텐데도 다가올 때처럼 슬그머니 꼬리를 사렸다. 그렇게 봐서 그럴 테지만 허가의 일거수일투족은 천상

물뱀이라고 해야 옳겠는데, 그 이미지가 그때 그 자리에서 떠올라 뿌리를 내리지는 않았을 것이다. 하물며 그럴 리야.

역시 그날 밤이었던 듯하다. 당연하게도 호수 위를 현란하게 수놓은 불꽃놀이를 다들 우두커니 서서 한동안 구경하다가 이가 일행은 친소 관계에 따라 삼삼오오 뭉쳐서 술집 순례에 올랐고, 대체로 한 시간 남짓 그 소위 '이자카야(居酒屋)'에 앉아 있다가 호텔 객실로 돌아왔는데 그때부터 아주 본격적으로 음주 행각이 벌어졌다. 아마도 처음에는 복도를 가운데 두고 대각선으로 마주보는 방 두 개를 아지트로 삼았던 듯싶고, 그 방마다 모주꾼 하나가 창가 쪽의 상석에 앉아서 방금 잔뜩 사들고 온 온갖 종류의 맥주를 유리컵에다 철철 따르면 누가 인천공항의 면세점에서 사온 발렌타인 17년산 위스키를 한 종지 쏟아 부어 이른바 폭탄주를 돌리는 식이었다. 물론 그 두 방을 왔다 갔다 하는 넉살 좋은 친구도 있었지만, 이가는 동숙자 유단장과 함께 묵을 객실을 제1아지트쯤으로 내줘야 했으므로 곱다시 술판에 꼽사리꾼으로, 그것도 술을 과히 바치는 체질이 아니라는 핑계를 앞세우고 제 침대 위에 책상다리로 앉아서 마른 안주거리나 주워 먹으면서 대여섯 명이 마음껏 떠들고 마셔대는 술자리를 굽어보는 그림이 짜여졌다. 양주 한 병이 금세 동나버리자, 바로 옆방의 숙박자가 또 다른 상표의 모양 좋은 위스키 병을 들고 왔다. 말들을 맞췄는지 술꾼들은 돌아가면서 양주를 한 병씩 내놓기로 한 모양이었고, 유단장이 진작에 술이나 한잔 사라는 언질을 내밀었던 게 이거라면 이가도 약소하다고, 못 낼 것도 없겠다고 속으로 어림잡고 있는데 그런 소심함을 이미 안다는 듯이 동숙자는 귓속말로, 자네 몫을 사두었다고, 내일 밤에나 풀자고 해서, 이게 또 무슨 술수나 수단인지, 아니면 단순히 눈치 빠른 호의인지 몰라서 어리둥절하게 만들었다.

모든 술자리가 대개 다 그렇듯이 이웃나라의 호텔 객실에서 벌이는 술판도 지루하기는 마찬가지였고, 객에게 안방을 내주고 부뚜막에 나앉은 꼴인 이가에게는 특히나 불편하기 이를 데 없었다. 게다가 낭자하게 떠벌리는 입담은 걸고 거칠었고, 서로 뒤질세라 퍼지르는 농담은 험하고 야비하다 못해 사나웠다. 추억담은 늘 듣던 흘러간 옛노래였고, 음담패설은 구뜰한 맛은 커녕 건더기도 건질 게 없는데 구성진 음색마저 안 비치는데다가 가락도 못 맞춘 맹탕이었다.

이가는 한시라도 빨리 술자리가 전을 걷었으면 하고 내심 주니를 내고 있었으나 난망이었다. 하루 일정을 조용히 되돌아보면서 느낌을 간추리고, 그 소회를 낙수 줍듯이 몇몇 어휘로 갈무리해둘 기회도 챙길 수 없다니, 단체여행은 한마디로 개판에다 싼 게 비지떡이라고 두 번 다시 되돌아보기 싫은 막판이었다. 틈틈이 주워 먹은 안주거리가 속에서 잔뜩 부풀어 올랐는지 만복감도 거북했다. 맥주를 두어 잔 얻어 마시고는 주전부리가 짠 통에 내처 생수만 들이켠 나머지 잦은 화장실 출입도 성가셨다.

마침 잠시라도 벗어날 틈이 생겼다. 큼지막한 비닐 봉다리가 찢어질 지경으로 주워 담아온 맥주가 동이 나버렸는데 첫날이고 하니 술판을 벌인 김에 좀더 이어가자는 의견이 대세였고, 양주는 얼마든지 있으므로 꼭 맥주가 있어야 된다는 것이었다. 그러나 이미 열한시를 치닫고 있는 시각이라 창틀 아래의 상점가는 말끔히 철시했고, 역시 휴양지답게 새카마니 적요했다. 대형 호텔이라 복도에는 자판기가 없고, 일층 어딘가에는 반드시 있을 것이라고 헸다. 그렇다면 그것을 찾아서 사오겠다고 이가는 자청해서 나섰다. 인천공항에서 미리 공동경비로 일인당 5천 엔씩 거뒀으므로 유단장은 그것을 허물어 쓰자고 했으나, 이가는 손을 휘휘 내저으며 일축했다. 주리가 틀리다가 놓여나는 셈인데 그까짓 맥주 값이야 약과였다. 이가가 캔맥주를 담아 올 뿌연 비닐 봉다리를 들고 까무룩하니 뻗어 있는 긴 복도를 헤쳐나가자 누가 등 뒤에서, 싸게 후딱 빨리 오시기요 라고 재촉했고, 다른 음성이, 이선생은 손이 크지요 라고 부추겼다. 구층에서 승강기를 타고 일층으로 내려와서 곧장 접수대로 다가가 자동판매기가 설치되어 있는 위치를 물었다. 오던 길을 계속 가라면서 목욕탕 입구에 여러 개가 있다고 했는데, 근무복 차림의 종업원 손짓이 한참 가야 한다고 했다. 알고 있는 길이었다. 장사가 너무 잘되어 별관을 달아냈고, 본관과의 통로 양쪽에다 토산품점·기념품점·슈퍼마켓·어린이 휴게소·약국·주전부리점 따위의 실내 상가를 마련해두었는데 그 끝자락쯤에 전망 좋은 '만남의 광장' 같은 로비를 꾸며놓고, 거기서 자동계단을 타고 내려가면 별유천지 같은 대욕장(大浴場)이 나오게 되어 있었다.

양쪽의 실내 상가는 다들 이미 문을 닫았고, 어떤 상점은 견물생심을 막으려는지 걸개 헝겊을 늘어뜨려놓거나 덮개로 씌워놓았는가 하면 그 반대로 알전구 몇 개를 켜두어서 매장과 상품을 눈요기시키는 한밤중의 상술도 엿보이고 있었다. 정숙을 강요하는 아스름한 조도가 천장에서 쏟아지고, 비상구 쪽을 알리는 벽면 하단의 붙박이 등이 띄엄띄엄 복도의 길이를 가늠하게 만들었다.

이가는 방금까지의 떠들썩한 술판을 까맣게 잊어버리고 그런 국면에서는 흔히 그러듯이 '현대문명이 바야흐로, 여기까지 왔단 말이지' 같은 느낌을 추슬렀지 않았나 싶은데 그 자의식의 요지는 이랬다.

어느 정해진 시각 무렵이면 매일같이 거의 동일한 풍경이 자동적으로 반복되는 일관성 곧 어떤 일상의 면면의 지속적 제도화야말로 현대문명의 지역별·국가별 공통분모라 할 수 있을 텐데, 그 진면목의 출현 아래서 개개인 일반은 상투적 고립감에 빠질 수밖에 없고, 그런 현상이 외화내빈(外華內貧)을 강제, 인간의 외모는 삐까뻔쩍으로 치달으면서도 심성은 메말라빠진 응달로 주저앉아버리는 몰풍경이 속속 드러나고 만다는 것이다. 따라서 표리부동은 현대인 전반이 누리는 전신상이다.

오가는 인적이 없어서 복도는 더욱이나 길었다. 그러나 실내여서 곧 끝이 났다. 초저녁에는 몰랐으나 휴게실 겸 대기실은 타원형이었다. 한쪽 면은 통유리를 벽지로 발라놓은 듯 번들거렸고, 그 방대한 장방형 화폭의 한가운데에 호수의 전경(全景)과 낮에는 수목이 빽빽해서 흡사 보득솔* 같던 예의 섬 세 개가 크고 작은 새까만 점들로 찍혀 있었다. 창틀 화폭에 붙박인 그 정경과 당당하게 마주보는 서너 명의 남자들은 하나같이 흰 바탕에 감색 줄무늬의 유카타를 걸치고 담배연기를 풀풀 날리고 있었으며, 일본은 흡연자에게 관대할 뿐만 아니라 흡연 욕구를 부추기는 풍경의 배치에까지 능했다.

이가는 수년 전에 하루 두 갑씩 태우던 백해무익한 끽연 습관을 버렸으므로 다른 쪽 벽면으로 잽싸게 몸을 돌렸다. 거기에는 세탁소, '관계자 외 출입 금지구역' 같은 팻말이 붙박여 있었는데 그 가장자리에 자동판매기들이 여러 대나 늘비해 있었다. 그는 곧장 지폐를 기계 속에 밀어 넣었고, 달그락거리며 떨어지는 깡통 맥주를 헤아리기 시작했다. 아마도 깡통 서너 개를 한목에 꺼내고 나서 얼핏 뒤를 돌아보니 공교롭게도 허사장이 담배를 단호히 재떨이 통에다 비벼 끄고 나서 시부저기 대욕장으로 내려가는 자동계단 위에 몸을 싣는 옆모습과 뒷모습을 목격할 수 있었다. 아마도 술독을 빼러 그 시간에도 온천 욕조에 몸을 담글 심산이었겠지만, 왠지 조금 이상하게 비쳤다. 다행히도 허사장은 이가를 못 보았고, 방금까지 그는 제2아지트에서 부두목쯤으로 주당들을 두량하고 있던 터였다.

---

* **보득솔** 작달막하고 가지가 방사형으로 뻗은 소나무.

하기야 일본인들은 남녀를 불문하고 그런 휴양지에만 떨어지면 밤 두시든 세시든 가리지 않고 노천탕에 몸을 부리고, 모처럼 만의 그 특이한 정서를 즐긴다고들 하지만, 허가의 그때 그 뒤꼭지에는 그런저런 특유의 촉촉한 감정 경험을 다독인다기보다도 번민과 생각거리를 채근하는 자신의 처지를 이제는 대충 거둬들여야 하지 않을까 하는, 그런 어정쩡한 기분을 따끈따끈한 목욕물로 털어내버리려는 기색이 완연했다. 그 후의 여러 정황과 들은 말로 그의 그때 인상을 유추해보니 그렇다는 것이 아니라 차츰차츰 아래로 꺼져 없어지던 그의 생각 많은 뒤통수에는 일행들의 와자지껄한 술자리를 고의로 벗어나서 혼자 온천물을 뒤집어쓸 충분한 이유가 있어 보였던 것이다.

걸음품에 지쳐서 또 사진 찍기에도 진력이 나서 그랬던지 전송해온 사진 중에는 그쪽 지역이 하나도 보이지 않지만, 이가의 기억에는 분명히 남아 있는 생생한 풍경화 하나가 더 있다.

여행 3일째였다. 내일 아침이면 짐을 꾸려서 바로 공항으로 떠나게 되어 있었으므로 일정이 빠듯하게 짜여져 있었다. 조식을 끝내자마자 두어 시간이나 달려가 떨어진 곳은 오타루(小樽)였다. 작은 술통이라니. 그 지명이 앙증맞아서 어쩌다가 그런 이름을 지었는지, 그에 따르는 무슨 '스토리'가 있는지 탐문해보았으나, 가이드는 워낙 무식해서 헤픈 웃음이나 베물었다. 뜻밖에도 작고 소박한 항구였다. 일본의 지방 도시가 대개 다 그렇듯이 '작은 술통'도 대도시화로서의 여러 기능의 비대화와

첨단화를 가능한 한 지연시키려는 고집이 겨우 포석(鋪石) 깔린 옛날의 신작로나 배가 다닐 수 없는 좁장한 운하 지키기 따위에 악착같이 매달림으로써 그나마 시가지 전체에 고풍스런 분위기를 덧입히는 수준이었다.

우선 오전 중에는 정교한 가내수공업이라고 해야 할 색깔 고운 여러 모양의 유리제품 전시장과 그 생산시설을 둘러보았다. 이어서 채광창이 군데군데 뚫려 있고 천장만 높다란 양곡 창고 같은 시장바닥에서 맑은 생선씨개 냄비를 앞앞에 놓아준 점심을 먹었다. 그때는 연이어 도착한 A팀과 B팀이 한 줄씩 기다랗게 도열하도록 자리를 배정했으므로 통로를 중심으로 서로 등을 지고 있는가 하면, 이가는 두 줄 건너의 면면들을 뚜렷뚜렷 살필 수 있었는데, 둘째인지 셋째인지와 나란히 앉은 징자의 막내동생을 정면에서 똑바로 쳐다볼 수 있게 되었다. 목례나 눈웃음이나 고갯짓으로 인사든 뭐든 그쪽에서 알은체를 해야 옳건만 두 자매는 이가와 몇 번이나 눈을 맞췄으면서도 빤히 쳐다볼 뿐 시선을 이내 거두지도 않았다. 횟수도 그렇고 시선을 고정시키고 있는 시간도 막내동생이 길었다. 고양이가 흔히 제 주인이나 어떤 사물에다 시선을 고정시키고 있을 때는 단단히 작정하고 쏘아보는 눈총인 경우도 있으나 그냥 막연히, 가물가물하니, 부러운 듯이, 맹하니 쳐다보게 마련인데, 어느 쪽이든 인물이 한결 나은 막내동생이 바로 그 묘한, 포유류 애완동물 특유의 말간 눈 버릇이 심했다. 그때 얼핏 이가는 처녀가 늙어가면 멧돌짝 지고 산으로 오른다는 속담을 떠올렸을 것이다. 역시 앞앞에 국산 고추장을 담은 일회용 플라스틱 용기까지 하나씩 집어준 그 점심을 먹고 난 후, 일행들은 한참이나 느직느직 걸어서 도심을 관통했고, 당도한 곳은 대형 오르골 매장이었다.

반도체를 비롯한 각종 전자제품의 세계적인 시장 점유율에서 우리의 몇몇 기업이 압도적으로 앞서기 시작한 근년에는 어떤지 몰라도 한때 일본인들은 정교한 것, 작은 것을 만들 줄 모르는 우리의 무딘 솜씨를 노골적으로, 좀 심하게 말하면 거국적으로 폄하했음은 여러 기록이 증거하고 있다. 대체로 사실이다. 물론 그런 우월감의 골간은 어떤 풍토색에 대한 경원이든가 몰이해일 수밖에 없다. 지방마다 사투리가 다르고 나라들마다 고유의 특성이 있게 마련이므로 그것은 비교우위로서 또는 점수로서 상대평가할 대상이 아니다. 즐기는 대상이 달라지는 것은 시대별로, 종족별로 얼마든지 다를 수 있는 것이다. 뚱뚱한 여자가 말라깽이보다 스스로도 자족감을 훨씬 많이 누렸고, 이성으로부터도 환영 받은 시절이 지역과 종족을 불문하고 장기간 이어져왔음은 시사적이다. 그런저런 상념을 끌어당겼다가 늦추기도 하면서 이가는 단아하고 고풍스런 이층짜리 붉은 벽돌 속으로 인파에 떠밀려 들어갔다. 오르골 전시장이자 판매장이었다.

오르골은 태엽을 감든가 그 몸체를 흔들든가, 아니면 외부에서 어떤 동력을 주면 일정한 선율이 상당한 시간 동안 단조롭게 흘러나오는 놀이기구다. 그 형태는 워낙 다양하다. 달걀만

한 것에서부터 운두 높은 우동그릇만한 것까지, 집·동식물·
남녀노소·생활집기에서부터 세모꼴·네모꼴·원형·구형 같은
추상 조형물까지 온갖 것들을 그야말로 천차만별로 발명해서
진열해두고 있다. 색깔도 가지각색이다. 앙증맞고, 예쁘고, 사
랑스럽고, 귀엽고, 깜찍한 형상들이 일제히 어리광을 부리고,
기성을 내지르고, 소곤거리다가도 까르르 웃다가 감미로운 비
명을 쏟아내는 현장은 정상적인 사람의 탈을 쓴 손님들을 단숨
에 바보로 만든다. 그 각각의 모형물들은 사실상 제멋대로 축
소한 것이고, 극도로 단순화시킨 것이고, 함부로 뭉뚱그린 것
들이다. 이른바 미니어처인데 구경꾼들은 이 불구화 내지는 기
형화되어 있는 흉물 앞에서 어쩔 줄을 모른다. 특히나 여성들
이 사족을 못 쓰는, 탄성을 터뜨리는 광경을 등 너머로 들여다
보면 재미가 수월찮다.

어느 편이냐 하면 이가는 어떤 사물이라도 추상화·모조화
되어 있으면 거부감에 젖고, 멀쩡한 현실을 곧이곧대로 직시하
기도 힘겨운 판인데 그것을 의도적으로 왜곡·과장/축소시키
는 일체의 행위를 곱게 보지 않는다. 흡사 자해(自害) 행위로
남의 동정을 사려는 못난이의 경거망동 같아서 저절로 머리가
내둘려서이다.

아무리 좋게 보려고 해도 좀 호들갑스럽다. 오르골의 기원이
어디에서 언제쯤 출발했는지 알 수 없으나, 처음에는 신기했을
지 몰라도 이제는 유치하다. 인간은 유치한 것을, 만만한 것을
좋아한다. 그래서 통속물은 읽을거리든 볼거리든 늘 인기를 누

린다. 다만 너무 유치하면 모든 게 엉망진창이 되고 마니까 군데군데에 엄숙주의를 드리운다. 이른바 상투화의 국면이다. 그것이 따분하고 답답해지니까 또 유치한 것을 찾는다. 그 회로를 일본인들은, 특히 장인들은 잘 알고 있다. 인생이 별거냐, 얼마나 유치하고 덧없냐. 애완동물 하나도 거느리지 못하는 인간에게서 무슨 관용을 바랄까. 관용 없는 사회는 화석화의 길을 한달음에 밟아간 공룡의 세계와 다를 바 없지 않는가.

한쪽 면만 둘러보아도 이내 싫증이 났다. 어슬렁거리기도 귀찮았다. 후딱 밖으로 빠져나가서 그의 도락거리인 절 같은 건축물이나 사방댐 같은 구조물, 고목 같은 자연물이나 비석 같은 유물 따위를 가까이서 또는 멀리서 완상하기를 즐기려는 판인데 그것도 여의찮았다. 그 다종다양한 자명(自鳴) 장난감들을 겹겹으로 빈틈없이 진열해놓았듯이 비좁은 통로도 꼭 그만큼 인파로 메워져 있어서였다. 몸끼리 안 부딪히려고 애를 쓰면서 빠져나오다 이가는 이층으로 올라가는 층계 옆에서 또 징자의 막내동생과 시선이 부딪쳤다. 그녀는 여전히 고양이처럼 차분한 눈길로 이쪽을 한동안, 그래봐야 찰나와 버금가는 한순간에 지나지 않았을 테지만, 가만히 노려볼 뿐 알은체도, 눈깜빡임도, 고갯짓 따위도 일절 없었다. 그녀의 그런 묵시적(黙視的) 대응은 그 번듯한 인물, 큰 키, 굴곡이 분명한 몸피 때문에라도 이상했다. 수더분하달까, 소탈한 편인 그녀의 맏언니 징자와는 너무나 판이한 성격이 아닌가 싶었다.

그런데 바로 그 희한한 상면을 서둘러 뿌리치고 입구 쪽으로 발걸음을 떼놓으려는데 허사장이 그 기형적 몸체의 빵빵한 아랫배에다 디지털시계를 붙박아놓은 오뚝이 모양의 오르골 하나를 들고 징자의 막내동생 경숙이에게 어떠냐고, 살 만하지 않냐고 보이려다가 이가와 맞닥뜨린 것이었다. 서로가 잠시 어, 어 하면서 당황을 얼버무렸다. 더 이상 지체할 경우가 아니라서 이가는 서둘러 인파를 밀쳐내다시피 하고 밖으로 빠져나왔다. 건물 밖의 인도에는 흙색과 회색 포석으로 물결무늬와 동심원을 번갈아 깔아놓은 성낭 앞의 쉼터가 조성되어 있었으므로 이가는 빠른 걸음으로 걸어가 그곳의 빈 벤치에 몸을 부렸다.

이제는 이가가 오히려, 저 두 어울리지 않는 사이가 도대체 어떤 관계인가 라는 의문에 휩싸여 몸이 후끈후끈 달아오를 지경이었다. 되돌아보면 그 당시에는 두 남녀가 알게 된 곡절이 몹시도 궁금했을 뿐이었지 더 이상의 호기심, 이를테면 저것들이 엄청난 나이 차이를 내팽개치고 벌써 통정하는 사이란 말인가 따위의 속물적 추측을 이가가 떠올리지 않았던 것은 경숙이의 그 말간 고양이 시선도 그렇거니와, 나아가서 이쪽의 짐작으로는 거의 중성적인 성격에다 그와 유사한, 거의 준남성적인 그녀의 외양 때문이 아니었나 싶다. 그러고 보니 허가는 딱 바라진 몸통만 그럴듯하달까 키도 경숙이와 어금버금하고, 또 고분고분한 데 비해 그녀는, 알아서 해, 그깟 오뚝이 시계를 사고 말고를 나한테 꼭 물어야 하냐 같은 드레진 자세를, 그것도 그 침착한 시선과 격이 맞는 듬직한 몸으로 지시하는 것 같았기 때문이었다.

이가가 예상하고 있었듯이 허사장은 뒤미처 허리띠를 추스르면서 사람들이 연방 들고 나는 오르골 매장 입구에 나타났고, 사방을 두리번거리다가 한쪽 손을 번쩍 치켜들었다. 그의 손에는 여러 개의 오르골을 주워 담았지 싶은 반투명 비닐 봉다리가 들려 있었다. 맹인용 건널목 신호음이 삐용삐용삐용 울리자 이가는 인도를 가로질러 건너오고 있었는데, 그의 등덜미에서는 이제 눈에 익다 못해 좀 해학적인 트레이드마크 같은 예의 그 주둥이를 질끈 묶어 세모꼴이 된 중들의 걸망 같은 배낭이 덜렁거렸다.

벤치에 엉덩이를 걸치고 비닐 봉다리를 부려놓자마자 허가가 물었다.

"참, 진작에 물어볼라고 벼루다가 자꾸 깜빡깜빡했네. 저 정 선생 집안이 옛날에 시골에서 뭐 해묵고 살았노? 딸부잣집인 모양인데."

이가는 대뜸 말을 아끼고, 조심해야 된다고 스스로를 경계했다.

"얼추 3백 주가 넘는 사과밭에다 명절이면 천시가 나는 떡방앗간에 상머슴 둘을 행랑채에다 각방 쓰게 하고, 잘살았지. 가문도 대성에 벌이 너르고 짱짱했어. 지금이사 촌부자나 그런 집안이 언제 사라졌는지 안 보이지만 그때는 저런 집이 모범생처럼 더러 있었더라."

"모친도 저 나이에 아직도 허리가 꼿꼿하고 젊을 때는 한 인물 했겠데."

"그렇다. 잘 봤다. 젊을 때는 일 잘하고 인물 곱고 몸도 좋다고 호가 났더라. 얼굴에 밥이 더덕더덕 붙었다고, 복스럽다고 해쌓다."

이가는 허가가 뭘 알고 싶은지 대충 짚이는 데가 있었다. 그러니 더 긴장할 수밖에 없었고, 혹시라도 그이가 후처라는 말이 툭 튀어나올까봐서 조마조마한 마음을 눅였다.

임밀히 말하면 선처가 앞서 가고 난 뒤에 맞아들이는 아내에게만 후처라는 말을 쓰고, 후취처가란 말이 있는 데서도 알 수 있듯이 그 지위는 엄연한 것이었다. 그러나 전처가 살아 있고, 뒤에 본 아내와 딴살림을 차리고 있는 것도 사실이었지만, 지아비가 조강지처의 그 천생의 지병을 어떡하든지 반이나마 돌려세우려고 지극정성을 다하는 정경과 그이의 뜸직한 성품도 가근방에서는 웬만큼 널리 알려져 있었다. 그래서 누구라도 그이 앞에서는 첩산이라든지 첩살림 같은 말을 입에 올릴 수 없었다. 풍문으로 들은 바로는 그이의 전처 장모가 사위의 몸이 너무 야담하다 못해 약해서 제발 환갑까지만 살라면서 갖은 보약을 다 지어 날랐다고 하며 지어미가 그 음덕을 누리는 셈이라고 했다. 이런 정경 앞에서는 딸 가진 부모치고 몸이 달지 않을 수 없었을 터였다. 두 당사자의 음전한 행티를 보더라도 그런 이중혼인이 계집질과는 전적으로 무관한 것이었음은 말하나마나이다. 흔히 이런 남녀 관계에는 색정적인 성적 유희를 떠올리게 마련이지만 그런 상투적 발상의 밑바닥에는 얼마 전까지만 하더라도 글로써, 요즘에는 동영상으로써 선정(煽情)을 부추기는, 그런 기계적 발상이 벌써 유치할 뿐만 아니라 오락과 예술을 빙자하여 돈벌이 같은 다른 목적을 손쉽게 거머쥐려는 작자들의 얄팍한 짓거리에 누구라도 알게 모르게 세녀당한 흔적이 준동하고 있다. 여러 매체가 합심 협력해서 주야장천 치르는 그런 야비한 협잡질을 이제는 막을 수도 없고, 그것으로부터 무한정 자유로울 수 없는 현실이 누구나의 앞앞에 몫몫이 떨어진 무료한 일상만큼이나 진절머리 나고 원망스러울 뿐인 것이다.

한쪽은 그 불치병 때문에라도 입에 올리기가 뭣하므로 모른 체 덮어주고, 다른 한쪽은 자식 농사보다 더 큰 농사는 없다고 응원함으로써 공동체를 말썽 없이 꾸려가던 그 시절에는 군이 향약(鄕約) 같은 것도 있어야 할 이유가 없었던 셈이다. 차분한 정기 같은 것을 등 뒤에 한 아름이나 매달고 차곡차곡 걸음을 떼놓던 정주사에게 같은 항렬의 동년배 일가붙이가, 또 약 지으러 가는가 라고 물으면 그이는, 하모, 누가 대구 약전골목에 있는 신아무개약방에 한분 가보라 캐서 나서본다면서 중절모에 손만 갖다 댔다 떼곤 하던 광경을 이가는 아직도 저절로 떠올릴 수 있다.

그쯤에서 이가는 내가 뭣인데, 또 내 옆에 앉아 있는 이 친구라는 작자가 누구이며, 나와는 학연도 없는 만큼 근본도 모르는데 그런저런 케케묵은 내막을 까발려봤자 별무소용이라는 생각을 뒤적였다. 어느 쪽이든 더 이상 알 필요도, 나름대로 납득할 수도, 좋은 쪽으로 해석할 여지도 없고, 알아듣도록 통역해줄 배려도 필요 없는 옛일이었다.

이가가 힐끔 일별을 주자 허가가 구수한 담배연기를 길게 뿜어내며 수월수월 털어놓았다.

"이교수, 자네는 중국 장가계라 카는 데 가봤나?"

"그런 이름도 처음 듣는다."

허가는 허 참이라는 혀 차는 소리와 아울러 엔간히도 답답하다는 낌새를 슬쩍 띄웠다.

"요새는 숙지막해진 것 같더라마는 5, 6년 전에는 거가 단체 관광지로는 인기였디라. 이런 해외관광도 곳곳이 그때그때 붐을 탄다. 언제는 터키다, 인자는 몽고다 이런 식으로. 그 물결을 잘 타면 여행사는 돈 좀 벌고. 페루의 쿠스코나 티티카카호수·마추픽추도 인자는 한물갔을 끼다. 한참 따져봐야겠지만 벌써 5년 전인가 그때 나도 장가계를 한번 가봤디라. 평생 백수로 잘 묵고 잘사는 친구 하나하고. 상해·항주를 거쳐 5박 6일짜리로. 그때 거서 저 정선생을 처음 봤다. 물론 버스도 같이 타는 일행으로 말이다. 이야기를 다 하면 길어지고, 그때 내 형편은 털어놓을 것도 없지 싶은데 정말 참 이상네. 저 정선생이 그때도 7, 8명쯤 저거 동료교사들하고 같이 왔던데, 젊은 선생은 서른 안팎도 있었고, 나이 많은 선생은 마흔 전후도 있디마는, 물론 다 여선생들이고. 그때도 그렇게 며칠이나 같이 돌아다니미 봤는데도 여기서 한동안 나는 저 여자가 누구지, 어디서 봤지 하고 아무리 머리를 굴려도 생각이 안 나는 기라. 미치겠데. 저 큰 키에 쪽 곧은 콧날만 보면 대번에 떠오를 만한데 도통 아슴아슴한 기라. 나중에는 생각날 때까지 한번 내 머리 하고 씨름을 해보겠다고 베루고 있었더라."

허가가 옹송옹송하다는 표정 연기를 제법 자연스럽게 지어 보였다. 이가는 미심쩍은 데가 많았으나 물음을 자제했다.

"그카다가 어젯밤에사 저녁 묵고 자질구레한 일용품으로 뭘 살 기 있어가 엘리베이터를 타고 내리갈라 카는데 복도에서 또 딱 마주친 기라. 그때서야 머리에 번개 같은 것이 뻔쩍 티면서 생각이 나데. 다짜고짜로 물었지, 혹시 우리가 장가계에서 동행한, 교편 잡고 있다 칸 그 정선생이 아인가요 하고. 건데 이 여자 성질이 좀 이상해. 그냥 말갛게 쳐다보던이만 그렇다고, 맞다고, 나보고는 허모 사장이 아니냐고, 그때 받은 명함도 아직 집 서랍장에다 갖고 있을 거라고 그러는 기라. 말문이 더 탁 막히데. 그렇게나 훤히 기억하고 있었으면 알은체를 하든가, 웃던가 해야 할 낀데 내가 말을 걸 때까지 기다렸다는 소린지 뭔지. 참 희한한 경우고, 내 머리가 띵해지데. 원래 좋지도 않은 머리지만 그렇게 사람을 몰라볼 수 있을까 싶어 어젯밤에 밤새도록 생각해봤더라. 와 그랬는가 하고. 우선은 그때 동행들하고, 이번 이 삿포로 효도여행하고 함께 온 일행이 너무 달라서, 한쪽은 어슷비슷하고 다들 인물이 웬만큼 고운 교사들이었고, 이번에는 팍삭 늙은 모친하고 역시 생김생김이 곱고 닮은 여형제들이라서, 입이 짧라서 표현이 좀 그렇네, 어쨌든 동행들이 다르다면 너무 다르고 비슷하다면 두 쪽 다 여자들만으

로 뭉쳐졌다는 점이 비슷한데 그래서 내 머리가 혼란스러워진
것 같고, 둘째는 저 정선생의 태도가 사람을 영 헷갈리게 했지
싶으데. 사람이 우째 그럴까, 알면서도 눈만 깜빡거리면서 이
쪽에서 말을 걸어주기를 기다렸다는 소린데, 빤히 쳐다보면서.
그쪽에서 먼저 알은체하면 체면이라도 사나와진다고 그랬는지.
장가계에서도 그랬고 여기서 어젯밤에도, 또 방금도 몇 푼 되
지도 않는 기념품을 선물로 사주었든이 그건 또 고맙다는 소리
는 없고 그냥 잘 쓰겠다고 넙죽 받는 기리. 희한한 여자야."

예의 그 '고양이 시선'을 어떤 성격의 한 특징이나 단면으로
파악하고 있던 이가에게 허사장의 그 고백이랄지, 경숙이와 얽
힌 만남의 전후담은 솔깃했을 뿐만 아니라 고스란히 납득할 만
한 것이었다. 비록 어휘력도 짧은데다 말솜씨도 워낙 손방이라
서 들어내기가 고역이었지만, 우선 가식이 없어서 그런대로 그
럴 수도 있었겠다는 짐작이 저절로 불거졌다고 해도 틀린 말은
아니었다. 그런 짐작은 잠시나마 두 사람 사이에다 불륜이나
사련 같은 덧칠을 입혀 의심했던 이가 자신의 지극히 세속적인
억측을 반성하게 하는 한편 부끄러워지게 만들었다. 그렇긴 해
도 허가가 이쪽의 그런 심사의 추이를 알 턱이 없는 만큼 당장
면전에서 미안하게 됐다고 할 수는 없는 노릇이라 종전처럼 두
사람 사이를 이제는 평상심으로, 남의 일이므로 가급적이면 멀
찍이서 쳐다보기로 했던 것이다.

허가가 어이없다는 듯이 머리통을 몇 번이나 내두르더니 자
리에서 일어섰다.

"다들 가는 모양이네. 우리도 일어서자. 그때 내가 무슨 명함을 줬던지 생각도 안 나네."

"명함을 여러 개나 만들어 썼다고?"

"그 당시는 명함에 박을 무슨 끌티기*도 없었은이 하는 말이지. 한마디로 내 코가 석자라서 당최 귀천이 없었디라. 이 돈 저 돈 빌려서 대충 막아놓고 겨우겨우 빚잔치나 면했을까 내 형편이 그때 메른없었던* 거로. 틀림없이 그전에 쓰던 명색 사장이라고 박은 그 명함을 집어줬을 거라. 저 여자하고사 장차 무신 거래가 있을 리도 없고 막말로 사기 칠 일도 없었지만서도 인자는 거짓말한 것 같애서 그기 다 찜찜한이 걸리고 그렇네."

"정 그렇다면 지금이라도 실토하지 그러나. 그때는 사장이 아니었다고, 그 명함은 그전 꺼라서 믿을 기 못 된다고."

적어도 당분간은, 아니 영구히 자신의 관심권 밖으로 들어내버리려고 이가는 그런 우스개를 내놓았을 테고, 그때 허가의 반응이 어땠는지도 모르고 있는 것을 보면 오로지 놀기 위해서 그런 단체여행에 껴묻어 갔던 게 후회막급이었음을 저작하고 있었기 때문이었을 것이다. 일하다가 짬짬이 쉬는 시절에서 요즘에는 놀면서 일하고, 쉬어가면서 밥벌이도 하는 시대인 만큼 놀이 삼아 그렇게 마냥 떠돌아다녀도 이럭저럭 잘살아지는 팔자 좋은 사람들을 이가가 은근히 경원하고 있었던 것은 당연한 처사였다.

---

*끌티기 '그루터기'의 사투리. 밑바탕이나 기초.
*메른없다 '형편없다' 또는 '마련없다'의 사투리.

4

정징자의 부탁을 받은 그 이튿날 이가는 짬을 내서 서울의 유가에게 전화를 걸었다. 두어 번인가 휴대전화는 불통이었고, 사무실 전화로 찾았더니 지금 손님이 와 있다고, 이따가 지 쪽에서 전화를 걸겠다고 했다.

이가는 죽마고우의 부탁대로 허가의 신상만 알아볼 작정이었다. 성격이나 인품 같은 사람의 근본에 대해서는 이가도 나름의 판단이 서 있었고, 그 분별은 과락(科落)을 면할 수 없다는 것이었다. 설혹 그의 재산상태가 알토란 같고, 건강상태도 양호해서 때에 따라서는 호색을 마다하지 않는다고 해도 그것은 그랬다. 이가의 나이에 그런 분별은 남이 뭐라든 고집처럼 분명했고, 생업이 만년 접장이라서 불퇴전의 기상까지 늠름히 떨칠 수 있는 것이었다. 따라서 그가 자신의 판단을 굽히거나 물리칠 경우에는, 이제부터 나는 모르겠다, 그러니 빠지겠다, 차후에라도 내게 책임을 전가시키지 마라는 선언이나 마찬가지였다.

"누가 허사장 신원을 좀 알아봐달라고 하길래 유사장 자네가 그래도 그 친구와는 대학 동문이고 해서 기중 잘 알지 않겠나 싶어 이렇게 바쁜 사람을 전화로 불러 괴롭힌다."

"바쁜 거 없다. 놀 궁리나 하고 있다. 허길도? 나도 글마 요새 신원은 잘 모린다. 워낙 낮도깨비 같은 친구라서."

"요새는 어떻게 지내는고? 더러 연락도 안하나?"

"어쩌다가 삐꿈삐꿈 전화나 하는 정도다. 많이 어려울 기다. 지 말로는 내가 친구한테 폐를 끼쳤나, 돈을 떼먹었나, 사기를 쳐서 고랑태를 입혔나 카지만 아가 어째 종잡을 수 없어서 서로 말을 하다보믄 이내 겉돌아가는 기 빤히 빈다."

"그러거나 말거나 끼때마다 밥 먹고 해외여행도 다니고 할라 카믄 무슨 벌이든 생업이 있을 것 아이가."

"그기 쉽잖다, 우리 나이에. 월 백만 원이라도 벌이가 있으믄 사람이 우선 번듯해진다. 전번 삿포로 여행 중에도 안 봤나, 가끔씩 혼 빠진 것처럼 지 혼자 어슬렁거리고."

"몰라, 내 보기에는 멀쩡하더구먼 뭐. 돈에 궁기가 들었다는 냄새는 영판 풍기긴 하데. 이 말 했다가 저 말 하고."

"벌써 오래전 일인데, 부도 직전까지 갔다가, 몰라, 아마 부도도 냈을 기다. 우쨌든 그때 공장 두 군데도 다 처분하고, 딸 내미 둘하고 마누라는 캐나다로 이민 보냈을 기다. 그 이후부터 그 친구가 물가에서 배배 돈다. 남이 하는 낚시질 구경이나 하고. 지 말로 캐나다로 생활비는 꼬박꼬박 부쳐 보내고 있다 카는데, 그것도 내 짐작인데 지 처남이 때 되면 알아서 보내주고 있을 기다."

"뭣이 데기 복잡하다? 내 머리로는 못 따라가겠다."

"복잡할 거 하나 없다. 자네 전공이 아니라서 말이 경중경중 건너뛰서 그렇지, 막상 어려울 거도 없다. 돈이 말하는데."

"아니, 무슨 사업을 그렇게나 크게 벌였길래, 공장을 두 개씩이나 갖고 그랬나?"

"지 말로는 기저기 장사를 했다 카든데, 막상 핵심 부분은 늘 우물우물거리미 말을 바로 안해서 나도 잘 모린다. 하기야 모를 것도 없다, 워낙 뻔한데 뭐, 사업이나 장사는 결국 사고파는 거고 얼매나 이문을 남기는간데 돈이 장난치는 법은 없다, 사람이 욕심 때문에 장난을 쳐서 탈이지. 돈이 깐돌이라서 장난치는 인간들한테는 절대로 지 몸 안 맽긴다."

"기저귀 장사? 거기 뭔가? 어린애들 기저귀를 어쩔라고?"

"물론 그 기저기도 생산하지만 그것보다 작은 기 주품목이 었는갑더라."

"작은 거? 그것도 크고 작은 기 따로 있나? 우량아용 따로 ......"

이가는 미숙아, 인큐베이터 같은 말을 얼핏 떠올렸다가 지웠다.

"어허, 말이 어렵다. 니 전공이 뜻글자 뜻풀이라 카든이. 그런 거 말고 여자 생리대 말이다. 그걸 진작에 지 손위 처남하고 지 말로는 동업했다 카는데 내 짐작으로는 주식 일부를 따안고 들어간 월급쟁이였을 기라. 요새 말로는 그걸 파트너라 칸다. 그러나마나 한쪽 공장 명의는 지 이름으로 올라가 있었다 카드라만. 우쨌든 그 제조업도 경쟁이 워낙 치열하고, 소재 개발에도 공을 많이 들여야 되고, 포장 디자인에 또 잔재주를 잔뜩 집어넣어서 신경을 많이 써야 된다 카고, 특히나 지명도 경쟁에서 안 질라믄 광고를 제대로 해야 될 거는 뻔한 이치고. 허사장도 한때는 잘나갔다. 기사 데리고 볼보 굴리면서 서울서 아침

두 번 먹고 대구서 업자들과 저녁에 술판 벌이는 식으로 한창 찔락거렸다. 아, 요란했지. 뿐이가, 쌍팔년도 전에 벌써 골프도 치고 그랬다. 그라다가 지 말로는 필림 장사한테 한방에 오지게 걸리뿌고는 내리막길에 막차도 못 타는 신세 됐다. 한마디로 거기서 팔자를 조진 기지. 그 소문은 후에 들었고, 한 이삼 년 종적을 감추기도 했디라……"

"필름? (이가는 그 말이 그쪽 제조업에서 통하는 은어 곧 산업사회의 밑바닥 용어인 줄로 즉각 감은 잡았지만, 우정 추임새를 집어넣었다.) 영화판까지? 그 동네도 뻥이 워낙 세고, 돈을 받아야 받는 기지 여수(與受)가 엉망이라 카는 겔더라. 또 당했겠네?"

"어허, 그기 아이고, 그 명함만한 성인 여자용 작은 기저기 제조에도 이런저런 부속품이 많고, 미싱 작업에도 섬세한 손길이 가야 되는 모양이던데 소재 개발이 그 사업의 승패를 좌우한다 이기지. 어쨌든 그 작은 기저기에 필림 비슷한 소재가 꼭 들어가야 하고, 또 그게 오물의 누수를 방지하는 데는 요긴해서, 누수 방지라기보다는 흡수력과 보송보송해지는 복원력이 겠지, 그게 핵심 부품인데 그걸 일본 제조업체와 기술협력으로 생산해서 납품하는 하청업체, 요즘 말로는 협력업체의 사장 친구가, 지 말로는 사업자금도 일부 빌려줬다 카이 일종의 동업자지, 그 사람한테 된통 한방 묵었다는 스토리야. 거기서 종친 기지 뭐."

"일종의 투자였던 모양인데 그기 삐꺼덕 잘못됐던 모양이네."

"그 내막까지야 우리사 알 수 있나. 그 친구라는 작자도 돈이 솔솔 불어나니 욕심이 생겨서 또 엉뚱한 데다 투자했을 기고 그 돈이 어디서 물리뿌린 기지, 틀림없이 그랬을 거 아이가. 그러니 지 처남도 안 되겠다고, 사달이 더 커지기 전에 갈라서 자고, 니 몫 갖고 나가라고 했을 기라. 갈라서는 데만 보통 일이 년씩은 쉽게 날아간다. 우리 김치들 사업은 동업만 했다 카믄 꼭 뒤가 지저분하다. 강성노조가 있으면 회사가 반드시 망하듯이 꼭 한 본이다. 한마디로 사업 운이 거기까지지 뭐. 모든 기 운이다. 사업이야말로 운 7에 기 3이 아이라 운이 9든지 10이든지 둘 중에 하나다. 기술·기량·기회 같은 좋은 말 다 소용없다. 운이 따라주면 그것들이 저절로 활개를 친다."

"그라면 허가는 지금 어데서 혼자 사나?"

"그럴 수밖에. 전번 그 여행 중에 넌지시 물어봤든이 또 어물쩍거리길래 대구 안지랭이골 먹자골목 끝터이 그 다세대주택은 그대로 갖고 있나고 다잡아 물어봤디 요새도 거 있다 카더라. 재산 보전한답시고 부동산 물건을 마누라 이름으로 옮겨놓는 거 그거 다 헛일이다. 그걸 요새는 위장이혼이라 카는데 그거 했다 카믄 그것으로 남남 되고 끝이다. 사랑하기 때문에 헤어진다는 말도 헛소리드끼 지 재산 지킬라고 마누라와 위장이혼한다는 기 말이 되나. 남의 빚이 있으면 언제가 됐든 갚아야 하고, 또 갚겠다는 증서도 써주고 둘이서 힘을 합쳐 열심히 살아야지, 그게 정상 아이가. 요새 여편네들이 얼마나 시건방지고, 쥐뿔도 없으면서 힘이 좋은데 말은 위장이다 캐도 그기 바로 정식이다. 니 말마따나 다들 말을 엉터리로 하고 그야말로 말의 액면 가치가 겉도는데, 위장이혼이 아니라 유도이혼이다. 더 이상 살기는 싫고 자식들하고 살 밑천은 합법적으로 훑쳐내야 하니까. 허가도 바로 그 쪼가 났을 거로. 그 처남이 캐나다로 생활비는 부쳐주겠지. 공장 임대료는 장부상으로도 떨어내야 할 테인께로. 아까 한 그 말대로라 카믄 허가 지는 지금 저거 할마씨하고 그 원룸 건물 하나 지키민서 세 받고 살 기다. 시멘트 말뚝 위에다 일층은 차고 맨들어놓고, 누가 그걸 필로티 공법이라 카데, 그 위로 사층 올린 네모반듯한 다세대주택에 원룸·투룸을 골고루 집어넣은 거, 그것도 지 엄마 이름으로 돼 있을 거로. 가 여동생을 내가 좀 안다. 이름이 학교 때는 순복이었다가 유미로 바깠는데 인물은 박색이라도 심덕이 곱니라. 가 유미 시아주버니가 와 전번에 삿포로 여행 때 같이 간 그 별명 많은 친구 있었제, 바로 가다."

"별명 많은 친구?"

"아, 와, 새벽을 깨우는 백수, 건물 관리인, 소화전(消火栓) 관리 책임자, 계량기 검침원, 환경미화원, 임대료 체불 독촉원, 독거영감, 호주유학 상담원 겸 유학비용 송금원이라 카미 다들 많이 웃고 그랬잖아."

"아, 아, 세관에 있다가 옷 벗었다는 그 짱백이 벗거진 친구 말이네."

"그래, 가다. 그 송사장 말로는 우리 제수씨가 얼매나 여물어빠졌든동 그 다세대주택도 벌써 상속분으로 반 이상을 공증까지 받아났다 카드마는. 혹시라도 지 오빠가 그것까지 말아묵고 늙마에 고생할까봐 유미 지가 지니고 있을라고 그랬다 카지마는, 아무리 형제간이라도 상속 재산을 다시 지 오빠한테 게 아내는 양반이 어덨노. 나는 아직 그런 미담을 못 들어봤다. 그 말 듣고 참 세상이 많이도 달라졌다 싶데. 우리 담배 심부름, 술심부름을 군말 없이 잘도 하디마는 지도 서방 데리고 자식 섬기고 살아본이 세상이 얼마나 무서븐 줄 알아본 기지.”

너무 많은 정보가 큰물 실 때의 흙탕물처럼 한꺼번에 우르르 쏟아지는데다 그것들이 죄다 이가에게는 생게망게한 것들이어서 머리를 끄떡일 수도 없는 노릇이었지만, 그런 중에도 허가가 불우를 곱씹는 인물이 아니라 앞으로도 비색한 운수를 스스로 자초하는, 그의 그 총체적 한계로 말미암아 거의 재기불능 상태임이 저저이 드러나고 말았다는 나름의 판단을 도출시켜 가고 있는 판이었다.

“인자는 안 되겠네, 허사장 전도 말이야?”

“장담할 건수도 못 되지만 어려울 기다. 거의 끝났다고 봐도 틀린 말은 아닐 거로. 우리 나이가 인자 다 살았다 카믄 분명히 어폐가 많겠지만서도 사업운·직장운은 사실상 이미 끝났다고 봐야지. 쓸데없이 미련 가지고 덤비는 작자는 미쳤거나 돌아온 놈이다. 나는 그렇게 봐.”

“와, 일본 사람들은 60세 창업을 공공연히 실천하고 있다는데.”

“어허 참, 안 그렇다 카이. 사람의 형용만 같을까 디엔에이

(DNA)가 다르다 카이, 와 하필 일본 사람만 그라노, 우린들 70살 창업은 와 못하노. 이혼당한 사람이 무슨 창업을 하노, 어이? 무슨 말인지 알겠나, 어? 하늘이 웃는다, 안 된다, 그럴리가 있나, 백수 생활 오래하면 사람이 완전히 변한다, 세상도 제대로 볼 줄 모르고. 그렇다고 등신에 바보라 카지는 못한다, 와 그렇겠노? 요새 그런 인간들이 너무 흔해서, 이 축구야 카고 욕하믄 바락바락 달라들어싸서 내 일도 못하고 피해 댕기야 돼서 그렇다."

"그래도 그 친구 근황을 여기저기 좀 알아봐두가. 조만간 내가 또 전화하꾸마."

"알아볼 끼나 뭐 있나, 불알 두 쪽에 뻔한데."

전화를 끊고 나서 이가는 잠시 명청해졌다. 그쪽 동네는 완전히 별세계였다. 명색 사업들을 한다니까 장사꾼임에는 틀림없겠는데 그들이 판을 벌이고 있는 도떼기시장에 그처럼 서로 속고 속이는 술수가 난무하고, 남의 귀한 재산을 제 편의대로 떼먹고, 인간관계를 냉혹하게 끊어버리는가 하면 지 살을 떼줘도 시원찮을 판인 동기간에 숨통을 죄는 짓거리를 백주에 늠름하게 해치우는 저 불학무식한 족속들은 도대체 어떻게 되다 만 인종들인지, 남의 일인데도 너무 한심해서 그는 긴 한숨을 토해냈다. 그런 비인간의 세계에서 오가는 말을 어느 선까지 믿고, 또 이해해야 하는지, 그런 이중 삼중의 머리굴림이 사람을 얼마나 짜증나게 할지, 나아가서 피폐하게 만들지를 대충이나마 그려보니 난감해지고, 시커먼 오물 구덩이에서 허우적거리는 것 같았다. 그 시끄럽고 말썽 많으며 너는 죽고 나만 살자는 세상에서 세속화의 길을 밟아간다면 이가 자신은 과연 얼마나 오래 생명을 부지할 수 있을지를 떠올리니 자신의 생업과 몸담고 있는 직장이 그나마 오감하기 짝이 없었다.

좋은 소식도 아니라서, 한낱이라도 좋게 봐주고 치켜세울 게 전무해서 이가는 징자에게 전화를 걸기조차 망설여졌다. 이럴 때는 시간에 맡기고 똥끝이 타는 그쪽에서 무슨 기별이 오겠거니 하고 주서앉아 있는 게 상책이지 싶었다. 실은 그런 저쪽의 보잘것없는 사정에다 이쪽의 심란해지는, 다음과 같은 심사도 보대끼는 바가 적지 않았다고 해야 옳을 것이었다.

이를테면 돈 없고 지위 없는 사람을 인간 이하로 취급하고, 오로지 그것만으로 점수를 매겨 그 인격 전체를 매도하는 오늘날의 괴상망측한 세태 앞에서는 내남없이 무력해지게 마련이지만, 특히나 그 부분에서만 고득점을 받고 있는 뭇 유력인사들의 쓸개 빠진 헛소리조차 진리인 양 대서특필해대는 여러 매체들의 천박한 풍조를 떠올리면 유구무언일 수밖에 없는데, 우리 나이에 지니고 있어야 할 인간으로서의 또 다른 자격이나 미덕 같은 것을 하나도 갖추고 있지 못한 그 따위 위인을 친구라고, 또는 친구의 친구랍시고 동행한 이가 자신의 인품이나 지위도 그 나물에 그 밥 같아서 되돌아 보였던 것이다. 물론 본인으로부터 직접 들은 바는 없어서 허사장에 대한 이가의 정보나 판단 일체는 과장된 것일 수도 있고, 여행 중 받은 선입관이 점점 더 짙게 어룽진 것일 터이므로 두어 수나 접어줄 소지는 워낙 만만했다. 그렇긴 해도 벌써 5, 6년씩이나 아무런 일도 하지 않으면서도 말썽 없이 일상을 꾸려가고 있는 허가 고유의 재주 자체가 용한 능력으로 비치는 것도 사실이었다. 제 앞가림을 하고부터 이때껏 연구실에서 하루 열 시간 이상씩 뭉그적거리면서도 늘 무언가에 쫓기듯이 살아온 이가에게는 허가의 그 무위도식이야말로 탁월한 수완으로, 당장이라도 배워서 자신의 삶과 일상에 적용하고 싶은 비결로 비쳤음은 재론의 여지조차 없었다.

징자는 이가의 집사람을 지칭할 때마다 입에 발린 소리로 '우리 애끼는 후배'라고 애교심에다 동향의식 내지는 동류의식까지 끼얹어서 우리는 막역한 액내지간임을 은연중에 조장하는 터였는데, 삿포로 효도관광여행 후에는 늙마에 좋은 말동무라도 생겼다는 듯이 두 선후배가 전화로 수다 떨기에 부지런을 일구고 있는 모양이었다. 아마도 징자의 그 덥적덥적한 자별함에 호응이라도 하듯 이가의 집사람도 붓을 잡아보라는 권유도 하는 눈치였고, 선배 쪽은 손재주도 글재주도 젬병인데다가 어릴 때부터 샘이나 부릴 줄 알까 머리가 '원천강' 나빠서 자신은 그쪽 방면에는 부적격자라고 조를 뺀다고 했다. 그런 터수라서 이가의 집사람도 시방 정씨 가문의 발등에 떨어진 초미의 관심사에 대해서는, 그래봤자 징자 지 혼자서만 막내동생이 자금자금 토해내고 있는 허모라는 백수건달과의 '인간적인' 관계를 펄쩍펄쩍 뛰며 가로막고 나서는 형편이라고 설레발을 치고 있었지만, 웬만큼 소상할뿐더러 그 귀추에 비상한 촉각을 곤두세우고 있는 형편이었다.

그즈음의 어느 날 이가가 정시에 퇴실 후, 이런저런 생각거리가 많아서 걸어 20분쯤 걸리는 집까지 느럭느럭 귀가하자, 현관에서 보니 같은 속집 달린 반코트와 가방을 받아든 그의 집사람이 명색 문방사우를 다 갖추고 있는 서재로 들어서는 지아비의 등 뒤에서 앰한 말을 내놓았다.

"그 허사징이라는 사람이 신불자라는데요."

윗도리와 바지를 성급히 벗겨내면서 이가는 뚱하니 무슨 소리냐고 지어미를 쳐다보았다. 그의 머릿속에는 당연히 엉뚱한 발상인 줄 알면서도 밥벌이가 한문선생이라서 '신참의 불자(佛子)' 같은 말이 떠올랐다가 지워졌다.

"아, 신용불량자라는 말도 여태 몰라요?"

"무슨 신용? (우스개조차도 진지하게 말해 버릇함으로써 더러 스스로 웃음거리를 사는 이가가 말을 잇댔다.) 그 친구한테 양호한 게 하난들 있겠나. 죄다 엉망일 테지. 그렇다고들 해, 난들 뭘 아나."

"참, 세상을 몰라도 한참이나…… 요즘 신용이 돈 신용밖에 달리 뭐가 있게요. 나머지 신용이야 다들 말을 잘해서 듣기 나름이고 이해해주기 나름이지."

"백수가 돈이 있을 리 있나. 원룸·투룸 월세 받아 용돈 쓰고, 술 사먹고, 아무데나 여행이랍시고 나돌아다닐 테지." (허아무개라는 남자는 말할 것도 없고, 동생의 촉촉한 연애정서 일체를 한사코 삐딱하게 저울질하는 징자를 또록또록 의식하며 이가는 제 솔직한 심경을 중덜거렸다.) "그 허모를 두둔할 것도 없지만 험담할 건덕지도 없지 싶더구마는 와 자꾸 말이 길어지는지 몰라. 하기사 남자가 불우를 겪을 때는 온갖 기 다 얻어터질 건수지. 그래도 맷집이 좋아서 그만치나 견뎌내니 항우장사야."

"징자 언니 말로는 스스로 신불자라고 실토하는 그 인간이 도대체 제대로 돼먹었냐 이거지요."

"아, 정직하고 얼마나 좋아. (곧이곧대로, 그러니까 아내의 말을 액면 그대로 이해하고 바로 대꾸를 내놓은 그 순간 이가는 공연히 허 아무개를 옹호하고 있는 꼴이 되고 만 자기 발언도 그렇거니와 스스로 나는 죄인이로소이다, 간통자입네다 라고 떠벌리는 사람이 오늘날에도 과연 있을 수 있는지, 만약 있다면 그이의 진정한 면모가 어느 정도는 드러난 셈이 되므로 이제부터 그를 어떻게 해석해야 과연 옳을까 같은 생각들이 마구 뒤엉켜서 혼란스러워졌다.) 아니, 그 중대한 발언을 징자한테 솔직히 털어놓았다면 벌써 일의 수세가 상당히 진척되었다는 소리 아닌가. 나는 그렇게 들리는데."

"징자 언니가 그 사람을 왜 만나요. 말귀도 어둡네. 얼굴도 뭣도 아무것도 기억에 남아 있는 기 없는 사람이라는데. 그 백수가 경숙이한테 실토했다는 거고, 그 말을 지 언니한테 그대로 옮겼다는 이바구라니까요, 인자 제대로 알아듣겠능교? (비록 사교육 현장이었지만 한때는 중학교 학생들을 지도한 이력도 있는 이가의 집사람이 구사하는 표준말 반, 억양은 그대로인 사투리 반에는 대학 접장조차도 제 슬하의 피교습생처럼 쉽게 알아들을 수 있도록 만

드는 요령과 힘이 넘쳐났다.) 허사장이야 그렇다 치더라도 신불자
와 사귀는 지 동생 경숙이도 도대체 제정신인지 미쳤는지 모르
겠다고, 이 일을 이제 어떡하면 좋으냐고 한숨이 늘어졌다니까
요. 이제 무슨 말씀인지 알아듣겠어요?"

"허, 이 친구가. 사람을 뭘로 보나. 내가 설마 우리말 말귀조
차 어두울까봐."

그 전주 주말에, 그때도 퇴실 직전쯤에서야 전화를 걸어온
징자가, 뭐 좀 알아봤다나 하고 예의 그 하명건을 독촉해서 이
가는, 우리 눈에는 사람이 영 탐탁잖아 비네, 사업인지 동업인
지를 지 처남하고 떡 벌어지게 하다가 지 몫만 떨어먹은 모양
이고, 그런 조짐을 미리 예상했던지 마누라 이름으로 옮겨놓은
공장을 지금은 친정 조카가 맡아서, 그라이까 허사장의 그 손
위 처남 아들이 지 애비 사업을 물려받아서 오이엠(OEM) 방
식인가로 성업 중이며 그 덕분에 캐나다 쪽 생활비와 자식들
학비 걱정은 덜고 있는 처지라고, 들은 말을 간추려서 옮겨주
었다. 혹시나 나중에라도 무슨 뒷말을 들을까 싶어 이가는 좀
더 정확히 허가의 치부라기보다 전력을 까발려주기도 했다. 벌
써 오래전에 위장이혼인가를 했다니까 지금 법적으로는 독신
이 틀림없고, 말이 좋아 '위장'이지 아무짝에도 쓸모가 없을 뿐
만 아니라 저희들끼리는 물론이고 남들까지도 오해의 소지가
짙은 그 따위 수식어가 막상 당사자 두 사람의 본심과는 전적
으로 무관하므로 영영 갈라선 셈이며, 멀쩡한 남자가 혼자 사

니까 낙을 붙일 데가 없어 무슨 건수라도 일부러 만들어서 국내외 여행을 여기저기 많이 싸돌아다니는 게 취미인갑더라고 알려주었다.

징자는 즉각 시무룩하니, 경숙이 입으로도 이혼남이라는 소리는 어제사 비로소 털어놓더라고, 언니가 족치기 전에 죄다 이실직고한다면서 6년 전 중국 장가계 관광 중에 흑요석인가 뭔가 하는 까만 돌을 뺀질뺀질 갈아 만든 목걸이하고 팔찌 한 쌍을 그 남자가 사준 게 다라고, 그런데 막상 이번 일본 여행 중에는 지를 알아보지도 못하고, 나중에서야 생각났다면서 말을 걸어놓고 나서도 그 목걸이와 팔찌를 선물로 사준 것도 까맣게 모르더라고 그런다면서, 그 목걸이가 얼매짜린데 하고 물어봤더니 그때 중국 돈으로 얼마였는지는 몰라도 우리 돈으로 천 원짜리 몇 장을 보태서 장사꾼에게 건네주던 것은 기억난다고 했다는 것이었다. 그리고 그때 중국에서도 그랬고 이번에 일본에서도 그랬는데, 그 허사장이 지 지갑 속에 들어 있는 딸 둘의 사진을 보여주면서 너무 보고 싶다고, 자주 들바도보면 돌았다고 소문 날까봐서 하루에 꼭 두 번씩, 그것도 정해진 시간에 일어나자마자 한 번, 밤에 저녁 먹고 나서 한 번, 그 갈래머리 딸 둘과 눈을 맞춘다는 말도 들려주면서 눈물을 글썽일 때는 경숙이 지도 가슴이 짠해지더라는 하소연까지 풀어놓더라고 했다. 그러면서 덧붙이길 허가 자신이 요즘 돈 사정도 안 좋지만 여행이랍시고 부지런히 떠돌아다니는 것은 딸자식을 비롯한 가족, 지 처지 따위를 잊어버리려고 그런다는 말도 했다는 것이었다.

　이제 두 사람의 감정적 교감이 어떻게 막을 올려 갈등을 겪고 있는지를 파악했으므로 이가는 그 절정에 대해 물어봐야 했다. 그러나 두 남녀가 공히 참으로 애매한 연령대라서, 또 그만큼 세상물정을 아는 처지라서 어떤 절정으로 치달아가기에는 시시때때로 '이성의 훼방'이 얄궂게 떠들고 일어나리라는 이가 나름의 짐작이 얼쩡거렸다. 그러니까 어떤 형태로든 두 남녀의 절정이 가능하다면 그런 국면은 소설이나 영화에서 흔히 볼 수 있는 고만고만한 설정이나 조작이 될 테지만, 지금 이 땅의 현실은, 그것도 여전히 전통 지향성이 곳곳에서 목격되는 그 소위 보수색이 짙은 이 지방의 여선생이라는 신분으로서는 다소 불가능한 정황이었다. 물론 원리주의가 아직도 기고만장하니 설치는 이슬람 세계가 아닌 만큼 도저히 있을 수 없다거나 천부당만부당하다는 소리는 아니고, '어렵다'는 것이 그나마 심정적으로는 호소력 좋은, 그러므로 바람직한 도덕적 판단이 된다. 한편으로 음성적으로야 내연의 관계 따위를 맺을 수도 있겠지만, 경숙이가 이미 두 사람의 관계를 제 언니에게 알렸고(**'알려졌다' 해도 물론 마찬가지다**), 바로 그 점은 그들의 사귐 자체가 공공연한 화두가 되기를 바란다는 증거이다. 따라서 목걸이나 팔찌 같은 선물 주고받기는 일종의 즉흥적인 해프닝에 지나지 않으므로 잊어버려야 하고, 실제로도 허가는 그 별것도 아닌 '호감 사기' 공세를 요즘 말로 '작업'의 일환으로 여기지도 않은 듯하니까(**벌써 남자 쪽이 그런 '푼돈 투자'를 섭섭하게도 잊어버**

리고 있었다는 여자 쪽의 실토가 무엇을 말하고 있는가) 경숙이도 미
련 없이 털어버리고 자신이 생업에 매달리면 그뿐인 셈이다.

이가가 짐짓 지나가는 말투로, 더 이상 다른 일은 없었던 모
양이네 라고 물었더니, 징자는 시방도 그 허사장인가 뭔가 하
는 낮도깨비가 구름처럼 떠돌아다니는 게 너무 불쌍하다고 경
숙이는 되뇐다면서도 심드렁히 별일은 없는 모양이라고, 더 깊
은 남녀 관계야 본인들이 안 털어놓는 다음에야 어찌 알겠냐면
서 여전히 미심쩍긴 하다는 의심의 끈을 말 끄트머리에서 늦추
지 않았다. 뭔가 확답이 없어 찜찜한 이가가, 그럼 됐네 뭐, 한
때의 추억으로 흘려보내고 말아야지, 다 큰 성인들이 불장난할
때도 지났고 라면서 어째 말 같잖은 어벙벙한 소리를 내놓았더
니 저쪽에서 즉각 말귀를 알아듣고, 경숙이 니 아파트까지 그
사람을 들이지는 않았지 라고 다잡아도 보았지만, 고개만 한참
이나 흔들고 나서 청소를 몇 주째나 안하고 사는 판인데 남의
사람을 들어오라 마라 할 형편도 아니라는 경숙이의 대답을 받
아내기는 했다는 것이었다.

뒤이어 이가는, 아니, 그거야 어느 쪽이든 우리가 캐묻기는
민망한 부분이니 일단 접어두기로 하고, 혹시 돈거래 같은 기
있었는지 알아보지 그랬냐고 떠보았더니 징자는 미처 그것은
아직 못 물어봤다면서 참, 참이라며 뒤늦게 혀를 찼다. 그러나
이내 그 좀 드세고 괄괄한 중년의 여편네는 제 자신의 그 빠뜨
렸던 힐문에 대한 후회막급을 싹 감아 넣고는, 어이, 지금 돈
따지기 됐나, 아무리 과년한 처자라 해도 바람나서 그 알짜 백

수와 내놓고 살 섞고 지냈다는 소문이라도 나면 그 우세를 장차 우예 감당하라꼬, 돈이야 그까짓 거 몇 푼 빌리줬든 말든 잃가빳다 카믄 그뿐이라도 처녀 몸이야 어디 그렇나, 내 말이 그릇됐나, 말 한번 해봐라, 남자들은 우예 생각하는 기 그 모양으로 짜리몽땅하고 몰라, 길게 볼 줄 모리고, 몸이 먼저가 돈이 먼저가 라고 잔뜩 부어터진 분기를 터뜨리기도 했다. 역시 양반의 후손은 여자라도 다른 구석이 아직도 남아 있는 듯해서 이가는 속으로 감탄하며 사신의 속물석인, 옛날 말로는 순상놈의 관심벽을 곱다시 접어 넣느라고 허둥거렸다. 그러나마나 효도관광이 몰고 온 공연한 말썽에 생고생을 하느라고 만만한 동창생에게 건짜증을 부리는 줄로 치부할 만했으나 미상불 사리에 맞는 징자의 그 원망에는 이가도 찔끔하지 않을 수 없어서, 안 그렇다, 돈거래가 있었다 카믄 그 사달이 오래간다, 그래서 해본 소리다, 당장 인연을 끊을라 캐도 돈 때문에 질질 끌리간다 아이가, 남녀 간에는 절대로 돈 거래할 기 아이다, 돈 띠이고 결국은 추접게 서로 갈라서는 기 이 세상의 순리란다, 허사장인가 그놈 내외도 꼭 그 뿐 아이가, 단디 알아봐라 어쩌구 어물쩍거리며 통화를 줄였다.

허가가 신용불량자로까지 전락했다는 사실은 이가에게 제법 큰 충격이었다. 그 자신이 워낙 반듯한 사회인에다 명색 대학 접장이라는 신분도 작용해서 적이 마음을 졸이기 시작한 것은 당연한 추이였다. 그쪽으로는 워낙 아는 바가 없어서 그럴 테지만, 허가가 방금이라도 무슨 사고를 터뜨릴 것 같고, 나중이야 어찌 됐든 어떤 경제적 범죄를 저지를 수도 있다는 선언 같게 들려서 온갖 방정맞은 생각까지 떠들고 일어나는 것이었다. 이가의 전공과는 워낙 거리가 멀기도 한데, 허가가 시방 저지르는 일련의 방자한 행티는 이른바 '미필적 고의'가 아닐까 하는 생각도 주물럭거리지 않을 수 없었다. 이래저래 거름 지고 장에 따라나선 지난여름의 그 만판 놀고보자식 관광여행이 뿌린 재앙이었다.

이가의 심사가 그처럼 다급하게 돌아갔으므로 그는 그 이튿날, 마침 강의도 없는 날이어서 오전부터 유사장을 전화로 찾았다. 역시 휴대폰은 불통이었고, 음성부터 되바라진 서울 말씨의 사무실 여직원은 사장님께서 지금 외근 중이라고, 거래처에 들렀다 오겠다는 전갈은 있었지만 언제 귀사할지는 모른다고 했다.

휴대폰이 어느 나라보다 발품 빠르게 전국민의 일상적인 필수품이 되고 난 뒤부터 '지금 통화 가능해요?'라는 요상한 말이 보편화되지 않았나 싶은데, 전화로 말을 나누겠다고 먼저 자청해놓고 뭣이 가능한지 어떤지를 묻는 것도 말이 안 된다기보다는 모순이다. 그럴 바에야 아예 전화를 걸지 말든가, 전화기를 이용하지 말아야 할 터이다. 그런 이치대로 언제 어디서라도 통화하려고 휴대폰을 사서 들고 다니면서도 그것을 불통시켜놓는 작태는 '내 애물단지를 제발 고만 좀 집적거려, 귀찮아 죽겠어, 난들 이걸 갖고 다니고 싶어 이런 줄 아나' 같은 성

마른 시위를 뿌리고 있는 거나 마찬가지다.

　오후 느지막이 유사장과 간신히 통화가 이루어져서 이가는 오늘 중으로 끝낼 일을 치르게 된 듯이 홀가분했다.

　"어, 사업이 바쁜지 몸이 바쁜지 모르겠다. 아침부터 찾았는데."

　"둘 다 하나도 안 바쁘다."

　"다른 기 아이고 정선생 쪽 말로는 허사장이 스스로 신용불량자라고 통보를 내놓았다는네, 도내체 무슨 소리야?"

　"그거 별거 아이다, 일부러 그럴 수도 있다."

　"아니, 자기 스스로 신용이 불량한 인간이라고 문신 박듯이 대(對)사회적으로 공언한다고? 말이 되나."

　"말이 된다. 기껏해야 마이너스 통장으로 연체료를 물고 있거나 카드깡을 안 갚으면서 갈 데까지 한번 버티고 있을 기다. 다들 많이 그란다. 자네는 신문도 안 보나, 변호사하고 의사가 직종별로는 신불자가 제일 많다는 통계도 나왔는데. 그 똑똑하고 유능한 인간들이 진짜 돈이 없어 스스로 신불자를 자청했겠나. 일시적으로 돈줄이 경색될 수도 있는 기 요즘 세상이고, 이런 현상은 모든 경제 주체가 늘 노심초사해야 하는, 뭐랄까, 심사숙고하는 화두다. 돈이란 놈의 생리가 피처럼 안 죽는 한 지구가 좁다고 돌고 돌아야 해서 그렇다. 돌다가 보면 맥힐 수도 있다. 한때 아이엠에프(IMF) 외환 위기다 뭐다 캐사미, 나라가 온통 거덜나서 내일이라도 당장 홀러덩 둘러빠질 것처럼 지랄을 떨고 금붙이까지 모우고 한 것도 다 몰라서 방정맞게 소동을 벌인 기다. 영국도 우리처럼 똑같이 한번 외국돈을 잠시 빌려 썼어도 의젓하게 대처했고 아무 말썽 없었다. 그카고 신불자라는 말 자체가 아주 악의적이다. 그처럼 험상궂게 지칭하자믄 돈 빌려주고 사는 저것들은 고리대금 징수자거나 금리 갈취자라 캐야 말이 안 맞나. 돈이란 기 있다가도 없고 없다가도 있는 긴데 잠시 없다고 신용이 불량하다고? 나쁜 놈들. 말을 지 편한 대로 지어내고 남이야 죽든 살든 모리겠다고? 명예훼손으로 고발해서 감방살이를 시켜도 시원찮을 놈들 아이가. 개자석들, 왜 남의 신용을 저거가 도매금으로 나쁘다고 소문내고 지랄이야. 국민권익위원횐가 뭔가 하는 같잖은 공공기관은 혈세 축내면서 이런 것도 시정 안하고 뭐하는지 몰라. 국민권익을 말로만 옹호하고 보호할라는 긴지, 수시로 박탈하고 박탈당해도 이권 당사자들이 지들끼리 알아서 말 맞추라는 긴지 헷갈리서 도통 모리겠다."

"아니, 그러고도 신불자들은 버젓이 여기저기 돌아다닐 수 있나?"

"신용양호자보다 더 많이 활발하게 돌아다녀야지. 경제활동을 여의롭게 해서 빨리 신용을 회복할라면 감방 같은 데 가다놓고서야 언제 빚을 받아내겠노. 내가 알아보겠지만서도 허가글마도 지금 어디서 받을 돈을 못 받고 있어서 그럴 기다. 큰 빚 없고 매달 꼬박꼬박 돈 들어갈 데도 없는데 지가 돈 쓸 일이 뭐 있노. 가가 보기보다 약고, 지 실속도 잘 채리고, 지 딴에는 지가 의리도 있고 경우도 바르다 칸다. 하기사 요새 지가 옳다

안카는 놈이 어딨노, 다 말도 잘하고 지가 옳세라는 데는 우쭐 기고. 두 쪽 말이 정반댄데 각각이 옳다 카믄 거기 도대체 무슨 말이고. 한쪽은 틀리야 말이 맞는데 말이다. 아무튼 그건 그렇고 다시 허가 이바구로 돌아가서 가가 지금 장기전을 펼칠 꿍심인지 아인지 단디 알아봐야 될따."

"장기전? 무슨 말이가?"

"지가 스스로 신불자라고 털어놓았다면 요새 말로 그 소위 '사꼬'라 가는 서 치고 될 내로 되라 식으로 바람이나 피우자고, 그 정선생을 그렇게 꼬셔볼라는 수작질을 넘어서서 지 딴에는 제법 고상하게 먼 장래까지 챙기면서 김치국을 마시고 있는 기 아인지 모르겠다는 소리다. 무슨 말인지 알랑가."

"대충 감은 잡힌다. 결혼까지, 아니, 그 허가 쪽으로는 재혼인데 그거까지 바라보며 순정적인 접근을, 그란이까 진실로 정선생을 대하고, 사귀어가는 수순도 정직하게 제대로 밟아간다는 말 같다. 정선생의 생업으로나 인품으로나 그렇게 존경해가면서, 그야말로 인간적인 너무나 인간적인, 요즘에는 이 '인간적인'이란 말도 사람이 별종으로 변해버리는 바람에 너무 희석이 많이 돼서 잡탕 같기는 해도 어쨌든 그런 신사적인 연애의 진정한 끝 곧 다사로운 남녀 화합의 장까지 나아가겠다, 그런 조짐이 비친다 이런 말씀 같다, 맞을랑가?"

"역시 책상 앞에서 늘 잔 글씨 읽는 사람이라 말귀가 꽤 빠르다. 나는 예언하고 니는 자세히 뜻풀이한다. 이런 시스템을 잘 활용하면 신흥종교를 창설해서 한몫 볼 수도 있겠다."

"니는 교주가 되고 나는 설교를 맡는 목자로? 나쁜 구도는 아닌 것 같다. 강단에 서기는 인자 진절머리 나지만 보수만 제대로 주면 못할 것도 없겠다."

"보수가 뭐 따로 있나. 십일조든 헌금이든 시주든 들어오는 족족 다 니낀데. 교주가 그런 자잘한 거 챙기고 따지면 망한다, 모름지기 더 큰 우주를 경영하고 생사여탈을 관장해야지. 우리 이바구는 빼고, 허가 글마가 그런 일면도 없잖아 있을 기다. 무슨 말인고 하니 지 전마누라한테 디기 디고, 또 가슴팍을 쥐어뜯으면서 홀아비 생활을 그만큼이라도 버텨냈다는 거는 실로 인간승리라 할 만할 것이다. 그러니 지금 정아무개 선생을 곱게 애끼고 있다. 요컨대 시시껄렁한 그런 남녀 관계를 인자는 지양할 때도 됐다고 스스로 판단했던 것 같다. 페미니즘이 별건가. 무슨 기득권이든 제대로 옹호할라 카믄 개인들의 자각이 앞서야지 공공단체가 나서고 지랄을 떨면 될 거도 안 된다. 여성해방이든 국민권익보호든 다 똑같다. 우쨌든 둘 사이가 끝이 좋아야 할 긴데 그걸 누가 알겠노. 좋게든 나쁘게든 사람을 한 쪽으로만 볼 수밖에 없는데 실제로 모든 인간은 좋고 나쁜 기 뒤죽박죽으로 뒤섞여 있고, 또 그 선악이 시도 때도 없이, 지도 모르게 튀어나와서 자신은 물론이고 주위 사람을 골탕 믹이는 거 아이가. 그러이까 아무도 장담 못한다. 내버려둘 수밖에 없고, 우리든 일가친척이든 간섭은 절대 금물이 아니라 해봐야 소용도 없고, 결국에는 운명이라는 엄청난 수호신에게 맡기는 수밖에 없다."

"자네야말로 어디 강단에 서야겠다. 사업도 잘만 하면 도가 절로 터지는 모양인데 나는 뭐 하고 있는 밥버러진지 알다가도 몰따. 더 알아봐주고, 또 귀하나 나나 더 머리를 굴려보자. 또 연락 지딱지딱 주시기요."

"암마. 사은품 도매로 팔아먹는 소인이 말품 애낐다가 뭐 할라꼬. 끊는다. 부디 욕봐라."

이제 이가는 막연히 두 쪽으로부터의, 그러니까 유사장과 정징자에게서 어떤 소식이 전해지기를 기다릴 수밖에 없다. 그나마 종강을 했으므로 홀가분해져서 다행이다. 그러나 초겨울 강추위가 꼬박꼬박 닥치고 있는데다 연말 기분까지 덮쳐 와서 싱숭생숭하기 이를 데 없다. 아무리 따져봐도 징자에게 전화할 일은 없는 것 같고, 유가에게는 좀 치신머리 사납게 보일지 몰라서 주저하고 있지만 허가의 동정을 알아봤냐고 탐문해볼 수는 있다. 내일은 꼭 물어봐야지, 오늘쯤에는 무슨 기별이 올 테지 하면서 세월을 보낸 지도 벌써 일주일이나 지나서 몸이 달 대로 달아 있는 판이다.

그 점수화가 진짜로 공정한 평가라고 할 수도 없는데다가 알고 모르는 정도도 기껏 오십보백보인 셈인데 그것을 굳이 자로 반듯하게 재라니 고역이다. 강의도 하기 싫지만 성적 내기는 더 신물이 난다. 미뤄둘 수는 없고, 막상 잡으면 후딱 해치우기는 한다. 이가에게 방학의 시작은 학점을 매기고 난 직후부터이다.

수강생들의 학업 소양의 정도를 알아보는 몇몇 자료를 간추려놓기만 하고 달려들기가 싫어 한껏 찜부럭을 내다보니 오전이 후딱 지나갔다. 다른 접장들은 어떨지 몰라도 이가는 이런 때 흔히 속으로 '겨울이 왔으니 봄이 멀지 않으리'란 좀 유치하지만 그럴싸한 시구를 외우곤 한다. 평가 자료를 책상 위에 펼쳐둔 것만도 그에게는 심정적으로 모진 겨울을 맞고 이겨낼 마음의 준비가 다 된 것이다.

　이제는 평일에도 하루에 받는 전화가 한 통도 없을 때가 자주 있고, 이 널뛰기 같은 통화 주고받기에서 그가 요긴하게 전화를 걸 데도 별로 없다. 그가 전화를 걸지 않으니 남들도 말을 붙이지 않는 것이다. 어떤 제도도 쓰기 나름인 셈이고, 이가는 자신의 그런 길들이기에 웬만큼 익숙해져서 이제는 거의 무감각해져버렸다. 문명의 이기마저도 안 써 버릇하면 불편한 줄 모르는 것이다. 남이 편하라고 살 수는 없고, 내가 편해지려고 살아야 옳다. 그래서 뜬금없이 전화기가 울리면 이게 무슨 훼방꾼인가 하고 건짜증부터 앞세우는 편이다.

　칼국수로 점심을 때우고 나서 책상 위에 두 다리를 올려놓고 30분쯤 눈을 감고 자는 듯 마는 듯하는 관행도 그가 기리는 일상 중의 하나다. 이가가 만사를 전폐하고 제일 기리는 그 버릇을 오지게 즐기려는 참에 훼방꾼이 시끄럽게 울어댔다.

　"자네는 어째 '놀토'도 안 찾아먹나?"

　좀 들뜬 음성의 유가였다. 관공서나 공공단체가 격주로 토요일에도 쉬는 날을 잡아놓고 '놀토'라고 불러 버릇하는 모양이지만, 이가의 직장에서는 오래전부터 주 5일 근무에 주당 40시간을 학교에 눌어붙어 있어야 한다는 학칙 같은 게 있긴 해도 그것을 지키는 교원도, 감독하는 직원도 없어서 역시 따질 거리도 아니다. 그런 사정보다 '놀토' 같은 줄임말이 그는 마땅찮다. '논다'는 말도 따져보면 옳지 않고, 노동과 휴식을 강제하는 이런 제도 자체에 대한 조롱이 묻어 있어서이다.

"갈 데가 없어서 이칸다."

"놀 줄을 몰라서 그런 거 아이가."

"결국 똑같은 말일 기다. 노는 것도 큰 능력이 되고 만 세상인데 나는 이래 무능해서 장차 우예 살아낼지 한걱정이다."

"크게 걱정 안해도 될 거 같다. 그건 그렇고 허가가 방금 서울역에서 차표 끊어놓고 차시간 기다린다 카민서 전화가 왔네. 전번에 자네가 걱정한 그 신불자 내막을 알아볼라고 글마를 찾았디이 휴대폰을 아예 꺼놔서 지 동생 순복이한테 물어봤더라. 그때 마침 저거 할마씨한테 와 있다 카민서, 저거 그 길조 빌라트 세입자 중에 웬 놈이 벌써 투룸 월세를 2년째나 안 내고 배째라미 버티고 있어서 지금 재판을 걸어 넣고 있다 그카데. 그래서 내가 재판에서 이기기야 하겠지만서도 이래저래 돈 많이 깨질 기라고 했더니, 안 그래도 오빠가 그 지 배 째라는 흉조가 방도 안 빼주는 통에 지금 순복이 지 돈까지 빌리 쓴다 카데. 허가가 지금 한국에 떨어지자마자 저거 할마씨 안부 알아본다고 지 동생을 찾았디이 내 말을 들었다민서 전화한 기다."

"어디 또 외국에 나갔다 왔는가?"

"그카네. 오래전부터 사부님으로 모시는 웬 스님 한 분이 시방 네팔에서 큰 불사를 일으켰다고, 허가 지보고도 따라와서 거들어라 카는 통에 맨몸으로 스무 날쯤 있다가 왔다 카민서 또 다음 달쯤에는 길게 나갔다가 다시 돌아와서는 앞으로 자주 나가든동 영 나가서 거기서 살든동 둘 중 하나를 작정할라고 들어왔다 카네."

"재주는 좋다. 그 낯선 데를 영 나가단이, 참 대단하다. 무슨 내림인가 바람인가, 김삿갓의 후예든가 고산자의 핏줄이든가 둘 중 하난갑다."

"그 선인들이야 짱짱한 목적이라도 있었지. 요새는 남 도와준다면서 온 세계를 휘저으며 떠돌아댕기는 팔자가 상팔자다."

"지가 도움을 받아야 될 처진데도?"

"와 아이라, 그라이까 이래 남들이 더 말이 많지, 세상이 이래 돌아간다. 나는 요새 남 도운다면서 기부하고, 얼굴 팔고, 돈 좀 쓰미 살아라고 설치는 인간들을 바로 안 본다. 그기 도대체 진심인지 무슨 잇속 때문인지 감을 못 잡겠어서 머리가 해까닥 돌아뿌겠데. 우옜든 내가 허가보고, 니 요새 웬 여선생과 사귄다미 카고 물어봤디이, 대뜸 댓 번 만났다고, 인물이나 몸은 어디 내놔도 안 빠지는데 사람이 당최 맹하달까 멀뚱하달까, 너무 말이 없고, 좋게 보믄 차분하고 조용한 여잔데 뭐든 손에 집어주기 전에는 꼼짝도 안하는 성미라서 가만히 두고 보고 있다 이카네."

"그런 성질이 요즘 세상에는 차라리 더 귀해 보이서 기를 쓰고 덤비고 있구먼 뭐 그래. 호강에 바쳐서 요강에 똥 싼다더니. **(이가는 무작정 고향붙이를 성원하고 나섰다.)** 김칫국부터 묵지 말고 작심을 단디 하라고 좀 조져놓지 그랬나."

"안 그래도 그랬다. 니가 지금 찬밥 뜨신밥 가리게 됐나, 바람을 넣을라믄 제대로 단디 넣어봐라 캤디이 바람이 들어갈 데도 없는 여자기는 한데 인자는 오미가미 주차료로 저녁 사주고 커피 사묵을라믄 안 만날 수도 없기 됐다 캐서 무슨 소린고 물어봤디이, 그 여자 아파트가 동대구역에서 댁시로 기본요금밖에 안 나오는 데, 파티마병원 바로 뒤쪽에 있다 카민서 지가 여기저기 떠돌아다닐라 카믄 동대구역까지는 지 똥차로 가서 그 아파트 지하주차장에 부려놔야 돼서 그란다 카네. 얼추 말은 맞기 돌아가는 구도데. 오늘도 무궁화호 타고 동대구역에 내리자마자 만부득이 지 고물차 찾으러 가자믄 그 여자를 만나야 된다 카고 있네."

"뭔가 그림 같은 기 어룽어룽 비기는 하네. 인연이 될란지 어떨지 몰라도."

"허가 전처가 원래 인물도 뺀드럽고 말도 시끄러울 정도로 많고 모리는 기 없고 좀 설쳤니라. 나서기 좋아하고 뭣이든 지 똑똑하다고 잘 따지고. 거 오지게 디서 허가가 지금 그 정반대지 싶은 그 여선생한테 반쯤 미쳐서 지정신이 아인 모양이네."

"정신을 바짝 안 차리믄 곤란할 거로. 그 여자도 명색 도덕 선생인데 미친갱이한테 살을 대줄 리가 있나. 인물이야 좋든 말든 덩치도 체육선생 못잖던데."

"건데 누구라도 막상 정신 채리기가 쉽잖다. 미친놈한테 니 미치지 마라 카는 기 말이 되나, 아픈데 아프지 마라 카는 거하고 똑같이 말이 안 되는 이치 아이가. 지금 허가가 저래 떠돌아댕기는 행려살(行旅煞)이 옴팍 낌는데 집구석에 가만히 붙어 있으라 카믄 병이 나든지 질거 죽는다. 가가 한이 많아 일찍 죽지도 못할 기다. 지 딸내미 둘이 다 인물도 곱고, 성질이 우예 변했는지 몰라도 머리도 좋다. 언제는 누가 우리 옆에서 딸 자랑하는 거 가만이 듣던이 시끄럽다고, 팔불출이 따로 있나고 고함을 지르고 나서는 지도 울고불고 해서 그거 말리느라고 애를 무따. 우옛든지 오늘 주차료로, 돈이 꽤 될 거로, 스무 날이나 차 세워났으믄, 그 돈이야 있겠지, 그 여선생하고 밥 먹은 후일담이 들려올 테니 우리사 손가락이나 빨면서 그거나 기다리보지 뭐. 뭣이 잘 안 될 거 같다. 지금이사 저래 삐걱거리지 않는가 몰라도 뜸 많이 들있다가 밥이 타뿌믄 못 묵는다."

택시에서 내리자마자 그 큼직하고, 낡아빠졌는데다, 시커멓기까지 한, 그러나 속은 텅텅 빈 듯한 예의 그 여행용 가방을 뒤꽁무니에 질질 끌면서 행객 하나가 주춤주춤 나아간다. 이 행객은 이제 여름 나그네에서 겨울 나그네로 환골탈태한 몸이라 티셔츠 위에다 가로 줄이 굵게 파인 패딩 잠바를 껴입고 있다. 이가의 안전에는 허사장의 얼굴은 보이지 않고 그의 뒷모습과 거동 일체만 크게 떠오른다. 실제로도 그의 외모는 너무나 특징이 없는 평범 그 자체여서 떠올릴 만한 무슨 근거 같은 게 없었으나, 정선생은 그와 정반대로 그 말뚱한 눈알로 이쪽을 말끄러미 쳐다보던 예의 그 고양이 시선만으로도 초상화가 선명하다. 그런데 아무리 봐도 행객은 어딘가 어색하다. 자신의 우거가 들어앉아 있는 아파트 단지가 아니어서도 그렇지만, 차만 들어가는 통로 속으로 내려가자니 주뼛주뼛해지지 않을 수 없는 것이다. 내리막길 바닥은 미끄럼 방지용으로 우레탄 수지를 두텁게 도포해놓아서 등산화가 쩍쩍 달라붙지만 여행용 가방의 바퀴는 아스팔트 도로보다 오히려 소리도 덜 나고 접착력도 적당해서 끌고 가기에는 안성맞춤이다. 행객은 이 내리막길을 벌써 몇 차례나, 그것도 대개는 이 시간대쯤에 내려와본 적이 있어서 스스럽지는 않다.

누가 말했던가, 여행은 해거름녘이나 한밤중에 귀가하든가 어느 목적지에 떨어짐으로써 비로소 완성이 된다고. 허가도 여행 전문가답게 그 정서를 뼈저리게 절감하고 있어서 일부러 그 시간대에 닿느라고 무궁화호로 느직이 내려온 것이다.

그전과 달리 오늘따라 행객은 좀 들뜨는 기분이다. 은근히 아랫배에서부터 치밀어 오르는 고양감을 애써 억누르기도 벅차다. 이제까지는 지하 일층에 주차해둔 차 속에 앉아서 엘리베이터 입구 쪽 여닫이문이 열리면 이내 헤드라이트를 깜빡여서 제가 있는 위치를 알렸으나, 오늘은 서울역에서 이미 전화를 걸어두었을 뿐만 아니라 동대구역에서도 이제 막 도착했다고 알렸으므로 정선생은 미리 그 자신의 고물차 포텐샤 옆에까지 내려와서 기다려줄지도 모른다. 두 남녀는 나이도 있어서 남의 눈도 없는 지하주차장에서일망정 열렬한 포옹까지는 도저히 엄두를 못 내고 있으나, 온몸으로, 그래봐야 어설프지 않을 만큼만 얼굴을 활짝 펴는 인사로 오랜만의 만남의 반가움을 드러낼 것이다. 노처녀가 그 특유의 말똥말똥한 시선으로 잠시 훑어보니 행객은 입성이 너무 남루하고 퀴퀴한 냄새도 풍기는 데다 얼굴은 바싹 여위어 있다. 그러나 늘 배웅을 못하도록 대낮에 훌쩍 떠나버리는 사람을 마중 나온 여자는 지하주차장이 그렇게 춥지 않은데도 덩치가 작게 보이려고 털실로 짠 앙증맞은 볼레로를 입고서 팔짱을 끼고 있다. 이제 두 사람은 늘 하던 대로 구뜰한 음식을 사먹으러 어딘가로 차를 몰아 달려가야 할 판이다. 이번에는 주차료가 많아서 좀 걸게 먹어도 되겠다고 차 임자가 말하지만, 스무 날쯤 네팔에서 음식 같잖은 음식으로 배만 채우다 온 행객을 위해서 주차장 무료 제공자가 한턱 '쏠'지도 모른다.

이가의 망막 위에 그려지는 동영상은 이제 진전이 없다. 왠지 더 이상의 조작은 남의 내밀한 애정사를 몰래 들여다보는 못난 작태 같고, 점점 더 추해지는 장면을 탐하려는 관음증 환자가 멀리 있지 않다는 생각이 앞서서이다.

학부 두 과목과 교육대학원 한 과목의 성적을 다 내고 나서 이번 겨울방학에 해치울, 그동안 한사코 미뤄둔 일 따위를 적바림해둔 다음 이가는 느지막이 퇴근길에 올랐다. 왠지 모르게 벌집 주위처럼 소란스러운 이 세상도 그런대로 살아볼 만한 동네가 아닐까 하는, 자못 생기 넘치는 그런 마음자리가 뭉클뭉클 떠들고 일어서는 것 같았다. 하기 싫은 일을 해치워버려서도 그럴 테지만, 유가와의 별러오던 통화를 마치자마자 마구 날뛰던, 두 남녀의 다소곳한 열애에 대한 나름의 상상력이 제법 재미도 있는데다가 어떤 식으로든 이제 그 절정이 임박했다는 자신의 추리가 상당한 현실감으로 다가왔기 때문일 것이다.

그는 슬며시 웃음까지 베어물며 귓갓길을 착실히 줄여나갔는데, 교주 유가의 예언이 과연 얼마나 정곡을 찌를까를 미리 그려보는 자신이 좀 어처구니없기도 했다. 유가의 예언이라면 두 가지인데, 그 하나는 허가가 지른다는, 주차료 대신에 쓸 유흥비를 어디서 어떻게 탕진했느냐에 대한 내역이 조만간 어떤 식으로든 들려올 것이라는 사실이고, 다른 하나는 각기 다른 성정, 생업, 현재의 생활자세 및 생활세계 때문에라도 두 남녀의 장래가 결코 밝지 않다는 추측이다. 어느 쪽의 결과가 어떤 식으로 들려오든 그 귀추가 이가에게는 초미의 관심사임에 틀림없었다.

저녁을 먹고 난 다음, 종강 후 맞는 첫 주말이므로 이가는 인터넷을 켜고 고서적 경매 사이트에 들어가서 세상의 또 다른 한 면을 훑어볼까, 아니면 공중파 방송을 열어 주인공들이 동분서주하는 외화 활극을 한 편 감상할까를 궁리하느라고 소파 위에 질펀히 앉아서 한껏 게으름을 만끽하고 있었다. 어느 쪽 화면에 빨려들어가더라도 아홉시 텔레비전 뉴스 시간은 넘겨야 될 터였다.

그런 이가 쪽의 밤 시간 짜맞추기를 훤히 들여다보고 있다는 듯이 벽걸이 전화가 울렸고, 이가의 집사람이 사과를 깎던 손길을 털고 일어났다. 이가 쪽을 연방 힐끔거리며 상대방의 전언에 맞장구를 연방 쳐대는 이가 집사람의 통화는 길었다. 당연하게도 전화를 걸어온 사람이 징자임을 대번에 알아들음으로써 이가는 교주의 첫 예언이 맞아떨어진 게 신통했고, 속으로 쾌재를 불렀다. 뒤이어 당신도 받아보라고 집사람이 손짓했으나 이가는 손사래를 쳤다. 그 내용이 무엇이든 간에 이가 자신이 더 이상 개입할 것도, 또 긍정이든 부정이든 제 의사를 개진할 사안도 못 된다고 이미 단안을 내려두고 있었기 때문이었다.

마침내 통화가 끝났다. 이가의 집사람이 탁자로 돌아오자마자 내놓은 첫마디는, 징자 언니도 참, 아무리 부모 맞잡이라도 그렇지 왜 자기가 동생 연애에 냅떠나서고 난리야, 누가 시샘이 없달까봤다. 이가는 속으로 적이 놀랐다. 일이 단단히 뒤틀어져버렸구나 라는 직감이 얼핏 들어서였다.

"그 허사장이 오늘에사 꼬박 3주 만에 네팔에서 귀국했다네요. 그 기별을 경숙이가 받자마자 징자 언니한테 사람 감별이나 해보라고, 자기는 별다른 의견이 없으니 좋다 나쁘다 말만 해주면 그 뒤는 자기가 알아서 하겠다고, 그러니 오늘 저녁에 경숙이 지 아파트에서 세 사람이 모여 밥이나 시켜 먹자고 그랬대요. 징자 언니는 잘됐다고, 이차판에 되든 말든 결판은 내야겠다고 작정하고 밑반찬까지 꾸려서 오후 일찌거니 지 동생 집에 가서 청소도 해놓고 기다렸다는 거예요."

거기까지는 이가의 기왕의 동영상에 이미 들어 있는 것이므

로 얼마든지 태무심할 수 있는 내용이었다. 그러나 낮에 일어
난 유가와의 통화 내용을 아직 집사람에게 전하지는 않았으므
로 이가는 짐짓 내숭을 떨었다.

"정식으로 혈육에게 인사를 시킬 궁량이었던 모양 같은데,
그렇다면 두 사람이 웬만큼 열을 내고 있었다는 소리네. 뭐 나
쁜 소식은 아닌 것 같네."

"징자 언니가 자꾸 왜 그러냐, 뭐냐, 이래라 저래라 간섭을
들이대니 경숙이는 공을 떠넘길려고 그랬는지도 모르지요. 아
무튼 올 시간이 됐다고 경숙이가 마중을 나가더니 시커먼 비
닐 봉다리만 큼지막한 걸로 들고서 혼자 들어오더라는 거예요.
그게 뭐냐니까 경숙이 지도 모른다면서, 그 허사장 말로는 네
팔 자연석으로 빚은 불상이라면서 제법 마음에 들어 선물로 갖
고 왔으니 두고두고 들여다보면서 마음이나 가라앉히라고 했
다는 거지요. 그러고는 비닐 봉다리 속에서 신문지로 둘둘 말
아놓은, 얼추 전기스탠드만한 석불 하나를 풀어놓고 둘이서 한
참 들여다봤다네요. 아무리 그런 석물을 볼 줄 몰라도 그것이
벌써 꽤 잘 빚은 거라는 건 한눈에 알겠더래요. 선물치고는 희
한한 건데, 그러다가 징자 언니가 그 허사장은 어디 갔냐고 물
었더니 경숙이가 한참이나 아무 말이 없어서 가슴이 저절로 서
늘해지더래요. 그러고도 또 한참이나 지나서 경숙이가 하는 말
이, 지하주차장에서 큰언니가 와 있으니 인사나 하고 오늘은
지 집에서 밥을 먹자고 그랬더니 엘리베이터 앞까지는 그 허사
장이 아무 말도 없이 따라와놓고서는 엘리베이터 문이 열리자

마자 좀 그렇다면서, 자기 옷도 이 꼴이라고, 나중에 따로 정식으로 자리를 만들자느니, 기회야 얼마든지 있지 않냐느니 어쩌구 지 말만 하더니 횡허케 돌아온 길로 내빼버렸다고 그러더래요. 그러면 다음에 보지 뭐 라고 해놓고서는 징자 언니도 밥 생각이 없어서 식탁에 우두커니 앉아 있으려니 경숙이가 느닷없이 그 불상을 두 손으로 거머쥐더니 통곡을 터뜨렸다는 거예요. 징자 언니는 이게 도대체 뭐냐고, 내가 이 동생한테 뭘 잘못했느냐고 자문자답하다가, 왜 우냐고, 울지 말고 말로 해보라고, 뭣이 잘못됐냐고, 어서 속을 툭 털어놓아보라고 해도 경숙이는 목 놓아 울기만 하다가 지 방으로 들어가더니 문을 잠가버려서 할 수 없이 울음소리가 그치기만을 기다렸다가 돌아왔다고 그러네요."

이가는 말을 아껴야 된다고 느끼면서도 저절로 흘러나오는 감상담을 내버려두었다.

"노처녀가 너무 예민한가, 아니면 무슨 자격지심이라도 있는 건가. 부모 맞잡이에게 인사를 시키겠다는 건 일종의 프러포즌데 그게 거절당했다고 저절로 통곡이 터진 건가, 알 수 없네. 정서가 불안정하다면 문제가 아주 크고, 요새는 그쪽으로 심리치료를 받으면서 툴툴 털어버려야 된다 카기는 하더라만."

텔레비전의 뉴스 시간이 끝나고 나서도 이가의 머릿속에는, 아니 가슴 한복판과 귀청에는 노처녀의 통곡 소리가 메아리를 길게 끌고 있어서 난감했다. 왜 울었는지, 혈육 앞에서 왜 통곡을 터뜨리고 말았는지 그 심경이나 이유를 제삼자가 설명하기는 도저히 불가능할 것이었다. 본인이 털어놓지 않는 한 어떤 해석도 근사치와는 너무 동떨어진 억측일 게 뻔했다.

그쯤에서 이가는 문득 한때 열독한 소설의 전경이 떠올라서 점점 더 그 통곡의 의미를 캐보는 데 오롯이 빠질 수 있었다.

이제는 주인공들의 이름과(**창녀의 이름이 우리 식으로는 순동이나 귀남이에 해당하는 톰슨이 아니었던가 싶고, 그런 작명에도 고심한 작가의 기량에 감탄한 기억이 남아 있다**) 그 내용을 까맣게 잊었지만, 한 쌍의 의사 부부와 선교사 부부가 남태평양의 작은 섬이자 미국령인 파고파고에 기착한다. 그곳 우기의 특성대로 장대비가 연일 퍼붓듯이 쏟아져서 그들은 발이 묶이고 만 것이다. 누구에게나 임시 기착지쯤 되는 그곳에서 호놀룰루의 홍등가 출신 창녀 하나도 제 영업을 시작하려고 나댐으로써 소설의 긴장미는 아연 급박하게 돌아간다. 미개인에게 문명의 씨를 뿌리고, 누구에게라도 선행을 강요하는 데 강퍅할뿐더러 자신의 본분 수행에는 도무지 지칠 줄도 모르며, 자연재해 따위에 겁도 안 내는 선교사가 그 창녀의 악덕을 치유하려고 덤빈다. 그러나 그는 줄기차게 쏟아지는 비처럼 사내라면 누구라도 아랫도리에서 맹렬하게 타오르는 욕정을 주체하지 못하고, 불쌍한 영혼을 구원해보려고 덤빈 그 창녀에게 하룻밤 성적 노리갯감이 됨으로써 스스로의 그 파렴치한 행위를 주검으로 속죄한다는 내용이다.

서머싯 몸의 그 유명한 단편 「비」를 이가도 영어의 구문을 웬만큼 익혔을 때 교재로 읽었다. 시험지에 타자로 친 텍스트를 카랑카랑한 음성의 한 선생이 강독했는데, 굳이 해석해줄 필요도 없는 반쯤의 원문은 건너뛰고, 이른바 전후맥락상 꼭 알아야 할 대목과 관용어, 어휘 등만 강조한 그 수업 중에도 '비'의 이차적 의미라든지, 성적 욕망의 돌발성과 그 허무한 절정 따위에 대해서는 이렇다 할 해석을 듣지 못했던 것이 아쉬웠다. 아마도 대학입시를 위한 원어 해독력만 가르치려고 일부러 그런 문학적 감수성의 개안에는 힘주어 눈을 감아버렸을 것이다. 그러나 고등학교 3학년이었음에도 불구하고 그 내용 일체는 거의 정확하게 이해했으며, 원문의 그 명시적 반전이 워낙 선명해서 선교사의 죽음이 몰고 온 모순 덩어리로서의 인간의 불가해성, 성욕에 희생되는 남자의 허무한 삶 같은 것을 어느 정도까지는 알 만하다고 자부했던 듯하다. 그러면서도 그 극적인 반전이 너무나 작위적이어서 과연 이럴 수 있나 라는 의문은 늘 품고 있었다.

그의 전공과는 거리가 멀어서 영어 원문과는 담을 쌓은 지 거의 10년쯤 만에 다시 「비」를, 이번에는 온전한 책자 텍스트로 읽었다. 두번째 읽는 터이라 원문의 해독력만큼은 믿고 덤볐건만 여전히 사전을 무수히 뒤적거렸던 기억이 남아 있고, 과연 스토리텔러로서의 서머싯 몸의 능청스러운 작가적 역량과 그 청산유수 같은 입심에는 혀를 내두르지 않을 수 없었다. 그렇긴 해도 선교사를 죽음으로까지 몰아간 그 결말을, 그가 성욕의 노예로서 죽었다는 명시적 제시가 기교치고는 너무 그 속살이 치졸하게 드러나버린 게 아닌가 하는 감상을 지울 수는 없었다.

요즘 젊은이들이 함부로 가볍게 사용하는 '미션'을 신념에 차서 실천하려는 선교사가 창녀에게 몸을 맡겼으니, 결국 '재미'를 위해서 작가는 주인공으로 하여금 '윤리'를 내팽개치게 한 셈인데, 의사 부인과 내밀한 통정을 나눴다고 해도 그 죄책감 때문에 자살로 생을 마감시킬 수 있었을까? 오늘날처럼 남녀 간의 성적 행위가 거의 유희화되어 있는, 무슨 해프닝처럼 가볍게 '사고'를 쳐버리는 이런 세태에서도 「비」의 선교사 같은 죽음이 과연 성립될 수 있을까? 공교롭게도 정선생의 한결같은 '고양이' 정서와 충동적인 통곡은, 「비」 속의 그 질탕거리는 성욕 발산과 말 그대로 '팜므 파탈'인 한 창녀의 도발적인 웃음소리와는 정반대의 구도가 되는 셈인데, 불상을 끌어안고 내지른 그 돌발적인 울부짖음이야말로 노처녀로서의 성적 결백에 대한 올바른 선언일뿐더러 훨씬 제격이 아니고 무엇인가? 그동안의 여러 조건과 정황을 종합해보더라도 허가와 정선생이 아직 통정에까지는 이르지 않았다는 신빙성 많은 추단에 힘이 실리고 있지만, 그들을 그처럼 옹색하게 처신하도록 만드는 관건이 바로 이 땅과 남태평양의 성적인 풍토성 차이 때문일까?

의문은 늘어나고 그 답변에는 점점 궁색해지는 이가의 시선이 멍해지고 있으나, 그의 배우자는 반쯤 벌거벗어 더 쑥스러워지게 하는 그 남의 사연을 벌써 저 멀리로 내물린 듯 텔레비전 화면에 눈을 못 박고 있다.

재중동포
석물장사

1

그날도 점심나절 내내 누마루 같은 좁장한 복도로 나서기가 괜히 어줍어서 다락방 맞잡이인 명색 감리단장실 실내에서 그는 한껏 어정버정거리고 있던 참이었다. 얼김에 얻어걸린 직책도 우뚝하고, 구석구석 다잡기로 들면 관장하는 업무조차 시시때때로 또 아무라도 좨칠 수 있을 정도로 드레지건만, 당최 일거수일투족이 마뜩찮다 못해 옥죄였다. 억지로라도 지긋한 나잇살 때문이라는 자괴감을 언뜻언뜻 따돌리면서 그 비편의 근원을 찬찬히 따져본 지도 벌써 올해 봄부터였다.

직장 생활이라면 그도 피땀 흘린 산업역군까지는 못 되어도 나름대로의 열과 성을 다 바친 지체였다. 30년 남짓 동안 온갖 품팔이를 거치면서 몸과 마음이 무던히도 부대낀 나머지 이제는 돈으로 감당할 일만 아니라면 웬만큼 큰일이라도 시쁘게 볼 배짱 정도는 지니고 있었다. 물론 인생고행이란 말 그대로 그의 경력도 간단치는 않았다.

이를테면 졸업도 하기 전에 6개월쯤 달달 들볶인 건축설계 사무소가 그 시발이었다. 야근이 옹근* 밤새움 작업으로 흔히 이어지곤 하던 그 직장이라기보다도 명실상부한 아르바이트 노릇의 막판에는 반년간 잡지 하나를 비롯한 유명무실의 부정 기간행물도 여러 종씩이나 끈덕지게 찍어내면서 외국의 이공계 도서들을 거의 짜깁기하다시피 베껴내던 한 출판사에서 낮 동안에민 은사의 저작물 교정을 보기도 했다. 당연하게노 만물의 영장으로서 사람이 직장과 직업을 필요에 따라 발명해내지만, 훌륭한 직업과 옳은 직장이 사람을 사람답게 만들기도 한다는, 그런 실없는 말을 느릿느릿하게, 그것도 아주 권위 있게 지껄이던 그 은사는 허우대도 듬직한데다가 넥타이 대신에 무늬 좋은 실크 목도리를 남방셔츠 깃 안에다 동여매곤 하던 그 체신을 과시하기 위해서라도 학생을 가르치는 일보다는 각계 각층의 유무명 인사들과의 교유로 늘 분망하던 양반이었다. 그 때나 지금이나 여전히 비좁아터진 국토의 효율적 활용을 개선시킨다는 명분으로 허름한 나대지들을 대단위 택지나 공장 부지로 바꿔치기하는 정부 출자기관에 그가 정식으로 입사한 것도 그 양반의 천거 덕분이었다. 그런데 한창 나이라서 그랬는지 그 나무랄 데 없는 직장이 다닐수록 떨떠름했다. 너무 심심해서 고역이었고, 내 갈 길을 놔두고 엉뚱한 데서 비단옷 입고

---

* **옹글다** 조금도 축나거나 모자라지 않다.

밤길을 걷고 있는 꼬락서니다 싶었다. 덜렁 사표를 냈더니, 젊은 친구가 일신상의 문제라면 그게 도대체 뭔가, 한번 들어나 보자 라며 연만한 상관짜리가 남의 손목부터 비틀었다. 그 이후부터 옮겨 다닌 여러 직장들은 죄다 그 자신의 알음알음이가 우연찮게 떠맡긴 망외의 덤터기들이었다. 대충만 간추려도 이랬다.

꼬박 3년 동안 열사(熱砂)의 본바닥에서 기름보다 생산원가가 훨씬 비싼 생활용수를 끌어다 쓰는 수영장도 파고, 비록 띄엄띄엄 떨어져 있긴 해도 여러 복지후생시설을 초현대식으로 갖추갖추 지어보기도 했다. 국외 근무로 진을 아주 깡그리 빼앗긴 뒤끝이라 당분간 직장 생활을 아예 작파해버릴 심정으로 빈둥거리고 있는데, 또 한때의 동료가 인편에 소식을 들었다면서 전화로 통사정을 하더니 기어코 집 앞의 통닭집에서 진을 치고 짓졸랐다. 이번에는 최소한 5백 세대 안팎 규모의 아파트 단지를 줄기차게 공급하는 공사판의 현장 근무였다.

덕분에 지방 곳곳을 숱하게 누비고 다녔다. 토요일 오후에 상경하면 우선 집 인근의 공중목욕탕 속으로 기어들어가서 탈진한 사람처럼 서너 시간 너부러졌다가 비누질만 겨우 하고서는, 아직 갈 길이 먼데도 어느새 황혼을 등진 나그네 몰골로 터벅터벅 귀가했다. 이윽고 서울로 오르락거리는 그 다리품에도 진력이 났다. 마침 나이도 중년이었다. 다행히도 건설 경기는 활황세였다. 덕분에 쉴 짬은 없었지만 직장에 매인 몸으로서는 저절로 문리가 터졌다. 또다시 옮겨 앉은 직장은 도급 하한

선을 요리조리 빠져나가기 위한 방편으로 동종의 자회사를 두어 개나 거느리고 있던 통 큰 건설회사였다. 매달 부서장회의에 참석하면 낯선 얼굴이 그때마다 한두 명꼴로 꼭 눈에 띄었고, 그들과 통성명을 나누면서 학맥·인맥·지맥을 더듬느라고 다들 수선스러웠다. 거기서는 한동안 서울 강남 쪽의 오피스 빌딩 시공을 도맡다가, 그 후 이태 남짓 현장 실무자들의 제반 업무를 챙기고 떠넘기기도 하는 내근직에 종사했다. 벌써 이러구러 여섯 해 진에 이른바 계급정년에 걸려 상무로서의 월급을 깔축없이 다 받아먹고 명예퇴직한 것이 직장 생활의 대단원이었다.

요컨대 넓이로나 높이로나 그 안에다 최대한의 공간을 모양내며 욱여넣어 인간이 전천후적으로 활동할 수 있는 어떤 생활의 근거지를 만들어내는 데는 그도 밑바닥부터 산경험을 톡톡하게 치렀다고 할 수 있었다. 그래서 아래위 사람의 눈치 살피기라면 남들보다 투미하다는 소리를 들은 바도 없었고, 시키는 대로 붙좇아야 하는 직장인으로서나 규정대로 일을 마감시키지 않았다가는 큰 사달이 생기고야 마는 직종의 관리자로서나 그는 사람을 어떻게 다뤄야 하고, 더불어 자재들을 어떻게 버무려서 매조져야 하는지 잘 알았다. 그런 전문가로서 영일 없이 매여 살았던 신세에서 풀려나자 고만고만한 연줄이 연방 잇닿아 월 기백만 원씩의 가욋돈을 한동안 벌어왔으므로 이번에 떠맡은 이 달품팔이도 그로서는 만만할 수밖에 없는 일거리였다. 따라서 현장에서의 공사 감리라면 별나게 냅뜨지 않고 그냥저냥 무탈로 배겨낼 작정을 단단히 챙겨둔 바 있었고, 시공자도 내로라하는 건설회사여서 매사를 곧이곧대로 믿을 수밖에 없기도 했다.

그렇다면 나머지는 워낙 뻔해서 근무조건이나 근무환경이 문제일 수밖에 없었다. 막상 닥치고 보니 나날이 후딱후딱, 흡사 당사주(唐四柱) 책장 넘어가듯이 흘러갈수록 그것이 말썽이긴 했다. 좋은 쪽으로만 둘러맞추게 마련인 주선인의 말본새가 대체로 다 그럴 테지만, 한때는 직위상 잠시 그의 부하이기도 했던 고사장의 전언대로라면 만사가 여의롭게 비쳤다. 공사장의 마무리 작업처럼 정리를 해보니 대충 다음과 같았다.

—보수는 규정대로 줄란가(**"전임자 경우를 들먹이며 딱 분지르데, 설마 감리비까지야 체불할까"**), 출퇴근 시간도 이쪽에서 재량껏 알아서 할 테니 자꾸 '상주'를 못 박으면 서로 껄끄러울걸(**"그래도 워낙 성실한 양반이라 낮 동안 현장이나 감리실을 오래 비우는 법은 없을 것이라고 했어"**), 금요일 오전까지만 근무지를 지킬 참인데 어떨지(**"통상 그러는 줄이야 알 테지 뭐, 전임자는 친구가 벌인 사업을 간섭해줘야 하게 생겼다면서 줄행랑을 놓았다는데, 양쪽 다, 그러니까 시공사 · 시행사와 두루 사이가 안 좋았다는 소리는 입도 뻥 끗 안하고, 그거야 당연할 테지만, 그 양반이 요즘 젊은것들처럼 돈만 밝히고 농땡이처럼 일을 죽으라고 하기 싫어했다며 원성이 늘어졌어. 귀담아들으라고 일부러 뻥튀겨서 지껄이는 말이지 싶데, 설마 시방서에 먼지가 뽀얗게 앉도록 펼쳐보지도 않았기야 했을까"**), 숙소는 진작에 마련을 해뒀는가, 뺑소니 전임자는 어디서 뒹굴었다는가

("마침 전임자가 쓰다 말다 한 오피스텔이 현장에서 걸어서 15분 남짓 걸린다고, 실평수가 여덟 평쯤 된다 그래. 퇴근 후 따분하면 중고품 텔레비전이라도 하나 장만해서, 삼사만 원이면 사, 야한 비디오라도 빌려 보면서 회춘하는 것도 좋잖아, 안성맞춤이야"), 다 먹고살려고 이렇게 수선을 떨어쌓는데, 나이도 있으니 실은 이게, 끼때 챙기기가 한걱정이야("아침저녁이야 적당히 때우든지 주로 사먹어야 할 테지만 함바* 밥이야 까끄러워 어디 먹을 수 있겠어. 술이야 우리 나이에 피할수록 좋을 테고. 현장소장이 더러 점심이야 살 테지").

어차피 직장살이란 방목한 가축처럼 여기저기다 거름 무더기나 내깔기는 짓거리였다. 아무리 가축이라도 달라지는 꼴맛조차 분간 못 할 리야 없건만, 목부의 편찮은 심사까지 챙기면서 풀을 뜯어먹고, 배설물을 내놓을 리는 만무했다. 그래서 그는 편찮은 목장의 입지조건 따위에는 입을 다물기로, 일에 때깔이 나든 말든 개의치 않기로 단단히 별렀다. 그럭저럭 배겨낼 만해지자 여름 날씨가 성큼성큼 다가왔다. 까마득하게 치솟은 주상복합건물의 뼈대가 진작에 틀거지를 드러냈으므로 이제부터는 모양내기로서의 거죽을 발라 꾸미는 내장공사를 예의 독려해야 할 차례였다. 잔손질을 많이 덧대야 하는 그런 공정조차 아무래도 좋다는 심정을 그는 우정 다졌다. 덩달아 더위가 성마르게, 그러나 공기(工期)처럼 착실하게 덤벼들었으므로 지레 켜놓은 에어컨의 찬바람 밑에서 등짝의 땀을 들이기

---

* **함바** 토목 공사장이나 광산 등의 노동현장에 딸린 노무자의 합숙소나 식당.

에도 촘촘히 겨워 지내야 할 판이었다. 때 이른 불볕더위야 이 지역의 특성상 직수굿하니 승복할 수밖에 없었지만, 오랜 가뭄으로 숨을 들이쉴 때마다 목과 콧속의 점막이 매캐해지는 건조한 대기 앞에서는 속수무책이었다. 몇 달째 비 구경을 못하는 바로 그 불순한 기후 덕에 공사의 진척이 그나마 순조로워 다행이었다.

아마도 그즈음서부터 예의 그 좁장한 복도로 나설 엄두를 내느라고 그는 기를 썼을 것이다. 점심때, 화장실 출입 때, 특히나 상경길에 나서야 하는 금요일 오후가 그랬다. 흡사 컨테이너 여남은 짝을 빈틈없이 포개놓은 것 같은 기역자 구조물은 물론 가건물이었다. 아래층을 공구나 자재 창고로 쓰고, 철창문 두 개와 출입문 하나씩을 컨테이너 한짝마다에 붙박아놓은 사무실들은 이층에 들어앉아 있었다. 장차 아케이드식 상가의 초입이 들어설 자리에 가파른 철판 계단을 세워놓고, 연이어 구조물의 허리통을 띠처럼 동여매어놓은 복도가 기역자로 울을 치고 있는 형상이었다. 감리단장실은 그 분필통처럼 납작한 양철통집의 끝자락에 찡박혀 있었으므로 복도를 길이대로 다 밟아야 계단에 발을 내려놓을 수 있었고, 계단 밑이 화장실이었다.

현장소장실의 출입문은 기역자로 꺾어지는 모퉁이에 뚫려 있어서 그 방주인이 떼놓는 보폭의 한결같은 울림이 다가오면 점심때였다. 현장소장은 본이 다른 김가이지만 지연 말고는 학연 같은 인연이 전혀 닿지 않는 열댓 살 연하였으므로 "한 그릇 잡쉬야지요"라든지, "낮술을 안하시니 아구찜은 좀 그렇고, 추어탕을 잘 자시데요" 같은 수더분한 말을 복도에 서서 건네기 마련이었다. 한편으로 그 앙바틈한 외양을 출입문짝에 비치지 않을 때면 꼭 구내전화로 "오늘은 외부 손님이 있어서 따로 밥상을 봐야겠네요"라는 언질을 떨구든지, 걸음발 음색이 저벅거리는 차장급 부하직원 둘을 번갈아 보내 점심을 어디서 어떻게 할지를 물어보도록 했다. 직분이나 나이를 대접하느라고 그러는 것이 아니라 혹시라도 무슨 말썽이 불거질 꼬투리를 미연에 막고, 장차 아파트 분양이나 크고 작은 상가의 임대 및 매매에 따를 여러 구설에서 한마디라도 시공자 측을 편들게 하려는 배려치고는 제법 곡진한 행태였다. 노가다판이라서가 아니라 어느 분야라도 돈 단위가 커질수록 말들이 거칠고 잇속 넘보기에는 무지막지해지다 못해 아예 재판으로 시비를 가리려는, 일종의 가외경비라는 덤터기 씌우기에 쌍방이 길들여지는 작금의 세태를 따지지 않더라도 그는 일찌감치 점잖은 처신으로 나름의 돌올한 분위기를 거느려온 터였다.

더위하기로* 기진맥진하던 한철도 어느새 저만치 물러나 앉았다. 그처럼 쨍쨍 내리쬐던 폭염도 완연히 설핏해져서 생기를 일굴만 하건만 그는 여전히 심드렁했다. 웬만큼 사람 행세를 하며 살아야 하고, 또 그렇게 살려고 아등바등거린 나머지 이제는 끌끔히* 살아갈 수 있는 채비를 갖춘 이 나이에 집 떠나

---

* **더위하다** 더위를 못 견디어 하다.
* **끌끔하다** 마음이나 솜씨 따위가 맑고 바르고 깨끗하며 미끈하다.

이게 무슨 생고생인가 라는 불뚝성이 치받칠 때면 당장에라도 모든 연줄·직무 따위를 내팽개치고 일단 이 데데한 일상부터 걷어치우고 싶었다. 마음자리가 하루에도 몇 번씩이나 그렇게 돌아가는데도 한 발자국만 내디디면 되는 그 출입문 걸터넘기가 그토록 지겨울 수 없는 것이었다. 이상한 자각 증세였고, 앞으로 일 년 남짓 후의 멀끔하나 알량할 뿐인 자화상을 미리 그려보는 그 자신의 안달뱅이 짓거리가 한심스럽기만 했다.

이른바 '비산 먼지 저감 관리지역'이라는 명패를 크게 써붙여놓은 만큼 만여 평의 대지는 함석담과 알루미늄 새시 문으로 철통같이 갇혀 있어서 올연(兀然)하기* 이를 데 없이 치솟은 다섯 채의 철근 콘크리트 더미는 언제라도 뿌연 장막에 가려져 있었다. 산책로가 들어설 중앙공원 둘레에는 예의 그 아케이드가 네 갈래의 보행로를 뚫어놓고 있었으므로 인근의 주민들까지 어느 방향으로나 들고나며 상가와 조경의 품에서 노닐 수 있는 설계도 바깥에 임시로 심어놓은 현장 사무실은 그야말로 떨꺼둥이*의 골무 같은 피난처로서는 제격이었다. 그런 컨테이너는 현장 곳곳에 경비실·함바·장비실이란 문패를 달고 서너 개나, 흡사 방목한 가축의 배설물처럼 뚝뚝 떨어져 있었는데, 그곳마다의 출입자들은 하나같이 생동생동해서 그들의 일솜씨를 타박해야 하는 김단장을 무색케 만들었다. 그 멋쩍음을 나이 탓으로 둘러대자니 좀 억울했고, 그렇다고 가뭇없는 생기

***올연하다** 홀로 우뚝하다.
***떨거둥이** 의지하고 지내던 곳에서 쫓겨난 사람.

와 열없는 의욕으로 짐짓 나서보자니 뜬벌이꾼이 만용을 앞세워 타울거려봤자* 지질할* 뿐이라는 체념이 뭉글뭉글 답쌓였다.

8월 한가위를 열흘쯤 앞둔 어느 날 오후였다. 그의 성질대로 식당마다 붐비는 점심 시간대를 일부러 피하느라고 뭉그적거렸더니 후출하기 이를 데 없었다. 공사장 주위에는 딸린 공터가 널찍한 공공기관과 호텔 같은 고층 건물들이 늘비한 번화가라서 이른바 먹자골목이 곳곳에 눌어붙어 있었다. 그는 발밤발밤 길을 줄여가다 그중 상호가 덜 요란한 네를 골라 들어갈 작정이었다. 상호 간판을 뒤덮고 있는 글자가 클수록, 그 글씨가 번지레할수록 음식 맛이 엉터리라는 욱대김*은 일리가 있다. 그러나 숨은 꽃처럼 아담한 옥호와 마주치기가 그렇게 쉽지 않으리라고, 한 끼 끼니를 때우는 데도 낯선 집에 들어서기가 서먹해서 좀체로 과단성을 펴지 못하는 자신의 성격을 잘 알기 때문에 결국 여러 차례나 맛보았던 엇구수한 밥상을 차고앉으리라고 그는 이미 예상하고 있었다. 생선 미역국을 잘 끓여내는 그 집은 네거리를 중심으로 대각선상에 있었고, 지하철 출입구를 관통해야 했다.

그는 선뜻 내려가는 자동계단 위에 올라섰다. 이내 좁아지면서 멀어지는 하늘이 무연한 그의 눈길을 받아주었다. 나락이 저럴까 싶은 지하통로의 번질거리는 바닥이 착실한 속도로 떠

---

* **타울거리다** 목적을 이루기 위해 애를 바득바득 쓰다.
* **지질하다** 보잘것없고 용렬하다.
* **욱대기다** 우락부락하게 우겨대다.

올랐다. 바로 그 어간이었다. 쿵하는 단음절 굉음과 무엇이 망가지는 쇳소리가 한꺼번에 울려 퍼졌다. 워낙 돌발적으로 들려온 폭음이었으므로 가슴 한복판이 뜨끔하는 통증과 동시에 경악이 제법 긴 여운을 남겼다. 이윽고 정신을 수습해보니 그 굉음은 등 뒤에서 들려왔었지 싶고, 단 한 번의 그 둔탁하고 날카로운 작렬음에는 어떤 여음도, 뒤이은 폭음이나 소음도 따르지 않은 게 수상쩍기도 했다. 되돌아보니 그때쯤에는 한가롭게도 사람을 바싹 더 긴장시키는 또 다른 폭발음 같은 것을 기다리고 있는데 싱겁게 끝나고 말았다는 느낌도 얼핏 챙겼던 것 같았다.

그럴 수밖에 없는 것이 이 대도시는 근자에 지하철 공사장에서 그런 폭음이 한차례 터뜨려져서 큰 인명 피해가 났었고, 뒤이어 전동차 속에서 일어난 불길로 시내 중심부의 한 지하철역 전체를 불구덩이로 만들어 숱한 목숨을 앗아간 사고가 천방지축으로 터진 터라, 내남없이 '안전사고 민감증'으로 조릿조릿한 판이었다. 어쨌거나 다시 한번 따져보면 그의 뒤꽁무니에 바투 대포알이 떨어졌다 해도 주르륵 미끄러져 내려가는 자동계단 위에 서 있었던 만큼 무슨 콩기 좋은 구렁말*처럼 지상으로 훌쩍 뜀박질하여 그 볼 만한 사고 현장을 새겨볼 처지도 아니었다.

이윽고 올라가는 자동계단에다 몸을 부리자 혼자서 끼니를

---

* **구렁말** 털이 밤빛인 말.

해결하는 사내 명색의 헛헛증이 지독하게 몰려와서 그는 얼굴
에다 엄부럭*을 잔뜩 끌어모았다. 지상에 발을 떼놓자마자 무
언가 켕기는 마음자리 때문에 돌아서서 건너다보니 네거리 저
쪽의 공사 현장은 겹겹의 쇠붙이 담장을 견고하게 두른 채로
버티고 있었고, 다섯 채의 씩씩한 용자가 새카맣게 치솟아 있
을 뿐이었다.

그날 점심을 어떻게 먹었는지 그는 도무지 떠올릴 수 없었다.
이런저런 푸념을 궁글리느라고 바빴던 듯하다. 가령 턱찌끼야
내놓을 수 없지만 농담도 할 줄 모르고 목에 힘이나 잔뜩 주고
있는 이 화상이 웬일로 혼자 왔으며, 만 원짜리 독상을 차려서
몇 푼 남는다고, 상밥집 인심이 다 그렇지 라며 아예 내놓고 실
쭉거리는 먹을거리 장사치의 지랄 같은 작태를 애써 모른 체
하며, 이런 동냥밥에다 게검스럽게 코를 박고 있는 이쪽도 팔
자소관이라면 인생살이가 너무 허망하잖나 같은 엉두덜거림
에 뒤채여 한점심* 따위야 눈에 찰 리 만무했을 것이다. 그러
나 소화 기능을 발길질로 보채느라고 여기저기 한눈을 팔다가
지하도 계단을 걸어서 오르내리며 근무지로 되돌아왔다는 기
억은 새록새록 남아 있다. 하릴없이 개구멍처럼 뚫어놓은 '관
계자 출입문'을 기어들어가서 역시 컨테이너 박스 속에서 눈만
내놓고 있는 경비 근무자의 설보는 수인사를 받았고, 대형화물
차들이 들락일 때마다 긴 쇠막대 빗장을 질렀다 뺐다 하는 철

---

*엄부럭 엄살 또는 심술.
*한점심 끼니때가 지나 뒤늦게 먹는 점심.

대문 앞을 건넜을 테고, 예의 그 지린내가 은은히 풍겨오는 가파른 계단 앞까지 느직느직 소걸음을 떼놓았을 게 틀림없다.

바로 그때 그는 계단 걸음을 잠시 뒤로 물려야 했다. 그 계단이나 복도가 일인용이다 싶게 좁기도 했지만, 김소장이 제 것과 같은 회색 잠바 유니폼 바람의 부하직원 서넛을 복도로 몰아내면서 그 불콰한 상모를 벽보 속의 지명수배자처럼 드러냈는데다가, 뒤이어 신사복 차림의 '민간인' 두 사람과 일일이 두 손을 모아 잡는 절친한 악수나누기로 허둥거리고 있어서였다. 생긴 대로 김소장은 수하의 동료 직원들에게는 숭굴숭굴한 성미를 유감없이 베풀어도 어리눅은* 단종회사의 사장 및 직원이나, 뼈 빠지게 일한 햇수와 타고난 제가끔의 눈썰미가 뒤섞여 '배운 도둑질'이 되고 마는 막벌이꾼들에게는 아예 말을 삼가므로써 저절로 권위를 세우는가 하면, 상대방이 업무상의 무슨 말을 떠벌릴 때는 과연 제대로 알고 하는 소리냐고 따지듯이 남의 눈을 빤히 직시하는 버릇이 있어서 다소 유체스럽달까* 다기찬 면모도 없지 않았다. 그런 변덕스런 행태나 버릇이 맹탕 판무식쟁이의 촌스러운 짓거리임에 틀림없었으나, "제가 표리부동합니까, 안 그렇지요?"라고 대놓고 묻는 소탈함도 째이는데다가 김단장의 그 시절, 그 소임에는 감히 못 부리던 소행이어서 배울 점이기도 했다.

아무려나 협력업체의 직원이지 싶은 그 '외부인'에게 길을

---

* **어리눅다** 짐짓 어리석은 체하다.
* **유체스럽다** 젠 체하며 짐짓 진중한 태를 부려 온화한 맛이 없다.

내주느라고 그는 먼지막이용 부직포로 땅바닥을 깡그리 덮어 놓은 울퉁불퉁한 공터에서 무르춤히 서 있었는데, 감리단장실 안으로는 좀체로 들어서는 법이 없는 김소장이 그날따라 보초 병처럼 그 출입문 앞에 서서 그를 기다렸다. 전에 없던 일이었 다. 그가 복도를 줄여가자 숙인 머리를 연방 끄떡거리면서도 입가에는 묘한 웃음기가 번지도록 내버려두는 김소장의 작태 에는 좀 실성기가 묻어 있는 것 같기도 했다.

방주인이 서늘한 공기 속의 실내로 들어서자 김소장은 뒤에 서 서둘러 출입문부터 단단히 닫아걸고 나서, "하이구, 간이 다 떨어졌네, 액땜했다고 봐야지, 아, 아까, 한 한 시간 전쯤 됐 나, 그때 쾅하고 하중 무거운 것이 떨어지는 폭음 못 들었습니 까?"라고 허둥지둥 지껄이며 바람벽에 걸린 남의 세수수건으 로 제 얼굴과 목덜미의 땀부터 훔쳤다. "아, 이게 무슨 날벼락 이야, 장차 분양이 천시날 징존가, 날벼락? 그 말 되네. 아, 단 장님, 이차판에 돼지 대가리 웃는 걸로 하나 맞춰서 고사라도 떡 벌어지게 한판 지내까요, 때도 좋네요, 명절 밑에." 이미 그 는 어쩌다가 불쑥 대형사고가 터졌으며, 간신히 인명사고만은 모면했다는 전말을 잡아챘으므로 김소장에게 어서 자초지종 을 털어놓아보라고 눈을 부릅뜨며 쐈겠다. "참, 어이없네, 사 람 얼을 뺄 일이 따로 있지"라고 새카맣게 연하인 소장이 말문 을 열었고, 현장 경험이라면 한참이나 선임자인 그가 "어쩌다 가…… 뭣이 떨어졌어? 벽화만치나 큰 철판 수십 장이 종이쪽 지처럼 날아서 수십 미터 밑으로 낙하했어도 다친 사람이 하나 없었던 적도 있었어"라고 부추겼다.

들고 보니 사건은 너무 간단했다. 금쪽같은 자식들 키우며 한 지붕 밑에서 살아도, 아니면 가물에 콩 나듯이 잊을 만하면 나타나서 서로 눈 맞추기도 스스러운 부부라 할지라도 남이 알 수 없는 금슬은 가지각색이고, 그것들마다 온갖 곡절의 조합이 그런저런 조홧속을 부리듯이 그 안전사고도 어떤 우연들이 제 가끔 제멋대로 얽혀들어 방정맞은 신통술을 발휘해버린, 기다란 철제 빔 한 짝이 삼십층쯤의 상공에서 수직으로 떨어짐으로써 창호(窓戶)업자가 몰고 와 세워둔 고물 소나타 승용차를 박살내버린 사건이었다. 신통방통하게도 호이스트 곁에서 떼 지어 무슨 작업인가를 하고 있던 일단의 노무자들도 그 낙하 장면을 슬로비디오 보듯이 똑똑히 목격했다고 하며, 폭렬음이 들리자 그때 마침 김소장과 면담 중이던 창호회사의 영업담당 이사는 무심코, 저게 무슨 소리야, 혹시 내 차가 박살난 거 아냐라며 제 부하 직원에게 나가보라고 손을 내저었고, 전기 배선 작업을 주무하던 황과장이 바로 그때 지근거리인 103동에서 사고 현장으로 뛰어가며, 누구야, 뭐야 라고 악을 쓰다가 그 비명이 워낙 얼토당토않음을, 또 제 소관업무가 아닌 줄 알고서는, 뭣이 어디서 떨어졌다고, 아직도 이런 철물이 저기서 나뒹굴어야 해, 뭐야 도대체 라며 월권 행사를 내놓을 때는 벌써 납작하게 찌그러진 자동차 주위에 '관계자'들이 빼곡히 울을 치고 있었다는 것이었다. 이제 사고의 정황은 명확했고, 이해하기도 쉬워서 김소장은 곧장 자기도 모르는 새 벌컥증을 내며, 차후에 다시 이러면 정말 막볼 줄 알아, 몽땅 한날 한시에 잘라버릴 거야, 무슨 말인지 알아들 들었어? 단디들 해. 정차장, 빨리 사고 경위를 캐봐 라며 인파를 흩어버렸다고 했다.

사고 현장에서 소장실로 돌아온 방주인과 외부인 둘은, 그나마 한 사람은 복도에서 서성였는데, 한동안 넋이 빠진 채로 멀뚱히 앉아 있었다. 횡액을 면한 게 천만다행인지 어떤지 얼떨떨하기로는 손님 쪽이 더 심했다. 이윽고 정신을 수습하느라고 김소장은 평소에 늘 그러는 대로 소형 냉장고 속에 넣어두고 있는, 어느 방석집 요식업소에서 얻어온 두툼한 접대용 흰 물수건으로 두 눈자위를 꾹꾹 눌러대며, 구내전화기로 부하 직원을 호출했다. 성급하게 노크도 없이, 그러나 자연적·인위적인 사고로 잔뜩 어리뻥뻥해진 혼쭐을 녹이느라고 여느 때보다 더 차분한 자태로 들어서는 미스 민에게 김소장은, 야, 그 차 몇 년식인지 알아봐, 돈 얼마나 있어? 빨리 은행에 가서 전부 보수로 찾아와, 내 통장도 가지고 가봐, 가서 나한테 전화해, 그리고 앞으로 당분간 본사에서 전화 오거든 군말 말고 나한테 먼저 바꿔줘, 딴 사람 찾으면 없다 그러고, 무슨 말인지 알겠어? 라고 하명을 떨구었다. 그때까지 방주인의 내색을 살피며, 어떤 조치라도 공손히 받들겠다는 듯이 죽치고 있던 차 임자가 등 너머의 그런 지시를 듣자, 미스 민과 짤막한 시선을 맞추면서, 98년식입니다 라는 단정한 단답을 내놓았다. 그제서야 제 황망과 불찰을 알아챈 김소장이, 내 정신 봐라, 피해자를 여기 놔두고, 차제에 새 차 한 대 뽑아 굴리지 뭐, 큰 액땜했다 셈치고, 고물이던데, 얼마 주면 될까, 간 떨어진 내 사정까지 봐달라고는 안할 테니 마음대로 불러보지 뭐, 달라는 대로 두말 않고 다 주께, 라며 비로소 웃음기를 떠올렸다. 어리둥절한 중에도 체증을 한꺼번에 말끔히 쓸어내버린 가뿐함도 점차 여실해서 차 임자는, 주는 대로 받아야지요, 아직 아무 탈 없이 잘 굴러가고 정이 들 대로 들어서 폐차할까 말까 하던 참인데, 어쩌구 말을 흘렸다고 했다.

그 철근 낙하 사건의 경위에서 훤히 드러난 대로 김단장은 공사 현장에 붙박여 있든 말든 언제나 '관계자'로서는 열외였다. 따라서 유경험자로서 진작에 짐작이야 갔지만 굳이 그 원인을 캐보려고 덤비지도 않았다. 그 꺾쇠형 쇠붙이가 왜 여태 그곳에 나뒹굴고 있었으며, 계단의 난간용 알루미늄 자재를 지상에서 층층이 옮기는 작업 중에 왜 하필 그것이 떨어졌는지, 막상 그 철제 빔이 삐딱하니 걸쳐져 있었다는 현장 부근의 인부들은 뭣이 떨어지는 줄도 몰랐다는데 과연 참말인지, 도대체 그 모든 정황을 제대로 알 수도 없고, 알수록 믿기지도 않으며, 김소장조차도 말끝마다 "모르지요, 인재(人災)는 아닌 것 같아요"를 되뇌기만 했으니 말이다. 게다가 더 이상 거론하는 것도 또 다른 방정을 부추기든가, 그 불가사의한 재난의 속출을 사주하는 것 같기도 했다. 그래서 다들 쉬쉬하기 시작했을 때쯤 그는 그동안 벼르던 말을 내놓았다. 물론 김소장과 함께 함바에서 점심을 먹던 자리에서였고, 지나가는 말처럼 흘린 다짐이었다. 곧 신공법이다 뭐다 해대며 자재나 인력이나 시간을 아끼려고 덤벼서도 안 되고, 다른 시공사가 그렇게 작업하고 있다고 무작정 따르지도 말며, 공기를 맞춘답시고 단계별 공정을 깔끔하게 마무리하지도 않은 채 다음 일로 건너뛰면 또 다른 사고를 불러일으키는 장본이 될 테니 유념하라고 일렀다. 그 모든 준수사항도 사람이 지킬 탓이고, 제때제때 실천하기 나름이고, 소홀한 구석을 틈틈이, 그때그때마다, 보고 또 보면서 몸과 손을 아끼지 말고 또박또박 챙기는 자상한 눈독 들이기에 달려 있었다. 하기야 서울 강남의 한 오층짜리 백화점이 어느 날 졸지에 무너져 내려앉고부터 '사후' 감리의 발전적 지양책으로 '상주' 또는 '비상주' 감리제가 정착되긴 했으나, 이러나저러나 요식 행위이긴 마찬가지인 셈이었다.

서로간의 꽤 신중한 탐색전 끝에 지난 3월 중순부터 명색 '먼지 없는' 진공상태 같은 공사 현장에 나앉게 되었으니까 그새 6개월이 그런저런 신고 속에, 점점 더 대근해지는* 심사 속에서 훌쩍 흘러가버린 것이었다.

2

허전해서 연방 주위를 두리번거리는 그의 몰골을 못 봐주겠다고 등 뒤에서 나무라듯이 잡아챈 사람은 역시 혈육이었다.

---

* **대근하다** 견디기에 힘들다.

세종로의 한 중앙관청에서 오래도록 근무하다가 정년퇴직하고, 그 후로도 4년쯤인가 관련 기관에서 세월을 죽인 대가로 향리 약목(若木) 근방에다 채전밭 딸린 농막 한 채를 마련한 자형 내외는 늙마에 시작한 얼치기 농사꾼 노릇이 그렇게나 재미나다고 입에 침이 말랐다. 콩 심은 데 콩 나고 상추 심은 데 상추 나는 게 신기해서 땅바닥에다가 고맙다, 너무 고맙다는 말을 되뇌며 산다고 했다. 그보다 아홉 살이나 많은 그 누님이 뜬금없는 전화를 걸어와 댓바람에, 풍각언니가 돌아가셨단다, 지난 설에 내가 찾아가봤다는 소리는 니한테 하더니, 그때도 멀쩡하든이 갑자기 세상 베렸는갑네, 그날은 종식이 애비 욕은 쏙 들어가고 내가 어리석다, 등신이다, 축구 바보다 같은 해망쩍은 소리만 지껄이더이만 이라며 말문을 흐렸다. 하기 싫은 일을 하고 있다기보다도 할 일이 없는데도 지켜야 할 자리에 죽치고 있어야 하는 비편함에 신물을 켜는 그로서는 근래에 드물게 긴장할 만한 소식이었다. 마침 10월 초순의 연휴도 붙어 있어서 그는 목요일인데도 오후 느지막이 상경길에 오를 참이라 그나마 꼴머슴이 제 가축 꽁무니를 뒤쫓는 기분에 휩싸여 있었다. 옷가지만 잔뜩 집어넣어놓은 등산용 배낭이 그에게 눈총을 주고 있어서 난감했지만, 문상 여부야 어떻든 동기와 말이라도 더 나누고 싶었다.

"종식이 그 자석은 시방 어딨는가? 누님은 누구한테 연락 받았는교?"—"종순이가 우예 내 휴대폰 전화번호를 알았든동, 우리 어메가, 어메가 카민서 하도 버버거려쌓서 거 누구 옆에 사람 없나, 바꾸라 캤든이 종식이 큰아가, 가 이름이 뭐꼬, 참, 지애다, 인자 사람 이름을 통 못 외우겠다. 곡식이나 풀처럼 생긴 기 다른 것도 아이고, 이름까지 그기 그것 겉고 해서 이렇다, 가가 그카네, 지 할매가 어젯밤에 돌아가셨다고."—종식이 누이동생은, 들은 바로는 어릴 때 귓구멍에서 누런 고름이 흘러나오는 귀앓이를 하고 나서 귀머거리에 반버버리가 되었다 하고, 그전에도 학교에서 배운 글을 읽어보라고 하면 책은 안 보고 지 에미 얼굴만 빤히 쳐나보나가 사부자기 손금 위에다 손가락을 콕콕 찔러대는 호작질을 일삼았다고 한다. 처녀꼴이 완연해졌을 때 보니 얼굴이 홍시처럼 붉게 타올라 있었다. 종식이 결혼식 때는 예식장 입구에서 서성이다가 지가 먼저 이쪽을 알아보고, 아저찌 라고 소리치며 달려왔다. 그래도 나이 들수록 마른일 진일 가리지 않고 억척같이 일만 하며 살아온 망인의 성정을 그대로 물려받아 상머슴 노릇을 톡톡히 한다더니, 종신자식 따로 있고 굽은 나무가 선산 지킨다고 꼭 그 짝이 난 게다.—"빈소는 어디다 봤다 카등교?"—"청도역 앞에서 제일 큰 병원이라 카네. 풍만 떨고 다니는 그 허깨비 같은 종식이 말은 입에 올리기도 싫어서 안 물어봤다. 지애한테 너거 엄마도 일이 바빠서 휴대폰을 두 개나 갖고 다닌다 카든데, 많잖은 식구들한테는 다 기별하고, 문상객은 많이 모있나고 물어봤던이 울산하고 김해에 사는 지 아부지 외삼촌네 식구들은 와 있다 카고, 지 애비 사촌들도 몇 사람 와 있다 카는 거 본이 종식이 가도 빈소는 지키고 있는갑더라."—"사촌들도 있는가? 그 자형이 외동 아니었나?"―"아이다, 형 하나는 몇 년째 자식을 못 보다가 어렵사리 유복자만 떨구고 동란 때 전사했다 캤고."― "아, 그 말은 언제 들은 것 겉다."―"그 밑에 남동생 하나, 여 동생 하나가 있단다. 나도 그 남의 식구들 얼굴은 모르고 동 순이 언니, 풍각언니 말이다, 그 언니 생전에 말만 들었다. 니 는 종식이 애비 얼굴 기억나나? 종식이가 많이 닮았다."―"어 릴 때 사과 궤짝 맞추로 오라 캐서 갔든이 네댓 명이 둘러앉아 서 못대가리 박고 있는데 맥고모자 쓰고 놀망한 세비로 입은 그 양반이, 그 옷이 지금 생각하믄 성긴 마직물이었을 기라, 히 끔 나타났다가 이내 없어지데. 그 장면이 우째 아직도 안 지워 지고 남았네, 그런데 막상 그 자형은 얼굴도, 허우대도 도통 기 억이 안 나네."―"촌것치고는 진작에 바람도 아주 여물게 들고 도시물을 일찍 묵어놔서 옷 입으만 태는 났다. 인물도 그만하 믄 반반한 여자들 호릴 만했고. 동순이 언니사 이빨이나 고울 까 인물이사 한참 빠지고, 말도 자분자분 못하고, 일만 새빠지 게 했지 여자다운 맛이야 요새 말로 벨 볼일 없었잖아. 눈에 선 하네, 손이 북두갈고리 같더마는."―"풍각누님이 올해 몇인고? 큰이모에 비하면 오래 사신 폭이제."―"원이 맺히서 오래 살았 을 끼라. 내하고 띠동갑이다, 호랭이 띠다. 우리 나로 올해 여 든셋인갑다. 내하고 그래도 제일 죽이 맞아가 늙어가민서는 자 주 고시랑거렸다. 말이 나왔은이 말이지 그 언니가 못 배워서 무식하고 촌구석에서 억척같이 사니라고 세상 돌아가는 속내 도 옳게 몰랐지마는 남의 신세는 손톱만큼도 안 지고 진짜 사

람같이 똑바로 살았다. 서방 복 없는 년이 우예 자석 복이 있겠
노고 나만 보믄 손 잡고 그 말을 입에 달고 지냈다."—"재산이
꽤 될 거로?"—"촌재산, 그까짓 기 몇 푼 한다고. 사과밭 몇 백
평인가도 진작에 반 이상 팔아치우고 사과 농사 대신에 복숭아
심었다 카고, 논밭 합쳐서 스물댓 마지기도 그 장가 부자가 야
금야금 다 말아먹었다 카더라."—"그 집은? 반듯한 디귿자 집
이 3백 평은 실히 됐을 거로. 삽짝 앞에 웅덩이만한 미나리꽝
도 딸렸고, 집 뒤로 산비알에 감나무가 이삼십 주는 좋이 심어
져 있디이만."—"니는 우예 아직 그걸 다 기억하네. 그 집 앞까
지 뽀얀 시멘트 포장길이 난 지도 벌써 오래됐다. 그 못도 진작
에 메아서 비닐하우스 세아가 고무호스로 물 대는 땅미나리 키
우더라. 우리 형제가 그 집 말만 나오믄 이래 이바구가 길어진
다."—"거케 말이라. 누님은 언제 문상할란교? 형님한테는 기
별했는교?"—"이 전화 끊고 바로 할라 칸다. 기별하나마나 창
목이 애비는 안 갈라 칼 기다. 너거 형제는 우리 아부지 닮아서
지 몸 먼저 챙기고 나설 자리 안 나설 자리 한참 따지다가 거북
하다 싶우만 아예 거떠보지도 않는 거 내가 다 안다. 내한테 부
조나 대신 해달라 칼 기고. 와, 니도 안 들봐다볼라 카나? 종식
이하고 니하고는 한때 서울서 한동네 살았시믄서 이때 얼굴이
라도 보고 우예 사는지 알아보믄 안 좋나."—"물어보나마나 짐
작은 가구마, 그놈이야 우예 살든동 내가 요새 이래저래 보깨
는 일도 많고 몸도 삐딱해서 귀천이 없어 이카구마."—"나보다
한참 아랜 기 벌써 그카믄 우야노. 몸타령하지 말고 많이 움직

이라, 머리든동 몸이든동, 오죽 잘 알겠나마는. 나는 지금 나설란다. 니 자형이 내 기사 노릇하고 싶어 몸살을 내쌓는다. 가만히 들어본이 시방 니가 자리 지키는 그 공사장 앞을 지나 쭉 가믄 수성못이 나오고, 전번에 본이 그 옆으로 청도 넘어가는 길을 훤히 잘도 뚫어놨데. 가리매 같은 외길에 털털거리는 버스가 하루에 한 대 지나댕기다 말다 하던 길이든이."—"몰라, 뜬돈 벌러 여기 내려오믄서 다문 몇 달이라도 차 없이 살아볼까 하고 맹세해서 일절 꼼짝않고 안 돌아댕겼든이 어디가 어딘지, 어디에 큰길이 났는지도 나는 모르고 살구마. 서울서 월요일 새벽에 기차로 여기 내리올라 카믄 꼭 한겨울에 가기 싫은 심부름하러 나선 기분이구마."—"그래도 할 일이 기다리고 니 찾는 사람이 있은이 얼매나 좋노. 늙어서 파리나 날리고 살라 카믄 일찌감치 죽는 기 낫다. 우옜든 안 갈라 카거든 부조나 낫기 해라, 얼매나 해주꼬? 내가 봉투 세 개만 만들어 가볼 테인께 나중에 폰뱅킹으로 나한테 돈 부쳐주만 된다."—"그래줄란교? 이것저것 찬찬히 생각해보고 전화하꺼시. 자형하고 점심이나 맛있게 자시고 천천히 나서소."—"온야, 그라꾸마, 니도 몸부터 챙기래이, 으이."

종식이는 그에게 조카뻘로 동갑내기이지만 생일은 그보다 오히려 댓 달이나 빠르다. 근자에는 이러구러 10여 년째 얼굴도 못 보고 인편에 안부나 듣고 살지만, 한때는 꼬박 2년쯤 한방동무로 지내기도 했다. 뿐만 아니라 어릴 때는 그의 향리까지 서너 차례나 들락거리며 가지치기나 사과따기 같은 잔일을 돕기도 했다. 방학 중에 닷새쯤 묵으면서 그런 품을 팔고 돌아올 때는 손이 건 풍각누님이 온갖 곡식과 먹을거리를 몸으로 져나를 수 있을 만큼 안겨주었다. 개중에는 어느 해 늦가을, 종식이와 함께 대두 한 말은 실히 넘는 메주콩 한 자루와 찐쌀·찹쌀·고구마·사과 같은 가외 먹을거리를 얼추 그만큼 퍼 담은 자루 하나를 서로 바꿔가며 등에 지고 헐티재를 넘어 집까지 걸어왔는데, 그때 길도 좋고 질러가는 팔조령 쪽을 놔두고 기피른 산길에다 구불기리는 내리믹길이 연이어지는 이쪽 산길을 누가 먼저 가자고 했냐며 입씨름을 벌이다가, 나중에는 그런 핑계 대기조차 80리는 좋이 되는 그 등짐 길 줄이기에 제법 품앗이나 된답시고 연방 우겨댄 추억거리도 남아 있다. 그에게 농촌 경험이라면 그게 다였고, 그것도 고등학교 2학년 여름방학쯤에서 끝났던 듯하다. 물론 두 집안 사이는 그런 일손 빌리기만이 아니라 양식 얻어먹기와 자식 맡기기로 끈끈히 이어졌다.

　사람살이가 시절처럼 워낙 변화무쌍해서 헤집고 나서자면 그때는 왜 그처럼 수삽스러운* 짓을 서로 대놓고 해댔는지 도리머리를 저절로 흔들어야 하는 국면이 숱하다. 우선 양식 얻어먹기만 하더라도 그의 누님과 그보다 여섯 살 많은 형이 풍각누님네로 가서 말쌀과 보리쌀·콩 같은 곡식을 몇 번이나 얻어왔을 것이다. 그때는 동란 직후였던 듯하고, 걸어서 팔조령

---

* **수삽스럽다** 보기에 부끄러워 머뭇머뭇하다.

을 넘어갔다 왔다 하니 그 시절의 교통 사정과도 대체로 일치하는 셈이 된다. 그럴 수밖에 없는 사정도 여실하다.

그의 영감은 일제 때 사범학교를 나와 초등학교 훈도 노릇을 하면서 성취(成娶)하고, 애들을 줄줄이 다섯이나 낳아 키우며, 동란 직후에는 대학에다 적까지 올려서 나중에는 그 학력으로 중학교를 거쳐 고등학교 교장까지 산 양반이었다. 외동아들에다 그 직업과 유관하게도 주변머리라고는 아예 없었고, 지독한 인색한이라 남에게 손을 쓰는 경우를 본 적이 없을 지경이다. 그래도 받을 줄만 알았지 남에게 뭣이든 줄 줄은 모르는 그 직업의 근성대로 체통 차리기에는 빈틈이 없는데다 제 몸가축에는 극성스러워서 비린 자반고등어구이나 뜨거운 배추속댓국을 챙겨 먹곤 했다. 게다가 그에게는 고모인 당신의 동생 둘도 딸려 있어서 먹을거리가 늘 부족하던 살림이었다.

풍각누님의 원모사려가 곧장 드러났다. 종식이가 이 지방에서는 그중 낫다는 인문계 고등학교에 합격하자 자식을 맡기러 이모부 댁으로 찾아온 것이다. 그의 모친이, 이 사람아, 니 이모부 처음 보나, 핀히 앉아라, 사람이 변했나, 와 쪼구리고 앉노 라고 연신 권해도 풍각누님은 무릎을 꿇고, 본 바 없는 자식을 고등학교 졸업 때까지 이 집에 맡기겠다면서 돈이든 곡식이든 다달이 하숙비 이상으로 내놓겠다고 했다. 명색 기역자 와가에다 대문 양쪽으로 딸린 방도 세 개나 있어서 장차 동기동창생이 될 두 동갑내기는 당장 그날부터 언제라도 활짝 열어놓은 장지문 이쪽저쪽에서 앉은뱅이책상 두 짝을 맞대고 밤

늦도록 두런거리는 아삼륙이 되었다. 이제 풍각누님은 한 달이 멀다 하고 이모 댁에 들렀고, 올 때마다 온갖 먹을거리 농작물을 이고 지고 들며 날랐다. 또한 그때마다 풍각누님은 제 자식을 꿇어앉혀놓고, 뭣이든 하나에서 열까지 '봉덕동 이모할배'가 하는 대로만 본을 받고, 시키는 대로 하며, 집안 걱정 말고 오로지 공부만 하라고 신신당부했다. 아마도 마흔 살 전이었을 그때가 풍각누님으로서는 가장 보람 있는 한때였을 테고, 가끔씩 모자가 한 방에서 하룻밤 자고 가기도 했던 그 나들이 걸음이야말로 잠시나마 쉬는, 온 마음이 저절로 뿌듯해지는 다디단 열락의 시간이었을 것이다. 농사일로 파근해진 온몸을 들썩이며 뿜어대던 그이의 콧김 소리와 잠꼬대가 아직도 그의 귓부리에 자근자근 감기는 것 같다.

자식을 그처럼 닦달하고 혹시라도 빗나갈까봐 노심초사하며 알뜰히 챙긴 데는 풍각누님 나름의 연원이 없지도 않았다. 우선 벌써부터 싹수가 사람 구실을 제대로 못하게 생긴 반거들충이* 딸자식과는 달리 아들자식이 머리 하나는 제법 똘똘한데다 샘이 많아서 남에게 지고는 못 사는 그 천성을 공부에다 비끄러매면 장차 뭣이 되어도 될 것 같았기 때문이었다. 그러나 그런저런 신신당부와 노심초사를 여러 친지 앞에서 대놓고 터뜨리는 데서도 알 수 있듯이 그 자식의 애비 곧 장서방의 행실이 혹시라도 종식이에게도 번질까 싶은 노파심이 풍각누님의

---

* **반거들충이** 무엇을 배우다가 중도에 그만두어 다 이루지 못한 사람.

마음자리에는 언제나 시커멓게 드리워져 있었다.

크게 알려져 있는 장서방의 풍파 많은 인생행로를 대폭 간추린다 해도 하루해가 모자랄 테지만, 그 양반은 일찌감치 제 형을 찾아오겠다면서 까까머리로 가출하여 일본에서 인쇄소 직공을 살았다고 한다. 아마도 활판인쇄소에서 문선·식자·인쇄까지 전 과정의 기술을 익혔던 것 같다. 아무려나 상당한 목돈을 거머쥐고 해방되자마자 귀국했는데, 향리에는 성한 몸만 보이고 나서 대구로, 서울로 그 배운 기술을 써먹으러 줄곧 싸돌아다녔다. 실제로도 그런 좋은 기술은 썩혀서도 안 되려니와 시골구석에서는 전적으로 무용지물이었다. 옛날 사람들이 흔히 그러듯이 자식을 붙들어매는 데는 결혼만한 것이 달리 없었다. 혼인을 억지로 시켜 툭실한 새색시를 안겨줬더니 이번에는 일본으로 밀항하겠다고 설설거렸다.* 들뜬 마음을 잡도리하느라고 대구로 제금을 내주자 그때까지 잘 다니던 어느 신문사 공무국에서 들려나왔다면서 집사람을 다시 향리에다 짐짝처럼 부려놓았다. 한참 후에 종식이가 이른바 '민주화운동'의 천신만고 끝에 그 소위 집시법(集示法) 위반으로 겨우 6개월 남짓 철창신세를 지게 되었을 때 털어놓은 말을 액면 그대로 믿는다면, 그의 애비도 한때는 대구십일폭동사건의 세포책이었다니 이래저래 쫓기느라고 집으로 기어들 틈은커녕 집사람과 정분을 나눌 여유조차 너무 없었던 셈이다. 아마도 이런 대목

---

* **설설거리다** 마음이 들떠서 자꾸 돌아다니다.

에서는 어느 한 인간의 성정으로 둘러맞출 게 아니라 그 직업
·관심사·교제범위 같은 요소들이 시골의 오두막살이를 뛰쳐
나오게 만들고, 그것이 종내에는 집발이 안 붙게 만든 장본이
었다고 해석하는 것이 다소나마 더 그럴듯할지도 모른다. 아무
튼 동란 때는 부산까지 혼자 떠내려가 어느 인쇄소의 생산기술
책임자로 일했다고 하며, 유복자를 데리고 시가를 뛰쳐나온 그
이의 형수 일가의 생계를 그 바닥에서 한동안 뒤치다꺼리해주
는 통에 풍각면 일대에서는 별의별 소문이 다 나돌있다고 한다.
이윽고 환도가 되었고, 둘째애가 돈으로도 정성으로도 고칠 수
없는 장애아임이 백일하에 드러났다. 그즈음 장서방은 명절 때
라도 한 번씩 코빼기를 비추며 말하길, 머잖아 서울의 큰 신문
사에서 요직으로 자리를 잡게 될 듯하니 그때 온 식구를 솔가
해서 불러올리겠다고 했다. 종무소식이었다. 종식이의 삼촌이
찾아 나섰더니 이미 서울에는 웬 작부 출신인가 싶은 해끔한
것과 딴살림을 아주 만판으로 벌여놓은데다가 그 사이에 딸자
식을 셋이나 두고 있었다. 제 결혼식에도 제 생부를 안 부른 종
식이가 어느 날 잔뜩 비아냥거린 말을 따오면, 장서방이 잠시
나마 어느 신문사에서 공무국장을 지냈다는 말은 전적으로 풍
이고 윤전기의 일관공정을 책임지는 주무자이기는 했으며, 그
후 주로 책을 찍어내는 대형 인쇄소에서 밥을 얻어먹다가 유
신 이후에는 명일동에서 아구찜집을 떡 벌어지게 꾸려가던 '내
연의 처'에 얹혀 "불판도 갈고 손님도 안내하며 사는데 당뇨를
앓고 있다니 죽을 날도 머잖았겠지"라고 했다.

풍각누님은 조강지처로 모질게 소박을 맞은 자기 신세를 한 탄하기 이전에 말끝마다 못 배워 처먹었다고 구박만 일삼던 위 인이 요리조리 오만 핑계를 둘러대며 이처럼 사람을 철저히 속이고 짓밟을 수 있는지 치가 떨렸을 것이다. 자신의 불학무식 보다도 무조건 사람을 믿은 아둔함이 서러웠다. 그러나 한편으로 많이 배워서 옳은 인간이 되는 것이 과연 그렇게나 어려운지, 그런 참다운 사람이 여자를 어떻게 대해야 할지는 워낙 뻔 했으므로 제 자식만큼은 꼭 훌륭한 인간으로 만들어놓고 싶었다. 남편에 대한 그런 원수 갚기는 원대로 자식 공부시키기로 이어질 수밖에 없었으니 학비 마련을 위해서라도 환금작물의 재배와 수확에 전심전력, 뼈마디가 녹아나도록 매달려야 했고, 그럴수록 서방에 대한 앙갚음은 도가 지나쳐서 종식이 애비가 어쩌다가 풍각 면사무소 소재지께의 삼거리에 얼쩡거렸다는 소문만 들려도 삽짝에다 소금을 뿌릴 지경이었다. 그런데 어이 없게도 그 자식마저 누구 씨가 아니랄까봐 그 좀 들뜬 작태를 점점 좌충우돌하는 자신의 인생행로에다 찍어놓은 듯이 옮겨 갔다.

최초의 그 사례는 고등학교 3학년 들머리에 '봉덕동 이모할배 집'에서 나가 하숙하겠다는 종식이의 맹랑한 돌출행동으로 드러났다. 아마 그때 그의 어른은 장학관 자리에서 물러나 김천의 어느 고등학교 교장으로 발령 받아 갔으므로 주말에야, 그것도 길에다 돈을 까는 게 아깝다고 한 달에 한두 번쯤 대구의 본가에 들르고 있었을 것이다. 교장선생님도 이모할매 댁에 안 계시는데 배울 게 뭐 더 있다고 어쩌구 씨부린 행태 자체가 벌써 지도 대가리가 굵어졌답시고 지 에미를 깔보는 수작이었다. 그런 말 같잖은 구실보다는 촌수 높은 집에서 배겨내기가 적잖이 마땅찮았을 테고, 어차피 하숙비 정도는 내고 있는데 무슨 기합 받듯이 친척집에서 눈칫밥을 먹고 살 것까지 있냐는 타산도 따졌을 것이다. 머리가 그렇게 돌아간 종식이는 이미 지 애비를 닮아 헌헌장부였다. 자식을 이기는 부모가 없는 법이라 풍각누님은 그의 모친 앞에서, 지 하자는 내로 해보는 수밖에 없겠다고, 애비 없이 키운 자식의 시건머리가 이렇다며 눈물을 글썽였다. 그해 대학입시에서 종식이는 보기 좋게 떨어졌다. 자신보다 성적이 못한 동급생들도 보란 듯이 서울의 어느 일류대학에 합격한 걸 보면 3학년 한 해를 하숙방에서 농땡이나 친 결과였다. 서울에서 유명짜한 입시학원에 다니다 말다 하느라고 3수 끝에 그는 원하던 대학의 학과에 겨우 턱걸이로 들어갔다. 제 욕심대로 초지일관하는 그 좀 무모한 똥고집이랄까 집념 같은 것은 한참 후에도 다시 한번 더 발휘되었는데, 세 딸을 낳은 뒤 아들 하나를 보려고 강화도의 어떤 사찰로 굴러들어가 일주일 동안 득남 발원기도를 한 행태가 그것이었다. 그 참선 행각이 정액의 일시적 분출에 주효했는지 그는 2대 독자를 드디어 봤다고 들까불기도 했다. 아무튼 대학 재학 중에는 더 이상의 경쟁 따위는 당치도 않다는 듯이 남들이 다 매달리는 이런저런 고시 준비도 저만큼 내몰렸고, 그렇다고 다른 방면에서의 매진도 그의 덤벙거리는 성격과 맞을 리 만무해서 데모다 뭐다로 시건방을 떨다가 5년 만에 졸업했다. 그것도 그의 성격대로 일종의 허영이지 싶게 그는 공군장교로 입대하여 어느 비행장 수문장의 전속부관을 살았다. 반반한 학력에다 훤한 인물 덕분이었다. 덩달아 그 장군의 군용 지프차가 아니라 역시 관용인 외제 승용차를 사복차림으로 제 것처럼 몰고 다닌다는 풍문이 들린 게 아니라 지 입으로 자랑하듯이 실토했다. 땡볕 속의 삼복은 물론이거니와 정월 초하룻날에도 화톳불에다 엉덩이를 지지며 일용 인부의 일손을 독려하는 이쪽에서 보니 뭔가 위태위태했다. 이쪽에서 아재비로 충고해봐야 천하의 그 잘나터진 학력, 그 기고만장한 자존심으로 시먹기만* 할 뿐이었다. 조마조마하니 기다렸던 대로 이내 화려한 사달이 벌어졌다. 그런 거들먹거림에 서로 미쳐 돌아가서 그랬을 테지만, 천생배필이지 싶은 여자를 만났다면서 전역 전에라도 예식을 올리겠다고 했다. 그가 예식장에서 처음으로 대면해보니 과연 종식의 배필은 허우대는 미끈하고 풍만했으며 얼굴은 화사해서 웬만한 여자들은 지레 주눅이 들 정도였다. 그런데 둘 사이가 혈족으로서는 까마득하게 머나 척분으로서는 가깝기 이를 데 없는 인척간임을 모르는 동기생들이 선웃음을 베어 물며 전하는 사실에 따르면 종식이의 장모는 측실이자 후실이고, 이복·동복형제들이 헷갈릴 정도로 많다는 것이었다. 그렇다면 그 장모의 출신은 뻔

---

* **시먹다** 버릇이 못되어 남이 좋게 이르는 말을 듣지 않다.

했고, 그것도 제 분복이었다. 서울 강남구청께의 한 붉은 벽돌 아파트에서 차린 신접살림집은 한마디로 삐까뻔쩍했고, 집주인은 때 이르게 단풍 색깔의 얼룩이 고운 바지 멜빵을 어깨에 두르고 있었고, 눈도 보이지 않는 삽사리가 온 집안을 헤매고 다니는 통에 건축기사 내외는 기겁했다. 돈만 있으면 바로 코앞에서 얼쩡거리는 세상과 인간들을 모조리 깔볼 수 있다는 자만과 자부가 당시 장가에게는 무르녹아 있어서 차마 풍각누님이 이 집에 다니러 왔었냐고 김가는 물어볼 수노 없었다.

이때껏 종식이에게 거들먹한 직업은 섞바꿔가며 따라다녔을지는 몰라도 반듯한 직장은 한 번도 없었던 것 같다. 한때 인조견보다 더 시원하다는 깔깔이를 중동에 수출하여 떼돈을 벌었다는 그의 손위 처남에게 빌붙어 경영관리실장인가로 잠시 있었다는 말은 들었고, 그 처남댁이 시누이처럼 역시 불구사심(佛口蛇心)이어서 남편과 매부가 함께 사업하는 꼴을 죽어도 못 본다고, 진작에 갈라서라며, 일찌감치 한 재산 떼주는 한이 있더라도 회사에서 내보내라고 베갯머리 송사질을 일삼는다고 했다. 때마침 치솟는 인건비 때문에 직기(織機)를 모조리 자동식으로 바꾸면서 아예 중국에다 공장을 차린 판이라 종식이가 그곳을 들락이다가 더러 몇 달씩 상주도 한다는 소문이 들렸을 때는 80년대 중반부터였을 것이다. 인물 고운 여동생이 늘 생활비조차 태부족이라고 징징거리는 게 애처로워서 그 서방에게 맡긴 할 일 없는 직책도 과연 직업이거나 하며, 사장이 제 마누라 몰래 매부에게 생활비조의 월급을 쥐여주는 회사도 직장일 수 있는지 의문이긴 하다. 그전에 모 정계 거물의 여러 막료 중 한 사람의 최측근으로 활약한 적도 있고, '장동지에게 잠시 가방모찌 역할을 일임한' 그 이력도 물론 직장과는 무관하다. 그 당시 종식이는 '잠시만 기다리면 우리 시대가 온다'는 말을 입에 달고 살았고, 그 '잠시 후'에 올 세상에서는 자신의 행방이 민의를 대변하는 쪽으로 나아갈 것임을 말로써가 아니라 몸으로써 시위하기도 했다. 용케도 그 '자기 시대'를 맞자 장동지는 '민주화운동'의 일익을 최전선에서 담당했다는 알량한 명분으로 여의도에 있는 어느 정부 출연기관의 감사를 역시 '잠시' 산 적이 있는데, 누구한테 들은풍월인지 그때 "나한테는 안 맞는 자리다, 소위 석모다, 깔고 앉은 자리 석(席)자에 모자 모(帽)자니 개차반처럼 엉덩이 밑에나 깔리는 보기도 싫고 성에도 안 차는 벼슬이란 소리지" 운운했지만, 그것이야말로 종식이에게는 가장 확실한 직업이자 가장 참한 직장이었을 것이다. 90년대 초부터는 여당 쪽에다 번거로운 발품을 팔아 꽤나 이름과 얼굴을 알리기도 했다. 그 덕분에 장동지에게는 집권당의 공천이 떨어졌고, 모 지역에서 출마했다. 당연하게도 낙선했고, 선거개표의 실황중계를 어떤 텔레비전 프로그램보다 재미있다고 여기는 김단장의 기억력이 아직도 쓸 만하다면 그때 장종식의 득표수는 당선자의 그것을 반도 따라가지 못했다. 그럼에도 불구하고 "화살도 턱없이 부족했고, 지형지물도 나한테 너무 불리해서 고배를 마셨다"라고 둘러댔다. 친지나 동문의 표도 제대로 긁어모으지 못한 제 인품의 크기를 그처럼 엉뚱하게 분석

하는 데서도 종식의 지모는 정치인의 안목이기는커녕 평범한
일반인의 산경험에도 미치지 못하다는 게 분명히 드러난다. 그
낙선이 장동지로 하여금 타의에 의해 정당 생활에서 발을 빼게
만들었을 테고, 어딜 가더라도 안면에서 자유롭고 체면상 거치
적거릴 것이 없는데다 생활비도 거의 거저인 중국으로의 줄행
랑을 부추겼을 게 틀림없다.

3

  눈부신 햇살이 공책처럼 새카만 창틀을 일정하게 뚫어놓아
서 뼈대뿐인 고층건물 다섯 동의 기다란 웅자들 사이사이로 초
연히 내리쬐고 있다. 대형 공사판임에도 인적 하나 없는, 이 가
없다 못해 서러울 지경인 무연감을 어떻게 표현해야 적당할까.
늦더위도 이제는 완연히 한풀 꺾였으나 햇무리는 여전히 도도
하고, 기다란 고층건물의 그림자도 땅바닥에 거무레한 그늘을
인쇄해놓은 듯 붙박아두고 있다.
  시방 김단장은 오랜만에, 아니 이 낯선 근무지에 자리를 꿰
차고 앉은 이후 처음으로 제 사무실 문짝 앞의 복도에 나와 망
외의 해바라기를 하고 있는 판이다. 햇볕이 노화 현상이라는
내발적 요인과 더불어 백내장의 조기 외발을 재촉하는 여러 요
인 중 하나라고 엄중히 경고하던 안과의사의 엄포를 좇아 안전
모를 쓰든가, 선글라스를 껴야 옳지만, 그런 유별난 치장이 이

바닥에서는 괴까다롭게 비친다는 것을 잘 안다. 어느새 등짝에 비지땀이 배어난다. 짜증도 물 끓듯이 온몸에서 부글거린다. 도대체 이 인간은 늘 사람을 기다리게 만들 뿐만 아니라 학교가, 정당이, 심지어는 돈조차 그가 찾아갈 때까지 대기하고 있으라고 같잖은 똥배짱을 부리는 꼬락서니다. 시간관념·돈관념을 생래적으로 타고나지 않은 그 특유의 늑장이 장차 출세가도를 맹렬히 달릴 운명을 점지 받은 풍운아에게라면 어울리겠지만, 기껏 제 한 몸을 저 거대한 대륙의 한 구석에 겨우 쑤셔 넣고 있는 주제이니 개새끼 발에 다갈*일 뿐이다.

김단장은 아침도 거르고 출근하여 사무실의 한쪽 벽에 걸어놓은 '월별 공사진척 현황판' 앞에 서서 미스 민이 타온 머그잔 밀크커피를 마시고 있었는데, 책상 위의 휴대폰이 울렸다. 낯선 번호여서 혹시라도 학연·인연 따위를 집적이며 시사잡지나 주간지를 일 년간만 정기구독하라는 앙청일까봐 소마소마했으나, 받고 보니 당연히 걸려올 전화여서 미제건 하나가 단숨에 해결됐을 때처럼 안도했다. 종식이었고, 함께 점심이나 하자면서 우정 근무처로 찾아오겠다고 했다. 말씨나 음성에는 세상물정을 지만큼 잘 아는 인간이 흔치 않다는 안하무인의 주제넘은 끼가 여전했다. 아무려나 경비실에서 손님이 오셨다고, 들여보낼지를 묻는 구내전화도 받은 지가 한참이나 지났건만, 이 낮도깨비는 도무지 행방이 묘연하다. 점심시간이 저만치서

---

* **다갈** 대갈의 옛말. 말굽에 편자를 신기는 데 박는 징.

발 빠르게 걸어오고 있으며, 그는 출출한데다 월요일인 만큼 밥을 함께 먹자고 찾을 김소장을 무작정 기다리게 하기가 거북해서 초조하기 이를 데 없다. 이런 소심증이야말로 월급쟁이로 몸에 밴 안달뱅이 근성을 대변한다.

무슨 거대한 행사장의 한 귀퉁이에서 불쑥 시연의 한 장면이 벌어지듯이 모자 쓴 인간이 나타난다. 김단장의 먼눈에도 누르끼한 체크무늬의 헌팅캡이지 싶은데, 그것도 모양이 여러 가지고, 계절에 관계없이 잘만 쓰면 동양인에게노 제법 살 어울리는 쓰개임에 틀림없지만, 착모자의 그림자가 길어질수록 삼류 국산영화의 일본 형사처럼 거드럭거림이 점점 두드러진다. 그야말로 갓까지 썼는데 망신살이 슬그머니 올라붙어 있다. 아무리 오랫동안 못 만났어도, 또 제 딴에는 의관을 제대로 갖췄다 해도 장가의 일거일동은 그에게 너무 만만하다. 어릴 때부터 낯 익혀온 터라 꽁꽁 숨어 있다가 대물림까지 한다는 디엔에이조차 끄집어낼 수 있을 정도라고 둘러대도 과언이 아니다.

이제사 알루미늄 난간을 집고 있는 김단장 쪽이 누구인지를 알아본 내방객이 한쪽 손을 뻣쩍 쳐들고 흔든다. 그 과장된 손짓이 장가의 정치적 행적과 어울리지 않는 바도 아니겠으나, 그렇다면 서로 자리를 바꿔 김단장이 지상에서 박수를 쳐대야 하고, 헌팅캡이 베란다 같은 과보호 단상에 빼꼼히 상체만 나타내서 인색하게나마 손들어 흔들기를 내비치어 우중에게 당사자의 건재와 안녕을 드러내야 그럴싸하지 않을까 라는 생각이 얼핏 스치고 지나간다. 헌팅캡이 출입구를 찾기 전에 김단장은 역시 손짓으로 화장실께의 얼금얼금한 쇠붙이 발판의 계단을 가리킨다. 무슨 무성영화의 한 장면처럼 헌팅캡은 '전기부'·'공사부'·'현장소장실' 같은 알림판이 붙은 문짝과 그 안쪽의 사무실까지 힐끔힐끔 훔쳐보며 느긋한 걸음으로 다가온다.

두 동기생은 복도에서 악수부터 나누고 나서, 이어 문짝을 밀고 들어가자 방문객은 모자를 벗는다.

"요새 말로 이걸 주상복합아파트라 카제? 명칭이 어쩨 너무 작고 안 어울린다. 내가 좀 늦었제. 무슨 형무소 같은 이 공사판 안에 들어와서 여기저기를 한참이나 둘러봤다. 우쨌든 대단하네. 그건 그렇고 격조했네. 기별도 못하고. 우예 사노? 별일 없다는 소식은 이번에 들었다."

"보는 대로 이래 산다. 아무 하는 일 없이 자리만 차고 앉아 있다. 있어도 그만이고 없어도 고만인데 법에서 없으면 안 된다 캐서 이라고 있다. 무슨 팔잔가 싶어서 매시간마다 생몸서리를 쳐쌓는다."

"제일 좋은 팔자네. 명당자리니 법대로 가만히 앉아만 있거라."

방문객은 면도도 하고 넥타이도 맸으나 늙는 티가 완연하다. 풍찬노숙까지는 아니겠으나, 그렇게 봐서 그럴 테지만 이국땅에서 세파에 시달리고 있는 흔적이 빼곡하다.

"초상은 잘 치렀나?"

"한다고 했지만 여러모로 부족한 것도 많고 한평생 내내 불효가 막심했다 싶어 억장이 무너지데. 말할 기운도 안 나더라.

시방 여기저기 인사나 다니며 정신을 좀 채릴라 칸다. 참, 이번
에 부조를 많이도 했더구나. 선숙이 아지매도 그렇고, 영욱이
아재씨는 또 웬 부조를 그렇게나 많이 해서 부끄럽고 미안코
해서 눈물이 절로 나드라. 우리 할마씨가 헛살지는 않았다 싶
은 기, 언제나 이 뼈아픈 신세를 갚을까 생각하니 아득해지드라.
참, 영욱이 아재씨는 요새 우예 지내노, 건강하시제?"

"아, 경주 남산을 하루에 한 번씩 날아댕길 정도로 팔팔하시
지."

어쩌다 고향 놔두고 경주에 사시냐는 내방객의 눈짓 물음에
방주인은 곧장 부응한다.

"형님이 아부지 고향인 그쪽에서 교장으로 계실 때 집을 한
채 싼값에 장만해서 노후 대책을 해놔 그렇다. 잘 아다시피 경
주는 고적지라서 온통 개발제한 구역으로 묶여 있은이 집값이
못 오르게 돼 있다. 그런이 정말 좋은 도시고 사람이 살 만한
고을 아이가. 하모, 벌써 은퇴했고, 교육장까지 하셨으니 중등
교육에서는 교육감만 못해봤을까 다 해본 셈이다."

"교육장도 교육감처럼 직선젠가?"

"몰라, 아마 아일 거로. 모리지, 좌파 정권이 그것도 민선투
표로 바꿔놨는지. 잃가뿔린 10년 만에 얻어걸리뿐 것도 숱하다.
그것 다 없애뿔고 깔아뭉개뿔고 잊아뿔고 삭카뿔라 카믄 한참
걸릴 기다."

슬며시 정치 쪽으로 화제가 튀자 울먹이던 방문객이 대번에
냉소·허풍·거만·관용이 무르녹은 눈매를 번득인다.

"자꾸 흘러간 세월을 잃가뿟다 카믄 서로 민망하고 낯붉힐 일만 생긴이 할 말도 애끼고 덮어야지. 원래 아이들은 싸우고, 당하고, 부대끼면서 철이 든다. 좋은 세월 다 놓치고 아무 한 것도 없는 기 아까봐 죽겠어도 참는 것도 배아야지, 이제 와서 우예겠노."

"누가 못 참겠다고사 캤나. 다들 너무 어리석은 기 분하고 열 받고 원통해서 그렇지. 좌파면 좌파답게 정치를 옳게 하든 가. 시건방진 촌것들이 어디서 삐딱한 출세욕은 배아갖고 아무 데서나 설치다 여기저기 얻어터지기나 하고."

"좌파 우파 그런 기 이 땅에 어딨노. 책에서 뭐라 카는 그런 거하고 정치건달들이 씨부리는 거하고는 영 다르다. 그래서 나 는 좌파를 피파라 칸다. 논바닥에 더러 웃자란 피포기가 무데 기로 안 보이나. 그기 막상 겉만 우쭐하지 속은 쭉대기뿐이다. 그라고 우파는 쐐기풀이다. 아무한테나 달라붙고 붙으면 안 떨 어지고 그 가시에 쏘이면 아프고 까꺼럽고 짜증나고 그렇다."

장가의 언변은 누구의 입담에 고물을 묻힌 것인지, 아니면 어느 날 문득 떠오른 제 생각이 기특해서 나름의 순발력 좋은 사유를 덧대 그럴싸하게 포장했는지 종잡을 수 없다. 하기야 그의 대학 출신학과가 거창하게 '국제정치학과'라고 해야 옳을 것을, 무슨 뚱딴지같은 발상에서 그랬는지 교제술이나 위장술 처럼 무슨 술수를 가르치고 배우는 데임을 노골적으로 드러낸 희귀한 학문의 전당이긴 하다.

"피파, 풀파? 그럴듯하다. 앞으로 유심히 봐야겠다, 어느 건달이 천해빠진 풀인지 속속 슈아내야 시원한 피쭉대긴지."

시식잖은* 화제로 엉두덜거린 것이 어색해서 방주인은 잠시 무르춤하다 아까부터 여짓거리기만* 해온 궁금증을 성큼 내놓아버린다.

"또 언제 중국에는 들어가는가?"

"가야지. 지난 추석 쇠러 들어왔다가 종순이도 그카고 사촌들도 아무래도 할마씨가 시언찮다고 붙잡아서 내처 얼떨떨한 이 서성거렸더마는 너무 오래 있었다. 벌여놓은 일도 있어서 하루라도 빨리 들어가야겠는데 이번 초상에 내가 와 한때 잠시 정당 생활할 때 품앗이한 이런저런 사람들이 연락이나 하며 살자 카고 또 답례도 해야 도리겠고 해서 이래저래 발이 한참이나 늦어빠졌네."

"무슨 일을 그렇게 떠벌여쌓나, 우리 나이에 벌여놓은 일도 접고 오무려도 시언찮을 낀데. 대국에서 객고도 이만저만이 아일 낀데 힘도 좋다."

"자강불식*하고 있다."

장가의 문자속은 언제라도 정확하지만 그 말마다 자기 유식을 대놓고 드러내고 싶어하는 자랑끼와 교만끼가 눌어붙어 있어서 방주인은 더러 속으로 빈정거린다.

"불식까지나, 좀 쉬가미 해라. 풍각누님이 그렇게나 부지런

---

*시식잖다 같잖고 되잖다.
*여짓거리다 말을 할듯 말듯 자꾸 머뭇거리다.
*자강불식(自强不息) 스스로 힘써 쉬지 아니함.

터마는 그거 하나는 니가 그대론갑다. 어쨌든 망인을 잘 모셨다 카이 다행이다."

"빈말이라도 고맙다. 인자 한시름 놨다 생각한이 이래 서럽네. 이번에 생전 처음으로 많이도 울었다. 죽도록 일만 하신 우리 할마씨를 호강 한분 못 시키드린 내 설움이 복받쳐 통곡이 통곡을 불러오더라. 선숙이 아지매 손바닥에 눈물이 방울방울 떨어지는 기 얼매나 무안턴동 몰래라."

내친김이라 김단장은 역시 슬쩍 의문을 털어낸다.

"처남 사업을 도와준다 카디 요즘도 봐주고 있나?"

"벌써 갈라선 지 십오륙 년도 더 됐다. 장인한테 고스란히 물려받은 걸 지 아들한테 고대로 상속했다 카믄 많이 까묵은 기 된이 지가 들으믄 섭섭다 카겠지. 그러나마나 그쪽을 잊아뿌고 산 지 오래됐다."

역시나 예전 버릇을 못 버려서 장가는 자신의 생업이 도대체 뭔지 털어놓지 않고 우물거린다. 이런 대목이 본인을 바보 같게 만들지만, 한편으로는 머릿속이 다른 말을 지어내느라고, 또 그 부실한 말을 어느 정도까지 털어놓을지를 수위 조절하느라고 얼마나 분주할까 싶기도 해서 개탄스럽다.

잠시나마 가치작거리는* 감정의 앙금이 서로 사이에 더덕더덕 들붙으려는데 안성맞춤으로 단정한 노크 소리에 뒤이어 출입문짝이 열리고, 단장님, 식사하셔야지요 라는 말이 들려온다.

---

* **가치작거리다** 일에 방해되게 여기저기 자꾸 걸리고 닿치다.

김소장은 좀체 실내로 들어서는 법이 없다. 김단장으로서는 뭔가 서먹하고 화제도 이리저리 겅둥거리던 판에 잘됐다 싶다. 김소장이, 아, 손님이 계시네, 따로 하지요 라면서 잽싸게 몸을 사리려는 것을 김단장이, 잘됐네, 같이 해 라며 잠시 들어오라고 손짓을 다급하게 내젓는다.

김소장이 나지막한 실내에 올라서자마자, 서로 인사부터 나누시오 라고 방주인이 권한다. 그렇잖아도 복장이 단정한 반백의 호상이, 그러나 방주인으로서는 손님맞이가 처음이지 싶은 데다 아무리 뜯어봐도 신원미상의 거물급 내방객이 수상스럽다는 김소장의 눈매가 덩두렷이 허공에 매달려 있다. 한눈에 드러나는 나이차 때문에라도 서로가 조심스럽게 손을 내밀고 곧장 명함을 주고받고 나서 그 위에 적힌 이른바 콘텐츠를 눈여겨 읽어간다.

"아, 국제신사이십니다." 다부진 몸매와 눈매 그대로 김소장은 농담을 진담같이, 진담을 농담처럼 할 수 있는 해학이 몸에 배어 있다. "풍한교역이라면 주로 무슨 무역을 하십니까?"

김단장이 내방객에게, 자네, 그 명함을 나도 한 장 줘보게 라고 해서 건네받는다. 장가의 명함은 무슨 전단지처럼 글자도 빼곡하고, 한자와 한글로 시커멓게 뒤덮여 있어서 한참이나 주의 깊게 읽어야 할 판이다.

마땅한 화두가 저절로 굴러와서 생기를 낸다는 듯이 풍한교역 대표 장가는 제법 거들먹해진다.

"석물을 취급합니다. 김소장이야 크고 높고 우람해서 이용자나 행인들로 하여금 경외심이 저절로 우러나오게 하는 고층 건물을 많이 지어봐서 잘 알겠지만 대리석·화강석·옥돌 같은 자연석을 수입하는 그런 석재무역업은 아이고, 우리가 하는 업종은 중국 장인들이 수작업으로 정성들여 쪼아가며 만든 돌조각품을 국내에 풀어먹이는 일종의 문물교류업입니다."

너무나 뜻밖의 자기소개라서 김단장도 놀랍고, 김소장도 호기심과 존경심이 잘 어우러진 솔직한 감회를 온몸으로 발산하며 무슨 질문이든 해야겠는데, 그쪽으로는 워낙 문외한들이라 할 말도 미처 찾지 못하고 있다.

장대표가 씨억씨억하니* 두 사람의 궁금증을 지레 풀어가기 시작한다.

"여기 오면서 저쪽 모 호텔 앞에 세워둔 호랭이도 아이고, 표범도 아이고, 그렇다고 국적불명의 자칼 같지도 않고, 하여튼 무슨 얄궂은 짐승을 뿌연 쑥돌로 빚어난 걸 봤는데 한마디로 가관이고 그처럼 멀쩡하니 좋은 건물을 그 입구의 석물이 조져놓고 베리났습디다. 옳게 보는 안목이 없으믄 가만이 있든가, 우째 그런 석물을 보기 싫게 갖다놓는지."

이제부터 현하의 말솜씨를 발휘하기 위해 장대표는 김단장과 눈을 맞춘다.

"어이, 우리 조선족이 원래 손재주가 뛰어나다 카고, 석굴암 속에 단정히 좌정하신 부처님이나, 그렇게나 복잡해도 군더더

---

* **씨억씨억하다** 성질이 굳세고 활발하다.

기 하나 없는 다보탑을 보더라도 옛날에는 명불허전이었던 게 사실인데 요새는 뭉툭한 돌다리 석란(石欄)부터 석계(石階)·석비·석축(石築) 하나 옳은 기 없다. 아무데나 가서 자세히 봐봐라, 내 말이 엉터린가. 와 그렇겠노, 손으로 쪼아 만드는 기술이 없는 기 아이라 그 인간문화재의 손일을 전수 안 받았다기보다도 아예 못 받고 다들 아무렇게나 시간당 많이만 만들어내라는 경제논리에 쫓겨서 기계로 깎아내고, 잘라버리고, 도려내고, 갈아버려서 그렇다. 나라 밍신 다 시킨나. 알고 보면 놀조각은 무엇이든 이 세상에서 유일무이하다. 베쪼가리나 가죽으로 만드는 옷이나 가방 같은 것하고는 질적으로나 양적으로 우선 다르다. 장인들이 손으로 콕콕콕 쪼아 새긴 석물은 돌의 결을 알아서 몇 천 년이 가도 글자 하나 안 허물어지지만 기계로 파고 긁어낸 조각은 몇 년 못 가서 송두리째 망가진다. 중국 석물들 정말 기가 막힌다. 영화에서도 봤듯이 박살난 사기그릇도 철사로 꼬매 쓰는 민족 아이가. 관광지의 산책로에다 깔아놓은 돌판 하나도 전부 손으로 다듬어 만든 명물들이다. 돈만 있으면 보이는 족족 다 사들이고 싶은 거 천지다."

김소장이 배우는 학생답게 순진한 질문을 내놓는다.

"그 좋은 명품 거래로 중국돈은 좀 만졌습니까?"

김단장이 변죽을 울리지 말고 이실직고하라고 잡아챈다.

"수입 실적이 얼마나 있는지, 마진이 얼마나 남는 장산지, 그런 명품들이라면 역사적 유물일 텐데 국외 반출이 쉬운지 등등을 묻고 있다."

더러 더빽거리기는* 해도 장대표는 일찍이 무슨 일이라도 말로써 둘러맞추는 데는 이력이 난, 정계 가두리에서 얼쩡거린 지체이다.

　"여러 가지로 어렵다. 이름만 대면 알 만한 모 사립대학의 기획정보처장이 내 대학 후배라서 캠퍼스 여기저기에다 석등이나 석인·석수(石獸)·석탑·석주(石柱) 같은 것을 들여놓으라고, 글마 힘으로는 죽도 밥도 안 되겠다 싶어 여러 경로에다 손을 써서 어렵게 어렵게 열댓 점을 부린 실적은 있다. 배삯이다, 통관세다, 운반비다, 설치 공임이다 온갖 것 다 빼고 나니 남는 구전이 몇 푼도 안 되더라만. 하기야 이런 대단위 공동주택단지에도 기다란 코를 상모돌리기처럼 기세 좋게 휘젓는 석상(石像)이나 악귀 쫓아내는 힘상궂은 해태 석물 같은 것을 듬직한 설치대 위에 올려놓으면 품위도 나고 아주 모양이 쩌렁쩌렁해질 텐데. 김소장이 좀 도와주시오. 배울 기 많은 남의 나라 문화재를 여러 사람에게 전시하는 기획도 누가 언제 해도 꼭 해야 하는 좋은 일 아니오."

　말이 또 엉뚱한 곳으로 흘러가버린다.

　"제가 무슨 힘이 있습니까. 조경 같은 단종업은 본사에서 임의 발주나 수의계약에다 더러 하청 형식으로 업자를 현장에 내려보내고, 조각 작품 같은 것은 또 별도로 선별, 주문, 구매하는 절차가 까다롭다면 아주 까다롭고, 나중에 특혜다 뭐다로

---

* **더빽거리다** 자꾸 경솔하게 덮치듯이 말하거나 행동하다.

말썽도 나고 아무데나 투서질도 들이밀고 뭐 그렇습니다. 그런데 코끼리 같은 석물은 주로 불교 쪽 영물이라 이런 아파트단지와는 안 맞을걸요. 요즘 아파트 주민들은 대개 다 가정주부들에게 몽땅 힘 좋은 발언권을 실어주고 있어서 그들의 입김이 셉니다. 쉽게 말해서 기독교 교인들이 가만있겠습니까. 그래서 추상조각이 대세를 이루고, 잘 아실 테지만 한국 사람은 한번 바람이 불었다 하믄 딴 쪽은 거들떠보지도 않잖습니까. 개성이고 교양이고 품격이고 안목이고 아무섯도 없고 또 안 보입니다. 없으니 보일 턱도 없고, 구상이 뭔지 추상이 뭔지도 모르고, 모르니 어떤 게 좋은지는 더 모를 수밖에요. 정말 웃기는 것은요, 아무렇게나 후벼 파고, 구멍 뚫고, 깎아낸 돌에다 지멋대로 구부리고, 반듯반듯하게 자르고, 위험천만하게도 삐쭉빼쭉 울퉁불퉁한 쇠붙이를 적당이 이어 붙여놓은 추상조각품도 그 만든 공력이 가상하게 무슨 느낌이 와야 하는데, 막상 맹탕인 게 태반입니다. 그래도 누구 하나 갈아치우라고 나서는 사람이 없습니다. 무식하달까봐 겁이 나서 그러는지. 구체적인 것은 싫은데다 만들기도 어렵고, 만들어놓은 것마다 아는 사람 눈에는 챙피해서 차마 똑바로 쳐다볼 수도 없는 긴데 글렀다 소리를 못하기는커녕 괜찮다 좋다고 나발이나 불어대니 이 땅의 모든 안목이 온통 벌거벗은 임금님이 옷을 화려하게 걸쳤다는 그 쪼가 난 기라서 참 한심스럽고, 요컨대 뭐가 뭔지 알 수 없는 것들이 대접받는 시절입니다."

일정하게 선을 그어버리는 김소장의 처신 때문에 요긴한 대화가 엉뚱한 쪽으로 빠져버려 김단장은 아쉽기 짝이 없다.

　"이왕 말이 나왔은이까 내 경험담을 섞어서 한두 마디만 더 하꾸마. 중국 사람들이 정말 장사 하나는 잘한다. 우리는 고객이 왕이다 뭐다 카민서 파는 사람이 사주는 사람한테 사은품도 주고 술대접하고 그러잖아? 중국 사람은 안 그런다. 오히려 그 반대로 한다. 어차피 물건은 사야겠고, 사서 요긴하게 쓸 사람은 구매자니까 그가 파는 사람한테 접대하고 선물하며 얼마라도 싸게 팔라고 환심을 산다 이 말이다. 쉽게 말해서 항주반점 주방장 겸 주인이 등(鄧)씨 밀가루상회의 사장한테 잘 보여야지. 등가는 지 배짱 꼴리는 대로 왕서방한테는 밀가루를 안 팔 수도 있고, 한 포대 이상은 절대로 안 된다고 귀찮게 왔다 갔다 하도록 만들 수도 있고, 단골들마다에게 다른 가격으로 봉사할 권리가 있다 이칸다. 석물만 예로 한분 들어볼께. 제갈량처럼 조용히 책을 읽거나 가만히 앉아서 꽃을 보는 문인석이 뛰어나게 좋은 놈으로 하나 있다 치자. 물론 대석 같은 데 제작 연대가 또박또박 새겨져 있다. 이를 테면 선통(宣統)·동치(同治)·광서(光緒)·도광(道光)·가경(嘉慶) 몇년 같은 글을 반드시 쉽게 읽을 수 있는 글자체로 깊이 파놨지. 건륭(乾隆)·옹정(雍正)·강희(康熙)까지 올라가면 너무 먼 옛것이라서 비싸고 이렇다 저렇다 말이 많아서 골치 아프다."

　김단장이 무식해서 말머리를 가로채고 나선다.

　"가만, 그 어려운 말들이 다 대국의 임금 함자들인가?"

　"대국이니까 임금이 아니라 제왕이든가 황제라야 맞겠지.

중국은 연호와 황제 이름을 따로 쓴다. 일본은 등극 즉시 이름이 없어지고 연호만 남고. 이것도 말하기로 들면 끝이 없으니 생략하기로 하고, 아무튼 도광 25년에 제작한 문인석이 있다면, 1800년대 중엽쯤 돼. 이놈을 사서 우리나라에 들여가겠다면 세관을 거쳐야지. 밀반출은 물론 원칙적으로 안 되고, 말썽이 많아져. 그러니 이 석물은 가짜라는 증명서를 끊어줘. 매수인이 고가를 받고 팔 수 있도록 일부러 그렇게 새겼다 이거지. 물론 진짜라는 증명서도 동시에 떼주고."

김소장이 의외로 말귀가 빠르다.

"석물도, 감정인도, 세관통과용 가짜 증명서도, 국내 구매자를 위한 증빙서류로서의 진짜 증명서도 죄다 가짜라는 거네요."

"재밌잖아. 어차피 그렇다는 거지. 쉽게 말해서 물건을 사서 팔아먹는 중개인에게 많은 이익을 남기라고 최대한의 배려를 하는 거야. 물건이나 상품이란 사서 즐기면 그뿐인데 가짠들 어떠냐, 역발상인데 꽤 신선하잖아."

김단장도 말을 거든다.

"현대는 짝퉁의 시대다, 모조 세상이고, 온갖 걸 다 패러디하는 판인데 진짜 가짜를 따져봐야 뭐 하느냐네."

"내 말의 진의는 물론 다른 데 있어. 중국 사람들은 뉴스도 일쑤 만들어내. 뉴스란 게 꼭 있었던 일, 벌어졌던 일만 후일담으로 정리할 게 뭐 있냐는 거야. 기자들의 생각·예상·점치기·상상력 따위야말로 재미있는 뉴스 중의 하나라는 거지. 그래서 중국발 뉴스의 신빙도는 서방세계에서 무지 낮아. 무슨 황당무계한 무협지쯤으로 대한다고 보면 대충 맞을 거야."

"허풍이고 과장이다 이거지. 백발삼천장도 그거고, 「와호장룡」에서 주윤발이 벽 타고 날아다니다가 대나무 위에서 휘청거리며 칼싸움하는 발상도 그거네."

김단장의 말을 중국통이 시드럽게 받는다.

"내 말은, 아까 잠시 나오다 말았는데, 점바치가 아니라서 날짜까지 밝히지는 못하지만 장담컨대 금세기 안에 이 지구상에는 나라라는 개념이 흐리마리해지다가 아예 나라 자체가 없어지고 말 거라는 거야. 그런 조짐이 훤히 보여. 그런데 관세가 무슨 소용이야. 지금 유럽도 그런 쪽으로 흘러가잖아."

"아, 그 좋은 게 없어지면 달콤한 권력 맛을 즐기는 사람들이 앞으로 무슨 낙으로 살라고?"

"우리가 그런 정치건달, 아첨배 관리들 장래까지 생각해야 돼? 그것들의 정체나 온갖 작태야말로 정말 가짜지. 중국의 가짜들은 정말 진지해. 참칭 군주들, 예컨대 진·당·송·원·명·청 등의 세칭 태조들도 한때는 이런저런 떼거리를 몰고 다니던 두목들이었으니까 가짜가 진짜가 된 거지. 나라가 별거야, 또 제왕은? 그 둘이 있다가 없어져도 백성들이야 어떻게도 살아갈 거잖아."

시나브로 화제의 핵심이 시들해지고 있음을 감 잡은 김소장이 명함을 들여다보며 묻는다.

"여기 항주(杭州)에 한국인이 얼마나 삽니까?"

"몰라요. 그래서 거기도 쓰여 있다시피 제가 재(在)항주한국인교류회를 조직하려고 합니다. 거류민단 같은 조직체가 없으니 몇 명이나 사는지 도통 알 수가 없을 수밖에. 요즘에는 항주에서 남쪽으로 한 시간 반쯤 떨어진 이우라고, 우리말로는 옳을 의(義)에 까마귀 오(烏)자 쓰는 거기만 만 명 이상의 한국인이 북적거려요. 이 세상에 있는 물건치고 거기서 없는 물건이 없다는 데고, 또 값이 세상에서 제일 싼 뎁니다."

"만 명이나?"

김단장이 중국 사람처럼 과장이 너무 심하다는 투의 표정을 짓는다.

"상해·항주·영파(寧波)·보타(普陀) 등등에 한국인이 쫙 깔렸다. 5만 이쪽저쪽일 기다. 중국 사람은 아무 종족이라도 차별 안한다. 정부나 관리가 썩을수록 또 외우내환이 덮칠수록 점점 더 잘되는 나라가 중국이다. 실은 나라의 정체야 어떤 것이라도 괜찮고, 아예 나라가 있든 없든 상관없다는 백성이 그냥저냥 모여서 각자 인생을 미치도록 진하게 사는 데가 중국 땅덩어리라고 말하면 대충 맞을 기다."

"앞으로는 우리 국적을 가진 재외동포들한테도 투표권을 준다는데 머잖아 재중동포로서 비례대표가 나오든가 심지어는 거기서도 선량을 뽑아 보내자는 소리도 나오겠다."

"어느 천년에 그걸 기다려. 그 전에 나라가 없어질 긴데. 그러나마나 하도 재미가 있어서 시장바닥은 열심히 싸돌아다니고 새벽장까지 보면서 뭇사람들과 안면은 트고 지낸다."

"거기서 한국 상인들이 거래하는 상품도 다 짝퉁이고 가짜가?"

"참, 자네도 엔간히 진짜만 찾는 속물이 다 됐네. 모양이 똑같고 기능이 한시적으로 정상적인데, 또 신제품이 이삼 년 안에 곧바로 나올 텐데 진짜 가짜 구별해서 뭣 하나. 거기 있어 보면, 아, 나라가 소용없겠다, 인간의 생활이 이렇다, 인간이 만든 숱한 제도에 우리가 너무 치여 산다, 누구는 이것을 제도의 피로라 지칭하더라만, 우리가 정말 너무 잘못 살고 있다는 기 피부에 바로 와 닿아. 천국도 아니고, 유토피아는 전적으로 어불성설인, 뭐랄까, 지금까지의 세상, 생활, 생각, 가치관, 여러 이데올로기가 별무소용인, 그런 희한한 세상이 조만간 지구상에서 벌어질 거야. 그게 시방 중국에서는 보여. 북적거리는 새벽장에 나가 보면 새알만큼 작은 이문만 남아도 두 말 않고 팔고 나서 그 돈으로 아주 희희낙락하며 살아. 온갖 나라에서 굴러온 장사꾼들이 말이야. 나라를 구별하는 것도 부질없어. 실제로 그 시장바닥에서는 나라가 아무런 구실도 못해. 구실이 없으니 간섭할 것도 없고, 간섭해봐야 듣지도 않고 소용이 없다는 소리야."

화제가 이상한 쪽으로 흘러간다는 것을 스스로 깨달은 석물거래업자가 불쑥 미뤄온 말이란 듯이 김단장에게 다소곳한 시선을 기다랗게 그으며 묻는다.

"나라야 있든 말든 자네는 요즘 조양(朝陽)은 되나? 객수 달래기가 여간 아닐 텐데."

"사돈 남 말 한다. 어린 조카가 연만하신 아재비한테 못할 말이 없다. 자, 밥이나 먹으러 가자."

이어서 김단장이 김소장에게 둘의 관계를 털어놓는다.

"불출이 원래 촌수만 높다고 내가 이 친구한테 아저씨뻘이요."

반쯤 중국 사람이 다 된 장가가 받는다. 아마도 부의금의 액수를 떠올리고 덕담을 내밀어야겠다고 생각했는지도 모른다.

"자네야말로 얼마나 적당한 위인인데 불출이라 카면 나는 구름 삽는납시고 여기저기 싸돌아다니며 아무나 십석거리는 풍달이에 털팔인갑다."

역시 장가가 늑장을 부려쌓는다.

"조카든 아저씨든, 할배든 임금이든 아침에 차일을 팽팽히 치면 뿌듯하고 좋고 그렇지. 사람 한평생이 별거 아이다."

"조양이라면 새벽 양물이 떠들썩하니 기운을 내고 제가끔 그 강도를 알게 모르게 재보는 그것 말이지요?"

김단장이 성큼 일어서며 말한다.

"김소장이야 돌아서면 벌떡거릴 나이잖아. 한창 좋을 때지."

음담에는 누구나 덧붙일 말이 많으므로 중국통도 제 본바닥의 경험담을 내놓는다.

"김단장 자네도 일간 짬을 내서 중국에 한번 들러라. 내가 참한 중국 여자를 골라서 새벽장을 보도록 주선하께."

"새벽장이 그 말이가?"

"둘 다. 장도 보고 님도 만난다. 중국 여자들이 아주 괜찮다. 겉 다르고 속 다른 일본 여자보다 훨씬 낫다. 특히나 중국 여자

들은 대체로 다리가 길다. 창파오(長袍)가 함부로 생긴 기 아
이다. 그 긴 다리로 뱀처럼 남자 아랫도리를 칭칭 감아대믄 천
장이 까무룩한이 멀어진다."

복도로 나선 석물업자가 헌팅캡을 눌러쓰며 새파란 가을 하
늘을 배경으로 깔고 그 위에다 끌로 각지게 파놓은 듯한 마천
루를 망연히 쳐다본다.

"별천지다, 바벨탑이 이랬을까, 현대판 오벨리스크다, 너무
재미없다."

석물업자가 탄식을 쏟아내며 누군가에게 묻는다.

"이게 도대체 무슨 구돈가, 상가가 마천루 발목을 대님처럼
칭칭 졸라매고 있는 긴가?"

뒷짐을 지고 앞장서는 석물업자의 뒤를 따르며 김소장이 설
명한다.

"설계사무소의 마스터플랜 담당자 말로는 엑스자로 가로수
길을 내서 거기다 달릴 주(走)자도 쓰고 기둥 주(柱)자도 쓰는
주랑을 달고, 그 엑스자 교차점을 동그랗게 둘러쓰는 회랑을
감아서 상가를 조성한다는 거지요. 다섯 동의 말뚝은 별표의
꼭짓점에다 배치하고 말이지요."

출입문을 열쇠로 닫고 복도에 나선 김단장이 발걸음을 늦추
며 휴대폰의 폴더를 연다. 카랑카랑한 여자 음색이 마구 쏟아
진다.

"셋째가?"—"아, 누님인교. 부조 돈은 그날 당장 부쳤구마.
통장 열어봤는교?"—"아직 안 열어봤다. 잘 들어왔겠지. 우리

사 인자 돈 쓸 일도 없다. 그런데 참 별 희한한 일도 다 많다. 니는 종식이 각시가 서울 강남 쪽에서 꽤 알아주는 마담뚜라는데 그 소문 들어봤나?"―"어? 금시초문인데. 누가 그카던교?"―"누구는 누구야, 지 입으로 지금 그라네. 지난 초상 때 너무 고생하셨다고 나한테다 입에 발린 소리만 늘어놓더이만 우리 집 애들, 또 니 형네 애들, 니 집 자식들을 호구조사하듯이 일일이 물어싸서 이 안들이 또 보험 팔라꼬 이러나 싶더이만. 종식이가 선거에 낙선하고는, 참, 그때가 96년 4월 11일이었다 카네. 그날이 바로 종식이 생일이고, 저거 큰아 지애가 열다섯 살 되는 해라서 제15대 국회의원이 되는가 싶었단다. 우쨌기나 그날 낙선하자마자 저거 엄마, 풍각언니 찾아가서 실컷 울고 그길로 중국 들어가고 나서 생활비 한 푼 안 부쳐줬다 카네. 그래서 지가 자식들 공부시킬라고 중매쟁이로 나섰단다."―"말이 안 될 것도 없네, 인물 곱고 말 잘하고. 뭐가 척척 맞아들어가는 것 같다, 안팎으로. 중매쟁이가 좋은 말만 골라서 하고 풍이 반 넘을 거로. 저 자석은 시방 돌문화가 어떻다며 무역한다고 껍죽대고 중국에서 우리 동포들 끌어 모아 교민회 결성한다고 설쳐쌓네."―"그 말 다 믿지 마란다. 가 각시가 내보고 절대로 돈 거래하지 말고, 돈을 빌려주지도 마란다, 종식이한테. 그 말이 뭐꼬? 니한테도 전하라는 소리 아이가. 팔자도 영판 닮고, 유전이다 유전, 직업도 그렇고, 지 애비 본받아서 집나가 떠돌아댕기는 것도 꼭 같다. 함부래 곁을 주지 말고 니가 단디 해라."―"알았구마, 나라가 없어진다 캐쌓더니 후원금 같

은 거라도 뜯어낼 수작인지 모르지. 하기사 지 마누라가 중매
쟁이로 나섰으니 곳곳에 안면이 받쳐서라도 남의 나라로 가서
살아야겠네"—"안 그래도 지애 에미도 그칸다. 돈이사 안 벌어
와도 좋은이 죽지나 말고 눈에만 안 띄는 데서 종식이 지 밥벌
이나 해서 여기 한국 돈이나 더 안 뜯어가믄 더 이상 바랄 기
없단다."—"무슨 말인지 알겠구마. 장사다 무역이다 카는 것도
다 방 봐가민서 똥 싼다고 안팎으로 말 맞추고 구색 갖추니라
고 소일삼아 떠벌리는 수작 겉고, 그래서 물가 싼 나라에서 뜬
구름처럼 떠돌아댕기는 기네, 뭐. 끊구마, 또 연락하시더."

　바람벽은 없고 햇볕과 눈·비나 가리는 지붕만 둥그렇게 둘
러놓은 시커먼 회랑 속으로 우런히 멀어지는 헌팅캡의 뒷모습
을 뜨내기 월급쟁이인 감리단장이 촘촘히 훑어본다. 한때는 저
허풍선이 친형제처럼 가깝게 느껴지더니만 이제는 머슬머슬하
기* 짝이 없어 난감하다. 하기사 지구 곳곳을 뒤덮고 있는 가
짜들의 일대 선풍 속에서 지 스스로 무엇인가를 참칭하는 인간
이 어디 한둘이겠으며, 그런 위인들이 제 머리에 무슨 쓰개를
얹어놓은들 어울리지 않으랴.

---

* **머슬머슬하다** 탐탁스럽게 잘 어울리지 못하여 어색하다.

가짜들의 사회, 그리고 해프닝의 진실
─김원우의 『돌풍전후』에 부쳐

김경수(문학평론가 · 서강대 교수)

　김원우의 후기 소설은 대학사회를 주된 이야기 무대로 삼는 경우가 많다. 비교적 최근에 나온 『젊은 천사』와 『모서리에서의 인생독법』 같은 것이 대표적인 작품인데, 줄곧 시민사회의 속물적 삶의 이면을 해부하는 데 집중했던 작가의 이런 주제적 전환은 작가 본인이 지방 사립대 강단에 서게 된 환경적 변화와 무관하지 않을 것이다. 하지만 이런 관찰 대상과 주제의 변화는 작가 개인의 관심의 폭이 그만큼 제한되었다고 읽히기보다는, 작가가 초기부터 줄곧 견지했던 사실주의적 창작방법론, 그러니까, 어디까지든 '지금─여기'의 이야기야말로 리얼리즘 소설 본연의 몫이라고 하는 자의식을 철저히 관철하고 있는 집요한 탐색의 그것으로 이해된다. 그것은 그 작품들에서 확인할 수 있는바 대학사회의 안팎에 대한 그의 시선이, 여전히 우리 사회의 제도적 모순과 그 안에서의 삶의 본질이라고 하는 작가

고유의 문제의식과 직결되어 있기 때문이다.

대학이란 무엇인가, 학문이란 무엇이며, 그 안에 몸 담고 살아가는 직업인의 세계는 어떤 것인가 하는 질문은, 사회학적으로는 어떻게 추상적으로 답변할 수는 있거나 당위적인 해석을 제시할 만한 물음이기는 해도, 소설적으로는 답하기가 쉽지 않은 물음이다. 전작에서 이미 확인된 것처럼, 김원우는 이 쉽지 않은 물음에 대한 소설적 답을 찾는 과정에서 '대학이라는 제도', 그리고 '대학에서의 글쓰기'라는 자신민의 거름장치를 마련한 바 있는데, 그 거름장치야말로 특정 공간의 이야기를 우리가 사는 세상과 연결짓는 소설적 장치 내지는 일종의 메타포라고 할 만한 것이다. 이 책에 수록된 장편 『돌풍전후』에서도 이런 장치는 공고히 작동하고 있다.

소설, 아니 이야기의 생명력과 효용이 그것이 현실 세계와의 관계에서 갖는 은유적 힘, 그러니까 적소와 적시에 팽창과 수축을 거듭하면서 자체의 육체와 주제를 변용시키는 힘이라고 할 때, 오늘날 우리 사회에서 대학이란 제도와 그 안에서 이루어지는 유형무형의 인간관계의 총합에 대한 김원우의 집요한 탐색은, 대학이 충분히 그런 은유적 위상을 확보하고 있는 수수께끼적인 대상이라고 하는 것을 힘주어 말하는 것이라고도 할 수 있다. 이번 책 『돌풍전후』에 수록된 장편 한 편과 중편 두 편 역시 이 점을 선명하게 보여준다. 동시에 그의 관심이 더한층 우리의 삶의 본질을 향해 육박하고 있다는 것 역시 이번 작품들은 증거하고 있다. 편의상 장편으로부터 논의를 시작하기로 하자.

장편 『돌풍전후』는 현재 지방 대학의 현대소설 전공 교수로 있는 한교수의 경험담이 액자소설 형식으로 그려져 있는 소설이다. 액자소설은 김원우가 즐겨 취하는 이야기 형식으로, 이야기 안에 별도의 이야기가 삽입되어 있는 이야기 유형을 말한다. 그러니까 현직 교수인 한교수의 개인사가 바깥 이야기로 마련되어 있고, 그 안에 그와 한 직장에서 근무했던 선배 교수인 임모—지금은 은퇴한—의 80년대적 삶의 회고록이 끼워넣어져 있는 것인데, 원제인 '돌풍전후'는 바로 퇴임한 임교수가 보내온 자신의 회고록 제목이기도 하다. 사진 액자의 경우가 그렇듯이, 액자보다 안의 사진이 중요하다는 일반적 인식에 비춰본다면, 이 작품 또한 임교수의 회고록이 갖는 의미가 우선되는 게 당연하다. 그러나 이런 액자의 위계는 김원우에게서는 역전되기 일쑤다. 은퇴한 노교수의 30년 저쪽의 교수 생활에 대한 회고록이 일정한 의미를 갖고 있는 것은 사실이지만, 김원우의 소설에서 그것은 오히려 30년 후인 지금 시점에서 그(의 회고록)와 교섭을 갖는 한교수의 현황을 오히려 미궁의 그것으로 부각시키는 방향으로 전개된다. 그러니까 이 미궁의 안을 들여다보는 일이 이 작품을 이해하는 첫걸음이 될 것이다.

작품 초반 서술자는 한교수의 근황을 소개하면서 우연한 기회에 알게 된 서울의 K모 교수로부터 몇 통의 이메일을 받았던 삽화를 이야기한다. 안식년을 맞아 중국 주하이(珠海)로 간 K모 교수는, 그곳에서 중국 근대의 정치가 탕샤오이의 행적을 뒤쫓는 탐사기와 자신의 생활상을 담은 이메일을 주기적으로 한교수에게 보내왔던 것인데, 바로 이 지점에서 문학평론도 겸하고 있는 한교수의 궁금증이 비롯된다. 그것은 이메일이라는 새로운 매체를 통한 글쓰기의 유행에 대한 의문이다. 한 사람의 작가가 다수의 독자를 겨냥하고 쓴 글이 아니라 한 사람의 독자에게만 전하는, 그것도 일방적으로 전달하는 그런 유의 글쓰기가 어떤 의미를 지니는 것일까 하는 의문 말이다. 주인공 한교수의 전공을 감안하면 이런 의문은 사연스럽지만, 한교수가 제기하는바, 그와 같은 종류의 글쓰기(글 발표) 제도가 필요선인지 필요악인지 하는 물음에는 답하기가 쉽지 않다. 이런 의문을 품을 즈음에 한교수는, 한 10년 정도 같이 근무하다 퇴직한 임교수로부터 장문의 회고록(「돌풍전후」)을 역시 이메일을 통해 전달받고 다시 한 사람의 비공식적인 독자 노릇을 하게 된다. 그러니까 이런 구성에서, 임교수의 회고록이 한교수가 제기한 질문에 대한 답을 찾는 단서 노릇을 한다는 것이 분명히 드러나는 셈이다.

임교수의 회고록은, 이른바 '서울의 봄'으로 불렸던 1980년대 초에 지방 대학 교수 노릇을 시작했던 그의 삶의 기록으로서, 그 자체로 일정한 문제의식을 드러내는 까닭에 작품을 읽는 재미를 더해준다. 통신사 근무 경력을 거쳐 뒤늦게 지방 대학의 교수가 된 그가 풀어내는 1980년대 초의 삶의 풍경은, 그가 상정하고 있는 문제의식, 곧 개인적 여난(女難)과 국난(國難)과 교난(校難)의 구조적인 상동성(相同性)이라는, 우리 사회만의 특유한 현상에 대한 조심스러운 진단이라는 점만으로도 우리의 관심을 끌기에 족하다. 우연한 기회에 동료 여교수와 정분이 났던 임교수 자신의 개인사와, 뻔한 권력놀음을 두고 이런저런 제도적·수사적 절차를 착실히 밟아갔던 당시 신군부의 통치 행태, 그리고 그런 개인사와 공적 역사(비록 왜곡된 것이긴 하지만)가 교차하는 어느 지점에 위치하면서 개인과 사회의 여러 그릇된 관계를 더러는 축약하거나 확대 재생산하면서 유기체로서의 제 존재를 주장했던 우리네 사학(私學)의 일정한 야합 내지는 기능적 동질성에 대한 임교수의 진단은, 이 땅에서 삶을 영위했던 민초들의 근본적인 운명 혹은 덜떨어진 근대적 환경의 원죄와 같은 것에 대한 독특한 전망으로서 값지며, 오직 소설만이 감당할 수 있는 설명력이라 할 수 있다(소설에 그려진바, 무대가 되는 지방 사립대의 교수회의 분위기며, 나름대로 개인적 노선을 걷노라고 걷던 심모 교수에 대한 학교 당국의 뻔한 견제와 트집잡기 같은 것은 정치판의 야바위와 그대로 닮아 있다). 그러니까 임교수의 삶은, 1980년대의 삶이든 그 이전이나 이후의 삶이든, **"어느 날 느닷없는 돌풍이 몰아닥쳐서 온갖 곤욕을 다 치르다가 결국은 시궁창 속으로 굴러 떨어지지 않고 살아남았다"**는 임교수 개인의 예단의 현실화에 불과한 것이다.

그런데 이와 같이 한 문장으로 요약된 임교수의 예단은, 어딘가 오늘날 우리가 향유하는 소설의 존재 이유랄지 아니면 위기를 연상시킨다. 공적 기록의 억압 때문에 의외로 소설적 진실을 넘어서는 개인적 회고록이 상대적으로 평가절하되고 있는 것도 그렇지만, 저 잘난 맛에 의미 있는 생을 살았노라고 광고하듯 치장되어 발표되는 몇몇 회고록이나 자서전치고 위와 같은 임교수의 예단을 넘어서는 것이 드문 것 또한 우리가 수긍할 수밖에 없는 사실이다. 임교수 또한 그 위험성을 알면서 자신의 '돌풍전후'를 써내려간 꼴밖에 안 되는 것이었음은 작품의 말미에서 확인되는데, 그가 자신의 셋째딸이 한때 정분 난 그 어교수의 조카로 짐작되는 학생과 알게 된 삽화를 전하는 대목과 그에 대해 임교수가 하는 부연설명이 그렇다. 그리고 한교수 또한 이런 상투성 앞에서 진절머리를 내는데, 그것은 작품의 마지막 부분에 액자를 닫으면서 한교수가 추스르는 생각에 명료하게 표현되어 있다.

하지만, 비록 임교수 자신의 회고록이 삶의 진실한 이야기라도 빠져들 수밖에 없는 상투성 내지는 상업성의 혐의를 손수 실천한 것으로 처리된 것은, 어떤 면에서는 그 또한 한교수와 비슷하게 우리 시대의 글쓰기의 운명, 더 나아가서는 소설의 운명에 대한 문제의식을 공유하고 있다는 것을 강조하기 위한 것으로도 해석된다. 작품 초반에 임교수는 소설 일반에 대한 자신의 생각을 아래와 같이 피력한 바 있는데, 이는 이야기-현재 시간인 지금, 우리의 문학 풍토 일반과 요령부득의 글들이 '문학평론'이라는 이름으로 횡행하는 현실에 낙담해 있는 한교수의 문제의식과 상통한다.

물론 오늘날의 '소설'은 왕성한 번식력과 자발적 활동에 힘입어 '사담'과 '공담'의 상당한 혼성 내지는 조합에도 나름의 성과를 내기에까지 이르렀소. 그런데 문제는 그 둘의 혼성 비율이랄까, 그것의 혼재가 과연 맞춤한가 하는 것이오. 달리 말한다면 '사담'이 왜 필요한지는 작가가 자나 깨나 머릿속에서 공글려온 어떤 '작의' 속에 포함된 일종의 '공적 담론'에 해당할 터이므로 일단 논외로 치고, 어디서 어디까지가 사적인 이야기인지에 대해서 작가는 물론이고 독자도 일정한 균형감각을(**굳이 '윤리'라고 말하면 너무 허풍스럽소만**) 갖고 분별해야 '소설'의 구실이나 덕목이 제자리를 잡지 않을까 싶소.(본문 85~86쪽)

소설 장르에 대한 자의식이란 면에서, 김원우는 동시대의 어느 작가보다도 치열한 작가다. 자신의 장르에 대한 명징한 자의식과 끊임없는 물음이 기본임에도 불구하고, 이런 자의식을 지속적으로 견지하는 작가들은 의외로 많지 않다. 김원우는 우리 소설의 근본적인 위기랄지 불모성이란 이런 치열한 자의식이 부재하는 풍토 그 자체라고 생각하는 것으로 보이는데, 장식이거나 장치임이 뻔히 드러나는 플롯상의 상투성이나 진부함이 그 단적인 증거가 된다. 앞서 인용한 임교수의 예단에 내재된 어처구니없는 삶의 플롯과 그에 대한 독자들의 안온함을 떠올려도 좋을 것이다. 무엇이 소설인가? 개인의 이야기? 개인의 어떤 이야기? 상상력은 무엇이고, '소설적 상상력'은 무엇인가? 개인에게서 개인에게 전달되는 회로가 아니라 개인에게서 독서공동체로 전달되는 회로에 기댄 이야기라면, 그것은 분명 '공공의 상상력'에 버금가는 것이어야 하지 않을까? 그런데 저마다 자신만의 '공공의 상상력'을 작동시키고 그것을 실천에 옮기는 작가는 얼마나 있을까? 마구잡이로 싸잡아 하는 말이라서 오해를 살지도 모르지만, 최소한 이런 질문들이야말로 우리 시대 작가들의 기본적인 윤리의식이어야 하지 않을까?

김원우의 소설에서 반복되는 소설 장르에 대한 자의식은 이와 같은 기본적인 질문들을 모두 망라한다. 그것이 소설의 본령이기 때문이다. 분명 근대의 삶이 더 이상 '고진감래'나 '흥진비래'와 같은 플롯으로 담겨질 수 없음에도 불구하고 임교수의 예단과 같은 플롯이 넘쳐난다면, 그것은 가짜임이 틀림없으며, 그런 삶은 자체로 거짓이지 않을까 하는 의구심이야말로 이번 장편 『돌풍전후』의 문제의식이자 김원우 특유의 서사적 탐색의 목표다. 이 상투성은 『돌풍전후』의 임교수의 회고록에서는 '아포리아', 곧 난문제로 표현되기도 한다. 고전 수사학에서 아포리아란, 어떤 문제에 관한 담론을 어떻게 진척시킬지와 연관된 불확실성을 의미한다고 한다(데이비드 로지, 『소설의 기교』 참조). 그런데 김원우는 이것을 확장하여, 곧 그것은 모든 것이 거짓인 채로 영위되는 한국사회의 제도 일반에 빗대어 엉성한 '제도'를 바로잡으려는 '인재'를 육성하기는커녕, 그것을 존재 이유로 내세우는 대학의 수장부터가 자신이 꾸려가는 제반 '제도'의 난맥상에 편승하거나 적절히 이용하는, 도대체 알 수 없는 현실의 비유로서 사용하고 있는 것이다.

의당 의문이 일고 질문이 제기되어야 할 장면(내지는 풍경)이, **쓰는 이**나 **읽는 이**에게 무감각하게, 따라서 당연히 아무 의미도 없는 '클리셰'로서 소통되는 문학 동네와, 그것의 연장으로서의 사회현실은 과연 온전한가? 김원우의 작품은 바로 이런 대책없음을 문제 삼는다. 이 점을 보여주는 또 하나의 예가 중편 「재중동포 석물장사」에 나온다. 이 작품은 젊은 시절 건설 현장을 전전하다가 계급정년에 걸려 명퇴한 후 연줄이 닿는 업체의 감리단장으로 일하는 한 남자의 이야기인데, 그 이야기 속에 아파트 건설 현장에서 철제 빔이 삼십층 상공에서 수직으로 떨어져 창호업자의 승용차가 말도 아니게 망가지고 마는 사건이 나온다. 그런데 현장소장도 있고, 당연히 건설 현장 특유의 공정과 준수사항이 있음에도 불구하고 벌어진 그 사건은, 다행히 인명피해가 없었다는 사실만으로 정작 선후관계가 괄호 쳐진 상태로 소설 속에서 가뭇없이 사라지고 만다.

그 꺾쇠형 쇠붙이가 왜 여태 그곳에 나뒹굴고 있었으며, 계단의 난간용 알루미늄 자재를 지상에서 층층이 옮기는 작업 중에 왜 하필 그것이 떨어졌는지, 막상 그 철제 빔이 삐딱하니 걸쳐져 있었다는 현장 부근의 인부들은 뭣이 떨어지는 줄도 몰랐다는데 과연 참말인지, 도대체 그 모든 정황을 제대로 알 수도 없고, 알수록 믿기지도 않으며, 김소장조차도 말끝마다 "모르지요, 인재(人災)는 아닌 것 같아요"를 되뇌기만 했으니 말이다. 게다가 더 이상 거론하는 것도 또 다른 방정을 부추기든가, 그 불가사의한 재난의 속출을 사주하는 것 같기도 했다. (……) 하기야 서울 강남의 한 오층짜리 백화점이 어느 날 졸지에 무너져 내려앉고부터 '사후' 감리의 발전적 지양책으로 '상주' 또는 '비상주' 감리제가 정착되긴 했으나, 이러나저러나 요식 행위이긴 마찬가지인 셈이었다.(본문 375~376쪽)

우리 사회에서 이와 유사한 참극, 상식적으로 요해되지 않거나 그 어떤 개연성도 없으면서 벌어지는 일들은 영역을 막론하고 비일비재하다. 유형 무형의 제도와 촘촘하게 짜인 온갖 보완책이 있어도 그렇다. 그러니까 김원우가 자신의 소설 속에 누구의 손도 닿지 않는 이런 해프닝을 끼워 넣는 것은, 도저히 해프닝일 수 없는 사안을 해프닝으로 돌리고 방기해버리거나 관심의 영역 밖으로 밀어낸 채 타성적인 삶을 살아가는 인간들은 과연 제정신을 가진 온전한 인간들일까, 라는 의문과 직결되어 있는 것도, 어떤 의미에서는 너무나 자연스럽다. 바로 여기에서, 대책 없는 현실을 자신들의 삶의 배경으로 삼는 인간들은 어떤 의미로건 온전한 인간이랄 수 없으며, 그런 의미에서 그런 인간들이 등장하는 소설 또한 어떤 의미에서도 근대소설일 수 없다는 김원우 특유의 냉소가 비롯된다(이것이 김원우 소설의 서술적 특징이다).

이번 책에 수록된 일련의 작품들이 공히 문제 삼고 있는 것이 가짜 인간들의 삶인 것은 바로 이런 맥락에서 이해된다. '사담'과 '공담'의 문제로 회고록의 존재를 규명하려다가 스스로 이야기의 함정에 빠진 『돌풍전후』의 임교수도 그렇지만, 함께 수록된 중편 「재중동포 석물장사」와 「나그네 세상」에 등장하는 석물 수입업자와 위장이혼 상태로 있으면서도 정체 모를 낭만적 사랑의 환상에서 헤어나지 못하는 허사장은, 바로 이런 대책 없는 삶을 살아가는 전형적인 인간들이다. 서술자가 마련한 이야기를 재구하면, 「재중동포 석물장사」의 주인공인 장종식이란 위인은 그야말로 속은 없고 겉만 있는, 일각의 비유를 들자면 기의(記意)는 없이 기표(記標)로만 존재하는 인물이다. 장성한 이후 이렇다 할 직장 생활 한번 제대로 한 적도 없는 인물이면서도 이러저러한 연줄을 통해 국회의원 선거에까지 출마했던 그는, 선거에서 낙선한 뒤로는 가족을 내팽개치고 중국으로 들어가 석물 수입에 종사하는 인물로 그려진다. 그는 버젓한 교역회사 사장 명함까지 지니고 있고, 중국에 대한 다소 풍부하고 신선한 관찰력마저 갖춰 현장소장과 같은 인물들에게 국제신사처럼 대접받기도 하지만, 결국에는 작품 말미에서처럼, 돈을 꿔줘서는 안 될 요주의 인물로 전락하고 만다. 실상 그의 이런 인물화는 앞서 언급한 해프닝으로서의 철제 빔 추락 사건과 긴밀한 대응 관계에 놓여 있다. 그러니까 어처구니없는 세상에나 어울리는, 서술자의 말을 빌리면 **"지구 곳곳을 뒤덮고 있는 가짜들의 일대 선풍 속에서 저 스스로 무엇인가를 참칭하는 인간"**에 불과한 존재인 것이다.

「나그네 세상」에도 이와 유사한 인물이 등장한다. 지방 대학에 근무하는 이교수의 관찰 대상이 되는 허사장은, 한때는 처남과 함께 공장도 운영한 바 있는 사업가였으나 협력업체에 빌려준 돈이 잘못되어 사업을 넘기고, 그나마 위장이혼 형식을 밟아 아내와 자식들을 해외로 내보낸 뒤에는 신용불량자 낙인이 찍힌 채 여동생에게 의탁해 살아가는 인물이다. 이런 허사장이, 화자인 이교수도 동행했던 일본 여행에서 만나게 된, 이교수의 고향 친구의 여동생 경숙과 교제를 하게 되면서 관심의 초점으로 부상한다. 경숙의 언니 징자는 그런대로 자수성가해 중학교 국어선생으로 근무하고 있는 여동생이 허사장과 사귀는 것을 알고는 그의 뒷조사를 이교수에게 부탁한다. 정리한 바와 같은 삶의 역정을 거쳐온 허사장은 신용불량자로 버티는 한편 한때 친분이 있던 스님을 따라 네팔 불사(佛事)에 동참하면서 자잘한 선물로 경숙과의 교류를 이어간다.

화자인 이교수에게 이런 허사장의 위인됨이 이해될 리가 없다. 자발적 신용불량자를 양산하는 우리 사회의 이상한 경제구조는 물론 자신도 남의 도움을 받아야 하는 처지에 국외를 오가면서 그럴듯한 명분으로 옳은 일을 하겠다는 허사장의 행태도 상식적으로 납득이 가지 않기 때문이다. 여기에 이해할 수 없는 사건이 하나 더 끼어드는데, 그것은 허사장과 경숙의 해독 불가능한 관계다. 이교수가 친구인 유사장과 아내로부터 전해들은 바를 요약하면, 허사장은 동대구역 근처에 사는 경숙의 아파트 주차장을 이용하면서 국내에 올 때마다 고만고만한 선물을 주차비조로 안기면서 그녀와의 교제를 이어간다. 네팔로부터 돌아온 어느 날, 허사장은 역시 작은 불상을 선물로 들고

와 경숙을 만나는데, 경숙으로부터 큰언니가 와 있으니 인사나 하고 함께 밥을 먹자는 말을 듣고는 다음을 기약하자며 선물만을 주고 내빼는 일이 벌어진다. 그리고 그 직후 경숙은 언니와 그가 전해준 불상을 들여다보다가 통곡을 터뜨리는, 그야말로 해프닝이 벌어지는 것이다. 아내로부터 그 전말을 전해들은 이 교수는 난감해한다. 그의 상식으로는 경숙의 울음을 쉬 납득할 수 없었기 때문이다. 이 대목에서 그는 또한 자신이 오래전에 읽었던 서머싯 몸의 단편 「비」의 이야기를 참조해서 경숙의 통곡을 이해하려고도 해보지만, 경숙의 경우가 몸의 단편 이야기보다 그 작위성의 정도가 덜하다는 것 이상으로 추론을 계속해 나가지 못한다.

거짓된 세상에 넘쳐나는 허깨비 같은 인물군상의 증거로는 이 정도로 충분할 듯하지만, 위와 같은 경숙의 삽화는 우리로 하여금 그 이상의 논의로 한 걸음 더 나아가지 않을 수 없게 만든다. 그것은 앞서 살펴본 철제 빔 추락 사건과 유사하게, 이른바 '해프닝'을 매개로 한 소설과 현실의 상관성에 대한 것이다. 「재중동포 석물장사」에 등장하는 철제 빔 추락 사건이 그 어떤 방식으로건 납득되지 않는 해프닝임은 이미 말한 바 있거니와, 「나그네 세상」의 경숙이 불상 앞에서 통곡하는 장면 또한 해프닝임이 분명하다. 특히 그것이 더 이상의 이야기 진행을 요구하지 않는 결말부의 사건이라는 점에서 그 중요성은 더하다. 하지만 이에 대해서 작가는, 인물의 사념을 통해 앞서 본 것처럼 작위성의 측면에서 그것이 훨씬 더 자연스러운 것은 아닐까 하는 판단만 내보일 뿐, 이렇다 할 설명을 제시하지 않는다. 이것은 어떻게 설명해야 할까?

여기서 다시 한번 『돌풍전후』를 참조하기로 하자. 자신의 회고록을 한교수에게 이메일로 전달하는 시점에서 임교수는 소설과 현실의 관계에 대한 자신만의 입장을 내보이는데, 그 궁금증이야말로 이 논의에 적합하다고 판단되기 때문이다. 그는 다음과 같이 말한다.

이제 내 발설의 요지가 좀 쉽게 풀릴 지점에 와 있는 듯하오. 어차피 실경에 근접하려는 서사물은(**소설이든, 회고록이든, 실화든, 실록이든, 전기든**) 상당한 미화를 자체적으로, 아니 내발적으로 구축하고 있지 않을까 싶소. 그러나 부등호를 매기자면 쐐기표가 현실을 등지고 작품 쪽으로 열려 있어야 할 것이오. 난문은 지금부터일 것이오. 왜 이처럼 작품보다 현실이 열등해버리는지, 다시 말해서 작품이 현실보다 우등한 선경(仙境)이 되고 마는지를 따져봐야 하는 일 말이오.(……)

이런 저런 서사물을 많이 써본 사람도 그것을 과연 어느 정도로 심각하게, 또 자주 실감할지 알 수 없으나, 글은 써짐과 동시에 현실과 일정한 정도로 유리되는 괴물이오. 그것은 이미 또 다른 유사 현실이라서 잘났거나 못났거나 그냥저냥 목숨을 부지하게 되는 무지렁이와 다를 바 없소. 그러므로 모든 서사물은 과장·축소·생략·왜곡·삭제 따위의 지저깨비만 흩뜨리는 엉성궂은, 온당한 사람이 들어가서 살기에는 언제 무너져 내릴까 겁이 나는 그런 오두

막에 불과하오. 소우주라니, 천부당만부당한 소리가 아니고 뭐겠소.(본문 141∼142쪽)

일반적인 독자들은, 현실은 몰라도 소설적 현실은 작가의 작의에 의해 통제된, 그러니까 모든 이야기 구성 요소들이 사전에 주제에 부합하도록 철저히 계산된 결과라는 전제를 가지고 독서에 임한다. 구조란 말이 어느 정도로 독자를 강박하는지는 몰라도, 이 독법은 너무도 완강해서 심지어 일급 작가라고 해도 그에게 어떤 자의성의 여지를 용납하지 않는다. 그런데 그 소설에서 구현된 유사현실은 그것이 문학적 소통의 쌍방에 의해 '설명 가능한 것'이라는 관습 내에서만 사실성을 지닐 뿐, 그대로 실제현실을 설명하는 힘으로까지는 확장되지 않는다.

위에 인용한 임교수의 논지는, 이야기로 축조된 현실이란 실상 실세계의 사람들의 삶을 포괄하지 못하는 기능적인 의사(擬似)-현실에 불과하다는 것이다. 이쯤 되면 현실의 재구라고 하는 서사적 관습 자체가 유희랄지 인위적 제작의 범주에 국한되고 말겠지만, 딱히 그렇다고도 할 수 없는 것은, 앞서 살펴본 철제 빔 추락 사건처럼, 도저히 작품 내에서는 설명될 수 없는, 그렇지만 소설 밖 현실로는 충분히 설명력을 갖춘 해프닝이 소설의 유사현실로 비집고 들어가고 엄연히 존재하는 일이 벌어지기 때문이다. 그런데 그런 해프닝이 벌어지는 것과 같은 맥락에서, 정반대쪽에서는 경숙의 통곡과 같은 요령부득의 해프닝이 또한 자리 잡고 있다. 그러나 물론 이 둘은 다르다. 한쪽은 근본적으로 설명될 수 없는(그러니까 벌어져서는 안 될) 해프닝이며, 한쪽은 설명되어야 하되 쉽사리 설명되지 않는(그러니까 언어를 통한 해석이 필요한) 해프닝이기 때문이다.

다소 에둘러온 감이 있지만, 논의를 정리하면 다음과 같다. 철제 빔의 낙하와 경숙의 통곡은, 어떤 의미에서는 우리 현실의 비상(非常)함을 폭로하는 해프닝과 정작 심도 있게 이루어져야 할 탐색 대상으로서의 해프닝이라는 점에서 대별된다. 전자와 같은 해프닝이 아무렇지도 않게 소설석 현실로 넘나드는 정황 자체도 불건강하지만, 후자와 같이 집요한 인간 이해의 노력을 요구하는 해프닝이 관성적으로 해석 가능한 작위성으로 치부되는 독서의 관행 또한 위험하기는 마찬가지다. 이 둘의 조정, 그러니까 소설적 현실로만 상정할 수 있는 현실의 선을 명확히 그으면서 정작 이루어져야 할 치열한 인간 이해가 병행되지 않는 한 우리 소설은 미래가 없다고 하는 전언을, 나는 김원우의 이번 소설에서 읽는다. 어떻게 보면 이런 해프닝의 존재를 승인한 것 자체가 김원우의 리얼리즘적 세계관에 일정한 변화가 일기 시작했다는 것을 알려주는 증거가 되기도 할 테고, 그런 점에서 일정한 우려(긴장의 이완?)를 가질 독자들도 물론 있으리라.

하지만 상투성에 대한 경계라는 측면에서 그의 방법론은 여전히 요지부동하게 작동 중이라고 나는 믿는다. 인간이나 제도나 가짜로 넘쳐나거나 근사한 미봉책이나 집적되고 있는 현실에서도 계속해서 소설이 쓰이고 소통되어야 한다면, 그것은 우리가 이제껏 언어로 규정하지 못한 인간 경험의 심층이 있기 때문이라고 하는 메시지를 나는 「나그네 세상」의 그 해프닝에서 읽는다. 설령 그것이 소설(예술)보다 현실이 앞선다는 것을 승인함으로써 소설 장르의 존재 이유를 스스로 부정할 위험성이 없는 것은 아니지만, 한계가 뻔한 진부한 장면화를 통해 의미 있는 인간 이해에 도달했노라고 자부하는 이 땅의 타성적인 문학적 관습보다는 훨씬 발전적인 논의의 물꼬를 튼 것이기 때문이다. 눈 밝은 독자(작가)들이라면, 『돌풍전후』의 한교수가 임교수의 마지막 글을 다 읽은 후, "자기가 낳은 자식을 누가 다리 밑에서 주워온 애랄까봐 굳이 남 앞에서 어떻게 배태했고, 태몽이 어땠고, 순산이었으며, 말썽 없이 커서 한시름 놓았다는 넋두리"라고 느끼는 민망함이 결코 남의 일이 아닐 것이다. 아니, 아니어야 한다. 그런데도 그렇지 못한 작가들은 넘쳐나고 있다.

벌써 같잖은 총기가 흐리마리해져가는 탓인지 전에는 안 그랬지 싶은데, 이제는 소설 쓰기에 깜냥껏 매달리면서도 문득문득 '시방 내가 무얼 하고 있나?'라는 자문이 떠들고 일어나서 곤혹스럽다. 따져보니 그 물음은 바람직한 자성이 아니라 내 주제에 대한 때늦은 자각이거나, 내 무능과 성정 일체가 거슬려서 토해내는 미련 많은 한숨이었다. 이왕에 지가 좋아서 골라잡은 본업이라면 본때 있게 밀어붙여서 허명일망정 명분도 얻어걸리고 돈벌이 같은 실속도 발밭게 챙겨야 내남없이 그럴듯해 보일 것이건만, 저만큼 떨어져서 얼쩡거리는 세속계의 그런 명리를 시쁘장스럽게 여기는 내 천성을 이제사 꼴같잖게 들보고 있으니 한심스럽기 짝이 없는 것이다. 그래도 배운 도둑질이라고 글 쓸 때가, 비록 몸이사 괴롭지만 머리나 마음자리가 두루 자글자글 끓어대서 마뜩해지는 걸 보면 아직은 내 천직의 직분을 그나마 웬만큼 추스르고 있는 듯해서 여간 기껍지 않다. 설마 농사꾼이 논밭을 갈고 맬 때마다 되바라지게 안달복달 수확량을 따질까(부지런한 독농가보다 환금작물만을 심어 가꾸는 영악한 영농가가 득세하는 요즘의 농촌 세태를 설마 모를리야 있을까만). 그저 그 일이 만만하고 재미있는데다가 손에 익어서, 그짓이라도 안하면 심심하고 사는 낙이 없어서 그처럼 고된 품을 팔며 세월을 엮고 묶어가는 것일 터이다.

세 작품 다 방학을 이용해서 하루에 10매 이상씩 꼬박꼬박 써나가기로 한 나 자신과의 약속을 지키느라고 꽤나 기를 쓰고 덤볐다. 쓸 말은 자꾸 불어나고, 까무룩하니 가물거리는 끝자락은 다가갈수록 멀어져서 매 시간마다 과연 기한 내 탈고할 수 있을까 하며 적잖이 애를 태웠으나, 지내놓고 보니 그 끝탕을 도사린 나날이 그래도 즐거웠던 것 같다. 어느 하루는 난생처음으로 기록적이게도 42장이나 원고지를 메우기도 해서 퇴근길 내내 흠흠했던 기억도 남아 있다. 앞쪽의 '일러두기'에 밝혀둔 탈고일의 근거, 곧 하루 동정을 간단히 적어두는 비망록을 뒤져보니 『돌풍전후』는 2010년 7월 1일에 엉뚱하게도 '도락가 감별기'란 제목으로, 「나그네 세상」은 2010년 1월 11일에 무슨 신파조인지 '세상은 나그네 길'이란 가제로, 「재중동포 석물장사」는 2008년 12월 25일에 '동포(사람)와 장사(상행위)로 분별해두다'라는 느낌을 앞세우며 각각 기고했다고 적어두었다. 다시 한번 되돌아보니 밥벌이나 돈벌이 따위는 안중에도 없이 땅만 판 미련퉁이 농사꾼 같아서 한숨이 저절로 터져나온다.

작품마다의 배면에도 깔려 있고, 한 군데 이상에는 제법 노골적으로 써놓기도 한 '먹물들의 자기희화화'는 어제 오늘의, 또 어느 개인만의 독보적인 작의도 아니다. 나로서는 그 주제의식이 장차 자기모멸로까지 나아가도 괜찮다고 생각하지만, 그래도 이 세상을 올바르게 직시하고 그 제도들마다의 난해한 면면을 바꿔놓으려는 능력과 소명의식은, 공연히 아무 자리에서나 껍죽대는 지식인 일반의 몫이 아니라 지식 그 자체에 과부하된 짐이 아닐까 싶다. 물론 어떤 지식이라도 그 적용 범위는 '당대'에, 그것도 지극히 부분적으로 또 제한적으로 쓰이고 말 테지만.

사투리를 살려보려고 나름대로 작정하고 덤빈 작업이었으나, 여의치 않았음을 이 자리에서는 솔직히 털어놓아야겠다. 우리말이 표음문자인데도 표기하기가 곤란한 게 아니라 아예 적을 수도 없거나, 소리 나는 대로 받아써봐야 그 말맛이 도무지 살아나지 않아서 난감한 경우가 적지 않았다(이를테면 '그카믄' 같은 부사형 접속사는 개인마다 또 경우에 따라 각양각색으로 들려오고, 예전이나 지금이나 '거카면'이나 '거카먼'에 가까운 개인어들을 그때그때마다 활수하게 상용하는 수가 비일비재하다). 뿐만 아니라 오래전에 잊어버린 방언이 저절로 불쑥 튀어나오는가 하면 재미없는 표준말만 밥에 돌처럼 자금거려서 심드렁해지는 때도 많았다. 모처럼 생색을 내보려고 벼러온 일이 반 넘어나 빠개진 것 같아 영 찜찜하다. 그 요령을 잡아챌 날이나 하냥 기다릴 수밖에 없을 듯하다.

상투적인 인사치레라 민망하지만, 원고 입력에서부터 책이 나오기까지 폐를 많이 끼친 여러 지인들과 강출판사 편집진에게 심심한 감사의 말을 전한다.

2011년 1월, 대구의 우거에서, 김원우

돌풍전후 ⓒ 김원우

1판 1쇄 2011년 2월 18일 | 지은이 김원우 | 펴낸이 정홍수

편집 김현숙 김현주 | 펴낸곳 (주)도서출판 강 | 출판등록 2000년 8월 9일(제2000-185호)
주소 서울시 마포구 서교동 460-45(우 121-842) | 전화 325-9566~7 | 팩스 325-8486
전자우편 gangpub@hanmail.net | 값 13,500원 | ISBN 978-89-8218-159-7 13810

이 도서의 국립중앙도서관 출판시도서목록(CIP)은 e-CIP 홈페이지(http://www.nl.go.
kr/cip.php)에서 이용하실 수 있습니다.(CIP제어번호:CIP2011000395)